IAN RANKIN

Die dunkelste Stunde der Nacht

GOLDMANN

IAN RANKIN

DIE DUNKELSTE STUNDE DER NACHT

Kriminalroman

Aus dem Englischen
von Conny Lösch

GOLDMANN

Die englische Originalausgabe erschien 2024 unter dem Titel
»Midnight And Blue« bei Orion Books, London.

MIX
Papier | Fördert gute Waldnutzung
FSC® C014496

Penguin Random House Verlagsgruppe FSC® N001967

1. Auflage
Deutsche Erstveröffentlichung September 2025

Neumarkter Straße 28, 81673 München
produktsicherheit@penguinrandomhouse.de
(Vorstehende Angaben sind zugleich
Pflichtinformationen nach GPSR.)

Redaktion: Ralf Reiter
Umschlaggestaltung: UNO Werbeagentur GmbH, München
Umschlagmotiv: Mark Roche / Getty Images
FinePic®, München
LK · Herstellung: ik
Satz: GGP Media GmbH, Pößneck
Druck und Bindung: GGP Media GmbH, Pößneck
Printed in Germany
ISBN: 978-3-442-31726-4

www.goldmann-verlag.de

Vorher

Schnell rein und raus, nur eine kleine Gefälligkeit. Oder vielleicht doch eher eine große, aber irgendwann bekommt man ja auch was dafür zurück. Schnell rein und raus – eigentlich nicht mal das. Bloß ein banaler Einbruch, er hätte nicht mal in den Laden reingemusst. Die Alarmanlage würde losgehen, aber es dauerte immer eine Weile, bis jemand reagierte. Schon möglich, dass es Kameras gab, aber er hatte seine Skimaske übergezogen, und außer den Augen war sowieso nichts zu sehen. Und er trug natürlich Handschuhe.

»Du musst gar nicht rein«, hatte man ihm versichert. »Überlass das uns.«

Aber die Tür war fast zu leicht zu knacken, und als das erledigt war, was hätte ihn da aufhalten sollen? Vielleicht lag ja ein bisschen Geld herum, ein Handy oder ein iPad, um das sich niemand scherte. Er wusste, dass er ein paar Minuten hatte. Vielleicht sogar fünf oder zehn.

Aber als er sich drin umsah, war's einfach nur ein Nagelstudio. Außer Nagelfeilen und Nagellack nichts, was sich gelohnt hätte. Keine Kasse, bloß ein Kartenlesegerät. Sollte es einen Computer geben, hatte ihn jemand über Nacht nach Hause mitgenommen. Hinten im Raum befanden sich zwei weitere Türen – Toilette links und Büro rechts. Das Büro war ebenfalls abgeschlossen. Ein Yale-Schloss. Mit den Zähnen zog er sich die Handschuhe von den Fingern, um die kleineren Dietriche besser fassen zu können. Zehn Sekunden, länger brauchte er nicht. Er überquerte die Schwelle und schaltete die Taschenlampe seines Handys ein. Als er erkannte, was da auf dem Schreibtisch lag, ballte er wütend die Faust, in der er den Dietrich hielt, und zischte laut durch zusammengebissene Zähne.

Dann drehte er sich um, rannte los und merkte nicht, dass er sich mit dem spitzen Dietrich verletzt hatte. Als er floh, fielen winzige Tröpfchen Blut auf den Laminatboden …

Erster Tag

1

Noch bevor die Sirene losging, spürte Rebus, dass etwas nicht stimmte. Er stand in der Schlange fürs Frühstück und hörte den Wizard, der sich mal wieder die Lunge aus dem Leib hustete. Über die hierarchischen Verhältnisse wurde hier nie gesprochen, sie ergaben sich von ganz allein. Wer den starken Mann markierte oder einfach losbrüllte, kam schneller an sein Essen, alle anderen stellten sich in einer ungeordneten Reihe hinter ihm an. Der Wizard hustete zwei Mann vor Rebus, was völlig okay war. Wahrscheinlich war er gar nicht viel älter, sah aber so aus. Er war länger im Gefängnis als alle anderen hier im Trakt. Sein richtiger Name war Gareth Wallace. Seinen Spitznamen hatte er wegen seiner langen grauen Locken und des noch längeren Barts bekommen. Er krümmte sich beim Husten, hielt dabei aber nicht mal eine Hand vor den Mund. Neuankömmlinge rissen Corona-Witze, bis sie kapierten, dass keiner davon hier zum ersten Mal erzählt wurde. Als Rebus sich umdrehte und hinter sich blickte, stand dort Ratty. Anscheinend schrumpfte er von Tag zu Tag ein Stückchen mehr. Rattys Augen waren schmaler als sonst und ausnahmsweise mal nicht auf den Fortgang der Schlange konzentriert. Er deutete ein Nicken an, als er merkte, dass Rebus ihn ansah.

Dann schlug einer der weiß behemdeten Beamten Alarm, und sofort ging es drunter und drüber. Die Sirene ertönte unvermittelt und war ohrenbetäubend, sie wurde begleitet von der

Ankunft weiterer Beamter, die aufgeregt umhereilten und sich berieten. Dann kam der Befehl – alle Mann zurück in die Zellen –, gefolgt von allgemeinem Gemurre und Fragen.

»Heute gibt's Zimmerservice«, verkündete ein Beamter namens Eddie Graves und trieb die widerwillige Meute aus dem Raum.

»So gut möchte ich's auch mal haben.« Graves hatte immer was zu meckern, als wäre das Glück grundsätzlich auf der Seite der Insassen.

»Aber wie lange müssen wir darauf warten?«, fragte jemand.

»Geht los, sobald ihr alle verschwunden seid«, erwiderte Graves.

Obwohl Ratty gute sechzehn Zentimeter kleiner war als Rebus, sah und wusste er immer alles. »Geht um Jackie«, erklärte er Rebus. Tatsächlich standen zwei Beamte – Novak und Watts – vor Jackie Simpsons offener Tür, steckten die Köpfe zusammen und besprachen sich mit gedämpften Stimmen. Obwohl weitere Beamte die Zelle abschirmten so gut es ging, mussten Rebus und mehrere andere daran vorbei, um zu ihren eigenen zu gelangen.

»Weiter geht's«, kam der Befehl, fuchtelnde Hände, ausgestreckte Arme. Aber wie bei einem Unfall auf der Autobahn verlangsamten die vielen Gaffer unweigerlich den Verkehr. In der Zelle standen zwei weitere Beamte. Rebus erkannte eine blutverschmierte, liegende Gestalt auf dem unteren Stockbett. Darüber lag ein anderer Mann in scheinbar besserem Zustand, insofern als ihn die Beamten zu wecken versuchten, während sie seinen Zellengenossen ignorierten. Rebus fiel der Name des Mannes im oberen Bett wieder ein – Mark Jamieson. Draußen hatte er ihn flüchtig gekannt. Allerdings ließ er diesen Umstand hier drin lieber unerwähnt, alles andere hätte Jamieson ihm wohl kaum gedankt.

»Komm schon, John«, sagte Graves und presste ihm eine Hand auf die Schulter. »Mach's nicht kompliziert.« Einen Augenblick lang trafen sich ihre Blicke. Graves' Kinnpartie wirkte angespannt, und die Farbe war aus seinem Gesicht gewichen.

»Ist nicht meine Art, Dinge kompliziert zu machen«, versicherte ihm Rebus. »Im Gegensatz zu anderen.« Er zeigte über Graves' Schulter zu Darryl Christie, der an einem der runden Tische in der Nähe der Essensausgabe saß. Zwei Beamte flankierten ihn, während er fertig frühstückte, sich Zeit ließ, jeden einzelnen Bissen genoss. Keiner der Beamten schien ihn dabei stören zu wollen.

»Darryl!«, rief Graves. »Los, zurück in deine Zelle, bitte!«

Christie drehte langsam den Kopf, betrachtete Graves und Rebus. »Na klar, Michelle«, rief er. Michelle wegen Michelle Mone. Graves war auch bekannt als Serial Moaner, weil er ununterbrochen was zu mosern hatte. Er versuchte, sich nicht anmerken zu lassen, dass ihn der Spitzname wurmte. Rebus hatte das Gefühl, dass das Grinsen, das Christie jetzt in Graves' Richtung sandte, weniger für den Beamten bestimmt war als für ihn.

John Rebus hatte eine Zelle mit einem schmalen Bett, einer Toilette und einem Waschbecken für sich allein. Die Toilette hatte keine Tür, befand sich aber in einer Art offener Kabine, die eine gewisse Ungestörtheit erlaubte. Außerdem gab es einen kleinen Schreibtisch und etwas Stauraum sowie ein kleines Regal für persönliche Gegenstände. Darin hatte er alle Bücher gestapelt, die er sich zu lesen vorgenommen hatte. In einem bewahrte er außerdem Fotos von seiner Tochter und Enkeltochter auf. Er wusste nicht so genau, warum er sie versteckt hielt, aber so war's. Der an der Wand befestigte Flachbildfernseher war seitlich mit einem integrierten DVD-Player versehen, und es gab sogar einen Festnetzanschluss. Anrufe mussten allerdings vorher angemeldet und bezahlt werden und wurden selbstverständlich abgehört, vorausgesetzt, das notwendige Personal stand zur Verfügung. Unter dem Bett befand sich ein kleiner Safe für Wertgegenstände, den Rebus aber nie abschloss.

Hier war er jetzt zu Hause, und das schon seit sechs Monaten. Bei seiner Ankunft im HMP Edinburgh hatte man ihm zunächst provisorisch eine Ausnüchterungszelle zugewiesen. Anschließend entschied man, ihn als ehemaligen Polizeimitarbeiter nicht in den allgemeinen Strafvollzug zu stecken, sondern in den Isolations- und Reintegrationstrakt, die sogenannte SRU. Hier landeten die Gefangenen, die entweder durch andere gefährdet wurden oder eine Gefahr für sich selbst darstellten. Einige von ihnen bekam Rebus nie zu Gesicht. Sie blieben in ihren Zellen, beschwerten sich gelegentlich laut brüllend, hielten größtenteils aber die Klappe. Es gab einen Innenhof, wo Sport getrieben wurde, die Wände waren über und über mit Namen beschmiert, teilweise mit Beiwörtern wie »Pädo« oder »pervers« versehen.

Rebus fühlte sich eingeengt, nicht nur durch die Mauern, sondern auch die täglich immer wieder gleichen Gesichter. Er hatte das Gefängnis in seiner Zeit als Detective unzählige Male besucht – er erinnerte sich sogar noch, wie man ihm den Hinrichtungsraum gezeigt hatte, der inzwischen längst abgerissen war –, aber sich jetzt hier als Sträfling aufzuhalten, war etwas ganz anderes. Die verschiedenen Gerüche ließen sich nicht einfach abduschen. Testosteron und Argwohn lagen in der Luft, sofern es überhaupt welche gab. Der Drogenmissbrauch war kaum zu übersehen. Früher hatte man immer nur von Saughton gesprochen, auf den Hemden der Beamten stand heutzutage aber HMP Edinburgh. Gefängnis, Knast, Bunker, Loch – Bezeichnungen gab es genug, aber alle liefen auf dasselbe hinaus: Es ging ums Einsperren.

Es gab vier große Trakte oder Halls – Gyle, Swanston, Trinity und Whitecraig. Gyle war für die weiblichen Gefangenen vorgesehen, während in Whitecraig vorwiegend Sexualstraftäter untergebracht waren. In Trinity und Swanston saßen diejenigen, die in Untersuchungshaft auf ihre Verhandlung warteten, aber auch bereits Verurteilte. Ungefähr drei Monate, nachdem Rebus zu lebenslänglicher Haft verurteilt worden war, hatte der Gefängnisdirektor Howard Tennent ihn in sein Büro zitiert. Es war groß und modern, ausgestattet mit einem Tisch und Stühlen für Besprechungen. Man bot ihm Tee an, und es gab sogar Shortbread.

»Was halten Sie davon, sich in Trinity Hall ein bisschen unters Volk zu mischen?«, hatte Tennent gefragt, während Rebus in einen Keks biss.

»Wieso? Was hat sich geändert?«, hatte Rebus zurückgefragt.

»Zwei Dinge. Erstens gehen uns in der SRU die Zellen aus, wir könnten Ihr Bett also gut gebrauchen.«

»Und?«

Der Direktor rutschte verlegen auf seinem Stuhl herum. »Darryl Christie ist bereit, die Hand über Sie zu halten. Das heißt, Sie stünden unter seinem Schutz. Anscheinend ist er der Ansicht, Sie hätten ihm einen Gefallen getan.«

»Er denkt, ich habe seinen Konkurrenten ausgeschaltet – was ich aber nicht getan habe. Meine Anwälte bereiten das Berufungsverfahren vor.«

»Aber Sie waren dabei, als Cafferty starb.«

»Auch das ist nicht richtig. Den Herzinfarkt hatte er erst, als ich schon wieder weg war.« Rebus hielt inne. »Ist Trinity Hall Christies Revier?«

Tennent wischte ein paar Krümel vom Tisch. »Er garantiert Ihnen Sicherheit, John. Außerdem ist dort gerade eine Einzelzelle frei geworden. Sie sind schon seit einigen Jahren nicht mehr im aktiven Dienst. Ich glaube kaum, dass Sie hier allzu vielen Männern begegnen werden, die ihren Aufenthalt hier Ihnen zu verdanken haben. Tatsächlich habe ich schon mal nachgesehen. Nur ein paar Gewohnheitsverbrecher, von denen sich keiner auch nur im Traum einfallen lassen würde, sich mit Darryl und seinen Leuten anzulegen.« Er sah Rebus eindringlich in die Augen. »Also, was sagen Sie?«

»Ich sage, wenn mich zum Schluss doch einer um die Ecke bringt, will ich Sie an meinem Grab weinen sehen.«

Tennent lächelte angestrengt und erhob sich. Rebus schnappte sich noch einen letzten Keks, bevor er abgeführt wurde.

Na ja, mal was anderes, dachte er sich, wobei ihm durchaus bewusst war, dass ehemalige Polizisten unter Sträflingen allgemein eher nicht mit offenen Armen empfangen wurden. Außerdem war ihm bewusst, dass Darryl Christie seine Meinung jederzeit ändern konnte, was Rebus in jeder Hinsicht angreifbar machte.

Eine Stunde verging, bis seine Zellentür lange genug entriegelt wurde, sodass kalter Toast und ein Becher viel zu starker Tee hereingereicht werden konnten. Der Beamte hieß Kyle Jacobs – die Männer im Trakt nannten ihn Kylie. Rebus hatte sich in den vergangenen Wochen mit ihm angefreundet, Jacobs hörte sich gerne Geschichten aus Rebus' Zeit beim CID an. Er war Ende zwanzig, hatte kurzes, gepflegtes Haar und üppig tätowierte

Arme, außerdem zwei Onkel bei der Lothian and Borders Police. Rebus hatte so getan, als würde er sie kennen.

»Sieht ja appetitlich aus«, behauptete Rebus und nahm ihm den Teller ab.

»Besser ging's nicht. Die Eier hätten eigentlich auch von allein hierherlaufen können.«

»Was ist denn da draußen los?«

»Jemand hat Jackie die Kehle durchgeschnitten. Der ist hinüber.«

»Und Jamieson?«

»Total breit. Er hat eine fiese Schnittwunde an der Stirn.«

»Das heißt, er wurde ausgeschaltet. Hat man die Tatwaffe gefunden?«

Jacobs sah sich um. »Ich hab schon mehr gesagt, als ich eigentlich dürfte.«

Rebus hatte sich in der Hoffnung an ihn herangeschoben, einen Blick in den Gang riskieren zu können, aber der junge Beamte versperrte ihm den Weg. In der Nachbarzelle brüllte jemand.

»Kylie, mach schneller, verdammt! Mein Bauch denkt auch, mir wurde der Hals abgeschnitten!«

Jacobs wollte Rebus' Tür schließen.

»Halt mich auf dem Laufenden«, bat Rebus.

Er setzte sich auf die Bettkante und lauschte dem Verriegeln der Tür. Normalerweise hätte er jetzt in der Bibliothek ausgeholfen. Man hatte ihm einen Job bei der Putzkolonne oder in der Küche angeboten, aber die Vorstellung, umgeben von Büchern zu arbeiten, hatte ihm mehr zugesagt. Die Bibliothek war nicht weit von der Krankenstation und dem Pflegepersonal entfernt, das Rebus regelmäßig mit COPD-Inhalatoren versorgte. Natürlich immer mit der Warnung, sie auf keinen Fall weiterzugeben – »manche bauen die zu Bongs um«, hatte man ihm erklärt. Wobei Cannabis nicht das größte Problem im Knast war. Spice und Konsorten richteten seit mehreren Jahren einiges an Verwüstung an. Ketamin, Nitazen, Etizolam, Bromazolam – Rebus kam nicht mehr mit, was keine Rolle spielte, da die meisten Insassen ohnehin nur von »Benzos« sprachen und kaum darauf achteten, in welcher Kombination und Dosis sie etwas angeboten bekamen. Die Drogen ließen sich leicht verstecken und verströmten keinen verräterischen Geruch. Ab mittags sah man dann, welchen Tribut Benzos forderten, überall reglose Gestalten mit teilnahmslosen Mienen. Einige Ketamin-User hatten ihrer Sucht Blasenprobleme und einen künstlichen Darmausgang zu verdanken. Sie wurden Pissbag One, Two und Three genannt. Das medizinische Personal hatte immer Orangen zur Hand, weil diese den Effekt von Spice lindern. Rebus hatte außerdem zahlreiche Hinweise auf Selbstverletzungen gesehen, Gefangene mit von Narben übersäten Armen und frischen Rasierklingenschnitten dazwischen. Niemand sprach darüber; so was gehörte einfach zum Leben hinter Gittern.

In einer Hinsicht hatte Tennent recht behalten: Rebus war bislang niemandem begegnet, der noch echten Groll gegen ihn hegte. Es gab einen gewissen JoJo Peters, der drei Morde auf dem Gewissen hatte und in den Knast gekommen war, weil ein ruhender Fall wieder aufgenommen worden war, zu dessen Aufklärung Rebus beigetragen hatte. Allerdings litt er inzwischen unter Demenz und verließ seine Zelle kaum noch. Die anderen Gefangenen sahen regelmäßig nach ihm und brachten ihm Süßigkeiten mit. Als Rebus einmal bei ihm vorbeigegangen war, hatte Peters durch ihn durchgesehen, als wäre er Luft, und dabei mit seinen wenigen noch verbliebenen Zähnen ein Sahnebonbon zerkaut.

»Eigentlich gehört der gar nicht hierher«, hatte ein jüngerer Gefangener behauptet, der ihn mit einer Handvoll Bonbons als Nachschub versorgte. »Wenn die ein Herz hätten, würden sie ihn in ein Heim oder ein Hospiz stecken.«

Anscheinend hatte sich das bis zu Darryl Christie durchgesprochen, der Rebus später im Gang danach fragte.

»Meinst du, JoJo könnte zum Problem werden?«, fragte er.

»Bestimmt nicht.«

Christie hatte, von zwei Beamten beobachtet, bedächtig genickt und sich abgewandt. Rebus bezweifelte, dass sie schnell genug reagiert hätten, selbst wenn Christie sich auf ihn gestürzt hätte. Die Einrichtung war personell unterbesetzt – wie alle Gefängnisse –, dabei aber voll ausgelastet. Andere Strafanstalten waren noch überfüllter, und wenn jemand wie Christie ein gewisses Maß an Kontrolle ausübte, machte dies allen das Leben leichter.

An dem Tag, an dem Rebus die ihm nun dauerhaft zugewiesene Zelle bezog, war Christie bei ihm vorstellig geworden. Er hatte zugenommen, trug die Haare jetzt lang, aber aus der Stirn gekämmt. Er wollte sich bei Rebus dafür bedanken, dass er Morris Gerald Cafferty aus dem Weg geräumt hatte. Rebus aber war wegen Mordversuchs, nicht wegen Mordes verurteilt worden. Der Richter hatte die dafür vorgesehene lebenslängliche Haftstrafe verhängt, obwohl Rebus beteuert hatte, er habe Big Ger nur einen Schrecken einjagen wollen, indem er ihm ein Kissen aufs Gesicht drückte. Der Staatsanwaltschaft hatte das nicht gefallen, und sie hatte Cafferty wie eine an den Rollstuhl gefesselte Mutter Teresa dargestellt und nicht wie den brutalen Berufsverbrecher, der er war. Frühere Begegnungen zwischen Rebus und Cafferty wurden ausgegraben und den Geschworenen zur Begutachtung und Beurteilung vorgelegt. Caffertys

Tod hatte ein Vakuum hinterlassen – spätestens als sein herablassender Helfer Andrew Downs aus der Stadt gejagt wurde. Und nun war es Christies Stadt, die er kontrollierte, während er sich hier im HMP Edinburgh den Hintern auf seinem Thron platt saß beziehungsweise auf Rebus' Schreibtischstuhl.

»Schon eingelebt? Kann ich dir was besorgen? Ich weiß, dass du draußen gerne mal was getrunken hast – ist hier drinnen eher schwierig, was zu bekommen. Pillen sind dagegen kein Problem – Upper und Downer –, da vergisst du schnell, dass du von vier Wänden umgeben bist. Du vergisst alles Schlechte.«

»Gibt's eine Chance, an Sanatogen heranzukommen?«

Christie guckte ratlos.

»Vergiss es«, erwiderte Rebus. Dann: »Erwartest du, dass ich dir danke?«

Rebus hatte Christie schon gekannt, als dieser noch ein Teenager war und seine ermordete Schwester rächen wollte. Damals standen ihm alle Möglichkeiten offen, aber er hatte sich für den Weg entschieden, der ihn schließlich hierhergeführt hatte. Rebus war dabei gewesen, als Christie einen seiner Feinde erschoss. Er hatte den Wahnsinn in den Augen des jungen Mannes lodern sehen und war eigentlich sicher gewesen, dass er in Carstairs in der geschlossenen Abteilung landen würde. Das Gesetz aber sah etwas anderes vor.

»Du könntest was für mich tun, so von einem lebenslänglich Verurteilten zum anderen«, hatte Christie an jenem Tag zu ihm gesagt und sich vor ihm aufgebaut, sodass er sich mit dem stehenden Rebus auf Augenhöhe befand.

»Was?«

»Geh's mit mir durch. Hilf mir, damit ich's mir vorstellen kann.«

Er sprach jetzt leiser, aber seine Augen funkelten. »Hatte er Angst? Hat man es ihm angemerkt? Hat er gewinselt?« Er fuhr sich mit der Zunge über die Lippen. Sein Atem roch schlecht, und seine Haut war fahl. »Und wenn ich's mir recht überlege, wie ging's dir überhaupt damit? Das hat sich doch lange angebahnt. Viel zu lange und über so viele …«

»Eigentlich hatte ich sogar ein bisschen Respekt vor ihm«, erwiderte Rebus schließlich. »Er hatte so was wie einen Kodex, manches war für ihn schlicht undenkbar. Das kann nicht jeder Verbrecher von sich behaupten.«

Dann hatte er sich auf sein Bett gesetzt, ein Buch zur Hand genommen und so getan, als wäre er vollkommen darin vertieft. Christie hatte er einfach stehen lassen. Als sich dieser schließlich wieder verzog, fuhr er sich nervös mit den Fingern durch die Haare.

Einige Insassen sprachen von Christie als dem »Don«. Als Rebus das hörte, hielt er es für nötig, auszuführen, dass Christie wohl kaum Vito Corleone sei. Trotzdem hielt sich der Spitzname. Rebus wusste nur zu gut, dass es nicht nur Vorteile hatte, Christies Schutz zu genießen. Besser, man machte sich nicht unnötig über ihn lustig. Er behielt seine Gedanken also für sich, arbeitete so oft und lange wie möglich in der kleinen, aber gut ausgestatteten Bibliothek und lernte einige seiner Mitinsassen kennen, fand heraus, wem er bis zu einem gewissen Grad vertrauen konnte und wen er besser mied. Hin und wieder dachte er an Cafferty, aber ohne Reue. Die lebenslängliche Verurteilung kam Rebus vor, als hätte Cafferty sich ein letztes Mal einen Spaß auf seine Kosten erlaubt.

Der Geräuschpegel schwoll im Verlauf des Vormittags an, hinter den verschlossenen Türen wurde Unmut laut. Rebus' Nachbarn auf beiden Seiten – Billy Groam und Everett Harrison – traten oder hämmerten hin und wieder auch dagegen. Bei Harrison lief wie üblich Musik. Rebus hatte es aufgegeben, ihn zu bitten, sie leiser zu drehen. Harrison war karibischer Herkunft und sprach mit Liverpooler Akzent. Er hatte für einen in Merseyside ansässigen Drogen- und Menschenhändler gearbeitet, war in dessen Auftrag nach Edinburgh gekommen und dort festgenommen worden.

Rebus hatte ihn einmal gefragt, ob er jetzt besonders auf sich aufpassen müsse, weil er sich in Christies Revier gewagt hatte.

»Wer mir was will, braucht schon atomare Durchschlagskraft«, hatte Harrison erwidert. Und es stimmte, anscheinend verstand er sich gut mit Christie, sie spielten zusammen Billard und manchmal sogar an der Konsole. Sie grinsten und lachten sich an, klopften sich gegenseitig auf die Schultern und schüttelten sich die Hände. Fast hätte Rebus es geglaubt.

Um ein Uhr wurde seine Tür aufgeschlossen. Ein Beamter, den er nicht kannte, teilte ihm mit, dass das Essen jetzt in Swanston Hall ausgegeben werde, weshalb er sich umziehen müsse. Im eigenen Trakt durfte man anziehen, was man wollte, aber wenn man einen anderen besuchte, waren die gefängniseigenen Polohemden und Sweatshirts vorgeschrieben, deren Farben anzeigten, welcher Kategorie von Sträfling man angehörte. Kurzzeitverurteilte trugen blau, braun war für diejenigen vorgesehen, die noch auf ihre Verhandlung warteten, und Sexualstraftäter waren weinrot gekleidet. Langzeitinsassen wie Rebus trugen Dunkelgrün, damit die Kollegen an den Bildschirmen der Überwachungskameras den Überblick behielten, wie man ihm erklärt hatte. Man wollte unbedingt vermeiden, dass die Lebenslänglichen während der Aufschlusszeiten auf Sexualstraftäter stießen.

Nachdem er sein verwaschenes rotes Polohemd gegen ein grünes getauscht hatte, trat Rebus aus der Zelle und sah, dass der Tatort inzwischen mit blau-weiß gestreiftem POLIZEI-Band und Verkehrszylindern abgesperrt worden war. Ein Team der Spurensicherung war noch dort beschäftigt. Die Mitarbeiter in der Zelle selbst waren von Kopf bis Fuß eingehüllt, um zu verhindern, dass der Tatort kontaminiert wurde. Der Gefängnisdirektor unterhielt sich mit einer Polizistin, die Rebus kannte – Detective Sergeant Christine Esson. Als sie Rebus sah, hob sie eine Augenbraue, widmete sich dann aber wieder Howard Tennent.

»Wir wissen doch alle, was da passiert ist«, brummte Billy Groam, der ein paar Schritte vor Rebus ging. »Zwischen Jackie und Chris Novak, dem blöden Idioten, gab's böses Blut. Hast doch heute Morgen gesehen, wie er vor seiner Zelle stand und seinen Kumpels eingeschärft hat, was für eine Geschichte sie zu erzählen haben?«

Ja, Rebus erinnerte sich an die beiden Beamten, die die Köpfe zusammengesteckt hatten. Novak und Valerie Watts. Gerüchten zufolge waren sie mehr als nur Kollegen. Andererseits waren Gerüchte an einem Ort wie diesem so was Ähnliches wie Sauerstoff: ungeheuer anregend für Herz und Hirn.

Die Schlange bewegte sich jetzt nur noch schleppend voran, wodurch Rebus genug Zeit blieb, nach Leuten Ausschau zu halten, die er vielleicht noch von früher kannte. Haj Atwal, der normalerweise die Spurensicherung leitete, konnte er nirgends entdecken, aber möglicherweise arbeitete er draußen in dem gut ausgestatteten Transporter. Rebus fragte sich, ob die Mitarbeiter des Teams ihre Handys mit hineinnehmen durften. Oder waren sie wie die der gewöhnlichen Besucher eingeschlossen worden? Alles, was hereingebracht wurde, musste auch wieder mit nach draußen genommen werden, darauf achteten die Gefängnismitarbeiter.

In der Schlange wurden Informationen weitergetragen und wild spekuliert. Mark Jamieson wurde im Krankenhaus behandelt. Chris Novak hatte Nachtschicht gehabt, und das hieß, dass er eine Doppelschicht übernommen hatte, weil er beim Frühstück immer noch im Dienst war. Ebenso Valerie Watts – war das nicht ein glücklicher Zufall? Die Jungs in den Zellen links und rechts des Tatorts hatten weder laute Stimmen noch sonst etwas gehört, wobei Billy Groam von gegenüber schwor, er habe kurz vor Morgengrauen gehört, dass eine Zelle aufgeschlossen wurde.

»Jackies Zelle?«, hakte Rebus nach.

»Welche denn sonst?«, brummte Groam.

Rebus hatte Jackie Simpson gekannt. Er war immer in die Bibliothek gekommen, um sich DVDs auszuleihen, und hatte damit geprahlt, dass er in seinem ganzen Leben noch kein Buch gelesen hatte.

»Die Straße war meine Schule«, hatte er Rebus einmal erklärt. »Und jetzt bin ich der Lehrer!«

Womit er meinte, dass er den anderen Gefangenen beibrachte, wie man verschlossene Türen öffnet, egal welche. Auch Rebus hatte er angeboten, es ihm zu zeigen.

»Wie kommst du darauf, dass ich das noch nicht weiß?«, hatte Rebus erwidert.

Auch von seiner Fehde mit Chris Novak hatte er Rebus erzählt.

»Einmal hat mich das Dreckschwein an der Kehle gepackt. In meiner Zelle, sodass die Überwachungskameras das nicht mitbekommen haben. Er hat zu mir gesagt, mein Junge ist ein Versager genau wie sein Dad. Werden wir ja sehen, wenn ich erst mal hier rauskomme …«

»Das heißt, dass wir dich dann ganz schnell hier wiedersehen«, hatte Rebus ihn gewarnt.

Als die Schlange sich dem Mittagessen näherte, fragte Rebus Groam, was er glaube, wie Novak Simpson umgebracht habe.

»Der hat ein selbst geschnitztes Messer reingeschmuggelt. Oder vielleicht hat er eins beschlagnahmt und für später aufgehoben. Die Zellentür war verschlossen, John – denkst du, einer von uns hat sich auf magische Art und Weise da reingezaubert?«

»Hat Simpson sich denn mit seinem Zellengenossen verstanden?«

»Mark ist ein Waschlappen, der ist kaum zwanzig. Guck ihn dir an, den steckt Jackie locker in die Tasche. Der hätte ihm den Kopf abgerissen, wenn der was versucht hätte.«

»Kommt schon mal vor, dass einer auf Benzos abdreht.«

»Wird aber trotzdem niemand zum Hulk. Mark war natürlich breit wie sonst was. Und was auf den Schädel gekriegt hat er auch noch. Du hast doch die Schlagstöcke gesehen, die Novak und seine Leute dabeihaben. Der denkt sich, die Bullen werden sich kein Bein ausreißen. Für die ist Jackie bloß ein Knastbruder. Müssen sie sich um einen weniger kümmern.«

Als sie nach Swanston Hall kamen, wurde gejohlt und gepfiffen. Die Gefangenen teilten ihnen unmissverständlich mit, was sie von der feindlichen Invasion hielten. Gleichzeitig waren sie aber auch neugierig, wollten wissen, was passiert war und warum, sodass es zu einer Art Charmeoffensive kam. Rebus musterte jedes einzelne Gesicht, erkannte aber niemanden, worüber er heilfroh war. Darryl Christie regierte in seinem eigenen Revier, aber Rebus war nicht ganz klar, wie weit sich sein Königreich erstreckte. Christie ließ sich scheinbar unbesorgt mit seinem Essen am Tisch nieder, sah sich dabei aber misstrauisch um und ließ sich von zwei Schränken aus Trinity Hall flankieren, unter anderem von Everett Harrison. Rebus sah einen Gefangenen herantreten und Harrison auf die Schulter tippen. Harrison stand auf, grinste breit, und die beiden Männer umarmten sich, klopften sich gegenseitig auf die Oberarme, prüften ihre Muskeln. Rebus begriff, dass sie sich von draußen kannten, und sein Magen verkrampfte.

»Das ist Bobby Briggs«, vertraute ihm Groam an. »Von der Westküste.«

»Den kenne ich«, gab Rebus leise zurück.

Groam fixierte ihn mit einem Blick. »Noch von deiner Zeit bei den Bullen?«

»Woher sonst?«

»In Trinity Hall denken die Hälfte, die haben dich einfahren lassen, weil Tennent einen Insider braucht.«

»Ist aber nicht so.« Rebus schaufelte sich noch mehr Kartoffelbrei auf den Teller. Das Essen war bestenfalls lauwarm. Es erinnerte ihn an das Schulessen in der Grundschule oder die Verpflegung in einem zweitklassigen Ferienlager. Einmal die Woche gab es Burger. Danach zählten viele Gefangene die Tage, bis es wieder welche gab. Burger mochten alle. Heute gab es Huhn in einer weißen Soße, dazu Kartoffelbrei. Rebus aß nicht auf, und Groam schielte auf seinen Teller.

»Hau rein«, sagte Rebus.

Er dachte an Christine Esson. Früher hatte er ihre Telefonnummer gehabt. Er nahm an, dass sie noch am Gayfield Square stationiert war. Damals hatte sie unter DI Siobhan Clarke gearbeitet, aber Clarke war aufgestiegen. Esson hatte sich am Tatort offensichtlich nicht durch ihre Umgebung verunsichern lassen, sie war Profi durch und durch. Was auch immer Clarke ihr beigebracht hatte, es machte sich bezahlt.

Er merkte, dass ihn jemand von der Seite des Saals anstarrte. Bobby Briggs. Briggs stand jetzt auf und kam auf Rebus zu. Rebus erhob sich ebenfalls und verzog sich zum nächsten Beamten.

»Da kommt Ärger auf uns zu«, teilte er diesem mit.

»Ganz ruhig, Bobby«, ermahnte ihn der Beamte, hob warnend eine Hand. Briggs blieb einen knappen Meter vor Rebus stehen und fuchtelte mit dem Finger.

»Das Dreckschwein hat mich reingelegt«, zischte er mit funkensprühendem Blick und bleckte die Zähne. Speichel spritzte aus seinem Mund und traf Rebus im Gesicht.

»Das war in einem anderen Jahrhundert, Bobby«, widersprach Rebus. »Und hat nichts damit zu tun, warum du jetzt hier bist.«

Everett Harrison war näher gekommen, presste Briggs eine Hand auf die Schulter. »Alles in Ordnung, Bobby?«

Briggs ließ Rebus nicht aus den Augen. »Die haben im Zeugenstand gelogen, was das Zeug hält, er und seine Leute. Fünf Jahre hab ich gekriegt.«

»Stimmt, Bobby«, lenkte Rebus ein. »Das Opfer hat sich selbst in die Rippen getreten – das vergesse ich immer wieder.«

»Kann sein, dass *du* so was vergisst, aber ich vergesse *nie*. Ich krieg dich noch, Rebus.«

»Wie du meinst, Bobby.«

Briggs sah aus, als wollte er sich gleich auf ihn stürzen, aber Harrison hielt ihn jetzt noch fester an der Schulter. Eine Hand des Beamten war nur noch einen Zentimeter vom Alarmknopf entfernt. Harrison drehte Briggs mit ein wenig Kraftanstrengung um und führte ihn zurück in den Saal, legte ihm einen Arm um die Schultern.

»Vielleicht nehme ich meine weiteren Mahlzeiten doch lieber in meiner Zelle ein«, sagte Rebus zu dem Beamten, auf dessen Stirn sich ein Schweißfilm gebildet hatte.

»Ich mach mir einen Vermerk«, sagte er. »Mit Bobby stellt man sich besser gut.«

»Vielleicht schicke ich ihm eine Dose Quality Street als Friedensangebot …«

Zwanzig Minuten später waren sie wieder unterwegs, die Gastgeber winkten teilweise zum Abschied und warfen ihnen Kusshände zu. Draußen vor der Zelle des Verstorbenen waren Esson und ihre Kollegen inzwischen vom Direktor und einem weiteren Mann abgelöst worden, Letzterer im eleganten Anzug, die Haare tadellos frisiert, die Krawatte akkurat geknotet. Rebus wusste sofort, wer er war – Fox, ehemals Professional Standards und nun organisiertes Verbrechen. Am wohlsten fühlte Fox sich an einem aufgeräumten Schreibtisch mit einem leeren Posteingang und einem Chef, dem er in den Hintern kriechen konnte. Rebus hätte beinahe laut herausposaunt, was er dachte: *Was zum Teufel willst du hier?*

Fox hatte ihn bereits bemerkt, fast als hätte er ihn erwartet. Während der Direktor weiterredete, schenkte Fox Rebus all seine Aufmerksamkeit. Rebus verengte im Gegenzug den Blick, um Fox zu verstehen zu geben, dass er Fragen hatte. Todesfälle waren die Domäne des Major Incident Teams, aber Fox war nicht beim MIT und war es auch nie gewesen. Rebus drehte den Kopf leicht im Vorübergehen und hielt den Blickkontakt. Ein Beamter bedeutete ihm, er möge sich in seine Zelle verziehen.

»Werden wir wieder eingeschlossen?«, beschwerte sich Rebus.

»Fürchte ja.«

»Und was ist mit meinen Menschenrechten?«, meldete sich Groam. »Wir waren heute kaum draußen.«

»Einer von uns ist tot, Billy«, schoss Everett Harrison zurück. »Ein paar Stunden länger eingeschlossen sein, sind ein Scheiß dagegen.«

»Ich hab aber nichts zu tun.«

»Hast du nichts zum Spielen?« Harrison griff sich grinsend in den Schritt.

Rebus wartete, bis Harrison ihn wieder ansah. »Ich muss mich noch dafür bedanken, dass du mir vorhin den Arsch gerettet hast.«

»Wenn Bobby erst mal sauer ist, lässt er sich so schnell nicht davon abbringen. Der will dich durch den Fleischwolf drehen.«

»Ich dachte, ich stehe unter Darryl Christies Schutz.«

»Hier schon, aber nur in diesem Trakt.«

»Einschluss!«, schrie der Direktor.

Alle traten in ihre Zellen.

Rebus setzte sich aufs Bett, rieb sich mit der Hand übers Kinn und blickte hin und wieder zu dem an der Wand befestigten Festnetzanschluss. Er vernahm einen gedämpften Wirrwarr an Geräuschen – Meckereien über den frühen Einschluss, die diensthabenden Beamten riefen Entgegnungen zurück. Um vier Uhr wurde Rebus' Tür schließlich erneut klappernd aufgezogen.

»Sie können sich die Beine vertreten«, sagte Graves. »Falls Ihnen nach Duschen ist, da stehen bereits welche Schlange.«

»Geht schon«, sagte Rebus. Die etwas weiträumigere Absperrung um den Tatort war jetzt verschwunden, aber die inzwischen verschlossene Tür war jetzt mit Absperrband versiegelt. Gefangene trafen sich, unterhielten sich, spielten Karten und versuchten, möglichst nicht zu dem Band und der Tür zu sehen. Zwei gingen zum Billardtisch und nahmen Stöcke in die

Hand. Niemand durfte den Trakt verlassen, um andere Freizeitangebote zu nutzen, aber Freiheit war relativ und sie wollten sie genießen, auch wenn sie sich durchaus um einen gewissen Ernst bemühten, den die Ereignisse des Tages verlangten. Ausnahmsweise wurden keine Witze gerissen, niemand wurde aufgezogen oder drangsaliert.

»Sie haben keinen Termin auf der Krankenstation, oder?«, vergewisserte sich Graves. »Ausreichend Medikamente?«

»Jede Menge«, bestätigte Rebus.

»Sie Glücklicher. Ich könnte selbst welche brauchen. Mein Rücken macht mir ganz schön zu schaffen.«

»Ich bin sicher, Darryl könnte Ihnen was besorgen. Sie müssen nur fragen.«

Rebus ging an Graves' finsterer Miene vorbei, schüttelte die Beine aus, wie um sie zu lockern. Er versuchte möglichst auszusehen, als würde er nur ein paar Runden durch den Freizeitbereich drehen, ohne besonderes Ziel vor Augen. Er ging viermal im Kreis, bis sich die Schlange an Darryl Christies Tisch aufgelöst hatte. Dann setzte er sich ihm gegenüber.

»Was war da los mit dir und Bobby Briggs?«, fragte Christie.

»Er denkt, ich habe vor Gericht gelogen.«

»Und hast du?«

»Eine fromme Lüge haben wir so was früher genannt.«

»Mit anderen Worten, du hast ihm wirklich was untergeschoben?«

Rebus schüttelte den Kopf. »Die Tat hat er begangen. Wir konnten sie ihm nur nicht so richtig beweisen.«

»Und da hast du den Geschworenen eine leicht veränderte Version präsentiert, und die haben's geschluckt?« Christie nickte verständnisvoll.

»Vorhin wollte er mir den Kopf abreißen.«

»Everett hat ja auf dich aufgepasst«, sagte Christie schulterzuckend. »Wenn du gekommen bist, weil du eine Entschuldigung willst …«

Rebus schüttelte erneut den Kopf. »Ich brauche ein Telefon für eine Stunde.«

Christie ließ sich Zeit, verschränkte träge die Arme. »Wie kommst du darauf, dass ich eins habe?«

»Wahrscheinlich hast du ein Dutzend. Entweder hat sie jemand in seinem Arsch hier reingeschmuggelt, oder du hast einen Mitarbeiter geschmiert. Wenn ich die Wahl habe, nehme ich lieber eins der Letzteren.«

Rebus sah, wie sich ein schmales Lächeln auf Christies Gesicht abzeichnete.

»Ich kann den üblichen Tarif zahlen, falls du dich fragst.«

»Du weißt gar nicht, was der gängige Tarif ist.«

»Klär mich auf.«

Christie löste die Arme wieder und presste die Handflächen auf den Tisch. »Was hast du gegen den Festnetzanschluss in deiner Zelle? Lass mich raten – du willst nicht, dass jemand mithört. Aber warum? Ich vermute, weil es damit zu tun hat, was Jackie Simpson heute Nacht widerfahren ist.«

»Was ist Jackie denn widerfahren?«

»Woher soll ich das wissen?«

»Drück doch den richtigen Leuten ein paar Pillen in die Hand.«

»Das wäre Verschwendung von guter Ware. Selbst die Wärter wissen, dass es einer von ihnen war, vielleicht sogar mehr als einer. Wird nicht einfach werden, das unter dem Deckel zu halten. Alle mochten Jackie, da gibt's einige, die Gerechtigkeit für ihn fordern werden.«

»Einen Aufstand lostreten, meinst du?«

»Meine ich das?« Christie beugte sich über den Tisch und sah Rebus direkt in die Augen. »In meinem Büro, in fünf Minuten«, sagte er, stand auf und drehte sich um. Rebus blieb, wo er war, und zählte die Sekunden. Jede Menge Blicke von Gefangenen richteten sich auf ihn, sie fragten sich, was vor sich ging.

»Hab mir nur Special K bestellt«, teilte er denjenigen in unmittelbarer Nähe mit und hob die Stimme, damit es alle anderen auch mitbekamen.

Schließlich spazierte er den kurzen Weg zu Christies Zelle. Die Tür stand einige Zentimeter weit offen. Rebus schob sie mit dem Fuß noch ein Stück weiter auf und trat ein. Es war einigermaßen gemütlich – Fernseher, Anlage und ein Stapel neue Auto- und Motorradzeitschriften. An einer Wand hingen Fotos, darunter auch mehrere von Christies ermordeter Schwester und eins, auf dem er auf einer Harley-Davidson saß.

»Die erlauben mir nicht, Teppich auszulegen«, tat Christie entrüstet. Er stand breitbeinig unter dem hohen Fenster, die Hände hinter dem Rücken. »Würdest du zumachen?« Er nickte Richtung Tür. Rebus tat, was Christie verlangte.

»Also, wie viel?«, fragte er in die Stille.

»Tausend«, erwiderte Christie. Nachdem er zugesehen hatte, wie Rebus die Information aufnahm, schnaubte er. »Ausnahmsweise.« Er streckte seine rechte Hand aus. Darin lag ein kleines, sehr schlicht wirkendes Handy. »Der Code ist viermal Null. Manchmal ist der Empfang ein bisschen schlecht, am besten stellst du dich aufs Klo. Das Gute ist außerdem, dass sie dich dann nicht durch den Spion sehen können. Hören können sie dich trotzdem, also sprich lieber nicht zu laut und telefonier am besten nur, wenn draußen was los ist. Mitten in der Nacht hallt es hier noch stärker, und deine Nachbarn kleben sowieso mit den Ohren an den Wänden.«

Rebus wollte nach dem Handy greifen, aber Christie hatte die Finger schon wieder darum geschlossen.

»Überleg es dir gut: Wenn du's nimmst, bist du nicht mehr auf deren Seite, dann bist du auf unserer. Und wenn du erwischt wirst, wanderst du erst mal eine Weile in Isohaft. Das ist dir hoffentlich klar.«

Rebus nickte langsam. »Ist mir klar.«

»Und wenn der Chef rauskriegt, dass du ungezogen warst, lädt er dich nicht mehr zu Tee und Gebäck in sein Büro. Also, überleg es dir gut.«

»Hab's mir schon überlegt.«

»Hat es was mit Jackie Simpson zu tun?«

»Kann sein«, räumte Rebus ein. Als Christie die Faust löste, nahm er das Handy und schob es in seine Tasche. »Wie gebe ich es dir zurück?«

»Behalt es bis zum Frühstück. Dann gibst du's mir wieder. Aber ich muss dich vorwarnen – die Akkuladung reicht höchstens noch für zwanzig Minuten. Betrachte es als Gratiskostprobe. Wenn du die Dosis erhöhen willst, reden wir über Geld.« Christie streckte die Hand aus, und Rebus schlug ein, erwiderte Christies festen Händedruck so gut es ging.

»Da fällt mir noch ein«, sagte Rebus. »Wie kommt's, dass du so gut mit einem befreundet bist, der für eine andere Mannschaft spielt?«

»Meinst du Harrison?« Christie dachte einen Moment nach. »Sein Manager ist ein Liverpooler Wichser namens Hanlon, aber ich dachte, dass sich da vielleicht eine Transfermöglichkeit ergibt. Könnte sein, dass er den Verein wechselt …« Er zwinkerte leicht, dann kehrte er Rebus den Rücken zu und drehte den Kopf zu dem hohen Fenster. Es ließ sich nur wenige Zentimeter weit öffnen – aber Frischluft war Frischluft. Christie schien sie zu genießen und verschränkte erneut die Hände hinter dem Kopf.

Die Besprechung war beendet.

Kaum zurück in seiner Zelle, stieg Rebus auf die Toilette. Allerdings war noch nicht Einschluss, sodass jederzeit jemand seine Tür öffnen und ihn in flagranti erwischen konnte. Er wartete also ab. Nach zwanzig Minuten kamen zwei Gefängniswärter in Begleitung von zwei Detectives, vermutlich vom MIT. Ein Mann und eine Frau, Ende zwanzig oder Anfang dreißig, der Mann schien ihr vorgesetzt zu sein. Rebus fielen keine Namen zu ihnen ein. Es war das Signal, dass die Gefangenen vom üblichen Gemurre, Gemecker und Geschimpfe begleitet zurück in ihre Zellen getrieben wurden, wobei einige wissen wollten, ob man sie rechtzeitig zur nächsten Mahlzeit wieder herauslassen würde.

Kaum war Rebus' Tür abgeschlossen, stieg er erneut auf die Klobrille und telefonierte. Eine Frauenstimme meldete sich.

»Ja?«

Er schwieg und fragte sich, wie lange sie wohl brauchen würde.

Die Antwort: acht Sekunden, dann ertönte ein Seufzen. »John?«

»Hallo, Siobhan.« Er legte seine gewölbte Hand schützend über Mund und Handy.

»Es gab gar keine Ansage, dass der Anruf mitgehört wird.« Wieder wartete Rebus. Wieder seufzte Siobhan Clarke. »Du liebe Güte, John. Und wenn du erwischt wirst?«

»Du hast dir schon gedacht, dass ich anrufe, oder?«

»Du musst mit Christine Esson sprechen, nicht mit mir.«

»Ich habe sie heute gesehen. Hat sehr professionell gewirkt.«

»Weil sie sehr professionell ist.«

»Höre ich da einen Anflug von Eifersucht?«

»Fick dich.«

»Schön, deine Stimme zu hören, Siobhan. Wie geht's denn so?«

»Sammy und ich waren vor ein paar Tagen bei dir in der Wohnung. Allmählich riecht's ein bisschen modrig, wir haben die Heizung auf eine Stunde täglich gestellt. Ist das okay?«

»Hatte Sammy Brillo dabei?«

»Er hat dich überall gesucht. Wir haben ihn auf den Meadows laufen lassen, und auch da hat er dich gesucht.«

»Kratz ihn mal ordentlich hinter den Ohren von mir.«

»Mach ich.« Clarke hielt inne. »Carrie will dich sehen. Sie ist inzwischen echt gut im Zeichnen. Sie hat ein Bild von Brillo für dich gemalt.«

»Ich will nicht, dass sie mich hier drin sieht, Shiv, das geht nicht. Das weißt du.«

»Sie würde das schon hinbekommen, John.«

»Sie vielleicht, aber ich nicht.« Er hielt inne. »Und du – geht's dir gut, alles in allem?«

»Wie viel Zeit hast du?«

»Noch ungefähr zehn Minuten.« Rebus hielt das Handy ein Stück weg von sich. Die Akkuanzeige blinkte bereits. »Gibst du mir Christines Nummer?«

»Keine gute Idee.«

»Was ist mit Malcolm Fox? Redet er mit dir?«

»Was hat Fox damit zu tun?«

»Er war heute am Tatort, so wie's aussah, hat er sich vom Direktor ins Bild setzen lassen.«

»Das ist eigenartig.«

»Eben, hab ich auch gedacht. Kannst du vielleicht rausbekommen, was da los ist?«

»Mal sehen, was sich machen lässt. Versprechen kann ich's dir nicht. Aber wenn ich was in Erfahrung bringe, bist du mir was schuldig, und du weißt, was ich will.«

Jetzt war es an Rebus, geräuschvoll auszuatmen. »Ich überleg es mir.«

»Sie vermisst dich wahnsinnig.«

»Ich hab gesagt, ich denke darüber nach. War schön, mit dir zu reden, Shiv. Halt mich auf dem Laufenden.« Er beendete die Verbindung, blieb aber auf dem Klo stehen. Die Akkuanzeige blinkte immer noch rot. Wie viele Minuten hatte er noch? Er überlegte, wen er noch anrufen sollte. Seinen Anwalt? Wahrscheinlich hatte er schon Feierabend oder war sowieso nicht mehr in der Kanzlei – die Dame an der Anmeldung würde nur die üblichen Ausreden parat haben. Dann gab es immer noch Deborah Quant. Andererseits hatte sie aber die Autopsie an Cafferty durchgeführt und bei Rebus' Verhandlung ausgesagt, wonach der letzte Rest an Leidenschaft zwischen ihnen gewissermaßen erkaltet war. Er konnte mit Sammy sprechen, aber die würde er sowieso bei ihrem nächsten Besuch sehen. Die Oxford Bar? Er grinste bei dem Gedanken an die Geräuschkulisse der Stammgäste, wenn Kirsty dranging. Aber was dann? Nein, eigentlich gab es niemanden. Außerdem blinkte der Akku jetzt auch gar nicht mehr. Das Handy war tot.

2

Cammy Colson öffnete seine Autotür und stieg auf der Beifahrerseite ein.

»Tut mir leid, dass ich dich hab warten lassen«, sagte er.

Siobhan Clarke lächelte flüchtig. Detective Sergeant Cameron Colson bewegte sich im Schneckentempo durchs Leben. Obwohl er jetzt endlich saß, kroch seine Hand quälend langsam zum Griff. Ihn dabei zu beobachten, wie er die Tür zuzog, war ähnlich, als wollte man der Kontinentalverschiebung zusehen. Der Gedanke daran, dass er sich auch noch anschnallen musste, war Clarke so unerträglich, dass sie den Wagen einfach anließ und losfuhr.

»Mit wem hast du telefoniert?«, fragte er und zog sich den Gurt schräg über die Brust.

Er mochte zwar langsam sein, aber ihm entging kaum etwas.

»Privat«, sagte sie, mehr nicht, dann fuhr sie vom Parkplatz der Wache in St. Leonard's.

Sie hatte die Stelle vor nicht allzu langer Zeit angetreten und kannte ihre Kollegen noch nicht gut genug, um sie als Team zu betrachten. Sie wusste, dass alles, was sie Cammy Colson gegenüber äußerte, zwangsläufig auch die anderen erreichen würde. Sie waren natürlich alle neugierig – und misstrauisch. Neugierig, weil Clarke zu Professional Standards (den gefürchteten und berüchtigten »Complaints«) befördert worden, dann aber abgesprungen und zum CID zurückgekehrt war. Allerdings zu spät, um auf ihre alte Stelle am Gayfield Square zurückzukehren, die inzwischen neu besetzt war. St. Leonard's war ihr durchaus vertraut – sie hatte vor John Rebus' Pensionierung dort mit ihm gearbeitet –, aber jetzt war sie die Neue. Die Gesichter waren andere, und sie begegneten ihr mit Misstrauen, eben weil man sie, wenn auch oberflächlich, mit Professional Standards in Verbindung brachte. Die Kollegen überlegten ganz genau, was sie ihr erzählten. Wenn sie den Raum betrat, brachen sämtliche Unterhaltungen ab. Sie hätte ihnen auch einfach die Wahrheit sagen können – dass sie nicht bei Professional Standards geblieben war, weil es ihr nicht gefallen hatte und sie das Gefühl hatte, ihre Talente, sofern sie welche besaß, dort zu verschwenden. Aber würde man ihr das glauben? Niemals entschuldigen und bloß nichts erklären. Sie wusste nicht genau, wer das zum ersten Mal gesagt hatte, aber sie versuchte, sich daran zu halten.

Vielleicht kam es ja eines Abends beim Bier heraus. Nur dass keiner von ihnen je etwas trank. Wenn doch, dann heimlich, still und leise zu Hause. Bei Dienstschluss, wenn alle in ihre Jacken und Mäntel schlüpften, war nie die Rede davon, noch mal kurz gegenüber zusammen was trinken zu gehen. Oder man verabredete sich über Handynachrichten und schloss sie bewusst davon aus. Aber das glaubte sie nicht. Sie war versuchsweise mal in zwei oder drei Pubs in der Nähe spaziert, hatte dort aber keine bekannten Gesichter gesehen. Die neuen Kollegen gehörten einer anderen Generation an, mehr nicht. Sie waren jünger als sie. Heutzutage achtete man mehr auf sich. Pete Swinton lief Halbmarathons nur so zum Spaß. Colson war trotz seines Umfangs »halb veganer Vegetarier«. Trisha Singh ging zum Yoga und zu Pilates. Und sie alle arbeiteten unter Detective Chief Inspector Bryan Carmichael, der nicht nur aussah, als würde er noch das College besuchen, sondern auch jeden Morgen im nahe gelegenen Commonwealth Pool schwimmen ging, da er als Schüler früher der Nationalmannschaft der Schwimmer angehört hatte. Obwohl sie sich keine Wehmut erlauben wollte, vermisste sie die alten Zeiten mit John Rebus, der hin und wieder auch mal gegen Vorschriften verstieß, um Ergebnisse zu erzielen. »Die schlimmen alten Zeiten«, würde Carmichael zweifellos sagen, aber in gewisser Hinsicht waren es eben doch auch gute alte Zeiten gewesen.

Zwischen ihren wöchentlichen Besuchen bei Rebus in der Strafanstalt und den gelegentlichen abgehörten Telefonaten mit ihm dachte sie auch sonst häufig an ihren früheren Vorgesetzten. Er hatte abgenommen, die Haut hing schlaff an seinem Hals, und aus seinem Gesicht war jegliche Farbe verschwunden. Er riss zwar Witze über seine Haft, aber beide wussten, dass Saughton für einen ehemaligen Polizisten gefährlich war, auch wenn er so viel List und Instinkt besaß wie John Rebus. Seine Inhaftierung hatte Clarke näher an Rebus' Tochter Sammy und seine Enkelin Carrie rücken lassen. Sie gingen jetzt häufig gemeinsam mit Rebus' Hund Brillo spazieren und sprachen auch über Dinge, die nicht immer mit Rebus zu tun hatten.

Als Clarke an der ersten roten Ampel hielt, hatte Colson sich endlich angeschnallt.

»Also, was meinst du?«, fragte er.

Sie brauchte einen Augenblick, um sich zu sammeln. »Sie hat auf einer Party oder in der Stadt jemanden kennengelernt, sich unsterblich verknallt, und der Rest der Welt existiert gar nicht mehr.«

»Das heißt, sie kommt von allein wieder?«

»Ich hoffe es.«

Die Rede war von Jasmine Andrews, einer vierzehnjährigen Schülerin, die am vorangegangenen Nachmittag von der Schule nach Hause gegangen, aber nie dort angekommen war. Um 18:30 Uhr hatte ihre Mutter, die sich fragte, wo ihre Tochter blieb, Jasmines beste Freundin Carla angerufen. Diese hatte ihr gesagt, Jasmine sei nicht bei ihr und reagiere auch nicht auf Nachrichten oder Anrufe. In den sozialen Medien war sie ebenso wenig aktiv.

Jasmines Mutter hatte daraufhin ihren Mann angerufen, einen Business Developer, der sich beruflich im Süden aufhielt. Er war nicht ans Telefon gegangen, und sie hatte ihm keine Nachricht hinterlassen. Stattdessen war sie mit dem Wagen losgefahren, hatte die Straßen des Viertels und darüber hinaus abgeklappert. Irgendwann hatte sie angehalten und Carla eine Nachricht geschickt mit der Bitte, sie möge ebenfalls weiter nach Jasmine suchen. Als ihr Mann circa ein bis zwei Stunden später zurückrief, war sie in Tränen ausgebrochen und hatte auf sein Anraten hin die Polizei verständigt.

Das war gestern Abend gewesen. Jasmine war seither nicht nach Hause gekommen, und ihr Verschwinden war sehr untypisch. Falls sie mit jemandem zusammen war, dann mit niemandem aus ihrem sonstigen Freundeskreis. Entweder das, oder ein Freund oder eine Freundin deckte sie. Sie hatte keine Nachricht hinterlassen, keine Kleidung mitgenommen. Es würde eine Weile dauern, bis sich überprüfen ließ, ob sie mit ihrer Bankkarte eingekauft oder Geld abgehoben hatte.

Und es würde noch länger dauern, bis das Material aus den Überwachungskameras auf der Straße, im öffentlichen Nahverkehr und den Geschäften ausgewertet war. Jasmines Mutter Helena war gefragt worden, ob es zu Hause Krach gegeben hatte oder ob Jasmine in jüngster Zeit vielleicht irgendwie verändert gewirkt hatte. Hatte sie einen Freund? Nein. Exfreunde? Nur einen bislang, und auch mit dem war's nie richtig was Ernstes gewesen. Man hatte in ihrem Zimmer nachgesehen, ein paar Fotos ausgeliehen, ihre Kontaktdaten notiert. Der Telefonanbieter wurde um Mithilfe gebeten.

Jasmines Freundinnen hatten die Online-Welt alarmiert, und auch die Presse hatte von ihrer Besorgnis erfahren. Die *Evening News* hatten die Geschichte bereits auf ihrer Website gebracht, und in der nächsten Printausgabe der Zeitung sollte ein Foto von Jasmine erscheinen. Sie war ein jugendlich frischer Teenager mit einnehmendem Lächeln und langen blonden Haaren. Das allgemeine Interesse war geweckt.

Clarke und Colson befanden sich auf dem Weg zu Jasmines Schule in Marchmont, wo der Direktor alle Schüler zu sich bestellt hatte, die Jasmine kannten. Obwohl Clarke Colson erklärt hatte, Jasmine habe bestimmt jemanden kennengelernt und sei jetzt bei dieser Person, war sie selbst gar nicht so sehr davon überzeugt. Es handelte sich lediglich um ein *best case*-Szenario, das man besorgten Eltern präsentiert, damit sie nicht den Verstand verlieren. Sie hatte die Andrews' zu Hause besucht, in einer viktorianischen Doppelhaushälfte in einer grünen Straße in The Grange. Sie hatte gesehen, wie viel Mühe Helena Andrews hatte, einen Becher zum Mund zu führen, ohne ihren Tee zu verschütten, so sehr hatten beide Hände gezittert. Sie führte einen Designer-Laden im nahe gelegenen Bruntsfield. Ihre Schwester sollte bald aus Glasgow eintreffen, um ihr beizustehen. Ihr Ehemann konnte wahrscheinlich erst spät am Abend oder sogar erst am nächsten Tag kommen.

»Jas ist erst vierzehn«, hatte sie immer wieder schluchzend gesagt. »Sie müssen sie finden.«

»Natürlich finden wir sie«, hatte Cammy Colson behauptet

und dabei bedächtig über den Tisch nach seinem Becher gegriffen.

Eine Mitarbeiterin der Schule erwartete sie jetzt am Tor zum Parkplatz und wies ihnen einen Besucherplatz zu. Anschließend führte sie die beiden Detectives in das moderne Gebäude, eine Treppe hinauf in das einzige andere Stockwerk, wo sie die Tür eines Klassenzimmers öffnete und ihnen zu verstehen gab, sie sollten eintreten. Die Direktorin wartete bereits und gab ihnen die Hand, stellte sich als Tara Lindsay vor.

»Soll ich bleiben oder …«

Clarke betrachtete die ungefähr dreißig Schülerinnen und Schüler, alle in Schuluniform mit weißen Hemden, gelb-rot gestreiften Krawatten, dunklen Blazern und auf der linken Brusttasche aufgesticktem Schulwappen. Die Jungen trugen anthrazitfarbene Hosen, die Mädchen schlecht sitzende schwarze Röcke und dunkle Strumpfhosen. Da sie wussten, dass sie sich in Gegenwart von Autoritätspersonen befanden, machten sie alle Gesichter, wie Clarke sie häufig zu sehen bekam: als würden sie fürchten, jemand könne ihre Gedanken lesen und ihre Geheimnisse ans Licht bringen. Sie achteten darauf, weder durch Körpersprache noch eventuelle Versprecher etwas zu verraten.

»Setzt euch«, sagte die Direktorin. Colson hockte sich halb auf die Kante des Lehrertischs und setzte langsam dazu an, die Arme zu verschränken. Clarke stellte sich vor die Teenager und holte tief Luft.

»Ich bin Detective Inspector Clarke, und das hier ist Detective Sergeant Colson. Vielen Dank, dass ihr gekommen seid. Wie ihr wisst, wurde eure Freundin Jasmine seit gestern Nachmittag nicht mehr gesehen, und wir alle wollen sie gesund und wohlauf wiederhaben. Wahrscheinlich habt ihr sie besser gekannt als alle anderen, und deshalb benötigen wir eure Hilfe. Alles, was ihr uns sagen könnt, egal wie belanglos es auch sein mag, könnte uns weiterhelfen.« Sie unterbrach sich, als eine Hand in die Höhe fuhr.

»Bekommt Jas Ärger? Wenn sie gefunden wird, meine ich.«

Clarke betrachtete das Mädchen. »Gute Frage. Jasmine soll wissen, dass sie in keinerlei Schwierigkeiten steckt. Das kann ich gar nicht genug betonen. Ihre Mutter und ihr Vater wollen sie einfach nur in die Arme schließen. Egal, warum sie verschwunden ist, sie wird nicht bestraft. Hat jemand von euch vielleicht eine Idee, warum sie abhauen wollte, vielleicht auch nur für kurze Zeit?«

Die Schülerinnen sahen einander an, einige zuckten mit den Schultern.

»Kann sie jemanden besucht haben, vielleicht außerhalb der Stadt? Jemanden, den sie im Netz kennengelernt hat?« Clarke sah über ein Meer aus geschüttelten Köpfen hinweg, zwei Mädchen ganz hinten wechselten Blicke.

»Ihr haltet weiter auf TikTok, Snapchat und wo auch immer Ausschau nach ihr, ja?«, meldete sich Colson zu Wort.

»WhatsApp hat sie auch«, erwiderte ein Mädchen.

»Im Netz wissen alle längst, dass sie weg ist«, ergänzte eine andere, »aber trotzdem weiß niemand, wo sie steckt.«

»Fallen euch Orte ein, wo sie sein könnte? Orte, an denen ihr euch regelmäßig trefft, aber von denen eure Eltern nichts wissen?«

Alle im Raum sahen sich gegenseitig an, allgemeines Schulterzucken. Das Schweigen dauerte an, bis Clarke es brach.

»Ist hier ein Craig Fielding?«, fragte sie.

»Der ist eine Klasse über uns, aber heute nicht da«, erwiderte ein Junge mit einer sehr viel tieferen Stimme, als seine dürre

Statur vermuten ließ. Über seiner Oberlippe war der Flaum eines beginnenden Schnurrbarts zu erkennen.

»Hat er sich krankgemeldet?« Clarke richtete die Frage an Tara Lindsay, die versprach, dies zu prüfen, woraufhin sie ihr Handy nahm und eine Nachricht tippte.

»Craig und Jasmine haben sich vor Ewigkeiten getrennt«, sagte ein Mädchen ganz hinten.

»War das für beide okay?«, erkundigte sich Clarke und erntete Schulterzucken als Antwort.

»Glauben Sie, dass sie entführt wurde?«, rief ein anderes Mädchen mit leicht zitternder Stimme dazwischen. »Müssen wir jetzt alle besonders vorsichtig sein?«

»Bislang deutet nichts darauf hin«, erklärte Colson schleppend. »Aber es kann nie schaden, aufmerksam zu bleiben – Autos oder Fremde, die euch folgen, vielleicht bis nach Hause hinterherfahren …«

Clarke fiel ihm ins Wort, als sie plötzlich einige angsterfüllte Gesichter vor sich sah. »Ich bin sicher, wir müssen uns keine Sorgen machen, aber wir wollen uns alle vergewissern, dass sie in Sicherheit ist und nicht irgendwie in der Klemme steckt.«

Lindsay las eine gerade eingetroffene Nachricht. »Er fühlt sich unwohl. Seine Mutter hat heute Morgen im Sekretariat angerufen.«

»Wir brauchen seine Kontaktdaten«, erklärte Clarke. Sie drehte sich zum Whiteboard um, nahm einen Marker und schrieb ihre Telefonnummer mitsamt E-Mail-Adresse darauf. »Notiert euch das«, bat sie die Schüler. »Ihr könnt jederzeit, Tag und Nacht, vertraulich mit mir sprechen.« Alle zogen ihre Handys heraus und speicherten Nummer und Adresse ein, die meisten einfach, indem sie die Tafel fotografierten. Clarke wandte sich an Tara Lindsay. »Würden Sie dafür sorgen, dass sämtliche Mitarbeiter der Schule ebenfalls meine Kontaktdaten erhalten?«

»Natürlich.«

Clarke drehte sich wieder um und sprach zur Klasse. »Danke, dass ihr gekommen seid. Ich denke, das genügt erst mal.« Sie sah, wie alle ihre Taschen packten. »Ach, eins noch – gibt es hier eine Carla?«

Die beiden Mädchen ganz hinten wechselten erneut einen Blick. Eine hob zögerlich die Hand.

»Wenn du vielleicht noch ein paar Minuten bleiben könntest«, sagte Clarke.

Tara Lindsay übertrug die Informationen vom Smartboard in ihr eigenes Handy und stellte sich neben Clarke, während die Teenager einer nach dem anderen den Raum verließen. Als sie Clarke ansprach, senkte sie die Stimme.

»Ich würde nicht behaupten, dass Jasmine wahnsinnig aufgeweckt oder selbstbewusst ist. Sie gehört eher zu den Stilleren. Eine Mitläuferin, kann man vielleicht sagen. Sie hat uns nie Schwierigkeiten gemacht oder Anlass zur Sorge gegeben, anders als so manch andere, die mir einfallen würden.« Clarke hatte das Gefühl, dass Carla und ihre Vertraute, die jetzt leise flüsternd angetrödelt kamen, möglicherweise zu diesen »anderen« gehörten. Die Blicke aller dem Ausgang Zustrebenden ruhten auf ihnen beiden, und Carla war Farbe in die Wangen gestiegen.

»Wir möchten bitte allein mit Carla sprechen«, erklärte Clarke der Direktorin, »wenn das in Ordnung ist. Danach finden wir selbst den Weg hinaus.«

Lindsay schien zu zögern, nickte aber schließlich. Sie ging vor Carlas Freundin nach draußen, während Carla sich wieder auf demselben Platz ganz hinten niederließ, auf dem sie vorher gesessen hatte. Clarke hatte nichts dagegen, dem Mädchen den Sieg zu überlassen, und ging durch den Raum zu ihr nach hinten, Colson folgte ihr mit einigen Schritten Abstand.

Die beiden blieben stehen und bauten sich vor der sitzenden Schülerin auf.

»Wie heißt du mit Nachnamen, Carla?«, fragte Clarke.

»Morris.«

»Was ist das für ein Akzent?«

»Bradford. Wir sind vor vier Jahren hergezogen.«

»Und so lange kennst du Jasmine?«

»Im Prinzip schon.«

»Ihre Mutter hat uns gesagt, dass du ihre beste Freundin bist – ist sie auch deine?«

»Jas ist okay. Wir haben Spaß zusammen und stehen auf dieselbe Musik.«

»Hätte sie jemandem etwas anvertrauen wollen, wäre sie damit zu dir gekommen?«

»Kann sein.«

Clarke musterte das Mädchen. Sie hatte reine Haut und ein bisschen Babyspeck, befand sich aber eindeutig auf dem Weg zur Erwachsenen. In ihrem Blick lag eine gewisse Schläue, aber vor allem auch Mut. Schulterlange dunkle Haare und ein bisschen Eyeliner. Ihre Krawatte hatte sie zu einem großen Knoten gebunden, der oberste Knopf ihrer weißen Bluse war offen. Clarke versuchte sich an ihre eigene Schulzeit und Mädchen wie Carla zu erinnern, aber seither war zu viel Zeit vergangen.

»Wer war das neben dir?«, fragte Colson und zeigte auf den frei gewordenen Stuhl.

»Stephanie.«

»Ist sie *deine* beste Freundin, Carla?«

Das Mädchen sah ihn kurz an. »Ich wünschte, ich könnte Ihnen helfen, aber ich kann's nicht.«

»Hast du keine Ahnung, was Jasmine vorhat? Wo sie steckt?«

»Als ich sie das letzte Mal gesehen habe, war alles in Ordnung. Vor zwei Tagen haben wir uns abends Links für YouTube-Clips geschickt. Sie hat nichts gesagt von …« Sie rührte mit einem Finger durch die Luft, womit sie alles und nichts meinte.

»Was für Clips?«

»Musikvideos … lustige Tiere … einfach irgendwas, weil sie dachte, es gefällt mir.«

»Hat sie das oft gemacht?«

»Fast jeden Abend.«

»Sie hat dir Sachen geschickt, weil sie dachte, dass sie *dir* gefallen – das heißt, die Kommunikation verlief eher einseitig? Würdest du sagen, dass sie als Freundin ein bisschen zu anhänglich war?«

Carla blickte Colson in die Augen, und es war, als würde eine Zugbrücke hochgezogen. »Ich habe Ihnen alles gesagt, was ich sagen kann.« Ihre Stimme klang leise, aber entschieden.

Clarke hob ihr Handy und wedelte damit. »Dürfen wir deine Kontaktdaten haben, Carla? Ich glaube nicht, dass wir weitere Fragen haben, aber um auf Nummer sicher zu gehen …«

Das Mädchen überlegte kurz, dann ratterte sie ihre Nummer herunter.

»Danke schön«, sagte Clarke.

»Kann ich gehen?«

»Du kannst gehen«, bestätigte Colson.

Carla verlor keine Zeit, schnappte ihre Tasche und ging zur Tür.

»Aktuell kein Freund?«, rief ihr Clarke nach.

»Ich oder Jas?«

»Jasmine.«

»Nicht dass ich wüsste.«

»Und wie ist es mit dir – du bist nicht zufällig mit Craig Fielding zusammen, oder?«

Das Mädchen antwortete, indem sie die Augen verdrehte und ging.

»Craig Fielding?«, fragte Colson, als die Tür zuschlug.

»Da ist irgendwas mit Carla und ihrer Freundin Stephanie. Irgendwas sollen wir nicht mitbekommen.« Clarke verzog fragend das Gesicht und ging zurück zu dem Smartboard. »Ich denke, ich lasse das erst mal stehen«, sagte sie.

»Als du angefangen hast zu schreiben, hat man richtig gemerkt, dass es dir Spaß macht. Wolltest du mal Lehrerin werden?«

»Absolut nicht.« Sie drehte sich zu ihm um. »Müssen wir nicht auch mit Craig Fielding sprechen?«

»Wahrscheinlich schon.«

Clarke sah ihn an. »*Wahrscheinlich?*«

»Im Moment ist der Fall unklar. Wenn sie im Laufe des Tages zu Hause hereinschlendert, haben wir unsere Zeit verschwendet.«

»Willst du sagen, du raffst dich ungern auf, solange sie noch nicht im Leichenschauhaus auf einem Edelstahltisch vor dir liegt?«

»Du lieber Himmel, Shiv, das will niemand.«

»Ich heiße Siobhan, DS Colson.«

Er hob kapitulierend die Hände. »Dann beantworte mir folgende Frage – denkst du, sie wurde entführt, oder ist sie ein hormongesteuerter Teenager, der sich eingeschnappt verzogen hat?«

Clarke überlegte kurz. »Da ist was dran – jemand muss das Register der Sexualstraftäter durchsehen. Gibt es in der Gegend jemanden, von dem wir wissen sollten? Vielleicht jemand, der noch nicht lange wieder auf freiem Fuß ist?« Sie sah seinen Blick. »Wir müssen jede Eventualität berücksichtigen, um vorbereitet zu sein, falls es schlechte Nachrichten gibt.« Dann sprach sie in versöhnlicherem Tonfall weiter. »Vielleicht hast du recht, und sie hat sich wirklich nur mal vorübergehend verdünnisiert. Vielleicht kommt sie ja wirklich bald nach Hause. Aber wenn nicht, wird unser Chef wissen wollen, ob wir von Anfang an gründlich vorgegangen sind.« Sie hielt inne. »Richtig oder falsch?«

Colson schien jeden Widerspruchsgeist verloren zu haben. »Schön, na klar. Natürlich, du hast recht. Also, erst der Exfreund, dann die Pädos?«

»Nicht zu vergessen Strawberry Switchblade.« Colson guckte ratlos. »Ich meine Carla und Stephanie.«

»Strawberry Switchblade?«

»War vor deiner Zeit, Cammy«, sagte Clarke und versuchte sich nicht anmerken zu lassen, wie sehr sie dieses Eingeständnis schmerzte.

Malcolm Fox' Büro in dem modernen Gebäude des Scottish Crime Campus in Gartcosh war ein Glaskasten, identisch mit den Glaskästen links und rechts davon. Er hatte gerade, was selten vorkam, Besuch von seinem Chef gehabt, Detective Chief Superintendent Phil Pratchett. Pratchetts Auftreten hatte sich im vergangenen Jahr verändert. Der Ruhestand nahte, und inzwischen hatte er sich mit dessen Unausweichlichkeit abgefunden. Fox hatte den Eindruck, Pratchett habe ihn zu einem früheren Zeitpunkt einmal für einen potenziellen Nachfolger gehalten, doch nach der Farce mit Siobhan Clarke zweifelte er an Fox' Urteilsvermögen. Dieser hatte sie mit großer Überzeugung zu Professional Standards berufen, und sie hatte es keine zwei Minuten dort ausgehalten. Fox war sich darüber bewusst, dass er schleunigst Ergebnisse vorlegen musste, um die dadurch entstandene Scharte wieder auszuwetzen.

Das war auch der Grund, weshalb der Tod von Jackie Simpson ein solcher Tiefschlag für ihn war.

Simpson hatte für Fox Augen und Ohren offengehalten, zuerst draußen, dann in Trinity Hall. Darryl Christie setzte sein unheilvolles Regime über Schottlands Hauptstadt aus dem Gefängnis fort. Neue Drogen schwemmten auf die Straßen der Stadt. Bei Police Scotland wollte man den Lieferanten keinen roten Teppich ausrollen. Fox' Abteilung hatte den Auftrag, den Zufluss zu stoppen und die Hauptakteure zu identifizieren. Diese waren jedoch nicht ausschließlich einheimisch, weshalb Fox einem DI in London namens Thomas Glaze vorgestellt wurde (Thomas, nicht Tom – den Fehler hatte Fox nur einmal gemacht). Die beiden waren sich bislang nicht persönlich begegnet, hatten immer nur telefoniert, aber Fox bildete sich gerne ein, dass ein erster harmonischer Kontakt geknüpft war.

Glaze arbeitete für die SO15 und beschäftigte sich dort vor allem mit Drogen- und Menschenhandel. Vor einem Jahr hatte er Fox auf einen gewissen Shay Hanlon hingewiesen. Hanlon wurde verdächtigt, Flüchtlinge durch Europa zu schmuggeln und sie anschließend in eine Form der Sklaverei zu verkaufen, wo sie niedere Tätigkeiten verrichten mussten, um unablässig steigende Schulden abzubezahlen. Eines seiner Unternehmen war ein Nagelstudio in Edinburgh. Ob Fox' Team etwas darüber in Erfahrung bringen könne, das ihnen möglicherweise weiterhalf? Fox machte sich nicht die Mühe, Glaze zu erklären, dass er eigentlich gar kein Team hinter sich hatte. Es gab so schon herzlich wenig Beamte in der Abteilung für Organisiertes Verbrechen und Terrorbekämpfung, und das Budget war gerade erst wieder gekürzt worden. Er hatte sich der Sache daher persönlich angenommen, häufig in seiner Freizeit. Eines Abends, in einer ruhigen anonymen Bar, hatte er zusammen mit Jackie Simpson einen Plan ausgeheckt. Angenommen, jemand würde in das Nagelstudio einbrechen, dann hätte die Polizei einen guten Grund, die Räumlichkeiten zu betreten und sich dort umzusehen. Gut möglich, dass sich dabei etwas ergab.

Und so war es. Straßendrogen. In rauen Mengen. Geliefert von einem gewissen Everett Harrison, dessen Fingerabdrücke und DNA sich auf sämtlichen Verpackungen fanden. Er wurde angeklagt, verurteilt und landete im HMP Edinburgh.

Wenig später geschah auch Jackie Simpson ein Missgeschick, und er landete ebenfalls dort.

»Eigentlich ein Glücksfall«, hatte Glaze angemerkt. »Harrison ist ein guter Fang, aber wir wollen seinen Boss. Wenn die beiden Kontakt aufnehmen, vielleicht kann Ihr Mann dann etwas herausbekommen. Wie lange wird er sitzen?«

»Ein paar Monate, mehr nicht.«

»Dann nichts wie ran an die Arbeit, Malcolm. Wir sind Ihnen übrigens sehr dankbar. Wenn Sie wüssten, wie hier über Sie gesprochen wird … Sie würden rot werden!«

An diesem Punkt beschloss Fox, lieber mit seinem Chef zu sprechen und ihn *größtenteils* darüber in Kenntnis zu setzen, was er unternommen und erreicht hatte.

Inzwischen war aber einige Zeit vergangen, und Fox hatte nicht mehr vorzuweisen als einen toten Spitzel – was nun den Chief Super zu ihm ins Büro geführt hatte.

»Passen Sie bloß auf, dass Ihnen die Situation nicht entgleitet, Malcolm«, war seine Botschaft gewesen.

»Wird sie nicht«, hatte Fox ihm versichert und ihm dabei direkt in die Augen gesehen.

Der CID Edinburgh musste jetzt nur den Fall für alle Seiten zufriedenstellend aufklären. Fox hatte in dieser Hinsicht wenig Zutrauen – und war daher persönlich im HMP Edinburgh vorstellig geworden, um sich vom Direktor herumführen zu lassen. Zum Abschied hatte man ihm versprochen, ihn über sämtliche Entwicklungen auf dem Laufenden zu halten.

»Guter Mann«, hatte er gesagt und ausnahmsweise einmal aufrichtig gelächelt.

Clarke blieb noch im Büro in St. Leonard's, als alle anderen schon nach Hause gegangen waren. Sie war gerne hier, wenn es ruhiger wurde. Sie brauchte Platz zum Nachdenken. Hauptsächlich dachte sie über Colson, Swinton und Singh nach. Colson erzählte nie viel über sein Privatleben. Sie wusste, dass Swinton und Singh verheiratet waren, Swinton mit einem im Finanzwesen tätigen Mann und Singh mit einem Arzt. Clarkes Chef, Bryan Carmichael, war schwul und in einer Beziehung, über die er aber nie sprach.

Wäre sie nach ihren eigenen Lebensumständen gefragt worden, hätte sie die Wahrheit gesagt – dass sie sich eine Auszeit von alldem nahm. Vor einer Weile war es mal zu einem kurzen Intermezzo mit Fox gekommen, aber das Verhältnis war schwierig gewesen und schon bald untragbar. An die Namen, Gesichter und zeitliche Zuordnung der Männer davor konnte sie sich kaum noch erinnern. Sie nahm eines der Fotos von Jasmine Andrews und betrachtete es. Bislang hatte sie sich noch nicht die Mühe gemacht, Informationen an eine Pinnwand zu heften.

Noch sprach niemand über Suchkommandos oder dass man das Flussbett ausbaggern müsse. Beamte hatten sämtliches zur Verfügung stehende Filmmaterial aus den Überwachungskameras von Bus- und Bahnstationen zusammengetragen, aber den Flughafen zunächst außer Acht gelassen. Taxifahrer waren verständigt worden. Eine Kontaktbeamtin besuchte heute Abend noch Jasmines Eltern, der Vater war inzwischen zurück.

Er hieß James. Helena, die Mutter, hatte er beruflich kennengelernt, als er noch ein ganzes Stück weiter unten in der Hackordnung stand und sie seine Sekretärin war. Sie wurde schwanger und gab ihren Beruf auf. Später machte James Karriere, und sie beschlossen, dass Helena nicht auf ihre alte Stelle zurückkehren sollte. Sie hatte immer Lust gehabt, ein eigenes Geschäft aufzumachen. Clarke hatte nach dem Besuch der Schule einen Umweg gemacht und war an dem Laden vorbeigefahren. Er wirkte fröhlich, obwohl er geschlossen war, im Fenster lag aller möglicher Schnickschnack, viel Tweed und viel Kaschmir.

»Hochwertiger Plunder«, hatte Colson knapp zusammengefasst und es dabei belassen.

Der Besuch der Kontaktbeamtin war eine Formalität. Clarke bezweifelte, dass er viel ergeben würde. Da sie noch keine Gelegenheit gehabt hatten, mit dem Vater zu sprechen, hatte sie die Kollegin um eine Einschätzung gebeten.

»Wenn du das Gefühl hast, da ist was faul«, hatte sie zu ihr gesagt, »will ich's wissen.«

Die Wache in St. Leonard's war eine der moderneren in der Stadt, wirkte aber trotzdem recht heruntergekommen, die Einrichtung war ramponiert und verschrammt, die Fenster schlecht eingepasst, und ob die Heizung funktionierte oder nicht, war eine Frage von Glück. Rein ästhetisch betrachtet könnte man das Dienstgebäude im Vergleich zu dem am Gayfield Square wohl als Verbesserung betrachten, tatsächlich aber fühlte es sich für Clarke eher wie eine Degradierung an. Sie vermisste ihre alte Crew. Sie vermisste es, von ihrer Wohnung unweit der Broughton Street zur Wache zu laufen. Sie legte das Foto zur Seite, nahm ihr Handy und rief Christine Esson an.

»Dann hast du's schon gehört«, sagte Esson. »Der erste anständige Mordfall seit Langem«, erwiderte Clarke. »Alle sind grün vor Neid.«

»Ich bezweifle, dass die neidisch wären, wenn sie den ganzen Tag dort verbringen müssten. Ich bin vor einer halben Stunde raus aus dem Knast, und der Gestank hängt immer noch in meinen Klamotten.«

Clarke hörte ein Auto hupen. »Stehst du im Stau?«, riet sie.

»Die Freuden des Berufsverkehrs … wo bist du?«

»St. Leonard's. Du wohnst doch hier gleich die Straße runter, oder?«

»Das weißt du ganz genau. Soll ich dich abholen?«

»Mädchen, du kannst Gedanken lesen.«

»Aber nur auf einen Drink. Ich kann nicht riskieren, pusten zu müssen.«

»Ein Drink wird reichen«, versicherte ihr Clarke.

»Das haben wir immer gesagt, aber selten hingekriegt.«

»Gott sei Dank sind wir jetzt älter und klüger.«

»Bin in zehn Minuten da, höchstens fünfzehn.«

»Ich warte unten vor der Tür«, sagte Clarke.

Die Bar, für die sie sich schließlich entschieden, befand sich am Rand von Newington, hier waren kaum Touristen, und es war nicht zu voll – wie seit Corona in den meisten Pubs unter der Woche und außerhalb des Stadtzentrums. Sie bestellten zwei Gin Tonic mit jeweils einer Flasche Tonic zusätzlich und setzten sich an einen Tisch in der Ecke, von dem aus sie die Tür im Auge behalten konnten. Als sich ihre Blicke trafen, grinsten sie – typisch Polizei: Man wollte immer sehen, wer hereinkam, falls es jemand war, dem man lieber nicht begegnete.

Nachdem sie angestoßen hatten, tranken und schwiegen sie einen Moment. Esson streckte ihren Hals, drehte ihn nach links und rechts, lockerte den Nacken.

»Womit hast du's gerade zu tun?«, fragte sie.

»Einem verschwundenen Teenager, einem jungen Mädchen.«

»Hab davon gehört.«

Clarke hob ihr Handy und zeigte Esson ein Bild von Jasmine.

»Wie alt?«, fragte Esson.

»Vierzehn.«

»Sie sieht älter aus, aber das tun junge Mädchen ja immer … jedenfalls behaupten das die Männer, die ihnen nachstellen.«

»Entweder es ist was, oder es ist nichts.« Clarke sprach über den Rand ihres Glases. »Wie läuft es denn mit meinem Nachfolger?«

»Hast du nicht gesagt, du willst auf keinen Fall über ihn reden?«

»Will ich ja auch nicht. Ich will nur hören, dass er eine herbe Enttäuschung ist und das Charisma eines Farbeimers besitzt.«

Esson tat, als würde sie darüber nachdenken. »Welche Farbe?«

»Schlachtschiffgrau.«

»Eigentlich ist er ganz okay. Ich denke, du würdest ihn vielleicht sogar mögen.«

»Sympathisch? Fleißig? Kollegial?«

»All das und mehr.«

»Du schwärmst wohl für ihn?«

»›Du schwärmst wohl für ihn‹? Erinner mich noch mal, in welchem Jahrhundert wir uns befinden.«

»Klappt denn die Zusammenarbeit?«

»Bis jetzt schon.«

»Sogar im Knast.«

»Tatsächlich wirkte er da ein bisschen weniger selbstsicher. Ich denke, vielleicht leidet er unter Klaustrophobie.«

»Sag mir noch mal, wie er heißt.«

»Jason Mulgrew.«

Clarke wiederholte den Namen einige Male nachdenklich für sich selbst.

»Heute haben wir ein paar Leute vor Ort vernommen, und morgen ist noch mal ein ganzer Schwung dran.«

»Weglaufen können sie ja nicht.«

»Die Wärter dürfen ab und zu nach Hause.« Esson schenkte sich ein bisschen mehr Tonic ins Glas. »Wir haben die Überwachungskameras überprüft. Das ist ein Gefängnis, richtig? Überwachung ist ein absolutes Muss. Trotzdem war eine Kamera seit über einer Woche defekt.«

»Und zwar genau die, die auf die Zelle gerichtet ist, in der der Mord stattfand?«

»Wie hast du das erraten?«

»Ansonsten hättest du den Fall ja längst gelöst. Komischer Zufall …«

»Fanden wir auch.«

»Wie viele Verdächtige?«

»In der Nacht waren gerade mal ein Dutzend Mitarbeiter für über achthundert Gefangene im Dienst – unfassbar, oder? Die Zellentür war verschlossen, niemand hat was gesehen oder gehört – jedenfalls nichts, das sie bereit wären, uns zu verraten. Abgesehen von einem einzigen Insassen, der behauptet, er habe irgendwann in der Nacht Schlüsselgeklapper gehört.«

»Zu schade, das mit der Kamera.«

»Im Labor sehen sie sich jetzt sämtliche Aufnahmen an. Ein ständiges Kommen und Gehen, aber bevor die Kollegen von der Frühschicht übernehmen, sieht man niemanden auch nur in die Richtung des Tatorts gehen.«

»Hatte das Opfer Feinde?«

»Wie man hört, gab's wohl ein bisschen Stress zwischen ihm und einem der Wärter.«

»Und hatte dieser Wärter in der fraglichen Nacht Dienst?«

»Seine Kollegen geben ihm ein Alibi, er war nie länger als fünf Minuten allein.«

»Wie praktisch. Und der andere in der Zelle?«

»Außerhalb des Gefängnisses würde man ihn als Gelegenheits-User bezeichnen. Im Krankenhaus wurden Tests durchgeführt, und anscheinend war er wirklich total weggetreten, wie er behauptet. Außerdem hat er einen Schlag auf den Schädel bekommen. Die mussten ihm erst mal die Stirn klammern.«

»Dann war er also gar nicht bei Bewusstsein, als der Mord stattfand.«

»Er hat genau wie alle anderen nichts gehört oder gesehen.«

»Zumindest nichts, was er mitzuteilen bereit wäre.« Clarke folgte Essons Beispiel und schenkte sich ebenfalls Tonic nach.

»Wir haben keine Blutspuren an ihm gefunden. Er lag im Bett oben, das Opfer unten. Jede Menge Blut auf dem Bettzeug, an der Wand und auf dem Boden.«

»Fußabdrücke, die zur Tür führen?«

Esson schüttelte den Kopf. »Keine Fußabdrücke, keine Fingerabdrücke, keine Waffe.«

»Aber ein Messer, oder?«

»Eine Stichwaffe mit gezackter Klinge. Nach der Autopsie wissen wir vielleicht mehr – sie ist für morgen Vormittag angesetzt.«

Sie schwiegen einen Augenblick. »Aber dann muss es doch jemand gewesen sein, der einen Schlüssel hat«, meinte Clarke.

»Was uns zur Nachtschicht zurückbringt«, pflichtete Esson ihr bei. »Und hier ist noch was – in den letzten anderthalb Monaten wurden Autos von Gefängnismitarbeitern auf dem Parkplatz angezündet. Und das HMP Edinburgh ist nicht das einzige Gefängnis, wo so was passiert ist, bislang wurde aber noch niemand gefasst.«

»Der Beamte, der mit dem Verstorbenen aneinandergeraten ist …?«

»Sein Wagen war auch betroffen.« Esson nickte langsam.

»Weshalb hat unser Opfer gesessen?«

»Einbruch. War nicht sein erster Knastaufenthalt, aber jetzt hatte er nur noch einen Monat abzusitzen. Der Direktor vermutet, es hätte nicht lange gedauert, bis er wieder straffällig geworden wäre.«

Esson sah Clarke an. »Lust auf Chips?«

»Lieber Nüsse.«

»Hier gibt's gesalzene mit Pfeffer. Bin gleich wieder da.« Esson stand auf, zögerte aber. Clarke hatte die erste Runde bezahlt. »Einer geht wahrscheinlich noch, was meinst du?«

»Liegt ganz bei Ihnen, Officer.«

Während Esson wartete, bis sie an der Reihe war, entspannte sich Clarke allmählich. Genau das vermisste sie: Das tägliche Runterkommen bei der Spielanalyse. Rebus hatte ihr das im Hinterzimmer der Oxford Bar beigebracht. Dort hatten sie Vorgehensweisen und Ansätze besprochen, waren dabei auf Dinge gestoßen, die sie sonst vielleicht übersehen hätten. Ein bisschen war das so, als würde man alles an seinen Platz sortieren, um am nächsten Tag besser organisiert neu zu starten. Esson kehrte mit zwei kleinen Plastikschälchen Erdnüssen an den

Tisch zurück, die Deckel waren bereits abgezogen. Sie setzte sich wieder und wartete, bis Clarke etwas sagte, aber Clarke sah bereits den Barmann mit zwei frischen Gläsern Gin herankommen. »Danke, Gerry«, sagte Esson, kippte ihren Drink in ihr ursprüngliches Glas um, wobei sich eine zweite Limettenscheibe zur ersten gesellte. »So behält man immer den Überblick, wie viele man hatte«, erklärte sie Clarke.

»Was ist mit deinem Wagen?«

»Den lasse ich hier stehen. Zehn Minuten zu Fuß, dann bin ich zu Hause. Morgen früh hole ich ihn ab, bevor die Verkehrsstreife startet. Zum Wohl.«

Wieder stießen sie an.

»Also«, sagte Clarke schließlich, »ihr habt mit der Vernehmung der Sträflinge begonnen? Bist du schon bis zu unserem Freund vorgedrungen?«

Esson grinste in ihr Glas. »Hab mich schon gefragt, wann du auf ihn zu sprechen kommst. Ich hab ihn heute Morgen kurz gesehen, aber nicht gesprochen. Konnte kaum glauben, dass die ihn zum normalen Fußvolk gesperrt haben.«

»Darryl Christie will angeblich auf ihn aufpassen.«

»Wirklich?« Esson blies die Wangen auf und ließ langsam die Luft entweichen.

»Und warum, denkst du, interessiert sich Malcolm Fox für den Fall?«

Clarke gab sich Mühe, die Frage beiläufig klingen zu lassen, aber Esson fiel nicht darauf rein.

»Von Malcolm Fox war doch gar nicht die Rede.« Sie atmete laut aus. »Du hast mit JR gesprochen, hab ich recht?«, fragte sie mit leicht erhobener Stimme.

»Schuldig im Sinne der Anklage. Er hat Fox gesehen und sich gewundert. Und jetzt wundere ich mich auch.«

»Willkommen im Club. Er kam einfach angerauscht, ohne dass das vorher mit uns abgesprochen war.«

»Ist er dem Team zugeteilt?«

»Nicht in dem Sinne – er wollte nur über die Situation unterrichtet werden und hat verlangt, dass wir ihn regelmäßig auf dem Laufenden halten.« Esson unterbrach sich und beugte sich so weit vor, wie ihr Stuhl es erlaubte. »Darum geht's hier also? Du horchst mich aus über Fox, damit du's John Rebus weitertratschen kannst? Und du selbst kannst ihn nicht fragen, weil er immer noch sauer auf dich ist, nachdem du bei den Complaints gekniffen hast – du warst seine erste Wahl und hast ihn im Regen stehen lassen.«

»Das war einfach nichts für mich, Christine.«

»Das hab ich dir gesagt, bevor du die Stelle angenommen hast – aber du warst nicht zu bremsen.«

»Sieh's mal von der positiven Seite. Jetzt hast du den schönen Jason Mulgrew.«

»Hab nie gesagt, dass er schön ist.«

»Ist er aber, oder?«

Esson dachte über die Frage nach. »Er sieht ganz gut aus«, lenkte sie ein. Dann: »Was denkst *du* denn, warum Fox im Gefängnis herumschnüffelt?«

»Es gibt eine Vorgeschichte zwischen Darryl Christie und ihm«, spekulierte Clarke. »Und jetzt hat er die Chance, sich anzusehen, was Christie im Gefängnis treibt.«

»Er ist nicht unbedingt geläutert, nach allem, was man so hört.«

»Er hat die Stadt fester im Griff als je zuvor.«

»Vielleicht ist es das.« Esson nahm sich ein paar Nüsse.

»Wir vermissen dich, weißt du das?«, sagte sie kauend.

»Danke, Christine. Tut mir gut, das zu hören.«

»Wie geht's John überhaupt? Ich dachte, dass ihn seine Anwälte längst wieder draußen hätten.«

»Mehr oder weniger haben sie ihm das auch so versprochen – aber jetzt sind sie plötzlich alle ganz still geworden, und das macht ihn wahnsinnig. Andererseits gibt es Aspekte des Gefängnislebens, die ihm wohl ganz gut gefallen – plötzlich hat er wieder einen geordneten Tagesablauf.«

»Aber keine Kneipenbesuche.« Esson schob sich mit ihrem Stuhl einige Zentimeter näher an Clarke heran. »Hat er Andeutungen gemacht?«

»Andeutungen?«

»Wer es getan hat und warum?«

Clarke schüttelte den Kopf.

»Früher oder später werden wir ihn vernehmen. Ich kann ihn selbst fragen, wenn ich ihn sehe.« Sie schob Clarke die letzten Nüsse zu und trank ihr Glas aus. »Bleibst du noch?«

»Allein? Wofür hältst du mich?«

»Wir wissen doch beide, wie's ist«, sagte Esson augenzwinkernd. »Hier fahren jede Menge Taxis vorbei, wenn du eins heranwinken willst. Sonst ruft dir Gerry eins. Wir haben morgen viel zu tun.« Sie nahm ihren Schal und schlang ihn sich um den Hals, dann beugte sie sich vor und umarmte Clarke. »Schön, dich zu sehen, Siobhan – auch wenn du Hintergedanken gebraucht hast, um anzurufen.«

Und damit verschwand sie, checkte im Gehen Nachrichten auf ihrem Handy. Clarke nahm die leeren Gläser und trug sie zum Tresen. Die Musik im Hintergrund war nicht schlecht. Burt Bacharach oder so was Ähnliches. Gerry nickte dankend, als sie die Gläser abstellte.

»Angeblich können Sie mir ein Taxi besorgen?«, fragte Clarke.

»Das kann ich allerdings. Und wenn Sie wollen, auch noch einen Absacker.«

»Warum nicht?«, sagte Clarke und stützte die Ellbogen auf den Tresen ab.

»In einem frischen Glas?«, erkundigte sich ihr neuer bester Freund.

Clarke betrachtete die beiden Limettenscheiben auf den angeschmolzenen Eiswürfeln vor sich. »Gerne in einem frischen Glas«, bestätigte sie.

Zweiter Tag

3

Esson und Mulgrew fuhren direkt von der Autopsie zum Gefängnis. Auf der zwanzigminütigen Fahrt herrschte gedrückte Stimmung. Es dauerte immer eine Weile, bis man sich wieder umgestellt hatte. Bis der Anblick, die Geräusche und Gerüche wieder verflogen waren. Esson war froh, dass es Mulgrew offenbar genauso ging, er lenkte seinen schlanken silberfarbenen Audi wie einen Leichenwagen. Er hatte Musik eingeschaltet, und in den ersten circa fünf Minuten lauschten sie ihr schweigend.

»Was ist das?«, fragte Esson schließlich.

»Pentangle.«

»Neu rausgekommen?«

Er wandte kurz den Blick von der Straße ab. »Das sind die späten Sechziger. Hast du im Ernst nie von denen gehört?« Sie schüttelte den Kopf. »Und von Fairport Convention – Sandy Denny und Richard Thompson?«

»Tut mir leid.«

»The Incredible String Band? Alle aus Edinburgh.«

»Die Bay City Rollers auch.« Sie entdeckte den Anflug eines Lächelns in Mulgrews Gesicht. Ein ansprechendes Gesicht – Siobhan Clarke hatte von »schön« gesprochen und damit eigentlich ganz richtig gelegen. Er hatte helles Haar, breite Schultern, nur ein paar überschüssige Pfunde am Bauch. Und er war Single. »Du würdest dich bestimmt blendend mit John

Rebus verstehen«, behauptete sie. »Der hört total viel Musik von damals.«

»Ich hoffe, jemand passt auf seine Platten auf, solange er sitzt.«

»Kannst ihn ja wahrscheinlich später fragen.« Esson starrte aus dem Fenster auf der Beifahrerseite. »Und was hast du gestern Abend gemacht? Was Aufregendes?«

»Nichts Besonderes. Und du?«

»Auch nicht.«

Sie hatten an einer roten Ampel gehalten, und er fingerte an seinem Handy. Die Musik brach ab und wurde durch ein anderes Stück ersetzt. »Das ist Bert Jansch«, sagte er.

»Nicht einfach, dazu zu tanzen«, meinte sie. Mulgrew trommelte mit den Fingern auf dem Lenkrad.

»Wäre nicht schlecht, wenn wir die Tatwaffe hätten«, sagte er nach ein paar Minuten, und plötzlich waren sie in Gedanken wieder im Autopsiesaal, wo sie die zerfetzte, fünf Zentimeter lange Schnittwunde des Opfers in Augenschein genommen hatten. War Blut aus der Wunde gespritzt? Nach Ansicht der Pathologin auf jeden Fall. Mussten sich Blutspuren auf der Kleidung des Täters finden? Mit ziemlicher Sicherheit, wobei das Handtuch, das dem Opfer auf den Mund gepresst wurde, einiges abgefangen hatte. Die Mitarbeiterspinde wurden noch einmal überprüft – dieses Mal kriminaltechnisch. Außerdem sämtliche Abfalleimer auf dem Anstaltsgelände, sowie der Parkplatz, dem sie sich jetzt bereits näherten.

Sie parkten neben den Fahrzeugen anderer Besucher, die Musik verstummte.

»Hat mir gefallen«, meinte Esson.

»Ich kann dir ja ein paar CDs leihen.«

»Und auch was, worauf ich sie abspielen kann?«

Mulgrew schüttelte beinahe mitleidig den Kopf und schloss den Wagen ab. Einen Augenblick blieben beide nebeneinander stehen und betrachteten die hohen Gefängnismauern. Sie wechselten einen Blick und strafften die Schultern. Zeit zu gehen.

Auch als Angehörige eines Ermittlerteams hatten sie kein Recht auf ein beschleunigtes Zugangsverfahren, obwohl sie dank einer Sondergenehmigung ihre Handys behalten durften – die aller anderen wurden an der Anmeldung in einer Kiste verschlossen. Sie trugen sich ein und bekamen zeitlich begrenzte Besucherausweise, wurden anschließend ähnlich wie am Flughafen durchleuchtet. Eine Beamtin war ihnen zugeteilt worden. Sie war stärker geschminkt als Esson und bewegte sich ungezwungen und selbstbewusst trotz der eher bedrückenden Umgebung. Eine Tür nach der anderen wurde vor ihnen auf- und hinter ihnen zugeschlossen, sämtliche Gänge und Treppen wurden von an den Decken befestigten Kameras überwacht. Zwei Gefangene fuhren mit einem Industriestaubsauger über den Boden. Sie grüßten die Beamtin beim Vornamen.

»Ganz schön lässig«, meinte Mulgrew.

»Manchmal werde ich auch mit Ma'am angesprochen«, erwiderte sie. »Ist mir alles lieber als Schlampe oder Leckschwester.«

»Auch wieder wahr«, pflichtete er ihr bei.

Sie wurden in das Büro des Seelsorgers geführt, das man ihnen für die Dauer der Ermittlungen zur Verfügung gestellt hatte. An den Wänden hingen Plakate, die für positives Denken warben, auf einem Beistelltisch lagen Stapel mit Broschüren, außerdem Wohlfühlbücher mit Titeln wie *Mach etwas aus deinem Leben*. Die Schreibtischschubladen und der Aktenschrank waren verschlossen, aber es gab eine Ecke für die Zubereitung von Tee und Kaffee, außerdem eine Dose mit gemischten Keksen, versehen mit einem Zettel und der darauf notierten Aufforderung: »Greifen Sie zu!«

Anstatt unhandliche Aufnahmegeräte mitzuschleppen, wollten sie auf ihre Mobiltelefone für Audio- und Videoaufnahmen zurückgreifen. Mulgrew hatte ein Ladekabel und ein kleines Stativ mitgebracht. Das Stativ war von dem Beamten überprüft worden, der bereits das Durchleuchten am Eingang übernommen hatte.

»Wenn ihr rauskommt, will ich es wiedersehen«, hatte er sie vorgewarnt und den Gegenstand auf seiner Liste notiert. Sein Tonfall war nicht freundlich. Esson glaubte, den Grund zu kennen. Sie waren hier, um seinen Kollegen Fragen zu stellen – weil ebenjene Kollegen die Hauptverdächtigen waren.

Die Seelsorgestation war in einem großen modernen Anbau des ursprünglichen Gefängnisses untergebracht. Wie der Beschilderung zu entnehmen war, befanden sich in den angrenzenden Büroräumen die Abteilung für Weiterbildung, die von Mitarbeitern des Fife College geleitet wurde, und eine dem NHS unterstellte Krankenstation. Gemeinnützige Organisationen veranstalteten in dem großen Konferenzraum hin und wieder Workshops und Kurse, bei denen es um Themen wie Drogensucht, Alkoholismus und Auto-Aggression ging.

Das Mobiliar der Seelsorgestation war durch einen dritten Stuhl ergänzt worden, weshalb es inzwischen recht eng war in dem Raum. Esson machte sich daran, Tee zu kochen, während Mulgrew sein Handy vorbereitete. Ihres würden sie zur Sicherheit zusätzlich für Tonaufnahmen nutzen. Sie hatten eine Besprechung mit einem Vertreter der Staatsanwaltschaft gehabt, der sie zu ihrem Vorgehen beraten hatte. Normalerweise wurden Zeugen in einem Raum der Wache in St. Leonard's vernommen. Der Staatsanwalt hatte dringend empfohlen, möglichst ähnliche Bedingungen zu schaffen. Niemand wollte Verfahrensfehlern Vorschub leisten oder – schlimmer noch – Fehler machen, die dazu führten, dass es gar nicht erst zu einem Gerichtsverfahren kam.

»Wir sind doch keine Anfänger«, hatte Mulgrew gebrummt. Und tatsächlich hatte die Unterredung eher der Standpauke eines skeptischen Lehrers geglichen. Nichtsdestotrotz achteten sie darauf, sich an die Vorgaben zu halten. Als Chris Novak eintraf, dreimal kräftig an die Tür klopfte und darauf wartete, hereingebeten zu werden, saßen sie am Schreibtisch, so dicht nebeneinander, dass sich ihre Arme und Oberschenkel beinahe berührten.

»Officer Novak«, sagte Esson, »nehmen Sie doch bitte Platz.« Sie stellte sich selbst und Mulgrew vor. Der angebotene Tee oder Kaffee wurde abgelehnt.

Novak hatte markante Gesichtszüge und kurz geschorene Haare, die er mit Haarwachs oder Gel aufgestellt hatte, er war an beiden Armen tätowiert und sah aus, als würde er gleich aus seinem engen weißen Hemd platzen.

»Wer rastet, der rostet«, meinte Esson mit Blick auf die Unterlagen vor sich. »Sie hatten Nachtschicht, als sich der Vorfall ereignet hat, und direkt im Anschluss Frühschicht – und jetzt sind Sie schon wieder im Dienst.«

»Hab mich gestern Nacht ausgeschlafen.«

»Übernehmen Sie häufig solche Doppelschichten?«, fragte Mulgrew und rückte das Stativ vorsichtig zurecht.

»Wir sind unterbesetzt. Außerdem kann ich die Kohle gebrauchen.«

»Wofür geben Sie Ihr Geld denn aus?«

Novak starrte Mulgrew böse an. »Was geht Sie das an?«

»Ich wollte mich nur mit Ihnen unterhalten. Vielleicht stehen Sie ja auf teure Autos, fahren gerne in den Urlaub oder gehen gerne aus …«

»Das mit meinem Wagen wissen Sie doch«, sagte Novak. Er saß breitbeinig da, die fleischigen Hände auf den Knien.

»Haben Sie eine Ahnung, warum ihn jemand angezündet hat?«

»War ja nicht nur meiner.«

»Ähnliche Vorfälle gab es auch in anderen Gefängnissen, das ist richtig. Denken Sie, das waren gezielte Angriffe?«

»Eher wahllos.«

»Also hat hier niemand speziell gegen Sie etwas?«, fragte Esson und sah Novak langsam den Kopf schütteln. »Sind Sie sicher?«

»Ich weiß, worauf Sie hinauswollen. Okay, es gibt Gefangene, mit denen ich mich besser verstehe als mit anderen. Da wird Ihnen aber jeder Beamte hier dasselbe sagen. Manchmal geraten Persönlichkeiten einfach aneinander. Gangster, die sich was beweisen wollen, oder Typen, die eigentlich in die Psychiatrie gehören, nicht in den Knast.«

»Und zu welcher Sorte gehörte Jackie Simpson?«

»Der hat halt immer wieder versucht, mich in Rage zu bringen. Er meinte zu mir, er weiß, wo ich wohne, und wenn er wieder draußen ist, kommt er vorbei.«

»So was Ähnliches haben Sie aber wahrscheinlich auch schon von anderen gehört, oder?«

»Oft genug.«

»Und ist es ihm gelungen, Sie in Rage zu bringen?«

Novak sah Esson tief in die Augen. »Nicht im Geringsten. Da gab's immer einen Schlagabtausch zwischen uns, aber weiter ging das nie.« Er beugte sich zu dem Schreibtisch herunter, der Stuhl knirschte unter seinem Gewicht. »Ich weiß, wie das von außen aussieht, aber das war auf keinen Fall einer von den Beamten hier. Das muss schon passiert sein, bevor die Zellen über Nacht verschlossen wurden. Irgendwer ist ganz schnell rein und wieder raus.«

»Schließen Sie denn ab, ohne noch mal in die Zelle zu sehen?«, fragte Mulgrew.

Novak blickte ihm direkt in die Augen. »Normalerweise gucken wir schon, aber es kann immer sein, dass jemand mal nicht ganz so gewissenhaft war oder abgelenkt wurde.«

»Wer hat Mr Simpsons Zelle denn abgeschlossen?«

Novak schüttelte den Kopf. »Weiß nicht mehr.«

Esson sah in ihren Notizen nach. »Zeugen haben gesagt, es sei eine Beamtin namens Valerie Watts gewesen.«

Novak verzog keine Miene. »Wenn Sie das sagen.«

»So eine blutverschmierte Gestalt im unteren Bett ist schwer zu übersehen.«

»Nicht, wenn jemand eine Decke oder so drübergezogen hat.«

Novak schob sich auf seinem Stuhl herum.

»Zu dumm, das mit der defekten Kamera«, sagte Mulgrew.

»Wir haben das Problem vor über einer Woche gemeldet.«

»Und wer wusste, dass sie nicht funktioniert?«

»Alle.«

»Gefangene ebenso wie Mitarbeiter?«

»Da stand ein Mann auf einer Leiter und hat versucht, sie zu reparieren. So was bleibt nicht unbemerkt.«

»Wahrscheinlich nicht.«

»Aber schon komisch, oder?«, ergänzte Esson. »Dass in einem einzigen Zellengang eine Überwachungskamera ausfällt, und ausgerechnet dort wird jemand tot aufgefunden?«

»Kommt drauf an, was für einen Humor man hat, ob man so was komisch findet.«

»Aber sonst war in der Nacht nichts ungewöhnlich? Hat wirklich nichts ahnen lassen, dass da etwas passieren wird?«

»Alles war wie immer – nach Einschluss und wenn das Licht aus ist geht man noch ein bisschen auf und ab, und wenn nicht das, dann hält man sich abwechselnd im Überwachungsraum und im Pausenraum auf.«

»Wir haben gesehen, dass in der Nacht einige Zellen kontrolliert wurden.«

Novak nickte. »Manchmal kann ein Gefangener nicht schlafen. Dann wird er unruhig und laut, kann auch sein, dass er aus lauter Langeweile nach uns ruft.«

»Aber nichts dergleichen in der Zelle des Ermordeten?«

Novak schüttelte den Kopf, lehnte sich zurück und verschränkte die Arme, ließ dabei seine Oberarmmuskeln spielen.

»Irgendjemand wird den Mund aufmachen«, fuhr Esson ruhig und überzeugt fort. »Das ist immer so.«

Novak drehte sich zu Mulgrews Handy um und sprach direkt hinein. »Das ist hier Zeitverschwendung. Jedes Mal, wenn ihr einen von uns herbeordert, fehlt er woanders. Wenn hier Ärger losbricht, dann ist das eure Schuld.« Danach sah er wieder Mulgrew und Esson an. »Wir sind fertig, oder?« Er presste die Handflächen auf die Armlehnen des Stuhls, um sich hochzustemmen und zu gehen.

Esson las ein weiteres Papier aus dem Stapel mit ihren Unterlagen. »Ist Valerie Watts heute im Dienst, wissen Sie das?«

»Die hat frei.«

»Das ist ungewöhnlich.«

Novak hielt im Aufstehen inne.

»Weil sie fast immer an denselben Tagen Dienst hat, wie Sie«, fuhr Esson fort, »sie übernimmt sogar dieselben Doppelschichten.«

»Na und?«

Esson zuckte nur mit den Schultern und wartete, ob er noch etwas sagen würde. Stattdessen aber richtete sich Novak auf und marschierte hinaus, während Mulgrew die Aufnahme stoppte.

»Ist Novak verheiratet?«, fragte er Esson.

»Hat eine Frau und zwei Kinder.«

»Und Watts?«

»Glaube nicht.«

Leises Klopfen an der Tür. Sie ging gerade weit genug auf, sodass Howard Tennent seinen Kopf durch den Spalt schieben konnte.

»Alles in Ordnung?«, erkundigte er sich.

»Alles prima, Sir, danke«, versicherte ihm Mulgrew.

»Chris Novak ist mir gerade entgegengekommen, der sah nicht gerade erfreut aus. Ein Gefängnis funktioniert nur, wenn die Mitarbeiter engagiert und konzentriert bei der Sache sind. Andernfalls ist Ärger vorprogrammiert.«

»Das hat Mr Novak auch gesagt. Trotzdem müssen wir unserer Aufgabe nachgehen.«

»Selbstverständlich, na klar …«

»Normalerweise würden wir Ihre Mitarbeiter zur Vernehmung zu uns auf die Wache bestellen …«

Der Direktor hob die Hände. »Ich weiß das sehr zu schätzen, dass Sie die Abläufe so wenig wie möglich stören wollen, aber alle wissen, dass Sie meine Gefängnisbeamten vernehmen, und allmählich zählt man zwei und zwei zusammen.«

»Je schneller wir herausfinden, was passiert ist, umso schneller wird sich die Lage auch wieder beruhigen.«

»Nur wenn sich herausstellt, dass der Täter ein Sträfling ist«, schränkte Tennent ein.

»Ich kann verstehen, dass Ihnen das am liebsten wäre«, sagte Esson, »auch wenn die Umstände bislang dagegen sprechen.«

Der Direktor zog jetzt ein noch längeres Gesicht. Ihm entwich ein Geräusch aus tiefster Kehle, dann verzog er sich wieder in den Gang.

»Meinst du, wir sollten ihn auch vernehmen?«, fragte Mulgrew.

»Er wird sich auf die Seite seiner Mitarbeiter stellen, egal was passiert.«

»Und jetzt?«

»Jetzt gibt's Kekse«, erwiderte Christine Esson.

Rebus besuchte den Wizard in seiner Zelle oder, besser gesagt, er stellte sich zu ihm in den Eingang. Wahrte man nicht einen gewissen Mindestabstand zum Wizard, nahm man ihn anschließend in die eigene Zelle mit. Es war kein Körpergeruch und auch nicht der Gestank des Verfalls, aber alle Gefangenen sprachen davon. Er verströmte einen ganz besonders hartnäckigen, unangenehmen Geruch. Der Wizard löste gerne Rätsel – vor allem Kreuzworträtsel und Sudokus. Auf seinem Schreibtisch stapelten sich Rätselhefte neben einem Bleistift und einem Radiergummi.

»Du warst bei der Polizei«, sagte er zwischen seinen Hustenanfällen. »Du weißt, dass niemand bestraft werden wird für das, was da passiert ist. Den Leuten draußen ist scheißegal, wer Simpson um die Ecke gebracht hat oder warum. Er hat einfach aufgehört, der Öffentlichkeit auf der Tasche zu liegen.« Er blickte von seinem Kreuzworträtsel auf, sah Rebus in die Augen. »Als du draußen warst, hast du gedacht, ihr steht auf der einen Seite und wir auf der anderen – ihr seid die Guten, und wir sind die Bösen. Aber jetzt bist du schon eine Weile hier, John – würdest du nicht sagen, alles in allem sind wir mehr oder weniger alle gleich?«

»Du meinst abgesehen von der vollkommen nebensächlichen Tatsache, dass ich keinem meiner Freunde einen Schraubenzieher ins Auge gerammt habe?«

Die Miene des Wizard verdüsterte sich. »Der hatte es verdient, John. Und wenn du erst mal rotsiehst, kannst du für nichts mehr garantieren. Erzähl mir nicht, dass es bei dir und Cafferty anders war.«

Rebus dachte einen Augenblick lang nach. »Ich hab Cafferty nicht umgebracht«, sagte er.

»Ah, rein und unschuldig bist du wie frisch gefallener Schnee – von deiner Sorte gibt's jede Menge hier drin.« Der Wizard kicherte leise, verstummte aber, um zu lauschen, als im Gang jemand etwas von einer Vertuschungsaktion schrie.

»Trotz allem, was du sagst«, setzte Rebus an, »scheint man sich hier drin ja doch dafür zu interessieren, wer Jackie umgebracht hat. Hast du vielleicht eine Idee, Wizard?«

»Wer hat dich denn mit der Aufklärung des Falls beauftragt?«

»Bin von Natur aus neugierig.«

»Das ist an einem Ort wie diesem kein Vorteil.«

Rebus sah in beiden Richtungen den Gang entlang. Er hatte nach Christine Esson oder Malcolm Fox Ausschau gehalten, aber bislang keinen von beiden gesichtet. Er wusste, dass man irgendwo einen Ermittlungsraum eingerichtet hatte. Das Team der Spurensicherung hatte getan, was es konnte. Das Absperrband hing noch vor der verriegelten Zellentür. An einem Ende des Gangs saß Darryl Christie an einem der runden Tische und bildete das ruhige Zentrum inmitten des Trubels, Gefangene umkreisten ihn, maulten herum und verstummten wieder. Zwei Beamte hielten Wache, beide in sicherer Nähe eines Alarmknopfs. Man merkte ihnen die Anspannung an, ihre Kiefermuskeln zuckten, sie hielten die Arme verschränkt und waren sich sehr darüber bewusst, wieviel Feindseligkeit ihnen entgegenschlug. Musik dröhnte aus einer der Zellen, ein Soundtrack mit The Killers und NWA bis hin zu *Killer Queen*. Rebus war sicher, dass auch die Wärter kapierten, welcher thematische rote Faden sich hier abzeichnete.

Als der Direktor von zwei weiteren Wärtern flankiert auftauchte, beruhigten sie sich ein wenig, auch wenn die Musik weiter laut dröhnte. Er ging zur Zelle des Wizard, nickte Rebus kurz zu, dann richtete er das Wort an den Bewohner der Zelle. Rebus fiel auf, dass auch er an der Schwelle haltmachte.

»Tut mir leid, Gareth«, sagte er zum Wizard, »aber wir müssen Ihr Einzelbett gegen ein Stockbett tauschen. Wahrscheinlich nur für eine Woche oder so.«

»Kommt der Junge zu mir?«, riet der Wizard.

»Irgendwo muss er ja hin.«

»Wie geht's ihm?«, fragte Rebus.

»Die Ärzte sind mit ihm fertig, er kommt heute noch zurück.«

»Kann ihn nicht jemand anders nehmen?«, fragte der Wizard.

»Sie werden sich um ihn kümmern, Gareth, das weiß ich. Und wenn er ein bisschen Ruhe möchte, dann werden Sie ihn nicht weiter löchern.« Der Wizard nickte einsichtig. »Die Beamten hier helfen Ihnen, die Bettwäsche und die anderen Sachen umzuräumen. Es kommt gleich jemand, der das Bett abschraubt und rausträgt.« Rebus fiel auf, dass der Direktor jetzt nicht mehr den Wizard ansah, sondern ihn. »Kann ich kurz unter vier Augen mit Ihnen sprechen, John?« Dann ging er in Richtung Rebus' Zelle weiter.

Rebus wusste, dass alle ihn beobachteten, insbesondere Darryl Christie. Als er Howard Tennent in seine Zelle folgte, bat dieser ihn, die Tür hinter sich zu schließen. Kaum war dies geschehen, fiel seine demonstrative Selbstsicherheit von ihm ab, seine Wangen höhlten aus.

»John, ich kann nicht zulassen, dass mir hier der Laden um die Ohren fliegt. Das geht einfach nicht.«

»Absolut nicht«, pflichtete Rebus ihm bei und war ziemlich sicher, dass er bereits wusste, was gleich kommen würde.

»Die Polizei macht natürlich nur ihren Job, und das ist auch gut und schön. Aber die sind nicht hier drin.« Er stach mit einem Finger in die Luft. »Die hören und sehen nicht, was Sie hören und sehen.«

»Gibt einiges, wovon ich nichts mitbekomme.«

»Sie haben sich früher einen Namen gemacht. Sie haben Ergebnisse erzielt.«

»Wenn ich mich hier wie ein Detective aufführe, bekommt das der gesamte Trakt mit, und dann bin ich Ihnen so nützlich wie in Einzelhaft.«

»Ich verlange nicht viel, John. Aber falls Sie etwas hören, irgendeine Ahnung haben …«

»Komme ich damit zu Ihnen? Und wenn mir mein Riecher sagt, dass es ein Wärter war?«

Jetzt guckte der Direktor noch trübsinniger aus der Wäsche. »Würden Sie das für mich machen? Tun Sie mir den Gefallen?«

»Wahrscheinlich hilft es ja, mir die Zeit zu vertreiben.«

Tennent hielt Rebus eine Hand hin. »Und noch was. Was ist da mit Ihnen und Bobby Briggs?«

»Besser, wir bleiben durch mehrere verschlossene Türen und Gitter getrennt.«

»Verstehe.«

Als die beiden wieder aus der Zelle traten, stand Darryl Christie direkt gegenüber mit dem Rücken zur Wand und den Händen in den Taschen. Sein Blick sollte ihnen mitteilen, dass er genau wusste, was sie gerade besprochen hatten. Als der Direktor weiterging, trat Christie zwei Schritte auf Rebus zu, wurde aber durch Jubelrufe und Applaus abgelenkt. Mark Jamieson kehrte mit geklammerter Wunde und Kopfverband nach Trinity Hall zurück. Er wurde sofort umringt, eine Hand nach der anderen klopfte ihm auf die Schulter. Seine Verletzungen wurden in Augenschein genommen, und jemand bot an, ihm einen Tee oder Kaffee zu bringen.

»Wenn du Medikamente übrig hast, die du nicht brauchst …«

Jamieson lachte mit ihnen, bis zu dem Moment, in dem er die Zellentür und das Absperrband entdeckte. Dann schluckte er trocken, sein Adamsapfel bewegte sich auf und ab, und man half ihm auf einen Stuhl.

»Sag doch einfach, dass es Novak war«, schlug jemand vor. »Mehr wollen wir sowieso nicht wissen.«

Aber Jamieson schüttelte den Kopf. »Ich weiß es nicht«, sagte er mit einer Stimme kaum lauter als ein Flüstern. »Ich war völlig weggetreten.«

»Arschlöcher, alle zusammen«, fluchte jemand. Erneut richteten sich alle Blicke auf die Beamten in ihren weißen Hemden, von denen nun einer Howard Tennent etwas ins Ohr flüsterte und ein Nicken als Antwort erhielt. Der Direktor wurde rasch zum nächsten Ausgang geführt.

»Hau ruhig ab!«, brüllte ihm ein Gefangener hinterher. »Die Wahrheit holt dich sowieso ein!«

Brüllende Zustimmung. Darryl Christie hatte offenbar beschlossen, dass Rebus warten konnte, und ging auf die um Mark Jamieson Versammelten zu. Er streckte die Arme aus, die Handflächen nach unten, gab den anderen Zeichen, dass sie sich beruhigen sollten. Weitere Beamte trafen ein. Eddie Graves blieb neben Rebus stehen.

»Würde mir ähnlichsehen, als Geisel zu enden«, brummte er und ging weiter.

Billy Groam stand im Eingang zur Nachbarzelle. »Den nehmen wir auf keinen Fall als Geisel«, sagte er laut, damit Rebus es hörte. »So wie der ständig rummeckert, wären wir nach höchstens zehn Minuten völlig am Ende.«

»Wie explosiv ist die Stimmung denn wirklich, Billy?«, fragte Rebus.

»Kommt ganz auf Darryl an«, erwiderte Groam schulterzuckend. »Was Darryl will, bekommt er …«

Die Männer um Jamieson hatten sich jetzt zu einem wilden Haufen zusammengerottet, standen dicht gedrängt, Schulter an Schulter, Christie beugte sich vor, um wie ein Fußballtrainer die Taktik zu besprechen. Rebus trat ein paar Schritte vor.

»Das würde ich lassen«, warnte Groam ihn, und tatsächlich warfen einige Gefangene Rebus bereits böse Blicke zu.

»Im Moment bist du wahrscheinlich in deiner Zelle am besten aufgehoben, John.«

»Davon bin ich nicht überzeugt, Billy«, sagte Rebus ruhig mit Blick auf den abgesperrten Tatort auf der anderen Seite des Gangs …

4

Clarke und Colson saßen im Wagen draußen vor dem Haus der Familie Andrews. DCI Carmichael hatte am Morgen gleich als Erstes das Team zusammengerufen. Inzwischen war einige Zeit vergangen, und Jasmine war immer noch nicht zurück. Das bedeutete, der Fall wurde hochgestuft. Ein Pressebriefing hatte bereits stattgefunden, und es waren ausreichend Streifenbeamte mobilisiert worden, um die unmittelbare Umgebung des Wohnhauses zu durchkämmen. Jasmines Mobilfunkbetreiber und ihre Bank wurden unter Druck gesetzt, möglichst schnell sämtliche Daten vorzulegen, vor allem, wann sie Handy und Bankkarte zuletzt benutzt hatte. Ein Pressefotograf hatte gerade lange genug gehalten, um vom Straßenrand aus Aufnahmen vom Haus der Familie zu machen. Als er die beiden Detectives entdeckte, hatte er zumindest den Anstand gehabt, schuldbewusst zu gucken, anschließend hatte er sich schnell wieder in seinen Wagen verzogen und war verschwunden.

Clarke und Colson dachten noch nach über das, was sie gerade durch einen Anruf der Kontaktbeamtin erfahren hatten.

»Da waren eindeutig Spannungen spürbar«, hatte die Kontaktbeamtin gesagt. »Nicht unbedingt das liebevollste und vertrauteste Paar. Sie saß auf einem Stuhl, er auf der anderen Seite des Raums, ein Arm auf der Sofalehne, als müsste er eigentlich gleich woanders hin. Beidseitig fielen ein paar spitze oder abfällige Bemerkungen. Ich würde sagen, er gibt ihr die Schuld an dem, was mit Jasmine passiert ist, was auch immer das sein mag. Sie beklagt sich, dass er so oft nicht zu Hause ist …«

Colson schob sich auf dem Beifahrersitz herum. »Das heißt, zum aktuellen Zeitpunkt setzen wir sie lieber noch nicht in einer Pressekonferenz vor die Journalisten«, schlug er vor.

Clarke starrte immer noch auf ihr schwarzes Handydisplay, als sie laute Stimmen im Haus hörte. Am Wohnzimmerfenster war niemand zu sehen, aber Colson hatte seine Entscheidung bereits getroffen und war aus dem Wagen gesprungen. Schneller, als Clarke ihn je erlebt hatte. Der Nissan Leaf von Helena Andrews war an eine Ladestation in der Auffahrt angeschlossen. Hinter ihr parkte der Mercedes ihres Mannes, auf dessen Beifahrersitz sich ein einziges Chaos an leeren Sandwichverpackungen, Papieren und zerdrückten Kaffeebechern befand. Clarke ging an den beiden Fahrzeugen vorbei und holte Colson ein, gerade als dieser versuchte, die Haustür zu öffnen, die zwar klapperte, aber nicht nachgab. Er wollte gerade mit der Faust dagegen hämmern, als die Tür von innen aufgerissen wurde.

James Andrews war groß und für sein Alter offensichtlich gut in Form, abgesehen von dem erschöpften Blick und den Bartstoppeln. Sein Hemd hing aus der Hose, und er trug Socken, keine Schuhe.

»Was?«, blaffte er.

Statt einer Antwort hielt Colson ihm seinen Dienstausweis vor. Die Luft wich aus Andrews, und er fuhr sich mit der Hand durch das zerzauste silbergrau melierte Haar.

»Ist die Polizei«, rief er über die Schulter seiner Frau zu.

»Alles in Ordnung, Sir?«, erkundigte sich Colson.

»Abgesehen davon, dass unsere Tochter verschwunden ist, meinen Sie?«

»Wir dachten, wir hätten Stimmen gehört.«

Helena Andrews war jetzt neben ihren Mann getreten und hatte eine Hand um seinen Arm geschlungen, ganz offensichtlich in dem Versuch, Einvernehmen zu demonstrieren.

»Wir waren in verschiedenen Räumen«, erklärte sie. »Ich denke, vielleicht sollten wir beide mal einen Hörtest machen – wir sind ständig am Schreien.« Ihr Lächeln hätte vielleicht manch einen überzeugt, aber ihr Herz war eindeutig nicht bei der Sache.

»Dürfen wir reinkommen?«, fragte Clarke.

»Ich habe Ihre Namen vergessen«, sagte Helena und legte den Kopf zur Seite.

»DI Clarke und DS Colson«, erinnerte Clarke sie.

»Gibt es Neuigkeiten?«

»Wir würden uns gerne noch mal Jasmines Schlafzimmer ansehen, wenn das in Ordnung ist?«

»Brauchen Sie dafür keinen Durchsuchungsbefehl?«, fragte James Andrews.

»Möchten Sie, dass wir einen besorgen? Das wird dauern, und in Fällen wie diesem spielt die Zeit häufig gegen uns.«

»Was soll das heißen?«

»Falls Ihre Tochter verschwinden möchte, stehen unsere Chancen, sie zu finden, umso schlechter, je länger wir ihr dafür Vorsprung geben.« Clarke hielt inne. Sie waren noch immer nicht im Haus, und sie lenkte den Blick auf die Türschwelle, in der Hoffnung, ihr Gegenüber würde den Hinweis verstehen. Helena zog ihren Mann am Arm.

»Wir tun alles, um zu helfen«, sagte sie.

»Ist Ihnen das recht, Mr Andrews?«, fragte Colson.

»Natürlich«, brummte Andrews und trat einen Schritt zurück.

Clarke und Colson schoben sich an ihm vorbei ins Wohnzimmer. Eine offene Flasche Wein stand fast leer auf dem Sofatisch.

»Noch von gestern Abend«, erklärte Helena Andrews. »Hätte ich besser nicht trinken sollen, aber na ja, wissen Sie …«

»Denken Sie, in Jasmines Zimmer findet sich ein Hinweis?«, fiel ihr Mann ihr ins Wort. »Ihren Computer und das iPad haben Sie doch schon.«

»Aber bislang noch keine Passwörter. Ich nehme nicht an, dass sie uns dabei helfen können, Mr Andrews?«

Andrews zuckte mit den Schultern und schüttelte den Kopf, dann steckte er sein Hemd in die Hose.

»Vielleicht können wir uns kurz setzen?«, fragte Clarke. Helena nahm wie vorher auch auf ihrem Stuhl Platz, während sich James auf die Sofakante auf der anderen Seite des Raums pflanzte, sodass maximaler Abstand gewahrt blieb.

»Wie häufig sprechen Sie mit Jasmine, wenn Sie nicht zu Hause sind, Mr Andrews?«, fragte Colson.

»Sagen Sie doch bitte James. Wir sprechen einmal die Woche auf Facetime.«

»*Meistens* einmal die Woche«, korrigierte ihn seine Frau. »Manchmal hast du auch zu viel zu tun.«

»Ich mache oft Überstunden«, erklärte James den beiden Detectives. »Damit meine Familie etwas zu essen und anzuziehen hat.«

»Sie sind Business Developer?«

»Das ist richtig.«

»Was heißt das?«

»Das heißt, dass ich Unternehmen helfe zu wachsen, sich zu entwickeln oder zu modernisieren.«

»Und wie lange dauern diese Geschäftsreisen in der Regel?«, fragte Clarke.

»Vier bis sechs Wochen, manchmal länger. An den Wochenenden habe ich meist frei, aber der Gedanke, dann noch bis hier hoch zu fahren …«

»Du Ärmster.« Helena hatte jetzt die Arme verschränkt und die Beine übergeschlagen, wippte wütend mit einem Fuß.

»Ich habe meine Lektion gelernt.« Die Stimme ihres Mannes klang jetzt härter. »Offenbar kann ich mich nicht darauf verlassen, dass der Laden hier zu Hause auch ohne mich läuft.«

Clarke fiel auf, dass Mann und Frau sich nicht in die Augen sahen. »Sie hatten gesagt, Ihre Schwester würde kommen?«, fragte sie Helena.

»Ja, aber … jetzt ist James ja zurück …« Helena blickte in seine Richtung. Clarke ahnte, dass Helenas Mann sich nicht gut mit seiner Schwägerin verstand.

»Warum könnte Jasmine wegwollen?«, fragte Clarke ihn.

»Die Frage wird Ihnen ihre Mutter besser beantworten können als ich.«

»Weil du sowieso kaum etwas weißt, hab ich recht?«, schoss Helena zurück.

»Das hilft uns nicht weiter«, erklärte Clarke ruhig, aber entschieden, was bei beiden kleinlaute Mienen hervorrief.

»Jas ist mir inzwischen ein Buch mit sieben Siegeln«, gestand James schließlich seufzend. »Vielleicht sind ja alle Mädchen als Teenager so. Wenn ich sie frage, was sie vorhat, antwortet sie mir nicht. Was ist mit ihren Freundinnen, wie läuft es in der Schule – immer nur einsilbige Antworten, und ich bekomme das Gefühl, sie möchte eigentlich lieber in Ruhe gelassen werden. Ich dachte, sie würde sich ihrer Mutter gegenüber öffnen, weibliche Solidarität und so, aber …«

»Sie weiß, dass ich für sie da bin, wenn sie mich braucht«,

sagte Helena leise. Die Wut im Raum war jetzt verflogen, zumindest vorübergehend.

»Ich habe mir sagen lassen, Erziehung sei Teamarbeit«, sprach Clarke in die Stille hinein. »Manchmal bekommt's der eine ab, manchmal der andere, aber es ist immer ein Geben und Nehmen.«

Helena atmete geräuschvoll aus. Ihr Blick ruhte auf der Weinflasche, offensichtlich in der Hoffnung, in nicht allzu ferner Zukunft ein Glas zu trinken. »Tee!«, rief sie plötzlich. »Ich hätte längst welchen aufsetzen sollen.« Sie wollte aufstehen, aber Clarke winkte ab.

»Wenn wir uns noch einmal in Jasmines Zimmer umsehen dürften?«

»Selbstverständlich.« Sie fuhr sich über die Stirn, versuchte die Müdigkeit wegzuwischen.

»Wir kennen den Weg«, sagte Siobhan Clarke.

Oben gab es drei Zimmer, von denen sich eins als Arbeitszimmer mit einem Sofa entpuppte, das aussah, als könne man es zum Bett ausklappen. Jasmines Zimmer war aufgeräumt, Bilder von K-Pop-Bands und Anime-Figuren an den Wänden. Die einzigen Bücher sahen nach Schulbüchern aus, und der Bluetooth-Lautsprecher erklärte, warum sie keine Musiksammlung brauchte. Auf dem Schreibtisch war eine freie Stelle, an der sich ihr Computer befunden hatte, bis er vom CID verpackt und mitgenommen worden war. Vom Fenster aus hatte man Aussicht auf einen recht großen Garten hinter dem Haus. Ein Holzzaun trennte ihn von dem beinahe identischen der Nachbarn. Der Grill war ziemlich verrostet, ebenso wie der Swingball-Ständer mitten auf dem nicht allzu großflächigen Rasen, der offenbar teilweise einer Terrasse hatte weichen müssen. Jasmines Doppelbett verfügte über in das Gestell integrierte Schubladen unter der Matratze, die Colson jetzt herauszog. Außer einer zusätzlichen Daunendecke, einem Kissen und einer aufgerollten Yogamatte war nichts darin.

»Wenn Freundinnen übernachten?«, vermutete er.

Clarke konnte nicht widersprechen. Kleiderschrank und Kommode enthielten ebenfalls nichts Ungewöhnliches, ganz gewiss nichts, das auf irgendeine interessante oder skurrile Facette von Jasmines Persönlichkeit hinwies. Ein ganz normales Mädchen, das in einer ganz normalen Straße mit ganz normalen Freundinnen aufwuchs, auch wenn die Eltern zerstritten waren und sie ihnen wahrscheinlich so weit wie möglich aus dem Weg gehen wollte.

Nach einigen Minuten schüttelte Colson den Kopf. Clarke starrte die Popstarposter an. Die Sänger waren jung, die Mädchen trugen kurze Röcke, die Jungs waren tadellos frisiert. Sie hatte in der Presse Artikel über den Stress gelesen, den ein solcher Lebensstil verursacht – Zusammenbrüche und Selbstmorde. Der Glamour blieb stets zweidimensional, aber er erfüllte seinen Zweck, er schmückte die Träume von Teenagern aus, von Teenagern wie Jasmine Andrews.

Unten wurde der Gedanke an Wein durch das Aufsetzen von Kaffee niedergerungen. Der Duft erfüllte den gesamten Flur.

»Kann ich Sie nicht doch zu einer Tasse überreden?«, fragte James Andrews und hob einen überdimensional großen Becher. *World's Best Dad* war darauf gedruckt – und man sah ihm sein Alter an. Clarke fragte sich, ob er mit dem Becher ein Statement setzen wollte.

»Wir fahren lieber gleich«, entgegnete sie.

»Sie geben uns Bescheid, wenn es etwas Neues gibt?« Er bemühte sich, die Verzweiflung in seiner Stimme zu unterdrücken. Helena stand im Durchgang zwischen Küche und Wohnzimmer. Sie trank nicht aus einem Becher, sondern aus einer mit Rosen verzierten Porzellantasse mit Untertasse. Sollte auch das ein Statement sein?

»Versprochen«, sagte Siobhan Clarke, während Colson die Tür hinter ihr öffnete.

Anstatt direkt zum Auto zu gehen, folgten sie dem Weg seitlich ums Haus und in den Garten. Drei Mülltonnen standen dort um die Ecke aufgereiht. Sie hob den Deckel der Recyclingtonne und sah hinein. Ein halbes Dutzend Weinflaschen, ein paar grüne, der Rest Weißglas.

»Hast wohl gedacht, die Tonne ist randvoll?«, vermutete Colson.

Als sie sich zu ihm umdrehte, fiel ihr kurz etwas ins Auge – eine Gestalt, die sich im Haus jenseits des Zauns blitzschnell von einem der oberen Fenster zurückzog. Jung und männlich, dachte sie. Sie blieb stehen, bis Colson sie fragend ansah. Er folgte ihr zurück zum Wagen. Statt den Motor anzulassen, blieb sie mit den Händen am Lenkrad sitzen und starrte ins Leere.

»Tu mir einen Gefallen, Cammy«, sagte sie schließlich. »Such bitte Craig Fieldings Adresse, die wir bekommen haben.«

Clarke schaltete die Stromversorgung des Wagens ein und wartete, bis Colson die Adresse von seinem Handy ablas, und gab sie in das Navi ein. Als Clarke die angezeigte Straßenkarte vergrößerte, gab es keinen Zweifel mehr.

»Das ist eine Straße weiter«, stellte Colson fest.

»Mit Blick direkt in ihr Zimmer«, ergänzte Clarke und ließ den Motor an.

Sie fuhren links und wieder links in die Straße, in der Craig Fielding wohnte.

Eine Gestalt kam ihnen auf dem Gehweg entgegen, Kapuze über dem Kopf, die Hände tief in den Taschen vergraben.

»Was meinst du?«, fragte Colson und ließ seine Fensterscheibe runter. Sie bekamen ihre Antwort, als die Gestalt plötzlich vor den Wagen sprang und losrannte.

»Ach komm, soll das ein Witz sein?«, rief Colson.

»Gar nicht so blöd«, gab Clarke zurück. »Da sind jede Menge Fußwege, auf denen wir ihm nicht mit dem Wagen folgen können.«

»Dann kommen wir eben später noch mal zu ihm nach Hause. Was macht er dann – will er sich im Wald verstecken?«

Clarke sah beim Fahren aufs Navi. Ein paar Minuten später entdeckten sie ihn wieder. Er verschwand seitlich an einem Haus, kam dann aber zurück. »War wohl der Zaun hinten zu hoch«, meinte Colson. »Athletisch rennt er ja nicht unbedingt.«

»Meinst du, wir hätten eine Chance, ihn zu Fuß einzuholen?«

»Ich würde es lieber nicht versuchen.«

Sie fuhren neben ihm heran, als er abrupt nach links abbog, über ein Rasenstück und einige Blumenbeete sprang, beinahe dabei stolperte. Als er auf den Gehweg zurückkehrte, hinkte er, und weitere dreißig Sekunden später gab er auf. Er blieb stehen, die Hände auf die Oberschenkel gestützt, den Kopf gesenkt und schwer keuchend. Colson legte den Unterarm auf die Kante des geöffneten Beifahrerfensters, während Clarke hielt.

»Steig hinten ein, Craig«, befahl er.

»Ich bin's nicht. Sie haben den Falschen.«

»Dann zeig uns deinen Ausweis, und wir fahren zufrieden weiter.«

Colson streckte dem Jungen eine Hand entgegen, er starrte sie an, Schweiß rann ihm über die Schläfen. Dann trat er ein paar Schritte auf den Wagen zu und stieg hinten ein.

»Nicht schlecht für jemanden, der sich in der Schule krankgemeldet hat«, bemerkte Clarke und drehte sich zu ihm um, während Colson den Rückspiegel einstellte und sich damit begnügte, auf diese Weise Blickkontakt zu halten.

»Das war gestern. Heute geht's mir schon besser.«

»Ist aber ein komischer Zufall, oder?«, setzte Colson an. »Deine Exfreundin verschwindet, und du musst plötzlich das Bett hüten?«

»Vielleicht hast du sie gesehen«, schaltete Clarke sich jetzt ein, »oder weißt, was sie macht?«

»Ich tappe genauso im Dunkeln wie alle anderen auch«, sagte er, immer noch dabei, wieder zu Atem zu kommen. Clarke musterte ihn. Unter der Akne verbarg sich ein jungenhaftes Gesicht, das schon bald gut aussehen würde. Er wirkte einigermaßen unbeholfen, zwischendurch blitzte aber auch immer wieder so etwas wie Intelligenz auf. Er hätte direkt aus *Gregory's Girl* sein können und Clarke einen Vortrag über Caracas oder die Zubereitung von Brandteig halten.

»Wie lange seid ihr beiden denn schon getrennt?«

»Seit zwei, drei Monaten.«

»Und wer hat mit wem Schluss gemacht?«

»Sie mit mir, glaube ich.« Er sah beim Sprechen zu Boden. »Nicht wegen einem anderen, meinte sie. Sie wollte nur …« Er sprach den Satz nicht zu Ende.

»Du bist im Jahrgang über ihr, oder?«, vergewisserte sich Colson. »Dann bist du fünfzehn? Gehst du nächstes Jahr von der Schule ab, oder machst du weiter und gehst später an die Uni?«

»Ich will auf die Uni, wenn mein Notenschnitt reicht.«

»Was hatte Jasmine vor?«, fragte Clarke.

»Hat sie eigentlich nie gesagt.«

»Hast du eine Ahnung, was ihr zugestoßen sein könnte, Craig?«

Entschiedenes Kopfschütteln.

»Und du hast ganz bestimmt nichts von ihr gehört?«

»Ich hab versucht, sie anzurufen, und ihr Nachrichten geschickt. Das haben wir alle.«

»Kam das aus heiterem Himmel? Oder hat sie in letzter Zeit vielleicht verändert gewirkt?«

Der Junge dachte kurz nach. »Sie hat irgendwie kaum noch Zeit mit uns verbracht. Kaum war die Schule zu Ende, war sie auch schon weg.«

»Nach Hause, meinst du?«

»Nicht unbedingt. Sie ist mit dem Bus in die Stadt gefahren, oder in die entgegengesetzte Richtung von dort, wo sie wohnt.«

»Wohin?«

»Hat sie nie gesagt. Ich hab mich gefragt, ob sie einen anderen hat.«

»Auf einer anderen Schule, meinst du?«

»Kann doch sein.« Er rutschte auf dem Sitz herum.

»Hätte dich das eifersüchtig gemacht?«, fragte Colson.

»Nein.«

»Bist du sicher?«

»Du kannst von deinem Zimmer aus direkt in ihr Zimmer gucken«, ergänzte Clarke.

»Hast du da mal jemanden bei ihr gesehen?«

»Nur manchmal ihre Mum.« Er sah Clarke in die Augen. »Wie geht es Helena? Die muss doch krank sein vor lauter Sorge.«

»Sie wünscht sich, dass Jasmine nach Hause kommt, so wie wir alle.«

»Ich hab den Wagen von ihrem Vater gesehen. Aber der bleibt bestimmt nicht lange.«

»Wieso sagst du das?«

»Weil er nie lange bleibt.«

»Und das hat Jasmine nicht gefallen?«

Craig zuckte mit den Schultern.

»Du versteckst sie doch nicht in deinem Zimmer, Craig, oder?«, fragte Colson.

Wieder Kopfschütteln.

»Dann hast du sicher nichts dagegen, wenn wir uns dort umsehen?«

»Ihr werdet sie nicht finden – ich weiß nicht, wo sie ist!«

Colson und Clarke wechselten einen Blick. »Dann zieh ab«, sagte Clarke zu dem Jungen. »Es sei denn, wir sollen dich mit nach Hause nehmen.«

Aber Craig Fielding war längst raus aus dem Wagen. Er war ein paar Schritte gegangen und stehen geblieben, hatte sich noch einmal zu dem geöffneten Fenster umgedreht.

»Sie hatte plötzlich Geld«, sagte er. »Kohle, meine ich, Bargeld. Und sie wollte, dass wir das mitbekommen. Dass wir sie danach fragen.«

»Und hast du sie gefragt?«, hakte Colson nach.

»Dann hat sie bloß so gemacht …« Craig verschloss seine Lippen mit einem imaginären Reißverschluss. »Anscheinend fand sie das geil.«

»Vielleicht hat sie ja was von ihren Eltern bekommen?«

»Vielleicht«, sagte er, klang aber nicht überzeugt.

5

Rebus versuchte, seinen nächsten Besuch in der Zelle des Wizard möglichst belanglos wirken zu lassen, obwohl er bezweifelte, dass sich jemand täuschen ließ, der darauf achtete. Schon gar nicht so, wie er direkt hineinspazierte, anstatt an der Schwelle stehen zu bleiben. Inzwischen war das Stockbett an die Wand montiert, und Mark Jamieson lag oben, während sich der Wizard am Tisch über ein Sudoku-Rätsel beugte und so tat, als wäre ihm die neue Raumaufteilung recht. Jamieson hatte einen Arm über die Augen gelegt, war aber wach.

»Alles klar, Kleiner?«, fragte Rebus.

»Das fragen sie ihn alle«, erwiderte der Wizard. »Und die Antwort lautet immer gleich – es geht ihm einigermaßen.«

Rebus trat ein paar Schritte weiter auf das Stockbett zu. »Mark kenne ich noch von draußen, weißt du?«, sagte er an den Wizard gewandt. »Aber das ist Jahre her, da war er noch ein jugendlicher Heißsporn. Hat sich mit den falschen Leuten eingelassen und zu viel gekokst. Ich wollte ihn warnen … hab eigentlich sogar gedacht, dass ein bisschen was davon hängen geblieben ist.«

Jamieson hatte seinen Arm jetzt heruntergenommen, den Kopf gedreht und sich aufgesetzt, sein Kopf war nur wenige Zentimeter von Rebus' Gesicht entfernt.

»Hab mich oft gefragt, was passiert ist«, führte Rebus seinen Gedanken fort und senkte die Stimme noch ein bisschen weiter.

»Bin halt nie weg von den falschen Leuten«, sagte der junge Mann als Erklärung. »Jetzt weiß ich, woher ich dich kenne. Damals hab ich deinen Namen gar nicht gekannt.«

»Du hattest ja auch eine Menge um die Ohren. Wahrscheinlich war dir mein Name nicht wichtig.«

»Ich hab mich nur für Geld interessiert.«

»Geld und Drogen«, korrigierte Rebus. Er betrachtete Jamiesons Pupillen. »Und Letzteres hat sich offenbar ja auch nicht geändert.«

»Die haben mir im Krankenhaus Schmerzmittel gegeben.«

»Und wer hat dich in der Nacht ausgeknockt, in der dein Zellengenosse gestorben ist? Soll ich raten?«

»Fällt mir schwer, ganz ohne was einzuschlafen.«

»Du warst total weggetreten, Mark. Entweder hast du dir das selbst angetan oder jemand anders.«

»Der Tee hat komisch geschmeckt.«

»Der Tee?«

»An dem Abend. Beim Essen. Eigentlich das Essen auch …«

»Wer hat es dir gegeben?«

»Weiß der Henker.«

»Mag sein, aber den können wir schlecht fragen.«

»Dieselben Leute wie jeden Abend«, erwiderte der Wizard. »Ratty, Devo und Malachi.«

»Aber welcher von denen?« Rebus blieb hartnäckig.

»Was geht dich das überhaupt an?«, fragte Jamieson jetzt plötzlich mit klarem Blick und scharfer Stimme.

»Sind aber auch immer Wärter dabei«, warf der Wizard nachdenklich ein und strich sich über den Bart. »Valerie Watts und Blair Samms.« Er nickte langsam vor sich hin.

»Hast du geschlafen, als du den Schlag abbekommen hast?«, fuhr Rebus mit Blick auf Jamieson fort. »Das heißt, du warst im

Bett, als die Zelle aufgeschlossen wurde. Und du hast nichts gehört, als es passiert ist?«

Der Arm lag jetzt wieder über seinen Augen. »Lass mich in Ruhe! Könnt ihr mich verdammt noch mal nicht einfach in Ruhe lassen?«

»Alles in Ordnung hier?«

Rebus drehte sich zu der Stimme um, erwartete, einen Wärter zu sehen.

Stattdessen stand Darryl Christie vor ihm.

»Wir vertreiben uns nur die Zeit«, erklärte er ihm.

»Davon habt ihr ja jede Menge«, entgegnete Christie. »Vielleicht hast du ja Lust, dir ein bisschen die Zeit mit mir zu vertreiben?«

»Vielleicht aber auch nicht.«

»Hast du nicht was für mich, John? Etwas, das du dir geborgt und noch nicht zurückgegeben hast.«

»Ah ja, richtig, stimmt. Ist in meiner Zelle – geh und hol es dir.«

»Und wo in deiner Zelle?«

»Auf dem Bett.«

Christies Blick loderte. »Auf dem Bett?«, wiederholte er, dann wirbelte er herum und verschwand.

Der Wizard hatte sich von seinem Stuhl erhoben und klopfte Jamieson auf die Schulter. »Der Junge hat eine Menge durchgemacht, John. Bisschen Ruhe würde ihm nicht schaden.«

»Mit mir sprechen auch nicht.«

Erneut wurden im Gang Stimmen laut. »Im eigenen Bett abgestochen, und hinterher ist es keiner gewesen!«, schrie jemand. »Wer von uns ist als Nächster dran?«

Laute, zustimmende Rufe.

Der Wizard hob einen Finger. »Hörst du das?«

»Sehr gut.«

Der Wizard schüttelte den Kopf und hob den Blick zu dem kleinen Zellenfenster. »Ich meine die Kirchenglocken. Wegen dem ganzen Lärm hier drin hört man sie nicht immer. Der übertönt alles. Achthundert wütende Männer schaffen das. Aber trotzdem hört man die Glocken läuten.« Er unterbrach sich und fing wieder an, bellend zu husten.

Jamieson sah Rebus unter seinem Arm hindurch an. Rebus deutete ein Kopfschütteln an, womit er sagen wollte, dass der Wizard harmlos war. Als er sah, dass sich plötzlich etwas im Eingang bewegte, drehte er sich schnell um. Christie war zurück und funkelte ihn an.

»Unter dem Kopfkissen, als ob die da nicht zuallererst nachsehen würden!«, schäumte er, die Umrisse des Handys zeichneten sich deutlich in der Tasche seines Trainingsanzugs ab. Dann war er wieder verschwunden.

»Möglicherweise hast du gerade einen Fan verloren«, warnte der Wizard Rebus und schnappte hustend nach Luft.

»Damit kann ich leben.«

»Könnte aber sein, dass du das gar nicht zu entscheiden hast.«

Rebus presste Mark Jamieson einen Finger auf die Brust. »Ich bin nur ein paar Türen weiter im Gang. Und ich bin ein guter Zuhörer.«

»Du hörst ja nicht mal die Kirchenglocken«, widersprach der Wizard.

»Vielleicht höre ich nur, was ich hören will«, sagte Rebus und ging zur Tür.

Draußen im Gang begriff er, worüber sich die anderen so lautstark beschwerten. Die Tür zur Mordzelle stand offen. Zwei Männer im Anzug standen darin und mehrere Wärter, die darauf achteten, dass ihnen keine Gefangenen in die Quere kamen.

Sämtliche beweglichen Gegenstände waren inzwischen ausgeräumt worden. Rebus wurde bewusst, dass in der Zelle, die Mark Jamieson sich nun mit dem Wizard teilte, keinerlei persönliche Dinge von ihm waren. Vermutlich hatte man diese sämtlich als potentielles Beweismaterial gesichert. Die beiden Anzugmänner drehten sich jetzt zu Rebus um. Es waren der Direktor und Malcolm Fox. Fox drehte sich daraufhin zum Direktor um, sagte etwas und erhielt ein Nicken als Antwort.

Rebus kehrte in seine Zelle zurück und legte sich aufs Bett. Sein Gefühl sagte ihm, dass Schadenfreude Fox hierhergetrieben hatte. Vor einigen Jahren schon hatte er sich große Mühe gegeben, Rebus hinter Gitter zu bringen, weil er ihn für einen unverbesserlich korrupten Polizisten hielt. Seither hatte er die Waffen widerwillig ruhen lassen, und jetzt war Rebus doch hier gelandet. Als er auf seinem Bett lag und an die Decke starrte, schienen sich die Wände auf ihn zuzubewegen. Das kam mehrmals die Woche vor, dass ihm bewusst wurde, dass er hier festsaß. In manchen Nächten hielt er die Augen in der Dunkelheit geöffnet, sein Herz schlug heftig, sodass er sich fragte, ob er kurz davor war, seinen letzten Atemzug zu tun. Ohne letzte Worte, ohne Besucher am Krankenbett. Jetzt drehte er den Kopf zur Tür, aber dort stand nur Kyle »Kylie« Jacobs.

»Büro vom Direktor«, sagte er. Rebus hievte sich von der dünnen Matratze hoch, zog ein grünes Sweatshirt über sein T-Shirt und folgte ihm.

Als Rebus dort eintraf, saß Fox vor einem Teller Shortbread am Tisch und der Direktor reichte ihm gerade einen Becher Tee. Fox kaute und leckte sich Zuckerkrümel von den Fingern. Dann zog er ein frisches weißes Taschentuch heraus und wischte sie ab. Ein Nicken bedeutete dem Direktor, dass er sich jetzt verziehen könne.

»Nein danke, nicht nötig«, sagte Rebus überflüssigerweise, da ihm sowieso nichts zu trinken angeboten wurde. Gebäck auch nicht, denn Fox nahm jetzt den dezimierten Keksteller und stellte ihn auf einem Regal hinter sich ab. Nachdem er sich niedergelassen hatte, wartete Rebus darauf, dass sich die Tür schloss. Fox starrte sie an, wie um herauszufinden, ob der Direktor auf der anderen Seite lauschte.

»Hallo, John«, sagte er schließlich und legte die Hände um seinen Becher.

»Ist ein weiter Weg von deinem Schreibtisch hierher, Malcolm. Wie läuft es denn in Gartcosh?«

Fox blies über seinen Tee. »Hast du dich gut eingelebt?«

»Ist nicht dasselbe wie bei einem neuen Job.«

»Hab mich gewundert, dich zu sehen. Hätte nicht gedacht, dass die einen ehemaligen Polizisten einfach zum allgemeinen Abschaum stecken.«

»Vorsicht, das sind meine Freunde, über die du sprichst.«

»Freunde wie Darryl Christie?« Fox lächelte müde. Er war schon immer recht beleibt gewesen, hatte aber in letzter Zeit weiter zugelegt, als könnte er mit seinem Gewicht andere Unzulänglichkeiten ausgleichen. Rebus, der im Gefängnis fast sechs Kilo verloren hatte, setzte sich ein bisschen gerader auf.

»Willst du mir was Bestimmtes sagen?«, fragte Fox.

Rebus tat, als würde er darüber nachdenken. »Ich könnte dir erklären, dass das System nicht funktioniert, dass hier drin Männer sind, die ganz woanders hingehören – aber ich möchte bezweifeln, dass in deinem Zwergenhirn irgendetwas davon verfängt, also warum sollte ich mir die Mühe machen?«

Fox' Miene blieb unverändert; er hatte gar nicht richtig hingehört. »Mr Tennent hat mir gesagt, du stehst unter Christies Schutz. Das ist interessant.«

»Ist es das?«

»Seht ihr euch häufig?«

»Wir sind im selben Trakt untergebracht – was denkst du wohl?«

»Da habt ihr sicher viel zu besprechen.«

»Du warst schon immer scheiße im Fragestellen, Malcolm. Wieso erzählst du mir nicht einfach, warum sich die Specialist Crime Division für den Tod eines Kleinkriminellen interessiert?«

»Inzwischen heißen wir OCCTU – Organised Crime and Counter-Terrorism Unit, Abteilung für Organisiertes Verbrechen und Terrorbekämpfung.«

»Wahrscheinlich verdient irgendein Studierter einen Haufen Schotter damit, dass er sich diese ganzen Bezeichnungen ausdenkt. Aber das erklärt nicht dein Interesse.«

»Mord ist immer interessant, John, und ganz besonders, wenn er in unmittelbarer Umgebung von jemandem wie Darryl Christie verübt wird. Ich kann mir nicht vorstellen, dass hier viel passiert ohne den Segen deines neuen besten Freundes. Du wirst schockiert sein zu erfahren, dass er seine Geschäfte sogar innerhalb dieser Mauern weiterführt, und schon deshalb interessiert mich das selbstverständlich.«

»Hier drin denkt niemand, dass Darryl Christie den Mord abgesegnet hat.«

»Natürlich nicht – die denken, es war einer der Gefängnismitarbeiter. Scheint ja auf der Hand zu liegen. Einer von den Mitarbeitern, die anonyme Drohungen erhalten haben und deren Autos mit Benzinbomben und Säure attackiert wurden.« Fox stützte seine Ellbogen auf den Tisch. »Warum, denkst du, ist das passiert, John?«

»Weil sie nicht getan haben, was von ihnen verlangt wurde«, vermutete Rebus.

»Und wer, glaubst du, hat etwas von ihnen verlangt?«

»Darryl Christie.«

»Konntest du feststellen, dass in letzter Zeit weniger Drogen zu haben waren? Weniger Handys oder andere verbotene Ware?«

»Ich weiß nur, dass es schwierig ist, einen anständigen Malt zu bekommen.« Die beiden Männer starrten einander an. »Von Drohungen habe ich allerdings nichts mitbekommen.«

»Das sollte man nicht unbedingt an die große Glocke hängen – damit bringt man die Inhaftierten nur auf die Idee, dass die Wärter angreifbar sind.«

»Nur hier oder auch in anderen Gefängnissen?«

»Nicht nur hier.«

»Hast du Namen?«

»Keine, die ich preisgeben möchte.«

»Chris Novak?«

»Ich möchte keine Namen preisgeben«, wiederholte Fox, aber seine Körpersprache verriet ihn. »Einen Namen kann ich dir allerdings nennen – Shay Hanlon.«

»Der Liverpooler Gangster.«

»Einer aus seinem Team sitzt bei dir in der Nachbarzelle. Redet er manchmal über seinen Chef?«

»Nein, aber Harrison ist gut befreundet mit einem Neandertaler in einem anderen Trakt, Bobby Briggs.«

»Den kenne ich nicht.«

»Kommt aus Glasgow.«

»Und gehört er zu irgendwem?«

Rebus zuckte mit den Schultern. »Du bist hier der Detective, Malcolm. Ich bin der Knastbruder. Aber sogar mir fällt auf, dass nichts von dem, was du sagst, erklärt, warum Christie oder sonst jemand Jackie Simpson umbringen wollte.«

Fox wirkte ein bisschen gedämpfter. »Schon richtig«, lenkte er ein. »Aber wir haben auch gerade erst mit den Nachforschungen begonnen.«

»Wir? Du bittest mich doch nicht etwa …?«

»Du lieber Himmel, nein. Ich meinte das MIT. Mit zusätzlicher Unterstützung der OCCTU, sofern nötig.«

Was Rebus verriet, dass Howard Tennent Fox gegenüber nicht hatte durchblicken lassen, dass er ihm selbst bereits den Auftrag erteilt hatte, sich umzuhören.

»Deine Glanzzeit ist lange vorbei, John«, sagte Fox weiter, kostete den Klang seiner Worte aus.

Rebus drehte den Kopf kurz zum Fenster und dem bedeckten Himmel draußen. »Dann hast du mich also nur hierherbeordert, um mir das aufs Brot zu schmieren?«

»Hatte ein bisschen ein schlechtes Gewissen, weil ich nie Gelegenheit hatte, dich zu besuchen. Ich weiß, dass Siobhan regelmäßig vorbeikommt …«

»Wie kam das eigentlich in Gartcosh an?«, fragte Rebus beiläufig.

»Was?«

»Dass du sie für Professional Standards angeworben hast … dich für sie verbürgt hast. Und dann schmeißt sie dir den Krempel nach ein paar Wochen vor die Füße. Deine Vorgesetzten waren wahrscheinlich begeistert.«

»Das ist Siobhans Problem, nicht unseres.« Fox' Kiefermuskulatur geriet in Bewegung, und Rebus wusste, dass er ihn getroffen hatte.

»Ich sag dir was«, setzte Rebus hinzu. »Gib mir eine Nummer, über die ich dich erreichen kann. Falls ich was höre oder sehe, rufe ich dich an.«

»Wirklich?«

Er nickte langsam, während Fox in seiner Tasche nach einer Visitenkarte kramte. »Ich kann auch eins von Darryls Burner Phones benutzen, falls dir das lieber ist.«

Fox erstarrte, als er merkte, dass er Rebus auf den Leim gegangen war. Rebus stand auf, griff an Fox vorbei, nahm sich einen Keks vom Teller und verließ den Raum, wobei er beinahe mit dem Direktor zusammengestoßen wäre, der sich im Vorraum herumdrückte. Rebus zwinkerte und lächelte ihm zu, dann war er weg.

Kyle Jacobs wartete bereits am Durchgang zu Trinity Hall auf ihn. »Worum ging's denn?«, fragte er.

»Nichts Besonderes.«

»Von uns war das keiner, das weißt du«, raunte Jacobs Rebus leise und unauffällig im Gehen zu. Er verstummte, als sie an zwei Gefangenen vorbeikamen, die den Boden wischten. Nachdem er weitere Türen ent- und verriegelt und schließlich mit Rebus passiert hatte, fuhr er fort: »Die Stimmung ist schlecht genug. So viele Mitarbeiter haben sich krankgemeldet, Nachwuchs ist dünn gesät, und ihr macht euch jetzt auch noch hier breit … und dann tanzt zu allem Überfluss einer aus Gartcosh an und schnüffelt rum. Ich sage nicht, dass wir alle Engel sind, aber die Bösen halten sich nicht lange. Und ich weiß ganz sicher, dass keiner von uns Jackie Simpson umgebracht hat.« Beim Aufschließen des vergitterten Tors, das in Rebus' Trakt führte, sah er ihm zum ersten Mal in die Augen, wirkte dabei plötzlich nur allzu menschlich. »Wir haben die Nase gestrichen voll, John. Und das ist keine gute Voraussetzung für einen Job wie diesen hier.«

»Nicht nur die Bewohner sind kurz davor, auf die Barrikaden zu gehen, meinst du das?«

»Ich meine, wir brauchen kühle Köpfe, und ich sehe herzlich

wenige. Vielleicht könnte ein ruhiges Gespräch unter vier Augen mit Darryl Christie …«

»Alle scheinen uns für beste Freunde zu halten«, fiel Rebus ihm ins Wort. »Das sind wir definitiv nicht.«

»Er hört aber auf dich. Rede mit ihm, mehr sage ich nicht.«

»Darf ich dich auch was fragen?«

»Was?«

»Mark Jamieson fand, dass sein Abendessen am Tag des Mordes komisch geschmeckt hat. Deine Kollegen Watts und Samms waren im Dienst, als das Essen ausgeteilt wurde. Wie leicht oder schwer wäre es gewesen, ihm da was reinzumischen?«

Jacobs starrte Rebus böse an.

»Ich behaupte doch nicht, dass es einer von den beiden getan hat, aber nur …«

»Los, geh da rein!«, fauchte Jacobs.

Rebus tat wie geheißen, Jacobs blieb auf der anderen Seite. Rebus versuchte, ihm in die Augen zu sehen, aber Jacobs hatte sich bereits umgedreht.

Er war noch keine zwei Minuten in seiner Zelle, als Darryl Christie im Eingang auftauchte, um sich berichten zu lassen. Rebus seufzte schwer. »Malcolm Fox will deinen Kopf auf einem Tablett serviert bekommen«, berichtete er.

»Und er denkt, du bist der Richtige für den Job?«

»So blöd ist er dann auch wieder nicht. Aber deshalb treibt er sich hier herum. Die Gefängnismitarbeiter fürchten, dass hier demnächst Anarchismus ausbricht, und du bist der Einzige, der die Gemüter beruhigen kann.«

»Dürfte schwierig werden, wenn man mir den Kopf abschneidet. Sieht ganz so aus, als würdest du zwischen zwei Stühlen sitzen, hm, John? Viel Glück im Niemandsland. Bevor du dich versiehst, trittst du auf eine Mine.«

Christie drehte sich um und überließ Rebus seinen Gedanken. Etwas, das Jacobs gesagt hatte, ging ihm nicht mehr aus dem Kopf. *Ich behaupte nicht, dass wir alle Engel sind …* Vielleicht war es dieser Gedanke, der Fox in die Strafanstalt geführt hatte – nicht die Verbrecher, sondern korrupte Gefängnisbeamte. Aber selbst korrupte Beamte gerieten nur dann in Fox' Umlaufbahn, wenn es eine Verbindung zwischen ihnen und dem organisierten Verbrechen gab. Fox hatte von Drohungen und Angriffen gesprochen. Chris Novaks Wagen war betroffen gewesen – Rebus fragte sich, ob auch Jacobs schon etwas abgekommen hatte. Und wenn ja, was bedeutete das? Vielleicht, dass sich derjenige geweigert hatte, einer Forderung nachzugeben. Oder handelte es sich um ein Ablenkungsmanöver, um jemanden als Opfer erscheinen zu lassen, weil ansonsten gegen ihn ermittelt worden wäre.

Rebus schloss die Augen und spielte die Unterhaltung noch einmal in Gedanken durch. Er sah immer wieder nur Malcolm Fox.

Deine Glanzzeit ist lange vorbei, John.

Na, das werden wir noch sehen.

Clarke und Colson saßen nebeneinander an Clarkes Schreibtisch. Sie nannten es »Brainstorming«, waren bislang aber nicht weit damit gekommen – was sie nicht gehindert hatte, eine Großpackung KitKat zu verdrücken und mit mehreren extrastarken Kaffees aus einem Café um die Ecke herunterzuspülen.

Clarke hatte eine Liste in den Computer getippt, die sie nun schon seit mehreren Minuten auf dem Bildschirm anstarrten, ohne dass sich kluge Ideen einstellten wollten.

»Okay«, sagte Colson, »die Bank sagt, Jasmine hat seit ihrem Verschwinden weder Bargeld abgehoben noch ihre EC-Karte benutzt. Andererseits braucht sie vielleicht auch keins, wenn man ihrem Ex glauben darf und sie plötzlich Kohle hatte.«

»Ihre Eltern sagen, dass sie ihr nicht mehr als sonst gegeben haben.«

»Vielleicht hat sie ihrer Mutter was aus dem Portemonnaie geklaut?«

Clarke zuckte mit den Schultern.

»Papa hat ihr was zugesteckt, weil er ein schlechtes Gewissen hatte wegen seiner ständigen Abwesenheit?«

Sie tippte mit ihrem Kugelschreiber auf den Bildschirm, neben den Namen James Andrews. Die Überprüfung hatte ergeben, dass Jasmines Vater in seinen Zwanzigern hin und wieder in Schwierigkeiten geraten war – betrunkene Schlägereien, Auseinandersetzungen mit dem Sicherheitspersonal von Nachtclubs. Inzwischen war das siebzehn Jahre her, trotzdem …

»Eine gute Frau kann die wilde Bestie zähmen«, hatte Colson geantwortet. Clarke hatte sich nicht die Mühe gemacht zu widersprechen. Sie hatte das Szenario durchgespielt – der Vater entreißt seiner Frau die gemeinsame Tochter, weil er seine Frau für unfähig hält –, aber wieder verworfen. Nichts auf dem Bildschirm ergänzte, was sie bislang wussten. Doch dann, als sie gerade der Versuchung durch ein weiteres KitKat nachgeben wollte, vibrierte ihr Handy auf dem Tisch.

Sie nahm es, meldete sich und lauschte einen Augenblick so konzentriert, dass sich eine Falte über ihrer Nase bildete.

»Bleiben Sie dran«, sagte sie schließlich in ihr Handy, »ich stelle Sie laut.« Nachdem sie dies getan hatte, legte sie das Gerät zwischen Colson und sich auf den Tisch.

»Okay, PC Galvin«, sagte sie und hob dabei leicht die Stimme, um die nun größere Entfernung auszugleichen, »wiederholen Sie noch mal, was Sie mir gerade gesagt haben.«

»Wir sind draußen vor dem Haus von Kevin und Martha Fielding. Das sind die Eltern von Craig Fielding. Sie haben sich über einen Nachbarn namens James Andrews beschwert. Offenbar hat er ihren Sohn angegriffen.« Der Constable hielt inne. »Also, wegen der Adresse und des Namens Andrews dachte ich, vielleicht gibt's einen Zusammenhang und ich rufe besser an.«

»Da haben Sie richtig gedacht«, bestätigte ihm Clarke. »Ist Craig verletzt?«

»Mr Andrews hat ihn ein bisschen geschüttelt und ihm eine runtergehauen, aber nichts Schlimmes. Er muss nicht medizinisch behandelt werden.«

Clarke sah, dass Colson bereits begonnen hatte, seine Arme in die Ärmel des Jacketts zu schieben. Eigentlich hatte sie dem Constable gerade versichern wollen, sie seien in fünfzehn Minuten dort.

Stattdessen sagte sie: »Halten Sie die Stellung. Wir sind in der nächsten halben Stunde da.«

Colson nahm sich noch einen Keks und futterte ihn, während Clarke fuhr.

»Was denkst du?«, fragte er zwischen zwei Bissen.

»Ich denke, dass du lieber aufpassen und keine Schokolade auf meine Sitze krümeln solltest.«

Der Verkehr floss mühelos, und sie schafften es schneller als erwartet zum Haus der Fieldings. Der Streifenwagen parkte am Straßenrand, und Clarke hielt daneben. Ein Mann mit Hund war in der Hoffnung auf ein Drama stehen geblieben, ohne zu merken, dass sein Hund hinter ihm sein Geschäft auf dem Gehweg verrichtete. Colson zeigte mit einem warnenden Finger darauf und wies ihn an, es aufzuheben.

PC Galvin, der selbst noch aussah wie ein Teenager, öffnete ihnen die Haustür. Sein Partner war genauso jung, aber knapp zwei Zentimeter größer. Beide erzählten die Geschichte ein letztes Mal in der Diele, dann schloss sich die Tür zum Wohnzimmer, und sie sprachen mit gesenkten Stimmen weiter. Anschließend entließ Clarke die beiden Beamten nach draußen und bedankte sich bei ihnen. Sie setzten ihre Mützen auf und gingen über den Weg durch den Vorgarten. Colson schloss die Haustür hinter ihnen. Clarke war bereits im Wohnzimmer.

Craig Fielding saß auf dem Sofa, die Hände klemmten zwischen seinen Knien, seine aufgeregten Eltern standen daneben. Clarke wollte Colson und sich selbst vorstellen, aber Kevin Fielding fiel ihr ins Wort.

»Wir wollen Anzeige erstatten«, sagte er mit bebender Stimme. Sein Haar war bereits recht schütter, und er trug eine Brille mit rundem, klobigem Gestell, seine Bewegungen erinnerten Clarke an eine Marionette.

Sie hockte vor Craig, versuchte, Blickkontakt zu ihm aufzunehmen. »Alles in Ordnung?«, fragte sie.

»Nichts ist in Ordnung, er wurde angegriffen!«

»Damit machst du's nicht besser, Kevin«, sagte Martha Fielding gepresst. Clarke hatte das Gefühl, sie sei so eine Person, die ständig versucht, alles richtig zu machen und das Beste in den Menschen zu sehen. Das Wohnzimmer war übersät mit kleinen Glasornamenten. Eine Pfeife lag vergessen in einem großen Aschenbecher am Kamin, ein Päckchen Tabak daneben.

Clarke stand auf. »Vielleicht erzählen Sie mir einfach, was passiert ist.«

»Jasmines Vater hat meinen Sohn verprügelt, das ist passiert!«

»Möchten Sie sich setzen, Mr Fielding?« Sie blickte von Mann zu Frau und wieder zurück. »Alle beide.« Als wollte sie ihnen bei der Entscheidung helfen, ließ sie sich neben ihrem Sohn auf dem Sofa nieder. Seine linke Wange war noch rot von der Ohrfeige, und er sah aus, als hätte er ein paar Tränen vergossen.

»Er war so fertig, als er zurückgekommen ist«, sagte Martha Fielding und setzte sich auf einen der beiden Stühle. »Dabei hatte er ihnen nur sein Mitgefühl aussprechen wollen.« Colson legte seinen Arm auf das Sofa, neben Clarke. Als Kevin Fielding dies sah, beschloss er, seinen Widerstand aufzugeben, und warf sich auf den einzigen freien Sessel.

Clarke wandte sich jetzt an Craig. »Du warst bei Jasmine zu Hause?«, versuchte sie, ihm auf die Sprünge zu helfen. »Um ihren Eltern dein Mitgefühl auszusprechen?«

»Ich wollte ihnen nur sagen, dass wir uns alle Sorgen um Jas machen, dass sie uns etwas bedeutet.«

»So einfühlsam«, kommentierte seine Mutter leise.

»Und dann?«, fragte Clarke.

Craig starrte auf seine Hände, die immer noch zwischen seinen Knien klemmten. »Helena hat sich gefreut, mich zu sehen«, fing er an. »Sie ist in die Küche gegangen, um mir ein Glas Wasser zu holen.« Er hielt inne und atmete durch.

»Aber dann ist *er* nach Hause gekommen. Hat mich gepackt, am Kragen hochgezerrt und angeschrien, er wollte von mir wissen, wo sie ist.« Erneut bildeten sich Tränen in seinen Augen. »Er hat mich die ganze Zeit geschüttelt …«

»Er ist doch noch ein Junge«, stellte Martha fest.

»Helena hat ihm gesagt, dass er aufhören soll, und da hat er mir eine runtergehauen. Dann hat er mich losgelassen. Ich bin weggerannt, bin den ganzen Weg nach Hause gerannt.«

»Er war fix und fertig«, setzte seine Mutter hinzu.

»Der Mann hat ganz eindeutig die Beherrschung verloren«, brummte Kevin Fielding, wobei seine Aufregung inzwischen aber verpufft zu sein schien.

»Ich bezweifle, dass *Sie* noch ganz bei Verstand wären, Sir«, ermahnte ihn Colson, »wenn *Ihr* Kind spurlos verschwunden wäre.«

»Das ist keine Entschuldigung.«

»Ein *bisschen* vielleicht schon«, meldete sich Martha zu Wort.

»Wie wär's, wenn wir mit Mr Andrews sprechen?«, schlug Clarke vor. »Wir verwarnen ihn und bitten ihn, sich zu entschuldigen.«

»Ich will ihn nicht sehen«, platzte es aus Craig heraus.

»Dann soll er sich eben schriftlich entschuldigen – und versprechen, dass er sich zusammenreißt und nicht noch mal so ausflippt. Wenn er sich nicht daran hält, nehmen wir ihn in Gewahrsam.« Clarke brach ab und sah beiden Eltern nacheinander tief in die Augen. »Sind wir uns einig, dass das vorerst genügt?«

Schließlich nickten Mann und Frau. Clarke richtete ihre Aufmerksamkeit auf ihren Sohn. »Ist das okay für dich, Craig?«

»Denke schon«, sagte er.

»Na schön«, sagte sie und erhob sich, gefolgt von Colson.

»Danke«, sagte Martha Fielding, als hätten sie gerade für einen ihr sehr am Herzen liegenden guten Zweck Geld gespendet.

»Hab ich's doch gewusst, verdammt, dass die die Bullen rufen. Natürlich traut sich der Wichser nicht mal selbst hierher.«

James Andrews drehte sich um und stampfte zurück ins Wohnzimmer, Clarke und Colson folgten ihm. Auf dem Sofatisch stand eine Flasche Rotwein, drei Viertel waren bereits getrunken, daneben zwei leere Weingläser. Außerdem ein gedrungenes Kristallglas mit Whisky. Andrews war nicht besonders betrunken, aber sein Blick wirkte glasig.

»Meinen Sie Craig oder seinen Vater?«, fragte Colson.

»Den Vater natürlich. Ein arroganter Pisser ist das.«

Helena Andrews war aus einem anderen Teil des Hauses gekommen und hatte sich geräuschlos in den Eingang geschoben. Sie begrüßte die beiden Detectives mit einem Nicken und setzte sich, sie wirkte fast geisterhaft.

»Wie geht es Craig?«, fragte sie. Ihr Ehemann fuchtelte mit einem Arm in Richtung der beiden Detectives. »Er hat uns die Bullen auf den Hals gehetzt, mein Schatz – *so* geht's ihm!«

Clarke und Colson hatten entschieden, mit ernsten Mienen stehen zu bleiben. Andrews wartete darauf, dass sie etwas sagten, schüttelte aber den Kopf, als sie weiter schwiegen.

»Ich werde mich nicht entschuldigen, falls Sie das von mir erwarten.«

»Er ist noch ein Junge, Mr Andrews«, stellte Colson fest.

»Er ist fünfzehn«, entgegnete Andrews. »In einem Jahr könnte er zur Armee. Wir sprechen hier von keinem kleinen Kind. Mit fünfzehn hab ich geraucht und heimlich getrunken …«

»Und Prügeleien vom Zaun gebrochen?«, bohrte Colson weiter. »Ein Lebensstil, mit dem Sie sich schon damals Probleme eingehandelt haben.«

»Das ist ein halbes Leben her.«

»Würden Sie sagen, Sir, dass Sie schnell rotsehen?«

Andrews trat einen Schritt auf Colson zu, sodass sie einander direkt gegenüberstanden. »Ich komme rein, und der Typ sitzt da, als wäre er hier zu Hause.«

Er zeigte auf den Sessel, in dem seine Frau jetzt saß. »Dann sagt er ›James‹ zu mir, als wären wir alte Freunde. Das war schon immer ein großspuriges kleines Arschloch – und von unserer Jas hat er ja auch nur das eine gewollt.« Er unterbrach sich, sein Blick huschte zu seiner Frau.

»Sex meinen Sie?«, hakte Clarke nach.

»Was denn sonst?«

»Selbst wenn es stimmen würde«, fiel Helena ein, »bekommen hat er keinen. Das hätte sie mir gesagt.«

Ihr Mann schien nicht davon überzeugt. »Der Junge war ein Blutsauger, ist zu jeder Tages- und Nachtzeit uneingeladen hier aufgetaucht. Kam einfach reinspaziert und hat sich irgendwo hingepflanzt … da, wo *sie* sitzen sollte …« Er atmete geräuschvoll aus, seine Wut war vorläufig verpufft.

»Bekommt James jetzt Ärger?«, fragte Helena mit Blick auf Clarke.

»Eine schriftliche Entschuldigung würde helfen.«

»Das macht er.«

Andrews starrte sie an, sagte aber nicht Nein.

»Wir sind nervlich am Ende«, fuhr sie fort. »Keiner von uns beiden kann schlafen, wir sind krank vor Sorge. Wir wollen nur, dass sie da durch die Tür kommt …«

Sie senkte den Kopf, um ihre Tränen für sich zu behalten.

»Werden Sie etwas aufschreiben?«, drängte Colson James Andrews, der daraufhin nickte. Seine Aufmerksamkeit galt aber seiner Frau. Für einen Augenblick dachte Clarke, er sei kurz davor, zu ihr zu gehen und sie in den Arm zu nehmen. Stattdessen aber ging er zur Haustür.

»Ich bringe sie raus«, sagte er.

6

DCI Mae McGovern hatte das Major Incident Team in der Wache am Gayfield Square versammelt. Man hatte beschlossen, die Ermittlungsarbeit aus dem HMP Edinburgh hierherzuverlagern, da es innerhalb des Gefängnisses doch zu viele Einschränkungen gab und die Mitarbeiter des Teams zu lange brauchten, um rein- und rauszukommen. Außerdem hatten sie ja bereits alle Informationen hinsichtlich des Tatorts. Es mussten noch einige Vernehmungen geführt werden, aber dafür war nicht die Anwesenheit aller erforderlich. Zwei Mitarbeiter – die DCs Allbright und Tilley – waren abwesend, einer war bei einem Notfalltermin beim Zahnarzt, und der andere hatte Corona, weshalb ihnen aktuell nur ein äußerst abgespecktes Team zur Verfügung stand.

Sie hatten ausgewählte Mitschnitte der Vernehmungen gehört, sich auf die Wärter im Nachtdienst und den Zellengenossen des Mordopfers konzentriert. Der Autopsiebericht war besprochen, und Fotos des Tatorts waren auf eine Leinwand projiziert worden, sodass sie verschiedene Theorien erörtern konnten. Dass die Tatwaffe immer noch nicht vorlag, wurde als sehr enttäuschend empfunden. Die Spurensicherung hatte keine Blutspuren auf dem Boden vor der Zelle nachweisen können. Das Material aus den Überwachungskameras zeigte keine Wärter, die in sichtlich aufgewühltem Zustand verunreinigte Kleidung versteckten. Die Durchsuchung der Mitarbeiterspinde, Mülleimer und Papierkörbe hatte nichts ergeben, und dennoch hatte sich die Pathologin Deborah Quant sehr eindeutig geäußert – es musste eine Menge Blut geflossen sein.

»Das heißt, wir müssen uns einen Ermittlungsansatz dazu überlegen und von dort aus weitermachen«, erklärte DCI McGovern ihrem Team. Sie stand mit verschränkten Armen vor ihnen, hatte das Jackett ihres Hosenanzugs ausgezogen und die Ärmel der olivgrünen Bluse hochgekrempelt. Christine Esson hielt ihre kastanienbraunen Haare für gefärbt. McGovern war Ende vierzig, nicht mehr lange, dann hatte sie Anspruch auf ihre vollen Rentenbezüge als Polizeiangestellte. Zwei erwachsene Kinder, die jeweils ein eigenes Kind hatten. Das Fensterbrett hinter ihrem Schreibtisch war mit unzähligen Familienfotos geschmückt. Ihr Mann war Staatsbeamter in Führungsposition. Wie er war auch sie in Glasgow aufgewachsen und hatte vor ihrem Eintritt in den Polizeidienst die Universität dort besucht. Den Akzent würde sie niemals loswerden, und sie machte sich häufig über sich selbst lustig, wenn sie vor einem Ostküstenpublikum auftrat. Aber sie hatte einen scharfen Verstand, trotz ihrer scheinbar lässigen Art, und wenn sie die Ärmel hochkrempelte, wusste man schon, dass es jetzt zur Sache ging.

»Wir müssen uns auf ein Motiv konzentrieren«, fuhr sie fort, ließ ihren Blick über die Gesichter der Anwesenden schweifen und vergewisserte sich der Aufmerksamkeit jedes einzelnen. »Wer hatte ein Interesse an Jackie Simpsons Tod? Wir wissen, dass er ein langes Vorstrafenregister besaß, aber Gewalt hatte dabei nie eine Rolle gespielt. Einbrüche seit seiner Schulzeit – Haftstrafen gehörten bei ihm zum Berufsrisiko. Er sollte bald entlassen werden, hatte während seiner Inhaftierung ein tadelloses Führungszeugnis.«

»Nicht ganz tadellos«, fiel ihm Jason Mulgrew ins Wort, »wenn es nach Chris Novak geht.«

»Zugegeben, da gab's ein paar Unstimmigkeiten, aber reicht das für einen Mordverdacht?«

»Simpson hatte gedroht, bei Novak zu Hause aufzutauchen«, meldete sich Zara Shah. McGovern nickte langsam, ließ das Gegenargument zu.

»Draußen wäre Novak nicht mehr so leicht an Simpson herangekommen«, setzte Mulgrew hinzu und wurde von Shah mit einem Lächeln für seine Unterstützung belohnt.

»Ich würde eher das Gegenteil behaupten.« Esson konnte sich den Widerspruch nicht verkneifen. »Wenn Novak Simpson wirklich etwas hätte tun wollen, hätte er besser auf dessen Entlassung gewartet. Seine Chancen, ungestraft davonzukommen, wären viel höher gewesen. Bei einem Angriff in seiner Zelle ist die Liste der Verdächtigen von vornherein auf eine Handvoll Personen beschränkt.«

»Vielleicht war's eine Tat im Affekt, wer weiß?«, widersprach Shah nun ihrerseits. McGovern hob eine Hand und ließ beide verstummen.

»Wir müssen alles in Erfahrung bringen, was es über das Opfer, die diensthabenden Beamten und die Gefangenen auf dem Gang zu wissen gibt.«

»Wenn Chris Novak weiterhin als Hauptverdächtiger gilt, können wir uns voll und ganz auf ihn konzentrieren, aber vorher möchte ich mich davon überzeugen, dass wir nichts übersehen haben. Hatte der Verstorbene mit anderen Personen Stress – mit einem Gefangenen oder einem Wärter? Wollte einer der Kollegen Novak einen Gefallen tun, indem er die Sache selbst in die Hand nahm?«

»Wir dürfen seine gute Freundin Valerie Watts nicht vergessen«, ergänzte Mulgrew. »Alle, die Nachtschicht hatten, sagen dasselbe – sie wussten jederzeit genau, wer sich wo aufhielt. Aber auf dem Material aus den Überwachungskameras ist zu sehen, wie Novak den Kontrollraum verlässt, Watts zwei Minuten später. Danach dauert es gut zehn Minuten, bis sie wieder auftauchen. Eigentlich sieht es nach einer Toilettenpause aus, aber auf den Kamerabildern sind sie dort nicht zu sehen.«

»Was halten wir von der defekten Kamera?«, fragte Shah.

»Der Defekt wurde gemeldet, und es gab bereits einen Versuch, die Kamera zu reparieren«, erklärte McGovern.

»Andererseits«, fuhr Shah fort, »kann jemand beschlossen haben, einfach die Gunst der Stunde zu nutzen.«

Mulgrew hob seinen Laptop vom Schreibtisch und drehte den Bildschirm so, dass alle im Raum ihn sehen konnten. »Ein paar andere Kameras waren durchaus nicht kaputt. Sie zeigen Abschnitte des Gangs, dort patrouillierende Wärter, aber niemanden, der sich länger aufhält.« Er zeigte die Aufnahme jetzt im Schnelldurchlauf. Sie hatten sie alle mehr als einmal gesehen, kannten jede einzelne Einstellung. »Kontrollgänge finden nicht regelmäßig statt – dafür fehlt das Personal. Nur wenn Alarm ausgelöst wird oder ein Sträfling jemanden anfordert.«

»Der Direktor bevorzugt die Bezeichnung ›Bewohner‹«, ermahnte Esson ihn.

»Was ist mit dem Gefangenen, der Schlüssel im Schloss gehört haben will?«, fragte Shah.

»Sein Name ist Billy Groam«, erwiderte Mulgrew. »Er wirkte sehr sicher, als wir mit ihm gesprochen haben, aber vielleicht war er in der Nacht ja high von irgendwas.« Er drehte den Bildschirm wieder zu sich zurück und bediente das Touchpad. »Es gibt im ganzen Gefängnis verteilt vereinzelt blinde Flecken – und die Wärter wissen genau, wo sie sich befinden. Größtenteils halten sich die Beamten in zwei Räumen außerhalb von Trinity Hall auf. In einem befinden sich die Bildschirme der Überwachungskameras und die Sprechanlage, die sie mit den Zellen verbindet, der andere ist für die Pausen vorgesehen und mit dem Üblichen ausgestattet: Wasserkocher, Mikrowelle, Kühlschrank, ein paar Spiele und eine Pinnwand, an die Fotos der in letzter Zeit sichergestellten Waffen oder Ähnliches geheftet werden.«

»Ich möchte außerdem, dass wir ein bisschen mehr über den Zellengenossen nachdenken«, ergänzte McGovern. »Er war total high, aber war das Absicht? Oder hatte ihm jemand eine sehr viel höhere Dosis untergejubelt, als er gewohnt war? Oder hatte er so was wie eine Anweisung erhalten, sich mit Spice oder was auch immer abzuschießen? War er wirklich nicht bei Bewusstsein, als er den Schlag auf den Kopf erhielt, oder hat er vielleicht doch etwas oder jemanden gesehen oder gehört? Kann sein, dass er's verdrängt, aber vielleicht kommt er wieder drauf, wenn wir ihm ein bisschen gut zureden. Da gibt es eine Menge für uns zu bedenken, vor uns liegt ein riesiger Berg Arbeit. Wenn ihr was von mir braucht, müsst ihr nur fragen.«

»Gilt das auch für zusätzliches Personal?«, fragte Esson.

»Du weißt, wie unser Budget inzwischen aussieht, Christine.«

McGovern antwortete sehr trocken, ihr Blick war aber verständnisvoll. Niemand warf ihr den Mangel an Mitarbeitern, Mitteln und manchmal auch Ausstattung vor.

Als McGovern in ihr eigenes Büro am Ende des Gangs zurückgekehrt war, hatte Esson an ihrem Computer Platz genommen und ihn anwerfen wollen. Nicht zum ersten Mal hängte er sich auf. Plötzlich fuhr ein Arm an ihrer Schulter vorbei, Mulgrews Finger flogen über die Tastatur, und schon leuchtete der Bildschirm.

»Ich hätte das schon hingekriegt«, behauptete Esson.

»Ein einfaches ›Danke‹ genügt, Christine.«

Drüben an der Teestation schüttelte Shah einen halb leeren Milchbehälter.

»Wer war dran mit Milch besorgen?«

»Allbright«, sagte Mulgrew und ging zu ihr. »Ist zum Zahnarzt.«

»Gibt's da Milch?«

Mulgrew schnaubte über den Witz. Esson selbst war dagegen nicht zum Lachen, auch wenn Allbrights Name jegliche Vorstellung von nominalem Determinismus ad absurdum zu führen schien. Als das Wasser kochte, stand sie auf und stellte sich zu ihnen.

»Würdet ihr meinem Beispiel folgen, würde euch das gar nichts ausmachen«, sagte sie und goss sich kochendes Wasser in ihren leeren Becher.

»Keine Ahnung, wie du so was trinken kannst«, sagte Shah und rümpfte die Nase.

»Ich mag's«, erwiderte Esson. Sie sah Mulgrew an, der Shah jetzt den letzten Beutel Pfefferminztee anbot, den diese affektiert lächelnd annahm. Esson konnte sich nicht genau erinnern, ob sie gerade in einer Beziehung steckte oder nicht. Sie glaubte nicht. Shah war ungefähr zehn Zentimeter kleiner als Mulgrew und acht Jahre jünger. Ihre Familie war in der letzten Generation aus Nahost nach Schottland gezogen. Esson war neidisch auf ihre makellose Haut und ihre großen haselnussbraunen Augen, die in diesem Moment auf Jason Mulgrew ruhten. Als Mulgrew auf dem Weg zu seinem Schreibtisch an Essons Tisch vorbeikam und eine Augenbraue hob, fragte sie sich, ob er ihr wohl etwas angemerkt hatte.

»Haben wir die Akte des Opfers?«, fragte Shah in den Raum. Esson hievte sie hoch und ließ sie mit einem dumpfen Knall auf ihren Schreibtisch fallen. »Wie die Chefin gesagt hat, wir haben ihn praktisch schon sein gesamtes Erwachsenenleben lang auf dem Schirm.«

»Aber mit seiner Familie haben wir noch nicht gesprochen, oder?«

Esson schlug demonstrativ die Akte auf. Sie waren das alles mehr als einmal durchgegangen. »Geschieden, ein Sohn, Marcus. Seine Ex ist in den Süden gezogen, der Sohn ist hiergeblieben. Auch er ist schon das eine oder andere Mal in Konflikt mit dem Gesetz geraten. Führen eines Fahrzeugs unter Alkoholeinfluss und ohne Haftpflichtversicherung, mehrere Schlägereien vor Pubs oder Clubs, Besitz von Haschisch und Speed …«

»Hat er einen Job?«, fragte Mulgrew.

Esson kramte etwas tiefer in der Akte. »Weiß nicht, ob man das als Job bezeichnen kann, aber er unterstützt Zak Campbell, ist mit ihm befreundet.«

»Der Fußballer?«

»Exfußballer«, korrigierte sie ihn. »Musste seine Karriere wegen einer Verletzung beenden.«

»Dabei war er auf dem besten Weg, ein Wahnsinnsspieler zu werden«, sinnierte Mulgrew. »Er war auf derselben Schule wie Marcus. Ein paar Klassen über ihm, aber sie haben sich angefreundet.«

»Ist Campbell dann nicht Schauspieler geworden?«

»Nebenrollen in ein paar Fernsehsoaps und Filmen, von denen ich nie was gehört habe. Außerdem hat er's auch mit Modeln und Singen versucht. Danach versiegen die Informationen.«

»Wer hat mit dem Sohn gesprochen?«, fragte Mulgrew.

»Allbright und ich«, sagte Shah und warf ihren Teebeutel in den Mülleimer. »Er wohnt noch im Haus der Familie – draußen in der Gegend von Edinburgh Park. Wirkte nicht allzu erschrocken über den Mord an seinem Vater, aber das kann auch Fassade gewesen sein. Hinsichtlich des Verstorbenen haben wir null Komma null nützliche Informationen aus ihm herausbekommen. Allbright sind ein paar Fotos im Haus aufgefallen, auf denen Marcus mit Zak Campbell zu sehen ist – ich hatte keine Ahnung, wer das ist. So wie Marcus danach über ihn gesprochen hat, hatten wir den Eindruck, er würde in irgendeiner Form für Campbell arbeiten oder zumindest Geld von ihm bekommen.« Shah brach ab, als sie sah, dass Esson das Vernehmungsprotokoll hochhielt.

»Allbrights Rechtschreibung ist eine Katastrophe«, sagte Esson.

»Der Arme hat sich wegen seiner Zahnschmerzen mit Ibu zugedröhnt«, erinnerte Shah sie.

»Was ist mit der Exfrau des Verstorbenen?«, erkundigte sich Mulgrew.

»Du meinst, ob die schwarze Witwe einen anderen Gefangenen verhext und die Drecksarbeit für sich hat erledigen lassen?« Esson blätterte erneut die Unterlagen durch. »Die Trennung war einvernehmlich. Keiner von beiden hat den anderen betrogen. Sie hat sich ihre Hälfte des gemeinsamen Hauses ausbezahlen lassen und ist mit einem Kfz-Mechaniker nach Nottingham gezogen.«

Sie schlug die Akte zu, und sie blieben gemeinsam schweigend sitzen, tranken aus ihren Bechern. Mehrere Sekunden verstrichen.

»Liegt eigentlich nahe, dass es Novak war«, meinte Shah schließlich.

»Allerdings«, pflichtete Mulgrew ihr bei.

»Wir sollten ihn vorladen«, fuhr Shah fort. »Ihn ordentlich in die Mangel nehmen. Dann dasselbe noch mal mit jedem einzelnen der Kollegen, die ihn decken. Ich vermute, entweder sie wussten, dass er was vorhat, oder sie haben ihm bei der Durchführung geholfen – Beweise verschwinden lassen, sauber gemacht, ihm eine frische Uniform besorgt.«

»Wenn es so wäre, warum sollten sie uns dann helfen?«, fragte Esson. »Dann machen sie sich doch selbst zur Zielscheibe. Das funktioniert nur, wenn alle zusammenhalten.«

Shah hob einen Finger. »Ein Glied in der Kette ist immer schwächer als die anderen. Mit ein paar gezielten Fragen bekommen wir heraus, wer das ist.«

»Diese Leute arbeiten in einem Gefängnis, Zara. Ich möchte bezweifeln, dass wir irgendwas gegen sie vorbringen können, das nicht einfach von ihnen abprallt.« Esson brach abrupt ab, als ihr Handy wegen einer eintreffenden Nachricht brummte.

Malcolm F. hier. Können wir uns sehen?

Sie gab ihre Antwort ein. *Hab zu tun.*

Wenige Sekunden später schrieb Fox eine Erwiderung.

Wache am Gayfield Square? Ich sitze im Wagen vor der Tür. Brauche höchstens 5 Mins.

»Was Interessantes?«, wollte Mulgrew wissen.

»Ein Riesendurchbruch in unserem Fall.« Sie sah ihn grinsen. »Ich muss nur mal fünf Minuten raus. Ist das okay?«

»Denke schon«, sagte er, »aber nur wenn du zehn draus machst.« Sie sah ihn fragend an. »Dann kannst du schnell noch in den Laden springen und Milch holen«, erklärte er.

Fox' Wagen war groß und schwarz. Das Innere roch brandneu und sah auch so aus. Esson stieg ein und schloss die Tür. Sie vergewisserte sich, dass sie von den Fenstern des CID auf der anderen Straßenseite nicht gesehen werden konnte.

»Interessant«, sagte sie.

»Inwiefern?«

»Na ja, erstens hatte ich keine Ahnung, dass du meine Handynummer hast. Und zweitens: Falls das ein offizieller Besuch ist, wieso sitzen wir dann hier unten im Wagen und nicht da oben im Büro?«

Fox ließ sich lange Zeit für die Antwort, ein Grinsen breitete sich über sein Gesicht von einem Ohr zum anderen, aber zum Schluss fehlte ihm doch jegliche Glaubwürdigkeit. Esson fiel auf, dass er seine Hände nicht vom Lenkrad nahm, ganz so, als wollte er Esson gleich entführen. Die Hände steckten in schwarzen Lederhandschuhen, was es nicht besser machte. »Ich dachte, vielleicht kann ich dir was anbieten – vertrau mir, du willst es hören.«

»Okay, ich höre.«

»Es gibt einen Sträfling im selben Trakt wie das Opfer – tatsächlich liegen die Zellen mehr oder weniger gegenüber. Er heißt Everett Harrison. Ich glaube nicht, dass ihr ihn schon vernommen habt. Wenn es so weit ist, wäre es vielleicht gut, wenn ihr ein paar Hintergrundinformationen habt. Harrison arbeitet als Vollstrecker für einen Liverpooler Gangsterboss, einen gewissen Shay Hanlon. Unsere Kollegen südlich der Grenze sind Hanlon ein bisschen zu dicht auf den Fersen gewesen, und er hat sich nach Brasilien abgesetzt – ist nicht einfach, ihn von dort ausliefern zu lassen. Hanlons Spezialgebiete sind Drogen und Menschenhandel. Und so kam es, dass wir Glück hatten. Es gab einen Einbruch in ein Nagelstudio, der Täter ist abgehauen, als der Alarm ansprang, es kam eine Streife, und die Kollegen haben nachgesehen, was dort los war. Sie fanden eine große Drogenlieferung im Hinterzimmer. Mit Harrisons Fingerabdrücken darauf.«

»Noch kann ich dir folgen, wofür auch immer es gut sein mag.«

»Der Einbrecher hat sich bei der Tat geschnitten«, fuhr Fox mit ruhiger Stimme fort, wobei er Straße und Gehweg im Blick behielt. »Hat eine Weile gedauert – du weißt ja, wie das in den Laboren mit den untergeordneten Sachen läuft –, aber jetzt endlich wurde eine Übereinstimmung gefunden.« Er drehte sich zu ihr um. »Jackie Simpson.«

Esson schwieg kurz und ließ es sich durch den Kopf gehen. »In gewisser Weise ist Simpson also dafür verantwortlich, dass Harrison in den Knast gewandert ist?«

Fox nickte langsam, sein Blick richtete sich nun auf sie, während sie tief in Gedanken auf ihrer Unterlippe kaute.

»Haben wir Anlass anzunehmen, dass Harrison weiß, wer Jackie Simpson ist?«, fragte sie schließlich. Fox zuckte nur mit den Schultern. »Du interessierst dich weniger für das Opfer als für diesen Harrison – aber Harrison sitzt ja bereits, also was hast du davon?«

Jetzt war es an Fox, erst einmal nachzudenken. Er holte tief Luft zum Zeichen, dass er eine Entscheidung zu treffen hatte. »Wir denken, Hanlon könnte sich auf dem Weg zurück nach Großbritannien befinden.«

»Ihr ›denkt‹?«

»Er verwendet EncroChat – dadurch können wir sein Telefon nicht abhören –, bislang handelt es sich also nur um einen begründeten Verdacht. Zweifelhaft, dass er sich mit Harrison in Verbindung setzen würde, aber nicht unmöglich. Seine Bande funktioniert praktisch wie ein Clan, und an Harrisons Familie ist auch Geld geflossen, damit sie über die Runden kommt. Ich wurde vom SO15 gebeten, dranzubleiben …«

»Und natürlich willst du den Kollegen in London in den

Arsch kriechen.« Esson rang sich ein schiefes Lächeln ab. »Immer noch derselbe alte Malcolm Fox.« Sie zeigte auf seine Hände. »Glaubst du, mit schicken Handschuhen kannst du dich schneller die Karriereleiter hinaufhangeln?«

»Ich muss nicht zu dir kommen, Christine. Ich hätte damit auch zu Mae McGovern gehen können.«

»Bist du aber nicht.« Sie kniff leicht die Augen zusammen. »Und warum wohl, Malcolm? Siobhan ist deinen Fängen entkommen. Bist du jetzt auf der Suche nach einem neuen Lieblingsprojekt? Vielleicht siehst du dich ja als eine Art Sir Galahad.« Sie sah sich demonstrativ um. »Aber hier gibt's keine Jungfrauen in Nöten, die Ihrer Rettung bedürfen, Mister.«

Fox' Gesichtsausdruck war inzwischen versteinert. »Ich habe dir etwas mitgeteilt, weil ich denke, dass du es wissen solltest. Was du damit machst, ist deine Sache. Ich bitte nur darum, auf dem Laufenden gehalten zu werden.« Er drückte auf den Anlasser, hielt die Hände fest am Lenkrad, starrte geradeaus durch die Windschutzscheibe, während Esson die Tür aufstieß.

Sie wollte gerade zurück in das Stationsgebäude, überlegte es sich aber doch noch einmal anders und ging Richtung Leith Walk. Es hatte keinen Sinn, die Information direkt zum MIT zu tragen, wenn sie noch etwas anderes, Wichtigeres zu den Ermittlungen beitragen konnte.

Milch …

Fox beobachtete sie im Rückspiegel. Sie hatte natürlich recht, wenn auch nur teilweise. Siobhan Clarke hätte sich sehr geärgert, hätte er sich mit Christine Esson verbündet oder wäre er ihr Vertrauter geworden. Möglicherweise hätte er damit einen Keil zwischen die beiden Frauen getrieben. Vielleicht hatte er sich verrechnet, vielleicht aber auch nicht. Sie würde mit der

Information zu ihrer Chefin gehen und dafür Lob einheimsen. Nicht ausgeschlossen, dass sie dann noch einmal darüber nachdachte und ihn doch für ganz nützlich hielt. Vielleicht würde sie ihm irgendwann sogar dafür danken. Er hätte ihr auch noch mehr verraten können, aber manche Geheimnisse blieben besser unter Verschluss. In welcher Beziehung er selbst zu dem Verstorbenen stand und welche Rolle er bei den Einbrüchen gespielt hatte, die zur Festnahme von Everett Harrison führten, davon musste sie vorläufig nichts erfahren. Schließlich wurden ja auch handfeste Ergebnisse erzielt – Drogen waren von der Straße verschwunden, und ein Krimineller wurde dingfest gemacht. Außerdem hatte Jackie Simpson die ganze Zeit die Klappe gehalten, weder Fox noch den Plan erwähnt, den die beiden zusammen ausgeheckt hatten. Allein das hätte im Knast eigentlich seine Sicherheit garantieren sollen. Zumindest relativ betrachtet. Doch, eigentlich schon.

Ach, na ja.

Während er auf dem Weg in sein Büro in Gartcosh in westlicher Richtung aus der Stadt fuhr, dachte er erneut an John Rebus, der zwar verurteilt und eingesperrt war, aber keineswegs so niedergedrückt oder verändert wirkte, wie Fox erwartet hätte. Er wusste, dass Rebus den Mord an Jackie Simpson niemals würde ignorieren können – das war ihm vom Wesen her einfach nicht gegeben. Und es galt, auch noch Darryl Christie zu berücksichtigen. Die in dem Nagelstudio sichergestellten Drogen ließen darauf schließen, dass Hanlon sich auf Christies Territorium drängte. Es sei sein erster Vorstoß nach Schottland, hatte Glaze am Telefon gesagt. Vielleicht ein Vorgeschmack auf das, was noch kommen sollte.

»Verstehen Sie, Malcolm«, hatte Glaze geschnurrt, »ein guter Grund, weshalb Hanlon aus Brasilien zurückkommen möchte, wäre doch, um seine Chancen auf dem schottischen Markt zu verbessern. Wer sollte ihn aufhalten, solange Christie sitzt?«

»Christie sitzt zwar im Knast, aber seine Leute nicht«, hatte Fox entgegnet.

»Mag sein, aber ich wette, mit jemandem wie Shay Hanlon hatten die noch nicht zu tun. Ich schicke Ihnen mal ein paar Geschichten.«

Und das hatte er getan, Geschichten über Gewalt und Gebietskämpfe. Außerdem Fotos, unter anderem auch von dem rotgesichtigen Lockenkopf Hanlon selbst, seinem fast jungenhaften Sommersprossengesicht. Fox hätte ihn für einen Farmer gehalten oder vielleicht einen Bauarbeiter. Nach Schätzungen des SO15 gingen mindestens sechs Morde auf seine Kappe. Er hatte Beziehungen zu Auftragskillern der Republikaner in Belfast, kaufte und verkaufte Waffen, Mörder wurden geschleust und erhielten neue Identitäten. Fox hatte seine Fühler ausgestreckt, aber noch keine belastbaren Beweise dafür gefunden, dass Hanlon seine Leute, mit Ausnahme von Harrison, nach Schottland verlagert hatte. Auch hatte er sich nach seinem Gespräch mit Rebus Bobby Briggs, diesen Auftragsirren, genauer angesehen. Briggs war immer wieder mit dem Gesetz in Konflikt geraten, hatte sich aber nie wirklich weit aus seiner Glasgower Umlaufbahn entfernt. Er war nach Edinburgh verlegt worden, weil man zu dem Schluss kam, er habe in Barlinnie, dem Gefängnis in Glasgow, zu viele Feinde und offene Rechnungen. Kannte er Everett Harrison von draußen? Wenn ja, woher? Und was hatten sie wechselseitig von ihrer Bekanntschaft?

Fox wusste, dass er bislang mehr Fragen als Antworten hatte und sich offenbar nicht darauf verlassen durfte, dass Christine Esson tat, was er von ihr verlangte. Das konnte nur eins bedeuten: Er musste sich selbst in die Ermittlungen einschalten. Er benutzte die Freisprechanlage, um im Büro seines Chefs anzurufen. Dann richtete er sich ein kleines bisschen am Steuer auf und holte tief Luft.

Wird allmählich Zeit, dass du deinen Charme spielen lässt, Malcolm, sagte er sich, während er darauf wartete, dass sein Anruf entgegengenommen wurde.

7

Siobhan Clarke öffnete eine Flasche Wein, nahm sich aber vor, nur ein Glas zum Essen zu trinken. Sie hatte sich Gnocchi mit gebratenen Zwiebeln, Knoblauch und Pilzen gemacht, das Ganze mit einem Löffel Pesto aus dem Glas verfeinert. Sogar ein bisschen Pecorino hatte sie gerieben. Sicherlich hatte sie sich ein kleines Glas kalten Weißwein dazu verdient. Sie hatte die Heizung eingeschaltet, das Licht schummrig gedreht, und nun sang Chet Baker aus ihrem Bluetooth-Lautsprecher. Dank zugezogener Vorhänge ließ sich der Rest der Welt zum Verschwinden bringen. Ihre Zweizimmerwohnung (ein Zimmer wurde als Abstellkammer genutzt, da dort nie jemand übernachtete) befand sich im zweiten Stock eines herkömmlichen Wohnhauses. Wenn es sie ins Nachtleben zog, befand sich die Broughton Street direkt um die Ecke. Dort gab es jede Menge Bars, in denen eine alleinstehende Frau eine Weile sitzen konnte, ohne belästigt zu werden, außerdem eine ganz anständige Auswahl an Restaurants sowie Cafés und Geschäfte für tagsüber. Es gab sogar ein Auktionshaus, wohin es sie manchmal an den Besichtigungstagen zog. Bislang hatte sie noch nichts gekauft, aber sie war im E-Mail-Verteiler.

Die Einrichtung ihrer Wohnung war ziemlich abgenutzt, aber sie brachte in ihrer Freizeit nicht genügend Energie auf, um etwas daran zu ändern. Sie mochte ihr Sofa, und sie mochte ihren Sessel. Die Matratze ihres Bettes drehte sie alle paar

Monate einmal um. Die Dusche in der Badewanne war nachträglich eingebaut und unzureichend, aber sie konnte sehr gut darauf verzichten, sich über Klempner zu ärgern, die nie auftauchten. An den Wochenenden traf sie sich mit Samantha und Carrie, außerdem natürlich Brillo. Sie sahen gemeinsam nach Johns Wohnung und holten seine Post. Wenn Christine Esson nicht gerade wieder einen Neuen hatte, spazierten sie gemeinsam über die Portobello an der Küste und verzogen sich anschließend in eine Wine Bar. Fox … na ja, sie war mal kurz mit Fox zusammen gewesen, aber das war lange vorbei. Der Gedanke, dass sie ihrer Pensionierung inzwischen näher war als dem Tag ihres Eintritts in den Polizeidienst, kam ihr jetzt häufiger. Sehr viel näher sogar. Hatte der CID sie ihres Privatlebens beraubt? Nein, es war ihre Entscheidung gewesen. Allmählich aber hatte sie das Gefühl, dass sie in ihrem Beruf nicht mehr gebraucht wurde. Hatte das alles nicht vor zehn oder zwanzig Jahren noch viel mehr Spaß gemacht? Als man Vorschriften noch großzügig auslegen oder sogar dagegen verstoßen konnte? Rebus und seine Zeitgenossen hatten sich keine Sorgen machen müssen wegen Internet Warriors, mit Handykameras fuchtelnden Leuten oder davor, »gecancelt« zu werden. Das waren aufregende Zeiten gewesen; Rebus hatte manchmal vom »Wilden Osten« gesprochen.

Clarkes Laune sank in den Keller, sie starrte den Lautsprecher an. »Alles nur deine Schuld«, schimpfte sie mit dem schmachtenden Chet Baker. Dann suchte sie auf ihrem Handy, bis sie etwas von den Talking Heads fand, die schließlich einen fröhlicheren Soundtrack für ihre letzten Gabeln Gnocchi zur Verfügung stellten. Sie dachte gerade über ein zweites Glas Wein nach – natürlich nicht ganz so großzügig eingeschenkt wie das erste –, als ihr Handy klingelte. Das Display zeigte Laura Smith an. Smith war Journalistin, eine ehemalige Gerichtsreporterin des *Scotsman.* Inzwischen führte sie eine Website, veröffentlichte einen Podcast und einen Blog und war außerhalb des Mainstream sehr viel glücklicher als zuvor – und finanziell offenbar auch besser gestellt. Inzwischen hatte sie es aufgegeben, Siobhan einzuladen, den Podcast mit ihr zu moderieren, oder zumindest hin und wieder mal in einer Folge (selbstverständlich anonym) mitzuwirken, aber sie war eine gute Bekannte, die hin und wieder anrief, wenn sie nichts Besseres zu tun und Durst hatte.

»Heute nicht, Joséphine«, meldete sich Clarke am Telefon.

»Ist eher beruflich als privat. Ich bin im Wagen unten – darf ich kurz hochkommen?«

Fünf Minuten später setzte Clarke ihrem Gast ein sauberes Glas vor. Smith war leger gekleidet – Jeans und ein übergroßer Pullover, die Haare ungebürstet. Aus irgendeinem Grund war sie hergeeilt, und so schenkte Clarke ihr ein, setzte sich und wartete. Nach ein paar Schlucken Wein setzte Smith das Glas ab und presste ihre Finger an den Stiel.

»Ich habe heute Abend einen Anruf bekommen. Ein Mann, der seinen Namen nicht nennen wollte. Er meinte, es geht um das vermisste Mädchen.«

»Meinte er Jasmine Andrews?«

Sie nickte kurz und zog ihr MacBook aus ihrer Schultertasche. Sie schob das Weinglas zur Seite und klappte den Computer auf.

»Er hat gesagt, er hat ihr Foto gesehen – das du an die Presse herausgegeben hast –, und sie sei ihm bekannt vorgekommen.« Smith hörte lange genug auf zu tippen, um Clarke kurz direkt anzusehen. »Von einer Pornoseite.«

»Was?« Clarke hob den Stuhl an und trug ihn um den Tisch, setzte sich neben Smith.

»Hab ich auch gedacht … Irgendein Irrer, der mich verarschen will. Die Seite heißt Young Fresh East Coast. Klingt erst mal ganz harmlos, aber ein paar Klicks weiter landest du hier …« Smith lehnte sich zurück und drehte den Bildschirm leicht zu Clarke. Mehrere Dutzend gestellte Fotos waren dort zu sehen. Junge Menschen, männlich wie weiblich, spärlich bekleidet, die Gesichter digital verzerrt. Sie schienen alle auf demselben Bett in demselben Raum zu sitzen. Smith führte den Cursor auf das Foto ganz oben rechts und vergrößerte es.

»Was meinst du?«, fragte sie. »Ist das Jasmine Andrews?«

»Schwer zu sagen ohne Gesicht. Können wir da was machen?«

»Ich nicht, aber ich vermute, eure Labortechniker kriegen das hin. Ich hab versucht, weiter in die Seite einzusteigen, aber das ist unmöglich. Man muss sich online bewerben, um in die ›Community‹ aufgenommen zu werden.«

Clarke vergrößerte das Foto. Das Mädchen trug einen Tanga und einen BH, außerdem weiße Söckchen. Sie lehnte sich leicht zurück, stützte sich auf ihre ausgestreckten Arme hinter sich, die Beine waren angewinkelt und mehr als nur wenige Zentimeter gespreizt. Die anderen Mädchen nahmen ähnliche Posen ein oder hockten auf allen vieren, teilweise von hinten aufgenommen, die Köpfe zurück zur Kamera gedreht. Die Jungen trugen pralle Unterhosen und spannten ihren Bizeps an oder knieten, hakten einen Finger in den Hosenbund.

»Es gibt kein Video«, sagte Smith, »aber eine Stimmaufnahme.« Sie klickte eines der Bilder an und lauschte gemeinsam mit Clarke.

»Ich bin so geil. Bitte nimm mich. Ich mache alles, was dein Herz begehrt.« Eine rauchige Mädchenstimme, die versuchte, älter zu klingen. Am Ende war ein Anflug von Gekicher zu hören.

»Die sagen alle denselben Spruch auf«, erklärte Smith. »Die meisten klingen schottisch.«

»Gibt es zu jedem Foto eine andere Stimme?« Smith nickte. Sie versuchten erneut, weiter in die Seite einzudringen, aber vergeblich. »Und der Typ, der angerufen hat?«, hakte sie nach.

»Auch Schotte. Als er aufgelegt hat, hab ich gleich nachgesehen, aber er hatte die Rufnummer unterdrückt. Er will Geld.«

Clarke sah sie an. »Geld?«

»Erst mal hundert. Und wenn ich die locker mache, verspricht er mir einen weiteren Anruf.«

»Das heißt, du weißt, wie du ihn kontaktieren kannst?«

»Über ein Pub namens The Mallaig Inn.«

»In Mallaig?«

Smith schüttelte den Kopf. »Im öden Restalrig. Fünf Zwanziger in einem Umschlag versehen mit dem Namen Pedro, ich soll ihn dem Barmann überreichen und wieder verschwinden.« Sie hielt inne. »Stattdessen bin ich jetzt hier, weil ich *weiß,* dass du mir Exklusivrechte zugestehen wirst – und du hast mir ja auch schon in der Vergangenheit häufig einen Gefallen getan.«

»Hat er gesagt, wann du das Geld abgeben sollst?«

»Je schneller, desto besser, sonst geht er damit anderswohin. Denkst du, das ist sie? Ich meine, wenn sie's ist und jemand gedroht hat, sie zu outen – vielleicht ein Junge in ihrem Jahrgang, der eins und eins zusammengezählt hat –, dann wäre das ein ziemlich guter Grund, die Flatter zu machen, meinst du nicht?«

Clarke antwortete nicht, war viel zu beschäftigt mit den Bildern und ihren Gedanken. Smith, die diesen Blick bereits kannte, griff nach ihrem Weinglas und wartete. Schließlich stand Clarke wortlos auf und verließ den Raum, kehrte mit einer Packung Briefumschläge zurück, zog einen heraus und nahm einen Stift aus ihrer Tasche.

»Pedro, richtig?«, fragte sie.

»Genau, Pedro«, bestätigte Laura Smith.

Das Mallaig Inn befand sich an einer auffälligen Straßenecke mitten in einer Wohnsiedlung. Die Gegend wirkte heruntergekommen und das Pub ebenso. Die Rauputzwände waren lange nicht mehr gestrichen worden (nur mit Graffiti beschmiert), das M aus dem Schild über der Tür war verschwunden, aber die Kneipe war hell erleuchtet, und ein Klappaufsteller an der Tür versprach Real Ale und Hausmannskost.

Als Clarke eintrat, war die Kneipe recht gut besucht. Ein Mann saß an einem Tisch in der Ecke, sang einen Song von Paul Simon und begleitete sich dazu auf der Gitarre. Sie war sich nicht sicher, ob man ihn eigens engagiert hatte, oder ob er einfach nur Gast war. Das halbe Dutzend Whiskygläser vor ihm sprach jedenfalls dafür, dass sein Publikum ihn zu schätzen wusste. Sie bestellte einen Gin Tonic bei der Barfrau, einem jungen Mädchen mit lila gefärbten Haaren, fast noch ein Teenager. Sie trug Nasen-, Ohren- und Augenbrauenpiercings, dazu runde Brillengläser und lila Lippenstift. Sonst war keine ältere Person in Sicht. Clarke legte den Umschlag auf den Tresen, wo er unbeachtet liegen blieb. Clarke gab der Barfrau einen Zehnpfundschein, und als sie das Wechselgeld entgegennahm, tippte sie mit einem Finger auf den Umschlag.

»Für Pedro«, sagte sie. Das Mädchen sah ihr kurz in die Augen, nahm den Umschlag und ließ ihn unter dem Tresen verschwinden.

»Ich sehe zu, dass er ihn bekommt.«

»Wollte er reinschauen?«

Die Barfrau ignorierte die Frage und ging weiter zum nächsten Kunden. Clarke verzog sich mit ihrem Getränk in eine Ecke weiter hinten, aber eigentlich konnte man sich nirgendwo verstecken. Die Barfrau kehrte ihr den Rücken zu, telefonierte mit ihrem Handy und machte dabei eine knappe Kopfbewegung in Clarkes Richtung. Clarke kehrte mit ihrem unberührten Drink an die Bar zurück und bedankte sich im Vorbeigehen bei dem Mädchen. Wieder draußen auf der Straße, überquerte sie diese und stieg in ihren Wagen, ließ den Motor an und fuhr davon. Im Rückspiegel sah sie die Barfrau im Eingang stehen. Ganz offensichtlich vergewisserte sie sich, dass Clarke weg war. Sie hielt immer noch das Handy in der Hand, das ihr Gesicht bläulich anstrahlte, während sie erneut telefonierte.

Clarke fuhr einmal um den Block, fand eine Parklücke am Straßenrand und ging zu Fuß zum Mallaig Inn zurück. Sie hielt Abstand und mied die Straßenlaternen. Ein oder zwei Autos fuhren an ihr vorbei, aber sie hielt sich ihr Handy vor die Nase, als wollte sie einer Freundin schreiben. Dann schlenderte ein Mann um die Ecke, grüßte einen Raucher im Eingang des Pubs und trat ein. Weniger als eine Minute später kam er wieder heraus, hatte sich nicht mal die Mühe gemacht, den Reißverschluss seiner dünnen, hellen Jacke zu öffnen. Als er stehen blieb, holte Clarke ihn ein. Er hatte gerade den Umschlag geöffnet und starrte nun staunend auf dessen Inhalt – ein paar zerschnittene Seiten Zeitungspapier.

»Tut mir leid, dass ich dich enttäuschen muss, Pedro«, sagte sie.

»Ich glaube, meine Liebe, du verwechselst mich.«

Er war Mitte vierzig und übergewichtig, die Haare waren bereits schütter. An der linken Hand trug er einen Ehering. Das Hemd unter der Jacke war am Hals aufgeknöpft, sah aber aus, als würde er normalerweise eine Krawatte dazu tragen. Ein gewöhnlicher verheirateter Mann mit Festanstellung, eher von der ruhigen Sorte. Clarke war seinesgleichen hundertmal begegnet, und sie wusste, wie sie es angehen musste.

»Weiß Ihre Frau Bescheid über die Young Fresh East Coast? Oder sollen wir zu ihr fahren und uns mit ihr unterhalten?« Dann hielt sie ihm ihren Dienstausweis vor die Nase.

Sein Adamsapfel sprang auf und ab, als er darauf stierte. »Sie sind gar keine Reporterin?« Er wirkte eher enttäuscht als wütend, schien es gewohnt zu sein, dass es ungerecht zuging in der Welt.

»Mein Wagen steht nicht weit von hier, dort können wir uns unterhalten. Oder auf der Wache.«

»Ich hab nichts gemacht.«

»Sie haben Jasmine Andrews anhand des Fotos wiedererkannt, das an die Presse herausgegeben wurde. Auf der Website ist ihr Gesicht verpixelt, was darauf schließen lässt, dass Sie für gewisse Vorrechte dort bezahlt haben. Also unterhalten wir uns hier oder auf der Wache?« Sein Schweigen verriet ihr alles, was sie wissen musste. Er folgte ihr kleinlaut zum Wagen, schob sich auf die Beifahrerseite, als wäre es ein Schafott. Sie ließ ihn kurz schmoren, dann öffnete sie ihren Laptop und die Website.

»Das bringt nichts«, sagte er.

»Warum nicht?«

»Man bekommt den Zugangscode erst, wenn die Zahlung eingegangen ist. Und jetzt ist schon seit einigen Tagen nichts mehr eingegangen.«

»Das heißt, Sie sind Stammkunde?«

»Eigentlich nicht.«

Sie ließ es ihm durchgehen. »Erklären Sie mir, wie das funktioniert«, sagte sie. »Die Zahlung kommt an und dann?«

»Dann klickt man auf das Foto seiner Wahl.« Er zeigte auf

den Bildschirm. »Das heißt, vorausgesetzt der- oder diejenige ist aktiv.«

»Aktiv?«

»Meistens sind das nur ein oder zwei zur gleichen Zeit. Ist ja ein Livestream.«

»Aus diesem Raum?« Clarke tippte mit einem Finger auf das Zimmer, Pedro nickte.

»Dann gibt man ein, was die machen sollen.« Jetzt fing er an zu schwitzen, fuhr sich mit einer Hand über die Stirn und die Wangen. »Ich hab nicht gewusst, dass die minderjährig sind, erst als die Nachricht kam.«

»Haben Sie selbst Kinder?«, fragte Clarke.

»Zwölf und acht.« Seine Augen glänzten. »Ich bin nicht … ich gucke nur ab und zu gerne mal …«

»Und wie nennt sie sich?«, fiel Clarke ihm ins Wort, ihr Finger lag auf dem Foto von Jasmine.

»Jazz, wie die Musik. Sie zieht sich aus, vielleicht fingert sie auch ein bisschen an sich herum, aber mehr nicht.«

»Und sie sprechen währenddessen mit ihr?«

Er schüttelte den Kopf. »Man tippt alles ein. Aber irgendwie befindet sich wohl ein Mikro in ihrer Nähe – man hört, was sie sagt.«

»Ich nehme an, dass jemand hinter der Kamera steht?«

»Hab nie jemanden gesehen oder gehört.« Er überlegte kurz. »Aber ja, manchmal gucken die Models an der Kamera vorbei, als wäre da jemand.«

»Hatten Sie schon einmal das Gefühl, dass die Models Angst haben? Oder dass sie eigentlich gar nicht machen wollen, was sie da machen?«

Er schüttelte entschieden den Kopf. »Die sind entspannt, immer gut drauf.« Dann fiel ihm noch etwas anderes ein. »Sie wollen anscheinend, dass derjenige hinter der Kamera zufrieden mit ihnen ist.«

»Geht es manchmal noch weiter? Gibt es auch Eins-zu-eins-Telefonate oder persönliche Begegnungen?«

»Nein. Gar nicht. Man bezahlt, guckt, und wenn die Zeit um ist, wird der Bildschirm schwarz.«

»›Ein oder zwei‹ haben sie gesagt …«

»Manchmal ist es auch eine Doppelnummer, aber die sind teuer, ich hab nie …«

Clarke klappte den Laptop zu. »Wie heißen Sie richtig?«, fragte sie ihn.

»Pedro genügt.«

»Nein, ›Pedro‹ genügt nicht. Es ist nämlich so – Sie haben entscheidende Informationen im Zusammenhang mit polizeilichen Ermittlungen zurückgehalten. Darüber hinaus wollten Sie diese Informationen verkaufen, anstatt wie jeder anständige, ehrenwerte Bürger damit zu uns zu kommen. Deshalb brauche ich Ihren Namen, die Adresse und eine Nummer, unter der wir Sie kontaktieren können, sonst lasse ich Sie nämlich nicht zu Ihrer glücklichen Familie nach Hause.«

»Ich heiße Peter. Peter Cowan.« Er nuschelte seine Adresse, die Clarke ordnungsgemäß in ihr Handy eingab, außerdem seine Mobilfunknummer. Anschließend bat sie ihn um Beweise für deren Richtigkeit. Er kramte einen Führerschein heraus, und sie betrachtete ihn.

»Ihr könnt mir nichts anhängen, nur weil ich mal geguckt habe«, behauptete er, als sie ihm seinen Führerschein zurückgab.

»Doch, das können wir. Das waren keine ›Models‹, Mr Cowan, das waren und sind Kinder, die von Ihnen und Ihresgleichen gegen Bezahlung sexuell ausgebeutet werden.« Sie hielt inne, ihr Blick bohrte sich in ihn. »Ich melde mich wieder bei Ihnen.«

Er legte eine Hand auf den Türgriff, hielt dann aber inne. Clarke ahnte bereits, was jetzt kam – weitere Ausreden und Rechtfertigungen.

»Raus aus meinem Wagen«, befahl sie. Cowan stieg aus, blieb aber wie angewurzelt auf dem Gehweg stehen, hob langsam und zittrig die Hände zum Kopf. Clarke fuhr in die Nacht davon, ohne sich noch einmal umzusehen.

Dritter Tag

8

Nach dem Frühstück gab es die Möglichkeit, beim Hofsport frische Luft zu tanken. Manche Gefangene nahmen das mit dem »Sport« wörtlich, joggten im Kreis, machten Liegestütz oder Kniebeugen, es waren dieselben, die auch sonst möglichst viel Zeit im Fitnessraum verbrachten, um ihre Muskeln aufzupumpen. Andere kickten einen Ball. Die meisten aber schlenderten einfach nur umher. Dem SRU war ein gesonderter Hof gleich nebenan zugeteilt, eine hohe Mauer trennte die beiden Bereiche. Ein paar Gefangene auf Rebus' Seite brüllten laut Drohungen, nur für den Fall, dass gerade irgendein Vergewaltiger oder Kinderficker zuhörte. Während der kurzen Zeit, die Rebus in dem Trakt verbracht hatte, war er durchaus dem ein oder anderen Pädophilen begegnet. Die meisten gaben sich sehr fügsam und bemüht, alle Anweisungen zu befolgen, hielten sich grundsätzlich aber lieber in ihren Zellen hinter verschlossener Tür auf. Ein Vergewaltiger, der wegen seiner plötzlichen gewalttätigen Ausraster den Spitznamen »Hair Trigger« bekam, hatte in Isolationshaft immer so laut gebrüllt, dass sein Geschrei durch sämtliche Gänge hallte.

Der Wizard lehnte an einer Mauer und blickte, den Kopf in den Nacken gelegt, zum schiefergrauen Himmel hinauf. Vielleicht lauschte er auch wieder den Kirchenglocken. In seiner Zelle bewahrte er eine zerlesene Bibel auf und besuchte sonntags regelmäßig die Kapelle. Rebus wusste, dass einige Gefangene – meist weiße Schotten aus der Arbeiterklasse – während ihrer Haft zum Islam übertraten. Sie hatten eigene Gebetszeiten, versammelten sich wöchentlich zum Freitagsgebet und liehen religiöse Schriften aus der Bibliothek. Wenn Rebus dort aushalf, musterte er stets ihre Gesichter, suchte nach Anzeichen dafür, dass all das nur irgendeine Fassade war, aber bislang hatte er noch niemanden entlarvt.

Im Gehen schnappte Rebus gebrummte Gesprächsfetzen auf. Zellen und Gemeinschafträume wurden immer noch systematisch von der Polizei durchsucht. Die Wärter waren davon nicht ausgenommen, aber das war den Gefangenen egal. Sie mussten die Safes unter ihren Betten öffnen und zusehen, wie Polizisten ihre Sachen filzten, ihr Unterricht fiel aus, weil die Gemeinschaftsräume durchsucht wurden. Auch Rebus' Zelle war nun schon zum zweiten Mal von zwei jungen Beamten, einem Mann und einer Frau, auf den Kopf gestellt worden, wobei sich keiner der beiden besonders für die ihnen zugewiesene Aufgabe zu begeistern schien.

»Das haben die euch während der Ausbildung verschwiegen, wie?«, hatte Rebus gestichelt, aber keine Antwort erhalten, da die Beamten zweifellos angehalten worden waren, jegliche Gespräche mit Gefangenen zu vermeiden.

Eine der Krankenschwestern hatte Rebus' Inhalator nachgefüllt und sich dabei beklagt, dass jetzt auch die Praxisräume des NHS durchsucht wurden.

»Als ob wir nicht merken würden, wenn hier irgendwo ein blutiges Messer liegt.«

»Das ist auf keinen Fall noch hier«, hatte Rebus erwidert. Sie sah ihn an.

»Herausgeschmuggelt?«, vermutete sie. »Ich würde meinen,

dass das für einen Bewohner gar nicht so einfach zu bewerkstelligen ist.«

»Ich sehe schon, Sie haben das Memo vom Direktor gelesen. Aber um Ihre Frage mit einer Frage zu beantworten – wer sagt denn, dass es ein ›Bewohner‹ war?«

Nach dem Hofsport war Rebus' nächste Anlaufstation die Bibliothek. Der Raum war nicht groß, aber gut mit Büchern, Zeitschriften und DVDs ausgestattet. Der Edinburgh Council stellte eine Bibliothekarin zur Verfügung. Sie war eine pedantische junge Frau namens Megan Keighley, die ursprünglich aus Northumbria stammte und Rebus erklärt hatte, ihr Name leite sich von einem Begriff für »Waldlichtung« ab. Sie trug ein kleines Kruzifix um den Hals, das sie stets schnell wieder verschwinden ließ, sobald es ihr aus dem hochgeschlossenen Ausschnitt rutschte. Rebus hatte sie damit beeindruckt, dass er viele Autoren kannte, wobei er ihr allerdings nicht gestand, dass er zwar eine ganze Menge Bücher gesammelt, aber herzlich wenige davon tatsächlich gelesen hatte.

Keighley sortierte gerade die jüngsten Anfragen, als Rebus eintraf. Den Gefangenen stand es frei, mehr oder weniger alles zu bestellen, allerdings mit gewissen Einschränkungen – keine Handbücher über Terrorismus oder wahre Kriminalfälle und nichts in Zusammenhang mit Kindern. Außerdem gab es keine DVDs mit Altersbeschränkung ab 18 Jahren. Am häufigsten wurde in der Regel juristische Fachliteratur ausgeliehen, in der die Leser nach Schlupflöchern für sich suchten. Einer der älteren Sträflinge kannte sich inzwischen so gut in Rechtsfragen aus, dass ihn die anderen Gefangenen regelmäßig um Rat baten. Er ließ sich mit Zigaretten bezahlen, sodass sein Honorar, wie er selbst behauptete, im Vergleich zu dem, was seine »Kollegen« draußen verlangten, ein Schnäppchen war.

Rebus fiel wieder ein, dass ihn seine eigenen Rechtsvertreter offenbar vergessen hatten. In den Wochen kurz nach seiner Festnahme hatte es zahlreiche Treffen und Besprechungen gegeben, entweder persönlich oder per Videocall in einer der speziell dafür vorgesehenen Kabinen, in denen die Gefangenen auch Verbindung zu ihren Familien aufnehmen konnten, falls diese so weit entfernt wohnten, dass persönliche Besuche kaum möglich waren. Seine Verteidigungsstrategie war während der gesamten Zeit dieselbe geblieben: Er hatte nicht die Absicht gehabt, Cafferty zu töten, sondern ihm nur einen Schrecken einjagen wollen. Hätte er ihn töten wollen, hätte er es richtig getan. Sein Handeln stand möglicherweise – möglicherweise aber auch nicht – in Zusammenhang mit dem Herzinfarkt, dem Cafferty wenig später erlag. Das war der Punkt: Niemand konnte dies schlüssig beweisen, also inwiefern sollte er des versuchten Mordes schuldig sein? Als er am ersten Tag, gleich nach der Urteilsverkündung, das HMP Edinburgh betrat, hatten ihm die Beamten in der Aufnahme applaudiert, da sich alle einig waren, dass die Welt ohne Big Ger Cafferty eine bessere war.

Rebus war sich dagegen nicht so sicher. Er wusste ganz genau, dass ein anderer an Caffertys Stelle treten würde, und diese Person war Darryl Christie. Siobhan hatte ihn bei ihrem ersten Besuch im Gefängnis schräg von der Seite angesehen und gesagt: »Eigentlich dachte ich, dass du ihn ganz gerne magst.«

Rebus hatte nur mit den Mundwinkeln gezuckt, es aber nicht vollkommen abgestritten.

»Ich hab jetzt endlich auch ein paar Romane auf Polnisch und Rumänisch besorgen können«, sagte Keighley, als Rebus neben ihr stand. »Thomas Harris und Michael Connelly müssten die Truppen eigentlich bei Laune halten.« Sie sah Rebus an. »Beherrschen Sie Fremdsprachen, John?«

»Wenn's sein muss, kann ich mich auf Englisch verständigen.«

»Nicht mal Gälisch?«

»Ich weiß, was ›Leck mich am Arsch‹ auf Gälisch heißt, aber auf Irisch, nicht auf Schottisch.«

Keighley schob sich eine Haarsträhne hinters Ohr. Sie sah immerhin so gut aus, dass manche Männer so taten, als würden sie sich Bücher ansehen, in Wirklichkeit aber Keighley lüstern beäugten, das wusste Rebus. Die Schwester auf der Krankenstation hatte wohl eine ähnliche Wirkung auf die Insassen. Trotzdem hatte niemand je etwas versucht, jedenfalls nicht soweit er wusste. Wenn sich Gefangene, denen man nicht vertraute, im Raum befanden, war außerdem stets ein Wärter in der Nähe.

»*Pogue mahone,* stimmt's?«, fragte sie. Dann: »So eine Schande, das mit Mr Simpson. Wissen Sie, dass er mir zeigen wollte, wie man ein Schloss knackt?«

»In der Hinsicht hat Jackie sich nicht lumpen lassen.«

»Der hatte immer so was Schelmisches im Blick.«

»Wahrscheinlich hat er nach Sachen Ausschau gehalten, die er klauen kann.«

Rebus machte sich daran, die zurückgegebenen Bücher in die Regale zu sortieren. Er hatte kaum angefangen, als Chris Novak in Begleitung eines Gefangenen eintraf, dessen Gesicht Rebus kannte, wenn auch nicht seinen Namen.

»Sie werden woanders verlangt«, teilte Novak Rebus mit. »Jimbo hier löst Sie ab.«

Rebus tat, als wollte er sich bei Keighley rückversichern, aber natürlich hatte sie in der Angelegenheit gar nicht mitzureden.

Jimbo sah sich in der Bibliothek um wie ein Kind bei seinem ersten Zoobesuch – so viele exotische Lebewesen, alles war neu für ihn.

»Die Ausmalbücher sind da drüben«, sagte Rebus nickend und folgte Novak in den Gang hinaus.

»Was ist los?«, fragte er, als sie zusammen weitergingen, Novak Türen auf- und abschloss.

»Weiß der Henker«, schoss Novak zurück. Er sah aus, als könnten sechzehn Stunden Schlaf zumindest einen Teil seiner Sorgen lindern. »Ich mache nur, was mir gesagt wird, wie immer.«

»Wie oft wurden Sie vom CID vernommen?«, erkundigte sich Rebus.

Novak bedachte ihn mit einem strengen Blick, ließ sich dann aber doch darauf ein. »Bis jetzt zweimal. Die haben mir immer wieder dieselben Fragen gestellt.«

»Solange Sie die Wahrheit sagen, bleiben Sie dabei. Und gehen Sie niemals weiter ins Detail als verlangt.«

»Mir hat jemand geraten, ich soll einfach immer nur ›kein Kommentar‹ sagen. Aber damit mache ich mich doch noch verdächtiger, als ich sowieso bin.«

»Außerdem nerven Sie diejenigen, die Sie vernehmen, sodass sie eher noch tiefer und umfassender bohren.«

Novak nickte, das schien ihm einzuleuchten. »Ich habe einen Cousin beim CID. Der hat mir das mit dem ›Kein Kommentar‹ geraten.«

»Kenne ich ihn?«

»Möchte ich bezweifeln – Cammy ist zur Polizei gekommen, als Sie schon im Ruhestand waren. Ein Kleiderschrank von einem Kerl ist das. Und der Gegenbeweis dafür, dass der CID die Domäne der Klügsten und Besten ist.«

»Sie wissen, dass ich genau höre, was Sie sagen …«

Novak rang sich ein gequältes Lächeln ab. Sie waren vor der Tür des Seelsorgebüros stehengeblieben. Er sah Rebus in die Augen.

»Danke für den Tipp, John.« Er klopfte und stieß die Tür auf, führte Rebus hinein. »Ich bin hier draußen, wenn Sie fertig sind …«

Am Schreibtisch saß Christine Esson. Die anderen beiden Stühle waren frei. Rebus nahm auf dem ihr gegenüber Platz.

»Danke, dass du gekommen bist, John«, sagte Esson. Der Schreibtisch war leer, nirgendwo Unterlagen. Der Raum war noch nicht richtig warm, weshalb Esson ihre Jacke anbehielt. Trotzdem schien sie zu frieren. Beim Ausatmen vergewisserte sie sich, ob man ihren Atem sah.

»So ist es hier, wenn die Heizung funktioniert«, meinte Rebus. »In den Zellen wird's oft noch ein bisschen frischer.«

»Willst du was Heißes trinken?«

»Was kann ich für dich tun, Christine?«

»Jackie Simpson wurde in einer Zelle auf deinem Gang ermordet.«

»Hab davon gehört.«

»Und was hast du außerdem noch gehört?«

»Dass der Mann, der hier vor dem Raum steht, möglicherweise mit dem Ohr an der Tür, als Hauptverdächtiger gilt.«

Esson senkte ihre Stimme, sodass er sich anstrengen musste, sie zu verstehen.

»Uns ist noch etwas anderes aufgefallen«, sagte sie. »Der Verstorbene war in ein Nagelstudio eingebrochen, das als Fassade für den organisierten Drogen- und Menschenhandel fungierte. Im Anschluss wurde ein gewisser Everett Harrison angeklagt, verurteilt und hier eingewiesen.«

»Harrison kenne ich.«

»Das hab ich mir gedacht – er sitzt in der Zelle neben dir. Draußen arbeitet er für einen Liverpooler Gangster namens Shay Hanlon, der sich vermutlich zurzeit in Brasilien die Sonne auf den Pelz brennen lässt.« Sie warf Rebus erneut einen Blick zu. »Auch das scheint dich kaum zu wundern.«

»Ich weiß ganz gut Bescheid, was hier so los ist.«

Esson wurde bewusst, dass sie sich die Hände rieb, um sie warm zu halten, und versuchte, sich dies zu verkneifen. »Wie versteht sich Harrison mit Darryl Christie?«, fragte sie.

»Ich würde sagen, da wurde die Friedenspfeife geraucht – oberflächlich betrachtet ist alles paletti.«

»Kommt dir das nicht seltsam vor? Harrison arbeitet doch für die Konkurrenz, oder?«

»Vielleicht ist ›Waffenruhe‹ der bessere Begriff als ›Frieden‹ – was nicht bedeutet, dass sich die Situation nicht ganz schnell wieder ändern kann.« Rebus verschränkte die Hände im Nacken und lehnte sich zurück. »Hat Malcolm Fox euch das gesteckt?«, fragte er nüchtern.

»Wie kommst du darauf?«

»Er ist hier, er ermittelt gegen das organisierte Verbrechen, und hier gibt es organisierte Verbrecher.«

»Seine Theorie ist, dass Harrison herausgefunden hat, wer Jackie Simpson war, und sich noch vor dessen Entlassung an ihm rächen wollte.«

»Und was denkt man beim MIT?«

»Wir gehen der Sache nach.«

»Harrison müsste einen Wärter bestochen haben, der ihn nach dem Einschluss noch mal raus und in Simpsons Zelle gelassen hat.«

»Oder den Mord in seinem Auftrag ausgeführt hat.«

»So oder so müsste ein größerer Betrag auf dem Konto des Betreffenden eingegangen sein.«

»Ich bin nicht sicher, ob das Leute sind, die sich auf das herkömmliche Bankensystem verlassen, John.«

»Was denn sonst? Ein neues Haus oder ein neuer Wagen? Eine Krypto-Wallet?«

»Wir werden das prüfen.«

»Ich vermute, ihr werdet Harrison persönlich dazu befragen?«

»Meinst du, das würde uns weiterbringen?«

»Auf keinen Fall.«

»Genau. Deshalb hätten wir ja gerne vorher ein paar Beweise.«

»Wie zum Beispiel Kameraaufnahmen, die ihn zeigen, wie er mitten in der Nacht auf Zehenspitzen mit einem selbstgebastelten Shiv in der Hand aus seiner Zelle schleicht?«

»Ich sehe, du hast den Gefängnisslang voll drauf.« Sie lächelte müde. »Die Filmaufnahmen aus den Überwachungskameras helfen uns nicht unbedingt weiter.«

»Wegen der kaputten Kamera«, bestätigte Rebus.

»Meinst du, das ist Zufall?«

»Sie ist schon eine ganze Weile kaputt. Wenn du denkst, dass sie manipuliert wurde, warum hat der Killer Jackie dann nicht schon vor einer Woche um die Ecke gebracht?«

»Außerdem das vermeintliche Schlüsselgeklapper …«

»Das nur Billy Groam gehört hat.«

»Erlaubt er sich einen Spaß auf unsere Kosten?«

»Ich glaube, dafür ist er nicht der Typ. Aber eine Tür klingt mehr oder weniger wie die andere, und bei den Wärtern gab es ein ständiges Kommen und Gehen …« Er starrte sie an. »Die Tatsache, dass ihr Teams losschickt, um Räume zu durchsuchen, die schon durchsucht wurden, verrät mir, dass ihr nicht unbedingt Fortschritte macht.«

»Der Staatsanwalt hat drauf bestanden.«

»Und die Gerichtsmedizin?« Sie schüttelte den Kopf. Er musterte sie, während sie sich die Augen rieb. »Fox ist damit zu dir gekommen, stimmt's?«

»Stimmt.«

»Hast du Siobhan schon davon erzählt? Ich möchte wetten, genau deshalb hat er es gemacht – um ihr zu zeigen, dass sie nicht mehr sein blauäugiger Liebling ist.«

»Ist mir klar.«

»Bitte sag, dass du's direkt an dein Team weitergegeben hast.«

»Natürlich.«

»Sonst hätte er etwas gegen dich in der Hand. Wenn er deinem Chef steckt, dass du's auch nur einen Tag für dich behalten hast ...«

»Ich hab's direkt an mein Team weitergegeben«, versicherte sie ihm. Dann: »Wir sind nicht alle so wie du, John.«

Er lachte kurz, Esson fiel mit ein. Dann nahm er die Arme herunter und legte sie auf den Tisch, die Hände nur wenige Zentimeter von Essons entfernt.

»Ich glaube, ich weiß, warum du mir das alles erzählst, Christine, aber ich würde es gerne von dir selbst hören.«

»Es ist nur ... du bist hier drin, und wir sind draußen und wir könnten jede Hilfe gebrauchen, die wir bekommen können.«

»Ich kann mir nicht vorstellen, dass Harrison mir gegenüber auspackt. Ich meine, ich sehe ihn ständig, aber wenn ich ihm Fragen stellen würde ...«

»Dann vergiss, dass ich was gesagt habe. Ich will dich auf keinen Fall auf dem Gewissen haben. Das wäre das Letzte, was ich möchte.« Sie versuchte es mit einem halbwegs scherzhaften Tonfall, bekam ihn aber nicht glaubwürdig hin.

Rebus sah sie unverwandt an. »Gib mir eine Nummer, unter der ich dich erreichen kann«, sagte er.

»Habt ihr ein Telefon hier drin?«

»Hast du nicht den Festnetzanschluss in der Zelle des Opfers gesehen?«

»Wahrscheinlich war ich abgelenkt.«

Rebus wartete, während sie einen Zettel aus ihrem Notizbuch riss und eine Nummer darauf notierte.

Als er ihr den Zettel abnehmen wollte, hielt sie ihn noch einen Augenblick länger fest. »Sonst gibt's nichts, das du mir jetzt sagen kannst? Nichts, das mir hilft, den Fall in den Griff zu bekommen?«

»Tut mir leid, Christine.« Sie ließ den Zettel los, und Rebus steckte ihn in die Tasche.

»Und du meldest uns wirklich alles weiter, was du herausbekommst?«

»Warum nicht?«

»Weil du nicht aus deiner Haut kannst. Vielleicht willst du uns vor vollendete Tatsachen stellen und uns einen fait accompli präsentieren?«

»Ich kann das nicht mal buchstabieren, geschweige denn präsentieren.«

»Bleib einfach fair, John. Tu, was richtig ist.«

Er klopfte auf seine Tasche. »Ich nehme an, du hast von dem Gerücht gehört?«

»Welchem?«

Er zeigte auf die Tür. »Dass Chris Novak was mit Valerie Watts hat?«

»Hab was flüstern hören – du behauptest, das stimmt?«

»Ich bin nicht so für Tratsch. Aber an deiner Stelle würde ich's genau wissen wollen …«

Die Tür ging auf, ein Mann stand dort und starrte sie an.

»Hast du jetzt ohne mich mit der Vernehmung angefangen?«, fragte er hörbar ungehalten.

»Ich war früher beim CID«, erklärte Rebus und erhob sich. »DS Esson und ich kennen uns schon lange. Wir haben nur ein bisschen geplaudert.«

Der Mann sah Rebus durchdringend an. »Trotzdem stehen Sie auf unserer Liste.«

»Dabei kann ich nicht mehr sagen, als dass ich genauso wenig weiß wie alle anderen.«

»Das ist DI Mulgrew«, sagte Esson und stellte ihren Kollegen Rebus vor. Letzterer streckte Mulgrew eine Hand hin, die dieser aber ignorierte.

»Das ist gegen die Vorschriften, Christine«, stellte Mulgrew fest.

»Ich bin ganz zufällig vorbeigekommen«, improvisierte Rebus. »Habe DS Esson gesehen, und da haben wir uns ein bisschen unterhalten. Über den Fall haben wir gar nicht gesprochen, falls Sie der Schuh an dieser Stelle drückt.«

Mulgrew schien wenig überzeugt. Er hielt immer noch die Tür auf, sodass Rebus um ihn herum manövrierte und sich in den Gang hinausschob, wo Novak bereits auf ihn wartete.

»Die bekommt jetzt wohl Ärger«, sagte Novak, als sie losgingen.

Rebus drehte den Kopf und sah, wie Mulgrew die Tür zumachte. »Sie ist aber schon ein großes Mädchen, mit Ärger kommt sie klar«, sagte er.

Obwohl beide einige Meter schweigend nebeneinander hergingen, wusste Rebus, dass Novak kurz davor war, etwas zu sagen. Als sie schließlich an einem der vergitterten Durchgänge stehenblieben, räusperte er sich. Er stierte auf seinen Schlüsselbund und ließ sich Zeit, den richtigen Schlüssel zu finden. Eine Kamera hatte sie im Visier, aber es gab keine Möglichkeit, sie abzuhören. Trotzdem senkte er die Stimme auf ein Flüstern.

»Als Polizist sind Sie doch für Ihre Kameraden eingetreten, oder? Haben Sie nie verpfiffen, auch wenn sie mal ein bisschen zu weit gegangen sind. Dasselbe gilt hier auch. Sie sollten aber wissen, dass manche ehrlicher sind als andere. Ist ganz leicht, hier einen Job zu bekommen – nach einer kurzen Einarbeitungsphase ist man dabei. In den vergangenen Monaten und Jahren haben einige wieder gekündigt, noch bevor die Tinte auf ihren Verträgen getrocknet war. Die hatten nach wenigen Wochen schon genug.«

»Und warum ist das so?«, fragte Rebus.

»Weil sie letzten Endes von den Drecksäcken, für die sie arbeiten, ins System geschleust wurden. Sie schmuggeln Sachen hier rein, bis sie erwischt werden oder die Nerven verlieren. Wer nicht ganz blöd ist, lernt schnell, solche Leute zu erkennen. Dagegen kann man nicht viel machen, es sei denn, man erwischt sie in flagranti. Aber selbst dann tritt einfach der nächste seine Nachfolge an, und das Ganze geht von vorne los.« Novak unterbrach sich, hob den Kopf, sodass er jetzt Rebus in die Augen sah. »Wahrscheinlich hat so einer einen Auftrag bekommen und Jackie Simpson umgebracht …«

Er entriegelte das Tor, und beide gingen hindurch. Rebus antwortete, während Novak hinter ihnen abschloss.

»Aber es muss jemand von der Nachtschicht gewesen sein. Wem aus Ihrem Team vertrauen Sie nicht?«

Novak schien mit sich zu ringen, ob er die Frage beantworten sollte. Als er sich endlich entschied, hatte er sich bereits wieder in Bewegung gesetzt. »Samms«, sagte er schließlich. »Blair Samms.«

Rebus rief sich Sammy vor Augen: Anfang zwanzig, groß und dünn, kurzgeschorene schwarze Haare. Er wirkte immer leicht geistesabwesend, als würde er die Minuten bis zum Feierabend zählen.

Er hatte mit Valerie Watts die Essensausgabe übernommen.

»Haben Sie dem MIT seinen Namen genannt?« Rebus sah Novak den Kopf schütteln. »Warum nicht?«

»Ist so schon schlimm genug, wenn jetzt auch noch rauskommt, dass hier welche die Hand aufhalten.«

»War der Brandbombenanschlag auf Ihren Wagen eine Warnung?«

»Die können mich nicht leiden, weil ich die Sicherheit und die Überwachungsmaßnahmen verstärken will – damit keine Handys und Drogen mehr reingeschmuggelt werden. Mehr Kameras – solche, die tatsächlich *funktionieren* – innerhalb des Gefängnisses, aber auch an den Außenmauern.«

»Und wieso erzählen Sie mir das?«, fuhr Rebus fort. »Wieso denken Sie, dass ich damit nicht direkt zu DS Esson gehe?«

»Das liegt ganz bei Ihnen – aber von mir haben Sie's nicht, verstanden?« Novak führte ihn durch die letzte Tür vor der Bibliothek.

»Und Sie wollen damit nicht nur Ihren eigenen Arsch retten?«, riskierte Rebus zu fragen. Aber Novak hatte nicht vor, darauf zu antworten. Er rief nach Jimbo, der daraufhin dankbar der fremden neuen Welt enteilte, der man ihn ausgesetzt hatte. Rebus sah die beiden davongehen, Novak aufrecht wie immer, er war niemand, dem man blöd kommen durfte. Jimbo quasselte munter auf ihn ein, ohne je zu erwarten, dass sich ein Dialog entspann.

Eine Gruppe von drei Gefangenen und einem Wärter befand sich in der Bibliothek. Sie liehen sich Bücher, die Megan Keighley jeweils einzeln notierte, während die Gefangenen sie verstohlen bewunderten. Rebus' finsterer Blick blieb ohne jede Wirkung, weshalb er sich wieder seinen Aufgaben widmete. Als die Gruppe gegangen war, traf gleich die nächste ein, der er aber keinerlei Beachtung schenkte, bis er merkte, dass jemand hinter ihm stand. Er drehte sich um und sah sich dem vernarbten und verschrammten Gesicht von Bobby Briggs gegenüber. Briggs griff demonstrativ an ihm vorbei und zog ein Buch aus dem Regal, sein Mund war nur wenige Zentimeter von Rebus' Ohr entfernt. Sein Atem stank nach einer Mischung aus Nikotin und Zwiebeln.

»Everett sagt, es ist noch zu früh, dich um die Ecke zu bringen – ein Mord reicht erst mal. Aber ich kann warten, und du läufst mir ja auch nicht weg. Kann sein, dass Christie gesagt hat, du stehst unter seinem Schutz, aber das hat mit mir nichts zu tun. Kapiert?«

»Du würdest nicht nur Darryl damit auf den Schlips treten, Bobby«, improvisierte Rebus. »Shay Hanlon auch.«

»Bullshit.«

»Frag deinen Freund Everett, wenn du ihn das nächste Mal siehst. Oder noch besser, besorg dir ein Burner Phone und ruf Shay selbst an.«

»Los geht's, ihr dahinten«, sagte der Beamte. Briggs sah aus, als wollte er die Aufforderung ignorieren, sein Blick blieb fest auf Rebus gerichtet. Dann wandte er sich mit einem letzten leisen Knurren von ihm ab. Er verließ als Letzter den Raum und warf Rebus noch im Gehen einen unheilvollen Blick zu.

Megan Keighley presste sich einen riesigen Wälzer an die Brust. »Gibt nicht viele hier drin, bei denen es mir kalt den

Rücken runterläuft«, sagte sie zu Rebus, »aber der steht ganz oben auf meiner Liste.«

»Auf meiner auch«, sagte Rebus und merkte, dass sein Herz hämmerte und seine Nerven vibrierten.

Nach einer ruhig verlaufenden weiteren Stunde war seine Arbeitszeit vorbei, und ein Beamter traf ein, der ihn nach Trinity Hall zurückbrachte. Es war Blair Samms, die Lässigkeit in Person.

»Guten Tag gehabt bisher?«, fragte Rebus im Plauderton.

»Kann nicht klagen.«

»Sie sind viel zu jung, um so abgedroschen zu klingen.«

»Wirklich?«

»Sie haben doch eine sichere Festanstellung – dafür können Sie dankbar sein.«

»Und Sie klingen wie mein Granddad.«

»Was hat der denn beruflich gemacht?«

»Von der Stütze gelebt.«

»Ist wahrscheinlich auch ein Beruf. Ich hoffe, Sie sind nett zu ihm – stecken ihm hin und wieder ein paar Pfund für Pferdewetten und ein Bier zu.«

»Was geht Sie das an?«

»Nur so … Ich hoffe, Sie wissen das eigene Leben zu schätzen. Im Strafvollzug kann man super Karriere machen.«

»Soll das ein Witz sein? Ich bin hier so bald wie möglich wieder weg.«

»Um dann *was* zu machen?«

»Irgendwas.«

»Und die ganze Ausbildung war umsonst?« Rebus schüttelte den Kopf. »Wie oft wurden Sie denn schon vernommen?«

»Das geht Sie gar nichts an.«

»Ich frage nur, weil Sie in der Nacht Dienst hatten.«

»Und?«

»Deshalb ist es nicht unwahrscheinlich, dass Sie …«

»Ist nicht unwahrscheinlich, dass Sie keinen blassen Schimmer haben, wovon Sie reden.«

»Deshalb interessiert's mich ja«, blieb Rebus hartnäckig. »Der Junge denkt ja, dass was in seinem Essen war – ich vermute mal, Sie haben nichts gesehen?«

»Der erzählt Märchen. Wer auch immer Simpson umgebracht hat, ein Wärter war's nicht.«

»Wahrscheinlich war's eine spontane Blutung – sollen wir einen Exorzisten kommen lassen?« Rebus wartete, dass Samms etwas sagte, aber der schwieg. »Wenn's von euch keiner war, dann kann es doch nur einer von uns gewesen sein. Auf wen tippen Sie? Darryl Christie? Oder Everett Harrison?«

Samms sah ihn an. »Warum ausgerechnet einer von den beiden?«

Rebus zuckte nur mit den Schultern.

Sie hatten die Tür erreicht, die in Rebus' Gang führte. Als Samms sie aufschloss, betrachtete Rebus ihn, versuchte sich vorzustellen, wie er einem Menschen die Kehle durchschnitt. Er konnte es sich nicht vorstellen. Andererseits … eine Tür aufschließen und jemanden wie Everett Harrison mit einem Messer in der Hand durchlassen? Rebus dachte, dass Samms damit vielleicht kein Problem gehabt hätte.

Und Harrison, Rebus' direkter Nachbar, war der Erste, den er sah, als er sich seiner Zelle näherte. Harrison winkte ihm kurz zu und ging mit einem Handtuch über der Schulter zum Duschraum. Er lächelte sogar. Kam nicht oft vor, dass Everett Harrison lächelte.

Als Rebus in seine Zelle zurückkehrte, spürte er sofort, dass jemand in seiner Abwesenheit dort gewesen war – nichts lag noch an genau der Stelle, wo er es hingelegt hatte. Auf den ersten Blick fehlte nichts. Hatte der CID sie zum dritten Mal durchsucht? Wohl kaum. Er setzte sich auf die Bettkante mit dem Gesicht zur Tür. Bobby Briggs' Visage verwandelte sich in das Gesicht von Chris Novak, dann das von Blair Samms und schließlich in das des lächelnden Everett Harrison – Shay Hanlons Mann. Die Umgebung verlor an Dichte, verschwamm in einem milchigen Wirbel. Rebus stützte sich mit den Händen jeweils links und rechts aufs Bett, wartete, bis es vorbei war. Sein Mund war trocken, aber ihm fehlte die Energie, zum Waschbecken zu gehen und Wasser zu trinken. Nach einer Weile stabilisierte sich sein Blickfeld wieder, nur sein Herzschlag nicht. Als Samms an seiner Tür vorbeiging, rief Rebus ihn und sagte, er wolle einen Anruf anmelden.

»Wird aber erst morgen was«, warnte Samms ihn, aber Rebus schüttelte den Kopf.

»Sagen Sie dem Direktor, es muss heute noch sein.«

»Der Direktor ist ein vielbeschäftigter Mann.«

»Sagen Sie's ihm einfach, okay?« Rebus versuchte weniger gereizt zu klingen, als er war. Er spürte einen zunehmenden Kopfschmerz in den Schläfen.

Samms zog los, gab keinerlei Hinweis darauf, ob er Rebus' Bitte entsprechen würde. Rebus wusste, dass er Christie jederzeit um ein weiteres Burner Phone bitten konnte, aber er wollte verdammt sein, wenn er's täte, besonders jetzt, nachdem er Christie mit dem letzten so verarscht hatte. Konnte Esson warten oder musste sie sofort erfahren, was Novak ihm gesteckt hatte? Wahrscheinlich war sie sogar noch im Gebäude. Er konnte jederzeit verlangen, zu ihr gebracht zu werden, aber das würde alle hellhörig machen. Hellhörig und neugierig. Irgendwo hier gab es einen Mörder, und es war so gut wie sicher jemand, den Rebus kannte. Der Direktor war zu ihm in die Zelle gekommen, um mit ihm zu sprechen. Malcolm Fox von der OCCTU hatte ihn in das Büro des Direktors bestellt, und Christine Esson hatte ihn im Büro der Seelsorge empfangen. Rebus wurde sowieso schon von allen Seiten misstrauisch beäugt. Er musste Geduld haben und auf die Erlaubnis warten, telefonieren zu dürfen. Er musste auf Nummer sicher gehen.

Klar, John. So sicher wie eine Ente im Löwenkäfig. Er zwang sich aufzustehen, verspürte das plötzliche Bedürfnis, irgendwo anders, nur nicht in seiner Zelle zu sein. Er lief den Gang hinunter, tiefer hinein in die heiligen Hallen. Darryl Christie war dort, außerdem Mark Jamieson – der immer noch nicht zu hundert Prozent wiederhergestellt war –, außerdem der Wizard, Ratty und Billy Groam. Alle schienen sich für Rebus zu interessieren, als er sich näherte. Ebenso wie Valerie Watts, die Kaugummi kauend patrouillierte, eine Hand am Sprechfunkgerät an ihrer Schulter. Jemand pfiff den Song von Amy Winehouse, den immer jemand pfiff, wenn Watts Dienst hatte.

Einer von euch, dachte Rebus. *Einer von euch …*

Eine Stunde später bekam er seinen Anruf. Er faltete den Zettel auseinander und gab Essons Handynummer ein. Wie üblich ertönte die aufgezeichnete Stimme, die ihn daran erinnerte, dass sämtliche Anrufe überwacht wurden.

»Ich sitze im Auto und fahre«, sagte Esson, als sie dranging.

»Aber dein DI sitzt nicht neben dir.«

»Woher weißt du das?«

»Du hast mich auf Lautsprecher gestellt. Bist du auf dem Weg zurück zur Wache?«

»Genau.«

»Sag mal, habt ihr Blair Samms schon vernommen?«

»Zweimal.«

»Was hattest du für ein Gefühl bei ihm?«

»Was sollte ich für ein Gefühl gehabt haben?«

»Du hast doch Antennen, Christine, so wie Siobhan und ich auch. Haben deine Sensoren angeschlagen?«

»Sag mir, warum sie anschlagen sollten.«

Er hörte das Klicken des Blinkers, als sie an einer Kreuzung abbog, und fragte sich, wie es seinem alten Saab wohl ging, den er in Wardie bei einem Liebhaber untergestellt hatte. »Weil ich gehört habe, dass er sich schmieren lässt.«

»Wer hat das behauptet?«

»Steht mir nicht frei, dir das zu sagen.«

»Du bist sowieso nicht frei, John.« Allmählich klang sie genervt. »Was hab ich dir gesagt, was passiert, wenn du uns ermittlungsrelevante Informationen vorenthältst?«

»Du hast gesagt, das hat eine lange Tradition. Außerdem mache ich doch gerade, was du verlangst, ich gebe dir die Informationen weiter, die ich habe.«

Sie schwieg kurz, dann stieß sie ein geräuschvolles Seufzen aus.

»Blair Samms?«, vergewisserte sie sich.

»Genau der«, bestätigte Rebus.

»Ich behalte ihn auf dem Schirm.«

»Ach, und was ich noch sagen wollte – ich mag deinen neuen Partner. Das ist ja ein echter Sonnenschein.«

»Aber ein guter Detective.«

»Der sich fragt, ob er dasselbe auch noch über dich sagen kann, nachdem er uns beide zusammen erwischt hat.«

»Das ist längst vergessen. Hör mal, ich muss Schluss machen.«

»Viel Glück, Christine. Ehrlich.«

»Danke, John«, sagte sie und beendete die Verbindung.

Zehn Minuten später betrat Esson das Büro des MIT und sah Malcolm Fox mitten im Raum, Mae McGovern stand mit verschränkten Armen vor ihm. Esson ging zu den beiden.

»Hallo, Christine«, sagte Fox.

»DI Fox hat mir gerade gesagt, dass ihr früher schon mal zusammengearbeitet habt«, sagte McGovern mit versteinerter Miene.

»Über Bande sozusagen«, hielt Esson für nötig zu ergänzen.

»Na«, fuhr McGovern fort, »jetzt ist er jedenfalls hier und bereichert uns mit seinem Fachwissen.«

»Und welches Fachwissen mag das sein?«, fragte Esson, was ihr ein recht gezwungenes Lachen von Fox eintrug.

»Immer noch dieselbe alte Christine«, sagte er, während die beiden Frauen Blicke wechselten.

Esson merkte McGovern an, dass sie über Fox' Besuch nicht unbedingt erfreut war. Sein Auftauchen ließ sich leicht als Hinweis darauf interpretieren, dass man in den übergeordneten Kreisen von Police Scotland den Eindruck hatte, dem MIT auf die Finger schauen zu müssen. Shah und Allbright versteckten sich hinter ihren Computerbildschirmen.

»Ich hab DI Fox gerade schon erklärt«, sagte McGovern, »dass wir mit unseren Ermittlungsfortschritten in dem Fall durchaus zufrieden sind.«

»Absolut«, bestätigte Esson.

»Sagen Sie doch bitte Malcolm«, bat Fox McGovern.

»DI Fox möchte über die verschiedenen Stufen ins Bild gesetzt werden – wenn du das vielleicht übernehmen könntest, Christine?«

»Kann ich, aber eigentlich sollte ich meine Zeit doch besser den Ermittlungen widmen.« Esson blickte in die Richtung der beiden DCs im Raum, McGovern war nicht in Stimmung, die Andeutung aufzugreifen.

»Dann haben wir das ja geklärt«, sagte sie und wandte sich ab.

Esson blieb mit Fox allein stehen und war erleichtert, als Jason Mulgrew hereinkam.

»Das ist mein DI«, sagte sie zu Fox. »Jason, Malcolm ist aus Gartcosh zu uns gekommen.«

»Wir sind uns bereits kurz am Tatort begegnet«, sagte Fox und streckte Mulgrew eine Hand hin.

»Schön, Sie wiederzusehen«, erwiderte Mulgrew. »Was können wir für Sie tun?«

»Wenn Sie mich einfach über die einzelnen Ermittlungsschritte aufklären könnten«, bat Fox.

»Das wird nicht lange dauern – bislang sind wir kaum vorangekommen.«

»Das ist genau betrachtet nicht ganz richtig. Vor weniger als einer Stunde habe ich erfahren, dass einer der Beamten, die am fraglichen Abend Nachtschicht hatten, ein gewisser Samms, noch einmal überprüft werden sollte.«

»Ach?«, fragte Fox erstaunt.

»Möglicherweise lässt er sich schmieren.«

»Interessant«, erwiderte er gedehnt. »Du meinst, er wird von Darryl Christie bezahlt?«

Esson zuckte mit den Schultern.

»Christie gelingt es, seine Geschäfte in der Stadt aus dem Gefängnis weiterzuführen«, ergänzte Fox. »Das ist viel einfacher, als sich auf die Unterstützung durch Boten zu verlassen – seien das Gefängnisbeamte oder zivile Mitarbeiter.«

»Ich höre zum ersten Mal von diesem Samms«, sagte Mulgrew. »Hast du das auch von deinem Kumpel Rebus?«

»Möglich.«

»Und wann wolltest du mir das sagen?«

»Ich hab's dir gerade gesagt«, erwiderte Esson, der sich allmählich die Nackenhaare aufstellten.

»Dann hast du also mit unserem alten Freund John gesprochen?« Fox sah Esson jetzt direkt an.

»Anscheinend sind sie sich zufällig auf dem Gang begegnet«, erklärte Mulgrew. »Und haben über ganz allgemeine Dinge geplaudert, auf keinen Fall über den Mord.«

Fox starrte Esson an. »Dieser Samms wurde also erwähnt, aber Darryl Christie oder Everett Harrison nicht?«

»Sie interessieren sich für Harrison, oder?«, fragte Mulgrew Fox. »Christine hat erwähnt, dass es eine Verbindung zwischen ihm und dem Opfer gab.«

»Hat sie Ihnen auch gesagt, dass die Information von mir stammte?«

»Ich behalte keine Geheimnisse für mich, Malcolm«, sagte Esson düster. »Es ist doch immer besser, wenn man seine Karten gleich auf den Tisch legt, findest du nicht?«

»Absolut.« Er hielt inne. »Oder meistens jedenfalls.« Als er lächelte, tat Mulgrew es auch.

»Jason«, sagte Esson, »vielleicht möchtest du Malcolm die Filme aus den Überwachungskameras zeigen?«

»Das könnte interessant für Sie sein«, sagte Mulgrew zu Fox. »Zwei der Wärter ziehen zusammen los – angeblich in die Toilettenpause.«

»Ist Samms einer davon?«

Mulgrew schüttelte den Kopf. »Der zeitliche Ablauf zeigt aber – sie waren eine ganze Weile verschwunden.«

»Ich hab einen weiteren möglichen Namen für Sie«, ergänzte Fox. »Bobby Briggs. Er sitzt in einem anderen Trakt, ist aber mit Harrison befreundet, und ihm brennen bemerkenswert schnell die Sicherungen durch.«

»Ich bezweifle, dass jemand außerhalb von Trinity Hall die Tat begangen haben kann«, fand Esson notwendig anzumerken. »Andererseits interessierst du dich ja eigentlich auch gar nicht für den Mord, oder?«

Fox beschloss, die Provokation zu übergehen. Stattdessen presste er seine Hand leicht auf Mulgrews Unterarm. »Zeigen Sie mir die Aufnahmen«, sagte er. »Ach, und bitte sagen Sie doch Malcolm …«

9

In der Zeit vor Police Scotland war das Land in acht regionale Polizeibezirke eingeteilt, Lothian and Borders war einer davon. Der Sitz befand sich in einem hochaufragenden Kasten aus Glas und Beton in der Fettes Avenue. Damals war dort auch die CEOP, die Child Exploitation and Online Protection Division, untergebracht, inzwischen war Fettes aber kaum mehr als eine Abstellkammer, und zwar eine, in der der Putz von den Wänden bröckelte. Es war die Rede davon, das Gebäude abzureißen und Wohnraum dort entstehen zu lassen, bisher war aber nichts geschehen. Die CEOP war nicht mehr dort. Soweit Siobhan Clarke feststellen konnte, fiel diese gar nicht mehr in den schottischen Zuständigkeitsbereich, sondern war der National Crime Agency in London unterstellt. Schließlich hatte man sie auf ihre Anfrage hin mit einer Kollegin auf dem Scottish Crime Campus in Gartcosh, Lanarkshire, verbunden. Detective Sergeant Louise Hird hatte ihr ein Fenster von zwanzig Minuten eingeräumt, beginnend um 11:30 Uhr.

Der Verkehr in westlicher Richtung raus aus Edinburgh schleppte sich wie immer zäh dahin, alle paar Minuten musste sie die Schmutzspritzer der anderen Fahrzeuge von der Windschutzscheibe wischen. Sie freute sich nicht auf den bevorstehenden Besuch in Malcolm Fox' Herrschaftsbereich, dem Hauptsitz von Professional Standards. Sie verband keine glücklichen Erinnerungen damit, aber immerhin war sie das Prozedere an der ausgezeichnet bewachten Zufahrt gewohnt – es ähnelte dem des Gefängnisses, in dem Rebus saß. Sie wartete in der luftigen Vorhalle und mied den Blickkontakt mit den Kollegen, die sie vor den Kopf gestoßen hatte, und hoffte nun, nicht von ihnen erkannt zu werden.

DS Hird sah kaum älter aus als Mitte zwanzig. Nur ein strenger Zug um den Mund und etwas Glasiges in ihrem Blick ließen erahnen, was sie tagtäglich zu sehen bekam. Sie war modisch gekleidet – ein roter Rock, der bis knapp über die Knie reichte, dazu eine durchscheinende schwarze Strumpfhose und eine olivgrüne Bluse. An ihrem Hals baumelten zahlreiche elektronische Schlüsselkarten, die sie allesamt brauchte, um Zugang zum inneren Kern des Gebäudes zu erhalten. Ihre rotblonden Haare trug sie kurz. Auf ihrem Sommersprossengesicht wollte sich kein Lächeln einstellen, als sie Clarke zur Begrüßung die Hand reichte.

»Die Rückkehr der verlorenen Tochter«, sagte sie.

»Ich hatte gehofft, inzwischen aus dem Gesamtbild herausretuschiert worden zu sein.«

»Gartcosh vergisst nie.« Hird zeigte ihr die Treppe und führte Clarke ein Stockwerk höher. »Wahrscheinlich denken Sie, wir hätten dieses Gespräch auch am Telefon führen können, aber mir ist ein persönliches Treffen lieber.«

»Ich denke vor allem, dass wir in der Fettes Avenue ein ganzes Büro hatten, in dem wir uns mit gefährdeten Kindern beschäftigt haben.«

»Und jetzt haben die armen Dinger nur noch mich.« Hird drehte den Kopf, um Clarke in die Augen zu sehen. »Einsparungsmaßnamen.«

»Dann arbeiten Sie für die NCA?«

»Ich arbeite für die Opfer.« Hird ging schnellen Schrittes zu einer Tür, Clarke hielt gerade so mit. Sie riskierte einen kurzen Blick in den geräumigen Treppenschacht auf der anderen Seite, wo sich die Büros von Internal Affairs befanden.

»Bei mir sind Sie sicher«, meinte Hird. »Außerdem habe ich Malcolm heute noch gar nicht gesehen.«

Clarke folgte ihr in einen kleinen Raum, die gläsernen Trennwände waren von Jalousien bedeckt, die vermutlich dauerhaft geschlossen blieben. Nichts lag herum, nichts war an die Wand geheftet – keine Fotos von Opfern oder Tätern; keine Notizen und keine Namenslisten. Ein einziger verschlossener Aktenschrank in einer Ecke und ein einzelner Schreibtisch mitten im Raum. Es gab einen Drucker, ein Kabel hing daran herunter, aber sonst nichts, abgesehen von einem Kugelschreiber und einem leeren Notizblock. Hird setzte sich und bedeutete Clarke, sie möge auf dem anderen Stuhl Platz nehmen.

»Verzeihung«, sagte sie, »wir hätten kurz am Kaffeetresen vorbeigehen sollen.«

»Ich hatte schon einen unterwegs«, sagte Clarke.

Hird nickte, schien zufrieden und schloss ihre Schreibtischschublade auf, zog einen schlanken Laptop heraus und klappte ihn auf. Clarke fiel auf, dass sie anschließend die Schublade wieder abschloss. Sie versuchte sich möglichst nicht vorzustellen, was darin, den Blicken aller entzogen, noch lauern mochte.

»Die schlechte Nachricht ist«, sagte Hird, während sie tippte, »die Seite ist mir neu, deshalb kann ich Ihnen nicht viel darüber sagen.« Sie hielt kurz inne, dann drehte sie den Bildschirm zu Clarke um. Darauf zu sehen war die Website von Young Fresh East Coast. »Diese Seiten kommen und gehen. Meist sind sie ähnlich angelegt. Manchmal steht sogar der Freund hinter der Kamera.«

»Jasmines Freunde denken, dass sie sich nach der Schule noch mit jemandem getroffen hat. Niemand weiß, mit wem.«

Aber Hird schüttelte den Kopf. »Dafür machen zu viele mit, und auch beide Geschlechter, dahinter steckt eine Organisation, kein Freund mit raffinierten Überredungskünsten, der nur mal schnell Geld verdienen will.« Sie kaute auf ihrer Lippe und klickte über die Website.

»Es ist mit gelungen, einen Nutzer aufzuspüren«, erklärte Clarke. »Er konnte mir allerdings auch nicht viel mehr sagen. Er ist wohl der Ansicht, die Seite sei inzwischen stillgelegt.«

Hird sah Clarke über den Bildschirm hinweg an. »Wäre einfacher, wenn Sie mit dem Stuhl hierherrücken.« Clarke schob ihren Stuhl um den Tisch, und Hird rückte ein Stück zur Seite. Sie fuhr mit dem Cursor um den Thumbnail von Jazz. »Ist das die Vermisste?«

»Das ist sie«, bestätigte Clarke.

»Ein Wildfang, hab ich recht?«

»Den Eindruck hatte ich nicht.«

»Dann eher eine von der stillen Sorte, die sich leicht beeinflussen lässt?«

»Kann sein. Die Familie … na ja, der Vater ist häufig abwesend, und seine Beziehung zu Jasmines Mutter könnte man wahrscheinlich als konfliktbeladen bezeichnen.« Clarke beugte sich vor und zeigte auf die Fotos. »Ich muss wissen, wo die Bilder aufgenommen wurden. Wie stehen die Chancen, das herauszubekommen?«

Hird blies die Wangen auf. »Äußerst gering«, gab sie schließlich zu. »Ich werde das an London übergeben, aber das kann eine Weile dauern. Die können dort auf jeden Fall die Gesichtszüge wiederherstellen. Aber ob sie die Spur von der IP-Adresse zurückverfolgen können … Sie kennen keine jugendlichen

Hacker, oder? Die hätten vermutlich genauso gute Chancen. Das Problem mit der Onlineszene ist, dass die Arschlöcher schlauer sind als wir und uns immer mindestens drei Schritte voraus. Kaum war das Internet erfunden, hatte sich auch schon Pornografie dort breitgemacht. Es gibt für jeden Geschmack etwas, und Fragen werden nicht gestellt.«

»Aber wie bekommt man gewöhnliche Teenager dazu, so was zu machen …«

»Ich nehme an, Sie kennen nicht viele Teenager? Die sind damit aufgewachsen, sich vor Kameras darzustellen, alle wollen Herz-Emojis einheimsen. Die meisten haben längst Schlimmeres gesehen als das hier.« Hird sah Clarke an. »Vermutlich machen die nicht viel mehr, als sich auszuziehen und anzufassen?«

»Der Kunde hat auch von Zweiersessions gesprochen.«

»So weit, so relativ harmlos.«

»Er hat außerdem gesagt, dass die Darsteller sich nie persönlich mit den Nutzern treffen – aber ich vermute, es gibt auch Ausnahmen.«

»Glauben Sie, das könnte bei Jasmine so gewesen sein? Dass sie einem Sugar Daddy begegnet ist?«

»Ist das wahrscheinlich?« Clarkes Kehle fühlte sich trocken an.

»Wahrscheinlich nicht ohne das Einverständnis der Person hinter der Kamera. Wenn wir an die Clips kommen, können wir ihn vielleicht sprechen hören. Aber ich bezweifle es – damit würde er die Illusion zerstören, dass sich das Ganze nur zwischen dem zahlenden Kunden und der Darstellerin abspielt.«

Hird klickte auf das Lautsprechersymbol und drehte die Lautstärke hoch.

»Ich bin so geil. Bitte nimm mich. Ich mache alles, was dein Herz begehrt.«

»Alle sagen denselben Spruch auf«, erklärte Clarke.

»Ist das definitiv ihre Stimme?«

»Das muss ich noch überprüfen.«

Hird nickte. »Wird kein einfaches Gespräch mit den Eltern.«

»Ich weiß.« Clarke beugte sich ein kleines Stückchen vor. »Sie haben solche Websites öfter gesehen – denken Sie, ich sollte mich unter den Personen mit einschlägigen Vorstrafen umsehen?«

Hird zuckte mit den Schultern. »Jasmine kommt aus Edinburgh, aber was ist mit den anderen? Ich meine, kann sie nach Fife oder Glasgow oder vielleicht sogar nach Newcastle gereist sein?«

»Hier steht East Coast.«

»Das hat eigentlich nichts zu bedeuten. Ich habe mal einen Porno gesehen, da war im Titel die Rede von ›schwedisch‹, und das Erste, was ich sehe, ist ein Auto mit deutschem Kennzeichen. Hat mir die ganze Freude verdorben.«

Clarke rang sich ein müdes Lächeln ab. »Die Stimmen klangen mehr oder weniger wie hier aus der Gegend.«

Hird hörte sich ein paar an, dann nahm sie ihren Stift und tippte sich damit an die Wange. »Wir haben eine Liste mit früheren und aktuellen Straftätern. Ich kann sie aufrufen und mal sehen, ob jemand als Täter infrage kommt. Aber ich weiß mit Sicherheit, dass keiner von denen in Edinburgh lebt. Sicher, dass Sie keinen Kaffee wollen? Ich könnte einen gebrauchen.«

»Na gut.«

Sie klappte ihren Computer zu und schloss ihn wieder in der Schublade ein. »Ich bin froh, dass Sie damit zu mir gekommen sind. Ist ganz erfrischend.«

»Erfrischend?«

»Normalerweise sind die Kinder sehr viel jünger – Verzeihung, wenn ich so offen spreche.«

»Ich weiß nicht, wie Sie das aushalten.«

»Normalerweise lautet meine Antwort darauf: Jemand muss es ja machen.« Hird bedeutete Clarke, sie möge als Erste durch die Tür treten, drehte sich um und schloss ab. »Ich bekomme Sitzungen bei einem Therapeuten bezahlt – und die Stelle ist auf circa ein Jahr befristet, danach steht eine Beförderung an.« Sie sog Luft ein und ging zum Kaffeetresen, wo sich ein männlicher Barista an einer glänzenden Maschine zu schaffen machte. »Aber eigentlich trifft es die erste Antwort, die ich Ihnen gegeben habe, am besten«, sagte sie, »auch wenn es einem manchmal vorkommt, als würden wir versuchen, einen Tsunami mit ein paar Besen aufzuhalten. Ist Ihnen Cappuccino recht?«

»Cappuccino ist wunderbar«, sagte Clarke leise.

Sie gingen mit ihren Getränken in eine der Pausennischen, wo niemand mithören konnte. Ein paar Officer winkten oder nickten im Vorbeigehen in Hirds Richtung. Beide Frauen konzentrierten sich eine knappe Minute lang auf ihre Kaffees, dann schniefte Hird und räusperte sich.

»Das Internet hat Dinge zur Normalität gemacht, die vor zwei Generationen noch tabu gewesen wären. Mädchen wie Jasmine werden damit bombardiert. Die Jungs an ihrer Schule stehen wahrscheinlich auf Würgen, Analverkehr oder Spucken. Und wenn sich ein Mädchen beschwert …« Sie zuckte mit den Schultern. »Haben Sie Zugang zu ihrem Handy und dem Computer? Haben Sie ihre Profile in den sozialen Medien überprüft?«

»Läuft noch.«

»So kann der Mann hinter der Kamera auf sie gekommen sein – er hat ihr geschmeichelt, sie mit Komplimenten umgarnt.«

»Auf jeden Fall hat er sie bezahlt – Freunde haben ausgesagt, sie sei in letzter Zeit sehr flüssig gewesen.«

»Keine radikalen Stimmungsschwankungen? Haben ihre Eltern berichtet, dass sie hin und wieder länger abwesend war?«

Jetzt war es an Clarke, mit den Schultern zu zucken. »Nur weil Drogen häufig dazukommen, um die Darstellerinnen gefügig zu halten.« Hird nahm einen weiteren Schluck Kaffee. »Was haben Sie mit dem Nutzer gemacht, den Sie identifiziert haben?«

»Im Prinzip hat er sich selbst identifiziert – er hatte sich an eine Reporterin gewandt und Geld für die Story verlangt.«

»Reizend.«

»Aber um Ihre Frage zu beantworten, ich lasse ihn erst mal zappeln.«

»Hoffentlich schwitzt er vor Angst.«

»Was ist das Beste, was ich mir hier erhoffen darf, Louise?«

»Im besten Fall kommt sie unversehrt nach Hause spaziert, einfach so. Wie Sie gesagt haben, ein Kunde kann sie nach Südfrankreich verschleppt und dort verhätschelt haben.«

»Ist das schon mal vorgekommen?«

»Nein.«

»Ich muss an denjenigen herankommen, der das ganze Unternehmen organisiert.«

»Ich verspreche, dass ich mit London sprechen werde. Ich wünschte, ich könnte sagen, dass der Fall höchste Priorität hat, aber …«

Ein weiterer Detective nickte Hird im Vorbeigehen zu, entdeckte dann aber Clarke und guckte ein zweites Mal hin, um sich zu vergewissern, dann verzog er sich Richtung Professional Standards.

»Sie wurden erkannt«, sagte Hird.

Clarke trank ihren Kaffee aus. »Ich muss sowieso los. Noch mal danke, dass Sie sich Zeit für mich genommen haben.«

»Aber Sie hoffen, dass es keinen Anlass für ein weiteres Treffen geben wird – hab ich recht?«

»Zumindest kein dienstliches.« Die beiden Frauen schüttelten sich die Hand. Als Clarke die Treppe nach unten ging, drehte sie sich noch einmal um und sah Louise Hird in ihrem Büro mit den verschlossenen Schubladen voller Albträume verschwinden.

Insgeheim wünschte sie der jungen Frau alles Gute.

Als sie Gartcosh verließ und Richtung Autobahn fuhr, lenkte sie sich mit Musik ab. Ihre Stimmung blieb jedoch gedrückt, was Cammy Colsons Anruf von der Wache nicht besser machte, als er sie auf den aktuellen Stand der auch in ihrer Abwesenheit stockenden Ermittlungen brachte, sein unheilschwangerer Ton verstärkte die Düsternis.

»Wir haben ihr Computerpasswort geknackt«, sagte er, »aber da ist nicht viel für uns zu finden. Anscheinend hat sie ihre sozialen Medien ausschließlich vom Handy aus bedient. Der Handybetreiber sagt, sie hat es bislang noch immer nicht verwendet. Ich würde sagen, das verheißt nichts Gutes. Orten oder tracken können wir's auch nicht – das hat sich als Sackgasse entpuppt. Ich hoffe, du hattest in Gartcosh mehr Glück.«

»Nicht so richtig, Cammy …«

Der Himmel war von einer tiefliegenden, schweren Wolkenschicht bedeckt. Sie schien auf den Wagen herunterzudrücken, weshalb sie das Gefühl hatte, nur im Schneckentempo voranzukommen, obwohl sie das Gaspedal durchtrat. Sie hatte überlegt, vorher anzurufen und ihren Besuch bei Jasmines Eltern anzukündigen, sich dann aber doch dagegen entschieden. Es war immer interessanter, Menschen unvorbereitet anzutreffen.

Als ihr Telefon erneut klingelte, sah sie Christine Essons Namen auf dem Display.

»Ich hoffe, du hast was Aufmunterndes für mich«, sagte Clarke, als sie sich meldete.

»Kommt drauf an, ob du über Malcolm Fox lachen kannst oder nicht.«

»Was ist passiert?«

»Er ist hier im MIT-Raum, schleimt sich bei Jason Mulgrew ein.«

»Hab mich schon gefragt, warum du mit gesenkter Stimme sprichst. Hast du ihm gesagt, dass er sich verpissen soll?«

»Mae McGoverns Miene nach zu urteilen, hat jemand eine Gehaltstufe über ihr das Okay gegeben.«

»Das heißt Fox' Chef in Gartcosh. Witzigerweise komme ich gerade von dort.«

»Ach?«

»Jasmine hat sich auf einer Pornoseite ausgezogen.«

»Das macht die Sache komplizierter. Warst du damit bei der CEOP?«

»Wenn du damit die einsame überarbeitete Kollegin in Gartcosh meinst, dann lautet die Antwort ja.«

»Hat es was gebracht?«

»Noch zu früh, um das mit Sicherheit zu sagen.«

»Gehst du damit an die Öffentlichkeit?«

»Noch nicht. Ich will nicht, dass sich die Beteiligten wegducken.«

»Wie heißt die Website?«

»Young Fresh East Coast.«

»Warte mal …« Clarke lauschte, während Esson etwas über ihre Tastatur eingab. »Ich hab's vor der Nase.«

»Sie ist die in der obersten Reihe ganz rechts.«

»Hat sich keins der anderen Models gemeldet?«

»Hättest du dich gemeldet?«

»Wenn das meine Freundin wäre, schon.« Esson hielt inne. »O Mann …«

»Was denn?«

»Ich glaube, Fox und Jason besprechen gerade, ob sie nachher noch ›ein Bierchen zischen‹ wollen. Kommt mir vor, als hätte ich *The Likely Lads* oder sonst was aus den Sechzigern eingeschaltet.«

»Es gibt Bilder, die kriegt man nie wieder aus dem Kopf.« Clarke musste lachen, und etwas von der Anspannung fiel von ihr ab.

»Eigentlich ähnelt das hier eher *Steptoe and Son*«, fuhr Esson fort.

»Du bist gar nicht alt genug, um das alles zu kennen, Christine.«

»Die sitzen jetzt schon seit fast einer Stunde vor Jasons Computer. Fox weiß inzwischen wahrscheinlich mehr über den Fall als ich.«

»Das möchte ich stark bezweifeln. Aber das heißt dann wohl, es hat keine berichtenswerten Fortschritte gegeben?«

»Nichts zum Quadrat. Ich sollte lieber weitermachen und was tun für mein Geld. Gehen wir bald mal wieder was trinken?«

»Sag bloß, du willst ein Bierchen zischen? Klar, gerne. Wiederhören, Christine.«

»Ciao.«

Clarke beendete den Anruf und schaltete die Musik wieder ein. Das Navi zeigte an, dass sie das Haus der Familie Andrews in weniger als zwanzig Minuten erreichen würde, andererseits aber kannte das Navi Edinburgh und seine zahlreichen Baustellen nicht annähernd so gut wie sie.

Beide Wagen standen in der Auffahrt. Es war Mittagszeit, und James Andrews kaute an einem Sandwich, als er die Tür öffnete. Er starrte sie einen Augenblick an, dann schluckte er.

»Sie lassen nicht locker, wie? Ich schreibe eine Entschuldigung, sobald ich wieder klar denken kann.«

»Es geht nicht um Craig Fielding, Mr Andrews.«

Ihr Tonfall verriet, dass es Neuigkeiten gab, und zwar keine guten.

»Ich hole Helena. Sie ist in der Küche …«

Als er mit seiner Frau zurückkehrte, hatte Clarke sich bereits ins Wohnzimmer gesetzt. Helena Andrews wischte sich Krümel von ihrem grobmaschigen Strickpulli. Clarke zeigte auf das Sofa, sie folgten der Aufforderung und nahmen nebeneinander darauf Platz.

»Also, was gibt es?«, fragte James nervös.

»Es ist nichts Schlimmes passiert«, beruhigte Clarke sie, »aber ich muss Ihnen etwas zeigen, und ich möchte, dass Sie darauf vorbereitet sind.« Sie zog den Computer aus ihrer Schultertasche und klappte ihn auf. Ohne weitere Worte spielte sie die Aufnahme ab, hielt den Bildschirm dabei versteckt. Danach wechselten Mann und Frau Blicke. Helena bekam den Mund kaum noch zu und legte die Fingerspitzen an ihre Lippen.

»Ich weiß nicht …«

James Andrews war aufgesprungen und auf Clarke in der Absicht zugegangen, einen Blick auf den Bildschirm zu werfen. Sie klappte den Computer zu.

»Ist das Jasmines Stimme?«, fragte sie.

»Ich denke, ja«, platzte es aus Helena heraus. »Aber was sie da sagt … ich kann nicht …«

»KI«, knurrte ihr Mann. »Heutzutage kann man alles fälschen. Da hat sich jemand einen Scherz erlaubt.«

»Es handelt sich um eine Website.« Clarke sprach mit ruhiger Stimme weiter. »Die Nutzer bezahlen, um sich Teenager anzusehen.«

Helena Andrews' Gesichtszüge verzerrten sich. »Wollen Sie sagen, Jasmine hat …? Das ist absurd. Warum sollte sie so was tun?«

»Aus Gehässigkeit«, erwiderte ihr Mann. »Um dir eins auszuwischen.« Er wandte sich an Clarke, baute sich bedrohlich vor ihr auf. »Ist sie deshalb abgehauen? Wollte sie jemanden bloßstellen oder erpressen?«

»Das wissen wir noch nicht.«

»Ist aber ein verdammt gutes Motiv.« Er fasste sich in die Haare, als wollte er ein Büschel ausreißen. »Wer steckt dahinter? Nennen Sie mir einen Namen.«

»James«, ermahnte ihn seine Frau, aber Andrews winkte ab.

»Wenn ich denjenigen erwische, bevor Sie es tun …« Er fuchtelte mit einem Finger direkt vor Clarkes Gesicht.

»Sie haben bereits eine Verwarnung erhalten, Mr Andrews.«

»Nur weil die ihre Stimme verwendet haben«, beharrte Helena, »heißt das noch lange nicht, dass es viel weiter gegangen ist.«

»Ein Nutzer der Seite hat Jasmine erkannt«, erklärte Clarke.

»Ich hoffe, Sie haben ihn in eine Zelle gesperrt«, fauchte James Andrews.

»Hören Sie«, fuhr Clarke fort, »das ist ein Schock für Sie – verständlicherweise –, aber ich muss Sie bitten, genau darüber nachzudenken. Ist Jasmine vielleicht weggegangen, ohne zu sagen, wohin? Hat sie Nachrichten erhalten oder allein in ihrem Zimmer telefoniert, aus Versehen einen Namen oder eine Adresse erwähnt?«

»Dieses schmierige kleine Arschloch«, sagte Andrews. »Ich

wette, der hat sie in ihrem Zimmer gefilmt. Ihr gesagt, das bleibt unter ihnen beiden, dann hat er's ins Netz hochgeladen?«

»Die Aufnahmen stammen nicht aus Jasmines Zimmer«, korrigierte ihn Clarke.

»Dann eben aus seinem!«

Clarke schüttelte langsam den Kopf. »Wir haben mit Craig gesprochen. Er steht nicht unter Verdacht. Und sollten Sie ihn zur Rede stellen wollen, rate ich Ihnen ganz entschieden davon ab.«

»Natürlich war das nicht Craig«, sagte Helena. »Das ist ein lieber Junge.« Sie war aufgestanden und ging jetzt zum Fenster, das nach hinten zum Garten und zu den Häusern auf der anderen Seite zeigte.

»Ganz offensichtlich hat jemand sie bequatscht, sie überredet – vielleicht war's ja eine Wette oder so.« James Andrews starrte auf den Hinterkopf seiner Frau. »Wie heißt dieses Mädchen noch mal? Dieses rotzfreche?«

»Carla«, erwiderte seine Frau.

»Genau, Carla. Eine richtig kleine Madame ist das, wie wir früher gesagt haben.« Er drehte sich zu Clarkes Computer um. »Ist die auch dabei?«

Clarke ignorierte die Frage. »Sobald wir weitere Informationen bekommen, leiten wir sie selbstverständlich an Sie weiter.«

»Jas muss doch gewusst haben, dass sie so was nicht ewig geheim halten kann – Pornos gibt's überall im Netz, und wahrscheinlich hängen männliche Teenager öfter davor als alle anderen.«

»Du scheinst ja ausgezeichnet informiert zu sein«, brummte seine Frau und drehte den Kopf halb zu ihm um.

»Das ist doch allgemein bekannt.«

Aber Clarke fiel auf, dass ihm Farbe ins Gesicht stieg.

»Wie heißt die Website?«, fragte Helena und drehte sich mit verschränkten Armen vom Fenster weg.

»Das bleibt vorerst vertraulich«, erklärte ihr Clarke.

»Aber da sind Fotos von Jasmine zu sehen … Videos?«

»Zu gegebener Zeit werden wir mehr erfahren. Aktuell kann man nicht mehr erkennen als ihr verpixeltes Gesicht.«

»Aber die Stimme ist klar und deutlich«, sagte Helena leise, und Tränen stiegen ihr in die Augen.

»Wer auch immer dahintersteckt …«, fing ihr Mann an, »angenommen sie hat beschlossen, nicht länger mitzumachen … angenommen, sie hat denen gesagt, sie geht zu den Behörden …«

»O Gott, James.« Helena schloss die Augen und kniff sich mit Finger und Daumen in die Nasenwurzel.

»Sie ist minderjährig – das müssen die doch gewusst haben. Wie viele haben Sie denn noch auf Ihrem verfluchten Gerät da? Wie viele Kinder wie Jasmine?« Seine Stimme bebte.

Clarke verstaute den Computer in ihrer Tasche und stand auf.

Sie sah demonstrativ auf ihr Handy, als wäre gerade eine unglaublich dringende Nachricht auf dem schwarzen Display erschienen.

»Wenn Ihnen noch etwas einfällt, das uns weiterhelfen könnte …« Sie ließ den Satz unvollendet, ging zur Haustür und hinaus in die weniger unsicher wirkende Welt dahinter.

»Ein Kind, verdammt«, sagte James Andrews. »Ausgenutzt. Missbraucht. Und Sie und Ihre Leute wissen einen Scheiß darüber. Ich schwör's, ich hab keine Ahnung, wie ihr nachts überhaupt noch schlafen könnt.«

Clarke hätte einiges dazu sagen können, zum Beispiel über die CEOP, die National Crime Agency oder das gequälte Gesicht von Louise Hird. Aber sie wusste, dass in diesem Moment nichts davon helfen oder es diesem Vater leichter machen würde. Aber Andrews war noch nicht ganz fertig mit ihr. Er stand im Eingang und zeigte mit ausgestrecktem Arm auf sie, während sie ihren Wagen aufschloss, sich anschnallte und den Motor anließ. Als sie einen Blick aus dem Fenster riskierte, schüttelte er langsam den Kopf, sprach sein vernichtendes Urteil mit absoluter Endgültigkeit.

Sie schaltete die Musik wieder ein und fuhr los.

Nach ein paar Stunden am Gayfield Square hatte Fox allmählich das Gefühl, akzeptiert zu werden. DC Paul Allbright hatte ihm einen Becher Tee gemacht – scheußlichen, viel zu schwachen Tee, aber Fox hatte ihn getrunken, als hätte er noch nie etwas Besseres gekostet –, und DC Zara Shah hatte ihm eine Zusammenfassung dessen geliefert, was sich bei der Durchsuchung des Gefängnisgebäudes und des Geländes ergeben hatte. Die Beamten von der Nachtschicht standen im Fokus eines weiteren Ermittlungsstrangs, aber bislang gab es keinerlei Hinweise auf einen plötzlichen Geldsegen oder kostspielige Neuanschaffungen bei einer der betreffenden Personen. Die Vernehmungsprotokolle und Aufzeichnungen erzählten eine eigene Geschichte, die jeweils in einer Sackgasse endete. Fox hatte sich auf Novak, Watts und Samms konzentriert, sich aber auch die Vernehmungen von Darryl Christie und Everett Harrison angehört. Letztere waren im besten Fall oberflächlich, und er wünschte, er wäre dabei gewesen, um ein bisschen mehr Pfeffer in die Gespräche zu bringen. Ihm war aufgefallen, dass Rebus formell noch gar nicht befragt worden war, und vermutete, dass er das, was er zu sagen hatte, Christine Esson unter vier Augen mitgeteilt hatte.

Auch über Bobby Briggs brachte er ein bisschen mehr in Erfahrung.

Im Lauf der Jahre hatte Briggs immer mal wieder für einen Kriminellen namens Mickey Mason in Govan gearbeitet – vor allem als Security. Früher hatte der Boxkämpfe veranstaltet und Briggs dafür bezahlt, dass er am Ring oder an der Tür für Ordnung sorgte. Das Interessante für Fox war, dass Mickey Mason nach einer kurzen Haftstrafe wegen Sozialbetrugs jüngst aus dem HMP Barlinnie entlassen worden war. Laut seiner Informationsquellen war er sehr schnell wieder zu seinen alten Betätigungsfeldern zurückgekehrt, sorgte unter anderem dafür, dass die Glasgower Vorstädte lückenlos mit Drogen versorgt wurden. Fox wusste nicht, was er mit der Information anfangen sollte, hielt sie aber für ein möglicherweise fehlendes Glied in einer Kette – einer Kette, an der vielleicht auch Shay Hanlon wie ein kostbarer Edelstein baumelte.

Als sein Handy klingelte, war es ein Kollege von der OCCTU, ein Detective Sergeant namens Stevie Hodge. Fox lehnte sich auf seinem geborgten Schreibtischstuhl zurück.

»Was kann ich für dich tun, Stevie?«

Während er lauschte, versuchte er, möglichst keine Miene zu verziehen, da sich Shah und Allbright noch in unmittelbarer Nähe befanden, auch wenn Esson und Mulgrew inzwischen zu einer Unterredung mit ihrer Vorgesetzten abgezogen waren – oder sehr viel wahrscheinlicher, um ihr haarklein zu berichten, was Fox seit seiner Ankunft beim MIT so getrieben hatte. Nachdem er den Anruf beendet hatte, stand er auf und zog sein Jackett über, ohne dabei den Eindruck zu erwecken, es besonders eilig zu haben.

»Sagt der Chefin, sie soll nicht warten«, teilte er Shah und Allbright mit und zeigte vage in Richtung des Büros von Mae

McGovern. Als er im Gang war, beschleunigte er seinen Schritt. Auf dem Parkplatz draußen erreichte er seinen Wagen, gab eine Adresse ins Navi ein und trat aufs Gas.

Stevie Hodge wartete auf ihn, er parkte in Mayfield am Rand einer ruhigen Straße mit viktorianischen Doppelhaushälften. Fox stieg aus seinem Wagen und in Hodges BMW. Hodge war Anfang vierzig, stämmig, kurz geschorene Haare und neuerdings auch ein Schnurrbart, den er sich angewöhnt hatte, wie ein Haustier zu streicheln.

»Erzählen Sie's mir noch mal«, befahl Fox.

»Die Zeugin geht einkaufen. Parkplatz vom Supermarkt. Ein Wagen fährt an, aber ein Motorrad versperrt ihm den Weg. Der Fahrer steigt ab, zieht eine Pistole aus seiner Lederkluft und richtet sie auf die Windschutzscheibe auf der Fahrerseite. Er gibt dem Fahrer Zeichen, er soll das Fenster runterlassen, was der auch macht. Der Biker sagt was, geht zurück zu seinem Motorrad und rauscht ab. Unsere Zeugin – eine Mrs Clarkeson, dreiundfünfzig Jahre alt – konnte uns weder das Motorrad noch den Fahrer genauer beschreiben, aber als der Wagen ausgeparkt hatte, konnte sie das Kennzeichen sehen. Es war ein grüner Jaguar F-Pace, zugelassen auf einen gewissen Jake Morris unter dieser Adresse.« Hodge zeigte durch die Windschutzscheibe. »Er parkt vier Wagen weiter.«

»Und wie wir beide wissen«, ergänzte Fox schleppend, »ist Jake Morris einer von Darryl Christies Männern.«

»Genauer gesagt, einer von seinen ranghöchsten Lieutenants«, bestätigte Hodge.

»Geben die Überwachungskameras vom Parkplatz was her?«

»Der Biker hatte die ganze Zeit den Helm auf.«

»Und hat Mrs Clarkeson gehört, was gesprochen wurde?«

»Fehlanzeige.«

»Na, dann gehen wir wohl besser fragen …«

Als sie klingelten, wurde eine Kette vors Schloss gezogen, dann öffnete sich die Tür ein kleines Stück, und im Spalt tauchte das Auge einer Frau auf. Fox zeigte ihr seinen Ausweis.

»Dürften wir bitte mit Mr Morris sprechen?«

»Er ist nicht da.« Die Augen der Frau waren stark geschminkt, die Haare pechschwarz und hochgesteckt. Sie klang nach einer Engländerin.

»Wann kommt er denn wieder?«

»Er besucht Verwandte. In Yorkshire.«

»War das eine spontane Entscheidung? Wir haben gesehen, dass sein Wagen draußen steht.«

»Hören Sie, was wollen Sie?«

»Wäre einfacher, wenn wir uns drinnen unterhalten könnten.«

»Und ich soll Ihnen einfach glauben, dass Sie von der Polizei sind?« Sie nickte zu Fox' Ausweis. »So was kann heute jeder fälschen.«

Fox kramte in seiner Brieftasche und schob eine Visitenkarte durch den Spalt oberhalb der Türkette. Als sie die Karte nehmen wollte, zog er sie weg. »Wovor haben Sie Angst, Mrs Morris?«

»Wer sagt denn, dass ich Angst habe?«

»Bitte richten Sie Jake aus, wir wollen helfen, falls wir können.«

Sie nahm ihm die Karte ab und betrachtete sie einen Augenblick.

»Hab schon gedacht, es geht um Jasmine«, sagte sie. »Als Sie gesagt haben, Sie sind von der Polizei.«

»Jasmine Andrews?«

Die Frau nickte. »Das ist die beste Freundin meiner Tochter Carla. Sie ist schon ganz krank vor Sorge.«

Fox versuchte eine mitfühlende Miene aufzusetzen. »Und jetzt auch noch das …«

Sie ließ sich nichts anmerken. »Was?«

»Jake muss verschwinden.«

»Ich habe Ihnen doch gesagt, er besucht Verwandte.«

»Vielleicht können Sie uns ja deren Adresse geben?«

Aber sie schlug den beiden Detectives bereits die Tür vor der Nase zu.

»Vergessen Sie nicht, dass wir helfen wollen«, sagte Fox und hob die Stimme, damit sie ihn auch sicher hörte. Er trat von der Tür zurück und ging ein paar Schritte auf den Rasen, aber am Wohnzimmerfenster hing eine Spitzengardine, und dahinter ließ sich nichts erkennen, weshalb er auf die Straße zurückkehrte und sich dem Jaguar näherte. Auch dessen Inneres verriet nichts.

»Registriert und versichert«, meinte Hodge.

»Eine nette, rechtschaffene Familie«, sagte Fox leise und dachte an die Tochter, die beste Freundin der Vermissten. Das konnte was sein, vielleicht aber auch nicht. Siobhan Clarke würde es zumindest nicht uninteressant finden.

Aber andererseits – warum sollte er es ihr sagen?

»Warum eigentlich?«, fragte er sich.

»Und was denken Sie?«, fragte Hodge.

»Streit unter Dieben?«, spekulierte Fox. »Oder es ist ein neuer Spieler auf dem Platz.«

Deshalb würde er zwar Siobhan Clarke erst mal nichts davon erzählen, aber definitiv Thomas Glaze in London anrufen.

Glaze wäre sicher sehr interessiert. Interessiert und dankbar …

10

Rebus hatte Blair Samms tagsüber im Dienst so gut es ging im Blick behalten. Was wiederum Ratty nicht entgangen war – einfach weil ihm kaum etwas entging. Er schob sich an Rebus heran und stand neben ihm, während Rebus an der Wand unweit seiner Zelle lehnte.

»Hat er was gemacht?«, fragte er leise und kratzte sich an der Nase, um seine Worte zu dämpfen.

»Wie kommst du denn darauf?« Rebus ließ Samms nicht aus den Augen.

»Du hast so einen Scharfschützenblick.«

»Ist das so offensichtlich?«

»Eigentlich kriegst du's ganz überzeugend hin, gelassen zu wirken. Samms hat nicht gemerkt, dass du ihn ausspionierst.«

»Was hast du denn so über ihn gehört, Ratty?«

»Über Samms? Der hat mit niemandem Stress. Kommt und geht. Bisschen unergründlich.«

»Tut er bestimmten Leuten nicht hin und wieder einen Gefallen?«

»Du meinst, ob er Sachen reinschmuggelt?« Ratty sah Rebus fast unmerklich nicken. Wieder rieb er sich die Nase, dieses Mal nachdenklich. »Wir wissen alle, dass das passiert.«

»Und wissen wir auch, wer das macht?«

»Die Guten wissen, wie sie's verheimlichen.«

»Ich kenne die Geschichten – man lässt sich anstellen, macht die Ausbildung, arbeitet eine Weile für beide Seiten, dann taucht man wieder ab.«

»Meinst du, Samms ist so einer?«

Rebus' Mundwinkel zuckten. »Hast du was Neues über Jackie gehört?«

»Nur dass die Spurensicherung jede Menge Fingerabdrücke und DNA in seiner Zelle gefunden hat, sowohl von Insassen als auch von Wärtern. Ist ja auch logisch: Jackie war beliebt, es haben sich viele mit ihm abgegeben.«

»Und wie kommt's, dass du das alles weißt?«

»Ich hab einen guten Draht zur Putzkolonne. Die sind zufällig am Büro des Direktors vorbei …«

Rebus nickte, um zu signalisieren, dass er verstand. »Würde gerne mal unter vier Augen mit dir sprechen«, sagte er und ging zu seiner Zelle. Er setzte sich an seinen Tisch, Ratty kam wenige Augenblicke später. »Lass die Tür am besten auf, das wirkt nicht so verdächtig.«

»Jetzt mache ich mir aber Sorgen.« Ratty grinste nervös.

»Gibt's dafür einen bestimmten Anlass?«

»Was ist los, John? Steck ich in Schwierigkeiten?«

»Sag du's mir.«

Ratty sah aus, als würde er darüber nachdenken. Dann schüttelte er den Kopf. »Ich hab gedacht, wir sind Freunde«, meinte er.

»Sind wir auch. Aber du arbeitest in der Küche und an der Essensausgabe.«

»Kriegst du nicht genug? Soll ich dir Extraportionen rausschmuggeln? Watts und Samms überwachen alles streng, aber ich kann ja mal sehen, ob …«

»Du kannst mir wirklich über keinen der beiden was erzählen?«

»Nicht, dass ich wüsste.«

»Und wie sieht es mit dem restlichen Team aus – mit Devo und Malachi?«

»Was zum Teufel ist los, John?«

»Mark Jamieson denkt, dass ihm vielleicht jemand in der Nacht, in der er so ausgeknockt war, was untergejubelt hat. Entweder im Essen oder im Tee.«

Ratty schnaubte. »Der will bloß seinen Arsch retten. Der Typ war zugedröhnt bis zum Anschlag, und er weiß, wie das vor der Entlassungskommission aussieht.« Sein Blick verengte sich, was ihn nur noch rattenartiger wirken ließ. »Vielleicht war ich es ja auch, John, hm? Willst du darauf hinaus? Wieso fragst du mich dann nicht direkt?«

»Weil ich eigentlich keinen Grund habe, dir nicht zu vertrauen. Du bist immer anständig zu mir gewesen. Also ich frage dich: Watts, Samms, Devo und Malachi. Wenn einer von denen jemandem was ins Essen mischt, auf wen würdest du tippen?«

Ratty verstummte, ging zum Stuhl und pflanzte sich darauf, die Ellbogen auf die Knie gestützt, die Hände verschränkt. Samms patrouillierte draußen mit der üblichen, antrainierten Entschlossenheit vorbei. Er sah Ratty, und sein Blick wanderte zu Rebus. Rebus nahm die Fingerspitzen einer Hand zusammen und bekreuzigte sich mit weit ausholender Geste, als wollte er Ratty die Beichte abnehmen. Samms verstand die Anspielung, grinste und ging weiter. Rebus hoffte, er würde es als Witz verstehen oder, noch besser, gleich wieder vergessen.

Ratty blickte auf, sah aber nur den leeren Türrahmen. »Devo«, sagte er leise. »Ich sage nicht, dass er's getan hat, ich kann's mir beim besten Willen nicht vorstellen. Aber wenn ich einen von den vier rauspicken muss, dann ihn.«

»Und warum?«

»Erstens, weil er in der Nacht das Essen auf die Teller verteilt hat. Also das Fleisch und die Soße, meine ich. In die Pampe kann man leicht was mischen, ohne dass die Person, die's isst, was davon merkt. Kartoffeln und Karotten – da bekommt man das doch eher mit. Zum Nachtisch gab's Dosenobst und Eis – auch nicht ganz einfach, da was drunterzumischen.«

»Was ist mit dem Tee?«

»Na ja, man kann's ja nicht in die Kanne tun, oder?«

»Guter Einwand«, gestand Rebus. »Die Beamten hätten nicht irgendwann eingreifen können?«

Ratty antwortete mit einem Schulterzucken.

»Erzähl mir von Devo«, fuhr Rebus fort.

»Was gibt's da zu erzählen? Er hat alle beklaut, denen er je begegnet ist, einschließlich seiner Oma und seines Opas. War öfter drin als draußen. Eine Überwachungskamera hat ihn gefilmt, wie er die Spendenbüchse vom Tresen in einem Oxfam-Laden geklaut hat.«

»Mit wem ist er befreundet?«

»Mit allen und niemandem.«

»Everett Harrison?«

»Zu Big H halten die meisten lieber respektvoll Abstand.«

Ratty starrte Rebus an. »Wieso machst du dir so viele Gedanken?«

»Ist halt meine Art.«

»Willst du den Verdacht von Novak und seinen Kumpels ablenken?«

»Wenn's so wäre, hättest du mir gerade sehr geholfen.«

»Wie?«

»Indem du nicht Watts oder Samms schlecht gemacht hast.«

Ratty dachte darüber nach. »Okay, stimmt«, lenkte er ein.

»Und deshalb weiß ich, dass ich dir vertrauen kann – du hast die Wahrheit gesagt, so wie du sie gesehen hast, und hast nicht versucht, einen Wärter reinzureiten.«

»Da hab ich mir selbst ein Bein gestellt«, sagte Ratty müde lächelnd.

»Meinst du, du könntest vielleicht mal mit Malachi sprechen, ob er an dem Tag irgendwas im Dienst beobachtet hat? Ohne dass es zu offensichtlich wirkt, natürlich.«

»Nicht ganz einfach. Malachi ist ganz schön helle. Der kommt schnell dahinter, was das alles soll.«

Rebus war zur Tür gegangen, womit er anzeigte, dass die Unterredung beendet war. »Ich wäre dir sehr dankbar«, sagte er. Als Ratty an ihm vorbeiwollte, legte er ihm eine Hand auf die Schulter. »Eine letzte Sache noch«, sagte er. »Falls du doch mal so eine zusätzliche Portion überhast …«

»Ein Teacake macht zwei Zigaretten«, erklärte Ratty.

»Aber ich rauche nicht.«

Er überflog das Innere der Zelle. »Dann vielleicht einen Inhalator. Für einen Inhalator hab ich immer Verwendung …«

Als Ratty weg war, legte Rebus sich eine Weile aufs Bett, den Unterarm vor den Augen. Das war etwas, woran man draußen keinen Gedanken verschwendete – die Kontrolle über so einfache, alltägliche Dinge wie zum Beispiel das Licht ein- oder ausschalten zu können. Hier hatte jemand anders das Sagen. Er dachte, wahrscheinlich war das einer der Gründe, warum ehemalige Sträflinge sich teilweise nur schwer wieder an das Leben draußen gewöhnten. Wie zum Teufel plante man Mahlzeiten oder die Einkäufe, die dafür nötig waren – so viele Regale, so viele Entscheidungen, die zu treffen waren?

Andere natürlich passten sich dem Gefängnisleben an, als wären sie dort hineingeboren, als wäre es einfach eine Verlängerung der Schule oder anderer Einrichtungen, die sie im Verlauf ihres Lebens besucht hatten. Rebus selbst war direkt von der Schule zur Armee und von dort zur Polizeiausbildung gegangen, aber immer mit Fragen und nie wirklich zufrieden damit, Vorschriften und Regeln blindlings zu befolgen. Er hatte eine ganze Reihe Disziplinarmaßnahmen überstanden und war nie nur ein Rädchen im Getriebe gewesen, das die ihm vorgeschriebene Funktion erfüllte. Würde er Wert auf ein ruhiges Leben legen, hätte er sich der Verlegung in den offenen Trakt vermutlich verweigert, aber das ruhige Leben war noch nie sein Ding gewesen. Trotzdem wusste er, dass er nicht mehr der Alte war. Immer mehr Zipperlein machten es unwahrscheinlicher, dass er sich bei einem körperlichen Kräftemessen würde behaupten können. Das war der Grund, weshalb er jetzt zwar die Augen schloss, aber die Ohren weiter spitzte, auf mögliche Gefahren lauschte. Briggs würde schon bald Erkundigungen einziehen und Rebus dann wegen seiner vermeintlichen Beziehungen zu Shay Hanlon zur Rede stellen. Das bedeutete, dass während des Umschlusses höchste Wachsamkeit geboten war. Aber auch hier in Trinity Hall musste er mindestens Everett Harrison im Auge behalten. Er war mit Briggs befreundet. Bislang hatte er sich auf Rebus' Seite gestellt, aber das konnte sich jeden Moment ändern – und er war nur eine Zelle weiter, in der Zelle direkt gegenüber der von Jackie Simpson. Jackie Simpson, dessen Missgeschicke indirekt zu Harrisons Verurteilung geführt hatten.

Rebus sah es vor sich. Ein Wärter lässt sich schmieren. Harrisons Zelle wird aufgeschlossen. Er schleicht über den Gang zu Simpsons Tür, die ihm derselbe Wärter öffnet. Mark Jamieson ist weggetreten. Simpson bekommt ein Handtuch in den Mund und die Kehle durchgeschnitten.

Wie lange hatte das Ganze wohl gedauert? Höchstens zwei oder drei Minuten. Dann saubermachen – die blutverschmierte Kleidung landet in einem Sack und wird am Schichtende zusammen mit der Mordwaffe aus dem Gefängnis getragen. Rebus wusste, dass sich Keramikmesser hereinschmuggeln ließen, die Metalldetektoren sprangen darauf nicht an. Überwachungskameras hätten jeden gezeigt, der Harrisons Zelle verlässt, aber das Filmmaterial konnte gelöscht oder manipuliert worden sein.

Alles gut organisiert und übersichtlich, und wenn die Wärter von der Nachtschicht eingeweiht waren …

»Na, was denken Sie?«

Er zuckte beim Klang der Stimme zusammen und schwang die Beine vom Bett.

»Nur die Ruhe«, sagte Novak von der Tür aus. »Ich wollte Sie nicht erschrecken.«

»Wer behauptet denn, dass ich mich erschrocken habe?«

»Dann haben Sie wohl nur sehr überzeugend so getan.« Er trat ein paar Schritte in die Zelle hinein, zog die Tür zu, bis sie nur noch wenige Zentimeter weit geöffnet war. Danach senkte er die Stimme. »Blair Samms hat mir gesagt, dass Ratty vorhin hier in der Zelle war. Lassen Sie den für sich arbeiten?«

»Hab ihm nur die Beichte abgenommen.«

»Genau. Und das hat Samms keine Ruhe gelassen.« Novak drehte den Stuhl zu Rebus um und setzte sich.

»Angenommen, Samms steht auf jemandes Gehaltsliste«, sagte Rebus, »auf wen würden Sie tippen?«

»Darryl ist natürlich der naheliegendste Kandidat. Aber es gibt auch noch Shay Hanlons Kumpel.«

»Harrison?«

»Big H, genau«, bestätigte Novak. »Aber wahrscheinlich kommen auch noch andere infrage.«

»Ich habe von Drohungen gegen Beamte gehört – nicht nur hier, auch in anderen Gefängnissen. Ihr Wagen wurde angezündet, aber war sonst noch was?«

Novak überlegte kurz, bevor er antwortete. »Mitten in der Nacht vorbeifahrende Autos, laut hupend. Eine über den Gartenzaun geworfene tote Katze. Meine Frau hat einen Zettel in ihrem Einkaufswagen gefunden, als sie im Supermarkt an die Kasse kam.«

»Was stand da drauf?«

»›Mach keinen Ärger‹.«

»Nur das?«

»Nur das.« Novak setzte sich auf dem Stuhl zurecht. »Könnte was sein, vielleicht aber auch nicht.«

»Und seitdem gab's keine Zettel mehr?« Rebus sah Novak den Kopf schütteln. »Was, denken Sie, war damit gemeint?«

»Ich soll wegsehen und tun, was verlangt wird.«

»Sind Sie sicher, dass die Nachricht für Sie bestimmt war?«

»Eigentlich nicht.«

»Hat jemand von Ihnen verlangt wegzusehen?«

»Bis jetzt nicht.«

»Haben Sie Esson und ihrem Team was davon erzählt?«

»Wozu? Wenn überhaupt, mache ich mich damit nur noch verdächtiger.«

»Was ist mit Ihrem Cousin beim CID?«

»Cammy? Der hat alle Hände voll mit seinen Fällen zu tun, die er kaum jemals lösen wird.«

»Wenn ich hier mal den Advocatus Diaboli spielen darf«, fuhr Rebus einen Augenblick später fort, »würde ich sagen, dass es keinen anderen Beleg für diese Drohungen gibt als Ihre eigene Aussage. Sie könnten sich das Ganze auch ausgedacht haben, um selbst unschuldig oder als Sündenbock zu erscheinen.«

»Man kann's Ihnen wirklich nur schwer recht machen.«

»Mark Jamieson denkt, dass ihm an dem Abend jemand was ins Essen getan hat. Ratty, Devo und Malachi hatten Dienst unter der Aufsicht von Watts und Samms – welchem von denen trauen Sie zu, dass er Schmiergeld kassiert?«

»Haben Sie Ratty darüber ausgehorcht?«

»Er hat für Watts und Samms mehr oder weniger die Hand ins Feuer gelegt.«

»Bleiben Malachi und Devo – sofern Sie Ratty selbst ausschließen.«

»Erscheint Ihnen einer von beiden wahrscheinlich?«

»Ist kein Problem, ein bisschen Pulver oder eine Pille irgendwo reinzumischen. Vorausgesetzt, sie werden vom Richtigen gefragt, würde keiner von beiden Nein sagen.«

»Ich kann nicht behaupten, dass ich rein äußerlich betrachtet seit dem Abend Veränderungen bei einem der beiden festgestellt hätte.«

»Die Person, die den Auftrag gegeben hat, hat keinem der beiden Stripper und Alkohol in die Zelle geschickt?«

»Das nicht, aber Sie würden sich vermutlich im Dunstkreis ihres Auftraggebers bewegen.«

»Mir ist nichts aufgefallen, ich halte weiter die Augen offen.«

»Das muss nicht viel bedeuten, aber Ratty hält Devo für den wahrscheinlichsten Kandidaten.«

Beide hörten plötzlich lautes Geschrei im Gang und drehten die Köpfe. Novak rannte aus Rebus' Zelle und bog scharf links ab. Rebus folgte ihm in kurzem Abstand. Gefangene scharten sich um Darryl Christie, ihre Schreie mischten sich mit seinen. Beamte griffen ein. Für Rebus sah es aus, als wären einige Gefangene fest entschlossen, Christie zu schützen, während ihm andere an den Kragen wollten. Über die Köpfe hinaus ragte eine Art Stock. Rebus erkannte, dass es sich um einen Billardstock handelte.

Als er näher herankam, sah er, dass ein Ende des Stocks in Everett Harrisons Hals steckte. Harrison würgte und war fast lila im Gesicht. Man hatte ihn in die Knie gezwungen. Mit einer Hand versuchte er, sich den Stock aus dem Hals zu ziehen, und mit der anderen schlug er nach Christie. Zwei von Christies Lieutenants drückten Harrison an den Schultern nach unten. Als jemand ausholte und einen Beamten schlug, wurde Alarm ausgelöst, weitere Wärter trafen ein. Christie hatte einen Gesichtsausdruck, den Rebus schon einmal bei ihm gesehen hatte: Erbitterter, pulsierender Wahnsinn lag darin. Mit der Unterstützung einer neuen Abordnung von weiß behemdeten Gefängnismitarbeitern gelang es Harrison, sich von dem Billardstock zu befreien, er würgte aber immer noch und hielt sich mit einer Hand die Kehle, brachte sich taumelnd in Sicherheit. Rebus hatte keine Ahnung, was der Auslöser gewesen war, aber er wusste, dass es sich über längere Zeit angebahnt hatte – die ganze Wut und der ganze Ärger der Gefangenen über den Tod von Jackie Simpson, die Ungewissheit und das Gefühl, dass sich da draußen in der Welt niemand so richtig dafür interessierte – sich niemand da draußen für *sie* interessierte.

Die Ordnung wurde wiederhergestellt, Christie zur Tür geschleift und in den Gang dahinter gesperrt. Er sah Rebus in die Augen und zeigte grinsend seine Zähne. Harrison saß mit dem Rücken zur Wand in der Nähe des Billardtischs, die Knie bis ans Kinn hochgezogen. Samms und Novak untersuchten ihn. Die versammelten Gefangenen wirkten jetzt zögerlich – auf wessen Seite sollten sie sich stellen? Einige drehten sich zu der Tür um, durch die Darryl Christie abgeführt wurde. Christie war aus der Gegend hier und hatte Macht, aber Harrison arbeitete für Shay Hanlon, der zwar weniger bekannt war, dafür aber umso mehr vom Hauch des Mythischen umgeben. Alle wussten, wozu Darryl Christie fähig war, bei Hanlon blieb dies der Fantasie überlassen. Die Ungewissheit war vielen anzusehen. Männer, die normalerweise nichts lieber taten, als sich zu prügeln – egal mit wem –, wirkten jetzt verunsichert und desorientiert. Sie kehrten umstandslos in ihre Zellen zurück, während andere Harrison auf die Beine halfen. Er widersprach nicht, als vorgeschlagen wurde, ihn zur Krankenstation zu schicken. Anscheinend war er nicht bereit oder nicht in der Lage zu sprechen, er hielt sich noch immer mit einer Hand die Kehle.

»Worum ging es da?«, fragte ein Beamter, aber Harrison schüttelte nur den Kopf. Billy Groam, Rebus' Nachbar, dachte laut darüber nach, ob die Billardstöcke jetzt weggeschlossen wurden.

»War mit dem Dartboard auch so, nach dem einen Mal«, brummte er mehr zu sich selbst als einer anderen Person.

»Alle gehen zurück in die Zellen«, riet Novak. »Beruhigt euch erst mal.« Er hatte die Arme ausgestreckt, führte seine Schutzbefohlenen in ihre Gemächer. Rebus blieb auf der Schwelle stehen, und als Novak zu ihm kam, sagte er, er müsse mit Christie sprechen.

»Eine solche Entscheidung liegt weit über meiner Gehaltsstufe, John«, erklärte ihm Novak.

»Deshalb müssen Sie damit zum Direktor gehen, für mich.«

Novak starrte ihn an. »Der hat bestimmt Dringenderes zu tun.«

»Sie müssen ihn für mich fragen.«

»Schuldet er Ihnen noch einen Gefallen, oder was?«

Statt zu antworten, verzog Rebus sich auf sein Bett, legte sich erneut hin, allerdings ohne die Augen zu bedecken. Er hielt sie offen, blinzelte nicht, sondern starrte an die Decke und darüber hinaus.

Es dauerte noch eine ganze weitere Stunde, bis Graves plötzlich in der Tür stand und verkündete, der Chef wolle ihn sprechen. Als sie durch den Gang gingen, fiel Rebus auf, dass die Billardstöcke und Kugeln tatsächlich entfernt worden waren. Als sie sich Howard Tennents Büro näherten, trat dieser höchstpersönlich in den Gang hinaus und schloss die Tür hinter sich ab.

»Ich übernehme von hier aus«, sagte er zu Graves, und als er den Beamten in derselben Richtung davongehen sah, aus der er gekommen war: »Muss das wirklich sein, John?«

»Ich fürchte, ja.«

»Darf ich fragen, warum?«

»Später vielleicht.«

Sie gingen los. »Sind Sie irgendwie weitergekommen?«, fragte Tennent schließlich.

»Sozusagen – hauptsächlich im Ausschlussverfahren, aber auch das kann ja ganz hilfreich sein.«

»Was war da gerade los zwischen Darryl und Everett?«

»Keine Ahnung.«

»Werden Sie ihn fragen?« Rebus legte den Kopf leicht schief. Tennent sah sich um, aber es befand sich niemand in Hörweite. »Die Ermittlungen kommen nicht voran – niemand gibt es zu, aber es liegt auf der Hand. Anscheinend hat nur noch DI Fox Feuer im Arsch.«

»Wahrscheinlich ist ihm ein Curry schlecht bekommen.«

»Sie halten wohl nichts von ihm?«

»Würde ihm durch die Bank höchstens einen Stern geben.«

»Also mir gefällt, was ich bislang von ihm mitbekommen habe.«

»Dann halten Sie daran fest, er wird Sie schon bald enttäuschen.« Rebus hielt inne. »Darf ich Sie was fragen?«

Tennent sah ihn an. »Was?«

»Haben Sie was über mein Berufungsverfahren gehört?«

Der Direktor schüttelte den Kopf.

»Sie würden es mir aber sagen, wenn es so wäre?«, drängte Rebus weiter.

»Hören Sie, John, ich denke genauso wenig wie Sie selbst, dass Sie hierhergehören. Aber ich werde es nicht vor Ihnen erfahren.«

Tennent konzentrierte sich darauf, eine weitere massive Stahltür aufzuschließen. Sie gingen zur SRU, wo Rebus die ersten drei Monate verbracht hatte. Die Isolationshaft gehörte ebenfalls zu diesem Komplex – zwei Zellen, keine davon besonders geräumig, aber jeweils mit einem Waschbecken und einer Toilette ausgestattet, allerdings ohne jede Privatheit. Durch den Spion war alles jederzeit einsehbar. Hier gab es weder Telefon noch Fernseher, keinen Wasserkocher und auch keine Bücherregale. Das Bett war eine dünne Matratze mit einer Decke auf einem massiven Betonsims. Das schmale Fenster befand sich so hoch oben an der Wand, dass es praktisch bedeutungslos blieb.

Der für den Trakt zuständige Beamte erwartete sie bereits. Er begrüßte Rebus mit einem knappen Nicken, als er die Tür entriegelte und aufzog. Darryl Christie saß mit gesenktem Kopf auf dem Bett.

»Sie müssen draußen warten«, erklärte Rebus Tennent, als er selbst eintrat und die Tür hinter sich zuzog.

»Du klingst, als würde dir der ganze Laden hier gehören«, meinte Christie, ohne den Kopf zu heben.

»Das würde ja bedeuten, dass ich in deine Fußstapfen trete, Darryl. Die sind mir aber eine Nummer zu groß.«

»Mir gehört hier ein Scheiß, und das ist die Wahrheit.«

Christies Verbitterung brach unwillkürlich aus ihm heraus.

»Was ist passiert?«

Rebus wartete, bekam aber nicht mehr als ein langsames Kopfschütteln zur Antwort.

Nach einer halben Minute schoss Christies Kopf hoch, seine Augen fixierten Rebus. »Du und Malcolm Fox, ihr kennt euch schon eine Ewigkeit, oder?«

»Wir hatten auch mal gute Momente.«

»Er ist doch für das Organisierte Verbrechen zuständig – die Wichser haben mir damals keine Ruhe gelassen, mein Telefon angezapft, das volle Programm. Soweit ich weiß, sind die Hardliner bei denen nicht verschwunden, nur weil ich weg vom Fenster bin.«

»Was hat die Abteilung für organisiertes Verbrechen damit zu tun?«

Wieder dieses Grinsen, dieses gefährliche Grinsen. »Alles«, behauptete Christie.

»Wie lange muss ich warten, bis du endlich den Namen erwähnst?«

»Welchen Namen?«

»Den von Shay Hanlon.«

»Von dem Arschloch?«, fauchte Christie.

»Harrison arbeitet für Hanlon. Ihr beiden habt immer ausgesehen, als wärt ihr befreundet, aber irgendwas hat sich verändert. An Hanlon kommst du nicht heran, aber an seine Nummer zwei – und das hast du gemacht.«

»Warst du in der Schule auch immer schon so superschlau? Hast immer den Arm hochgerissen und dich gemeldet, wenn der Lehrer was gefragt hat?«

»Ich war eher Durchschnitt. Hab viel geschwänzt. Seither versuche ich aber aufzuholen.«

Christie hatte sich entschieden. Er vergewisserte sich über Rebus' Schulter hinweg, dass die Tür geschlossen war, trotzdem erhob er sich und beugte sich ganz dicht an Rebus' linkes Ohr.

»Die haben sich ein paar von meinen Männern vorgeknöpft. Ihnen unter vorgehaltener Pistole gesagt, dass sie die Stadt verlassen sollen, sonst passiert was. Die Angreifer kamen auf Motorrädern und sprachen mit Liverpooler Akzent.«

»Liverpool bedeutet Hanlon«, gab Rebus ihm recht.

»Die Jungs, denen er gedroht hat, sind die Besten. Wenn die Leine ziehen, bleiben nur noch Hänger und Versager.«

»Hanlon lässt es drauf ankommen«, argwöhnte Rebus. »Ich muss wissen, was Fox weiß. Meinst du, er würde es dir verraten?«

Die einzige Antwort darauf lautete »nie im Leben«, aber Rebus hielt lieber den Mund. Wobei Christie schon gar nicht mehr auf ihn achtete, er sprudelte jetzt über vor Energie.

»Wenn Hanlon sich wieder auf britischem Boden befindet, kann ich einen Anschlag auf ihn planen. Und selbst wenn nicht, muss ich wissen, wer hier im Norden die Geschäfte für ihn führt.«

»Schade, dass du Harrison nicht gefragt hast.«

Christie dachte kurz darüber nach. »Ja, na ja … daran hab ich auch gedacht, aber als ich auf ihn zugekommen bin, hat er so breit und schmierig gegrinst, dass ich's ihm einfach nur verderben wollte – sein Grinsen hat mir verraten, dass er weiß, dass ich's weiß. Er denkt, sein Chef kann einfach hier in meiner Stadt antanzen und sich unter den Nagel reißen, was ich mir im Schweiße meines Angesichts aufgebaut habe. Ich musste es ihm einfach zeigen, und als ich an Mark Jamieson am Billardtisch vorbeigekommen bin, hat mich sein Stock angelacht …«

»Schätze mal, die Brücke ist abgebrochen.«

»Und deshalb brauche ich Zugang zu Fox und seiner Bruderschaft der vornehmen Anzugträger.«

Rebus tat, als würde er nachdenken. »Ich brauche ein Handy.«

»Nichts leichter als das.«

»Nicht, solange du hier festsitzt.«

Christie schüttelte den Kopf über Rebus' Naivität. »Dritte Duschkabine links. Greif in den Abfluss. Müsste noch ausreichend geladen sein und Kredit haben. Kannst es danach behalten – betrachte es als Belohnung.« Er trat ein kleines Stück zurück, sodass Rebus den erhobenen Zeigefinger sah, mit dem er jetzt wackelte. »Aber ich will die Info, John. Wenn nicht, werde ich sehr ungehalten sein.«

»Zum Glück gibt's keine Billardstöcke mehr.«

»Mach dir darüber mal keine Sorgen – ich kann improvisieren. Mir fällt bestimmt ein, wie ich dir wehtun kann.«

»Ich werd's mir merken.« Rebus trat an Christie vorbei und stieß die Tür auf. Tennent stand auf der anderen Seite, sein Gesichtsausdruck verriet nichts. Entweder hatte er mitgehört oder auch nicht. Rebus war nicht sicher, ob das überhaupt eine Rolle spielte.

»Wir unterhalten uns später, Darryl«, sagte der Direktor streng.

»Und so was nennen die Iso-Haft«, schoss Christie zurück. »Nicht mal fünf Minuten hat man seine Ruhe …«

Rebus wartete bis zum späten Nachmittag, dann rollte er sein Handtuch auf und ging duschen. Die Jüngeren, die Sport trieben, zogen sich schon in ihren Zellen aus und latschten in Flipflops oder Sportschuhen her, das Handtuch lässig um die Taille gebunden. Für Rebus war das nichts. Er zog sich in der Duschkabine aus, trat noch einmal hinaus, um seine Klamotten abzulegen und das Handtuch über die nur brusthohe Tür zu hängen. Der Boden und die Wände waren noch feucht von den vorangegangenen Nutzern. Er drehte das Wasser auf – um die Tageszeit war es nie mehr als lauwarm – und spähte über die Oberkante der Tür, um sich zu vergewissern, dass niemand in der Nähe war. Dann ging er in die Hocke und fuhr mit den Fingernägeln unter das Gitter über dem Abfluss. Die Schrauben, mit denen die Abdeckung einst befestigt war, waren entfernt und die dafür vorgesehenen Löcher dick mit Seife zugeschmiert worden, um dies zu verbergen. Das Gitter ließ sich ohne Probleme lösen.

Rebus starrte in den Abfluss und sah zunächst nichts. Aber bei genauerer Betrachtung fand sich ein dünner Draht, der über den Rand hinausragte, und als er daran zog, spürte er einen Widerstand. Schließlich kam eine daran befestigte, durchsichtige Plastiktüte zum Vorschein. Er sah das kleine dunkle rechteckige Gerät darin, wickelte den Draht ab und verstaute ihn wieder im Abfluss, schob die Abdeckung darauf. Nachdem er das Wasser abgedreht hatte, trocknete er sich ab. Hatte man bei der Durchsuchungsaktion die Duschen vergessen? Oder war man einfach nur nicht gründlich genug gewesen? Natürlich konnte das Telefon auch erst nach der Durchsuchung im Abfluss versteckt worden sein, aber irgendwo musste es ja vorher gewesen sein. Außerdem hätte ebenso gut auch eine Waffe in dem Abfluss versteckt sein können – vielleicht ein Messer mit gezackter Klinge.

Die anderen Duschkabinen waren leer, sodass er dort nachsehen konnte, aber die Abdeckungen waren alle fest verschraubt. Beim Ankleiden schlug sein Herz ein bisschen schneller als gewöhnlich. Dann kehrte er mit dem ins Handtuch gewickelten Handy in seine Zelle zurück, bemühte sich, möglichst nicht schneller zu gehen als sonst. Dort angekommen, ließ er das Telefon in dem kleinen Safe unter seinem Bett verschwinden, den er ausnahmsweise verschloss.

Am Abend, nach dem Einschluss, stieg er auf die Klobrille, schaltete das Handy ein und rief Christine Esson an. Sie ließ sich mit dem Drangehen Zeit.

»Hier ist John«, flüsterte Rebus in das Gerät. Zunächst bekam er keine Antwort, lauschte nur den Hintergrundgeräuschen.

»Bist du im Pub?«, riet er. Er hörte, dass sie das Handy von sich weghielt und jemandem erklärte, sie sei gleich wieder da.

»Welche Bar ist es?«, erkundigte sich Rebus.

»Jeremiah's Taproom«, erwiderte Esson endlich. »In der Nähe vom Gayfield Square.«

»Mit Siobhan?«

»Nein.« Sie stand jetzt draußen auf der Straße, und statt Stimmengewirr war jetzt Verkehrsrauschen im Hintergrund zu hören.

»Klingt, als würde es regnen«, sagte Rebus.

»Hat es vorhin, hat aber schon wieder aufgehört. Was willst du, John?«

»Ich *will* das Gras auf den Meadows riechen, kurz nachdem es geregnet hat. Aber ich *muss* mit Fox sprechen – hast du seine Nummer?«

»Allerdings. Worüber willst du mit ihm reden?«

»Ich muss ihm sagen, was er wissen muss, Christine. Hat nichts mit deinem Fall zu tun, versprochen.«

»Dann warte kurz.« Einen Augenblick später gab sie ihm eine Reihe von Zahlen durch, die Rebus sich mit einem Stift auf den Handrücken notierte.

»Danke«, sagte er. Und dann: »Aber wie geht's mit deinem Fall voran?«

»Hast du was für mich?«

»Mark Jamieson denkt, jemand hat ihm was ins Essen getan. Das ist das eine. Chris Novak sagt, Wärter werden draußen ins Visier genommen, er selbst auch. Die haben ihm nicht nur Brandbomben aufs Auto geworfen, sondern ihm auch Drohbriefe und Ähnliches geschickt. Das sind zwei Dinge, die du wahrscheinlich nicht gewusst hast. Ach, und Darryl Christie hat Everett Harrison gerade einen Billardstock in den Rachen gerammt, anscheinend als Vergeltung dafür, dass Harrisons Boss Christies Team draußen überfällt. Wie sieht's bei dir aus – habt ihr was über Blair Samms herausbekommen?«

»Nichts Nennenswertes. Ich habe mir seine Vernehmungen noch mal angehört. Scheint ein Teamplayer zu sein, er folgt genau demselben Drehbuch wie die anderen, die an dem Tag Nachtdienst hatten. Die Überwachungskameras zeigen ihn nur bei einem einzigen kurzen Rundgang durch Trinity Hall. Tatsächlich verbringt er genau dreiundsiebzig Sekunden dort, im krassen Gegensatz zu den zweieinhalb Stunden, die er auf seinem Arsch sitzt, heiße Schokolade trinkt und Zeitung liest.«

»Okay, das heißt, ihr geht systematisch vor.«

»Systematisch und minutiös.«

»Ohne irgendwie weiterzukommen.«

»Wohingegen du vermutlich längst kombiniert hast, wer Simpsons Zellengenossen in die Bewusstlosigkeit befördert hat?«

»Ich habe ein paar wahrscheinliche Kandidaten im Blick, wobei ich aber ehrlich gesagt viel lieber auf ein frisch gezapftes Pint in deinem Pub gucken würde.«

»Hier gibt's auch ganz anständige Burger.«

»Wenn ich rauskomme, reserviere ich erst mal einen Tisch in Prestonfield House.«

»Bin ich eingeladen?«

»Wenn du selbst zahlst, schon.«

»Ist Christie der Grund, warum du mit Fox sprechen möchtest?«

»Wenn Darryls Leute ins Visier genommen wurden, müsste er es wissen.«

»Du weißt, dass er sich in die Ermittlungen gedrängt hat.«

»Du hast mein volles Mitgefühl.« Rebus hielt inne. »Bevor ich's vergesse, kennst du einen gewissen Cammy beim CID?«

»Nur Cammy Colson. Das ist Siobhans Partner. Wieso?«

»Nur so. Ich lass dich lieber weiterfeiern.«

Rebus hatte inzwischen so lange auf der Brille gekauert, dass ihm die Hüfte wehtat. »Wenn du Neuigkeiten hast, weißt du ja, wo du mich findest.«

Er legte auf und ging zu seiner Zellentür, probierte die Klinke. Natürlich war sie abgeschlossen, die Geräusche von draußen drangen gedämpft herein: Husten, jemand pfiff *Valerie*, aus einer Zelle drang das leise Wummern eines Basses, das garantiert gleich von einem Wärter untersagt werden würde. Er hörte, wie die Tür zum Trakt aufgeschlossen und wieder abgeschlossen wurde – ein Beamter kam oder ging. Das ständige Auf- und Abschließen gehörte zu den Dingen, die Rebus hier beinahe um den Verstand brachten. Türen mussten aufgeschlossen werden, und trotzdem lag dahinter doch wieder nur ein Gang, an dessen Ende sich eine weitere Tür befand. Warum musste die erste überhaupt abgeschlossen werden? Den Beamten oder seinen Mitinsassen schien dies nichts auszumachen, aber Rebus störte es gewaltig. Er dachte an Billy Groam – hatte er wirklich gehört, wie eine Zellentür aufgeschlossen wurde? Er trat fest genug gegen seine, um sich einen Zeh zu prellen.

»Wirst schon sehen, was du davon hast«, brummte er, verzog sich auf sein Bett und dachte an warme, einladende Pubs und saftige Steaks.

Esson starrte noch eine Weile auf ihr Handydisplay, als Rebus die Verbindung beendet hatte. Als es schwarz wurde, stieß sie die Tür auf und ging zurück an ihren Tisch, zitterte ein kleines bisschen vor Kälte und strich sich die Regentropfen von den Armen.

»Hat es wieder angefangen?«, fragte Malcolm Fox und putzte sich die Nase. Auf der anderen Seite des Tisches drehte Jason Mulgrew sein Bierglas, sodass es ein bisschen schäumte. Ursprünglich waren nur Fox und Mulgrew verabredet gewesen, aber Esson wollte Fox nicht erlauben, sie zu übergehen, und hatte sich kurzerhand selbst eingeladen.

»Verzeihung«, sagte sie. »Ich musste drangehen.«

»Was mit der Arbeit?«, fragte Fox.

»Ein Informant.« Sie hielt inne, blickte auf den Rest ihres Wodka Tonic mit den drei Zitronenscheiben. »Ich hab erfahren, dass es ein paar von Darryl Christies Leuten ganz schön mit der Angst zu tun bekommen haben.« Sie blickte auf und sah Fox in die Augen.

»Ach was, wirklich?« Fox griff nach seinem Wasserglas.

»Sag's mir.«

Er zuckte mit den Schultern. »Mir war nicht bewusst, dass dich das interessiert.«

»Du hast gesagt, Everett Harrison war möglicherweise nicht gut auf das Opfer zu sprechen und dass Harrison für Shay Hanlon arbeitet. Hanlon ist scharf auf Edinburgh, aber daraus wird nichts, wenn er vorher nicht mit Darryl Christies Leuten fertig wird.« Sie stützte ihre Ellbogen auf den Tisch. »Ist Hanlon wieder im Land, Malcolm? Sind die Kollegen in London deshalb so hellhörig?«

»Ich hab keine Ahnung, ob Hanlon noch in Brasilien ist oder hier. Aber es stimmt, dass Christies Team unter Beschuss steht. Zuletzt ein gewisser Jake Morris. Ein Motorradfahrer hat ihm eine Waffe vor die Nase gehalten, und jetzt ist Jake untergetaucht.«

Esson fiel auf, dass Jason Mulgrew Fox fast andächtig lauschte – Fox hatte es auch gemerkt und gab alles für sein Publikum, wiederholte die Geschichte, gestikulierte ausholend dabei und schmückte sie mit Details aus, die Essons Ansicht nach so gut wie sicher frei erfunden waren. Er sprach über seine »enge Beziehung« zum SO15 – »Vielleicht hast du schon mal die Bezeichnung Special Branch gehört, Jason, inzwischen wurde die Abteilung umbenannt, also schon vor einiger Zeit.« Dann ging er zu Gartcosh und den verschiedenen »hochrangigen« Abteilungen über, die dort stationiert waren. »Wenn du willst, kann ich dich mal dort herumführen, dir alles zeigen.«

Mulgrew neigte den Kopf zum Zeichen seiner Dankbarkeit.

Irgendwann hatte Fox sein Pulver verschossen und wandte sich an Esson. »Ich interessiere mich für deinen Informanten. Er oder sie scheint ja Dinge zu wissen, die nicht unbedingt allgemein bekannt sind.«

»Ich habe Anonymität versprochen und werde das nicht zurücknehmen.«

»Ich dachte, wir sind ein Team.«

»Ach, hast du das gedacht, Malcolm?«

»Mir ist bewusst, dass wir beide einen schlechten Start miteinander hatten …« Esson begriff, dass er von der Begegnung in seinem Wagen sprach. Er wollte gerade fortfahren, merkte aber, dass sein Handy brummte. Esson vermutete, dass auf dem Display ANONYM aufleuchtete und Rebus am anderen Ende der Leitung war. Fox ging nicht dran, schaltete sein Handy aus und steckte es stattdessen ein.

»Ich glaube, die nächste Runde ist meine«, sagte Mulgrew und trank von seinem Bier.

»Ich denke, drei sind genug«, ermahnte ihn Fox. »Wir brauchen morgen alle einen klaren Kopf. Aber das war ganz hilfreich, meint ihr nicht? Wenn wir uns ein bisschen besser kennenlernen, außerhalb des Büros?«

»Absolut. Das war super, dass du uns eingeladen hast. Stimmt's, Christine?«

»Ich hätte es um nichts auf der Welt verpassen wollen«, erwiderte Esson und wusste, dass ihr aufgesetztes Grinsen nur einen der beiden Männer am Tisch täuschen konnte.

»Das war Rebus, oder?« Fox' Grinsen stand ihrem in nichts nach. »Der Informant, der weiß, was in Darryl Christies Umfeld passiert. Du musst vorsichtig sein, Christine.«

»Bitte, Malcolm, keine Vorträge – nicht ausgerechnet von dir.«

»Aber ich habe recht, oder? Was hat er noch gesagt?«

»Nur, dass Chris Novak Drohungen erhalten hat und Mark Jamieson glaubt, in der Mordnacht sei ihm was ins Essen gemischt worden.«

»Wenn du das Mae McGovern morgen erzählst, bekommst du eine Menge Fleißsternchen.«

»Verdammt, gut gemacht, Christine«, pflichtete ihm Mulgrew bei, klang dabei aber leicht irritiert.

»Du bekommst auch noch deinen Platz an der Sonne, Jason, keine Angst«, erklärte Fox, streckte die Hand aus und fasste ihn am Arm.

»Dann machen wir hier Feierabend?«, warf Esson ein, die die brüderlichen Zuneigungsbekundungen nicht länger mitansehen wollte.

»Bis zum nächsten Mal«, sagte Fox, die Hand immer noch auf Mulgrews Arm, als wollte er ihn ungern loslassen.

»Ich hab noch was«, beschwerte sich Mulgrew und tippte an sein Glas.

Seufzend stand Esson auf und ließ die beiden sitzen.

Vierter Tag

11

Jason Mulgrew wartete schon vor dem Haus auf dem belebten Gehweg. Esson vermutete, dass es in diesem Teil der Stadt normalerweise eher verschlafen und geordnet zuging. Ein paar Mütter und Väter brachten ihre Kinder zur Schule, und am frühen Morgen wurde ein Supermarkt beliefert. Nachbarn traten aus ihren Häusern und betrachteten das geschäftige Treiben. Zwei Transporter der Spurensicherung parkten neben vier als Streifenwagen erkennbaren Fahrzeugen.

»Ich hatte gehofft, du bringst Kaffee mit«, sagte Mulgrew, als er Esson die Wagentür aufhielt.

»Drei Pints sind wohl zu viel für dich, Jason?«

»Hab's für besser gehalten mitzuziehen. Malcolm scheint schwer in Ordnung zu sein, der macht kein Getue.«

»Leidest du an Long Covid? Hast du deinen Geruchssinn verloren?«

Sein Mundwinkel zuckte. »Wenigstens weiß ich jetzt, warum du dich im Seelsorgeraum so gut mit Rebus unterhalten hast.«

»John möchte den Fall aufklären, genauso wie wir alle.«

Sie waren an einem der Transporter angekommen, die Tür hinten war geöffnet, und ein Officer teilte Overalls, Handschuhe und Überzieher für die Schuhe aus. Esson blickte zu dem zweistöckigen Haus, das sie gleich betreten würden. »Wer hat's dir gesagt?«, fragte sie.

»Der DCI hat heute Morgen Wind davon bekommen und den Namen des Opfers erkannt.«

Die Straße wurde von Bäumen gesäumt, Regen tropfte von den Ästen über Esson. Sie sah böse hinauf und zog sich die Kapuze über den Kopf. Barnton war für die meisten Bewohner Edinburghs lediglich ein Viertel, das man auf dem Weg in den Norden oder Westen passierte. In der Regel wohnten hier Berufstätige und Menschen, die es zu was gebracht hatten. Eine Frau mittleren Alters beschwerte sich bei einem jungen Constable, der das Gelände absperrte.

»Wahrscheinlich hat sie Angst, dass der Wert ihres Hauses sinkt«, meinte Esson. »Wer hat die Leiche gefunden?«

»Die Mutter des Opfers. Sie hatte seit ein paar Tagen nichts von ihm gehört – was sie ungewöhnlich fand. Also kam sie nachsehen, sie hat einen Schlüssel. Wenig später hat sie dann die Notrufnummer gewählt.«

»Wo ist sie jetzt?«

»Sie wurde nach Hause gebracht. Die Kollegen hoffen, sie richtig vernehmen zu können, wenn sie sich beruhigt hat.«

Sie waren jetzt an der Haustür angekommen, wo sie einem Beamten mit Klemmbrett Namen und Dienstnummer nannten. Dann waren sie drin. Das Wohnzimmer war groß und bunt, die Kunst an den Wänden offensichtlich wegen der knalligen kontrastierenden Farben ausgesucht. Ein Beamer war auf die einzige unbehangene Wand gerichtet. Zwei cremefarbene Ledersofas waren V-förmig arrangiert, und auf dem Regal dahinter standen Flaschen, Gläser, Videospiele und Fußballzeitschriften. Teppichläufer mit Zebramuster bedeckten teilweise den Parkettboden.

»Er wurde in der Küche gefunden«, erklärte Mulgrew, weshalb sie nun dorthin gingen. Die Leiche lag noch am Fundort, sollte aber bald abgeholt werden. Ein Kameratechniker prüfte seine Aufnahmen, vergewisserte sich, dass er nichts übersehen hatte. In der Küche befand sich eine Kochinsel mit einer weiß gesprenkelten Arbeitsplatte aus Marmor. Zwei Mitarbeiter der Spurensicherung schenkten ihr besondere Aufmerksamkeit. Selbst aus wenigen Metern Entfernung erkannte Esson die verschmierte Flüssigkeit an der Ecke als Blut. Sie hatte Zak Campbell im Leben nicht gekannt – anders als Siobhan Clarke war sie kein Fußballfan. Aber hier lag er kalt auf dem Boden seiner Küche.

Haj Atwal, der Leiter der Spurensicherung, erkannte Esson und begrüßte sie mit einem Nicken. Dann sah er Mulgrew und brummte ungehalten.

»Kopfbedeckung, du lieber Himmel, Mann!«

Mulgrew, der sich gerade am Kopf gekratzt hatte, guckte beschämt und zog sich schnell das elastische Material über den Kopf.

»Einfach ausgerutscht und gefallen ist er wahrscheinlich nicht, oder?«, fragte Esson unter ihrer Gesichtsmaske.

»Die Verletzung an der Stirn stammt vermutlich von der Arbeitsplatte«, erwiderte Atwal. »Aber gefallen ist er deshalb …« Er nickte in Richtung einer der Asservatentüten, die auf einer anderen Arbeitsfläche ein Stück weiter weg aufgereiht lagen. Die Detectives traten dorthin, um es sich anzusehen. In der Tüte lag ein fünfzehn Zentimeter langes Küchenmesser, die Klinge war blutverschmiert, am Griff befanden sich noch Spuren von Fingerabdruckpulver. Esson sah sich um, entdeckte ein Stück weiter einen Messerblock, in dem ein Messer fehlte.

»Eine einziger Stich, ausgeführt von hinten«, fuhr Atwal fort. »Anschließend hat der Täter das Messer fallen lassen.«

»Bitte sagen Sie, dass wir Fingerabdrücke haben«, sagte Mulgrew und starrte die Leiche an.

Atwal schüttelte den Kopf.

Esson wandte den Blick von dem Messer ab. »Wer leitet die Ermittlungen?«, fragte sie.

»Gillian Reeves mit ihrem Team.«

»Und wo sind die?«

»Oben vielleicht?«, riet Atwal. Esson drehte sich um und verließ die Küche, ging hinaus in den Flur.

»Was denkst du?«, fragte Mulgrew, als sie die Treppe hinaufstiegen.

»Im Moment wissen wir nur, dass Zak Campbell mit Marcus Simpson befreundet war und Marcus' Vater unser Fall ist.«

Die Wände im Flur oben hingen voller gerahmter Fußballtrikots und Presseausschnitte aus Zak Campbells Glanzzeit. Sämtliche Türen standen offen, und von ganz hinten hörte man Stimmen. Esson ging an einem Badezimmer vorbei, einem großen Schlafzimmer und einem Raum, der als Homeoffice eingerichtet war. Im letzten Zimmer ganz hinten hatten sich die Kollegen versammelt. Die Vorhänge waren zugezogen, die einzige Lichtquelle war eine rosa Glühbirne an der Decke. Eine Digitalkamera stand auf einem Stativ und war auf das Bett gerichtet.

»Anscheinend hat er seine Eroberungen gefilmt«, meinte ein Officer an Esson und Mulgrew gewandt. Esson ignorierte ihn, starrte auf das Bett und die Wand dahinter. Die helle, gestreifte Tapete hatte sie schon mal gesehen.

»Ach du Scheiße«, entfuhr es ihr. Detective Inspector Gillian Reeves drehte sich zu ihr um.

»Was ist, Christine?«

»Ich kenne dieses Zimmer, Gillian.« Esson versuchte unter dem Overall an ihr Handy zu gelangen, was sich aber als unmöglich erwies. »Zak Campbell hat hier noch viel mehr gemacht, als nur Kerben an seinem Bettpfosten gesammelt …«

Die Besprechung fand in St. Leonard's in DCI Bryan Carmichaels Büro statt, das ausgiebig mit seinen Schwimmmedaillen und gerahmten Fotos seiner Eltern und seines Langzeitfreundes Adam geschmückt war. Als Esson, Mulgrew, Siobhan Clarke und Gillian Reeves sich in den Raum geschoben hatten, war nicht mehr viel Platz übrig und nach Essons Ansicht auch praktisch kein Sauerstoff mehr. Ein Schweißtropfen lief ihr über den Rücken. Sie hatte Clarke die Situation am Telefon erklärt, und nun hatten beide Clarkes Vorgesetztem ihre jeweiligen Fälle geschildert, wobei Essons Chefin per Freisprechfunktion zugeschaltet war. Clarke hielt ihren Laptop aufgeklappt, auf dem sie eine Website mit dem Namen Young Fresh East Coast aufgerufen hatte. Jedes einzelne Model posierte auf demselben Bett vor derselben gestreiften Tapete. Reeves stand wie versteinert schweigend daneben, die Hände hinter dem Rücken verschränkt, und flehte Carmichael mit Blicken an, ihr den Fall nicht wegzunehmen.

»Na schön«, sagte Carmichael mit Blick auf sein Handy. »Mir scheint, Mae, dass es hier einen noch stärkeren Zusammenhang zum Fall des vermissten Mädchens gibt als zu dem Toten im Gefängnis, und da sich Jason und Christine bereits mit einem Mord beschäftigen …«

»Dem will ich nicht widersprechen«, knisterte die Stimme aus dem Handy. »Aber ich hätte trotzdem gerne mit meinem Team einen Fuß in Ihrer Tür. Immerhin gibt es auch eine Verbindung zum Fall Jackie Simpson, wie vage sie auch sein mag, aber es ist eine. Ich muss mich erst mal noch davon überzeugen, dass sie irrelevant ist.«

»Ist mir recht. Christine und Siobhan haben früher bereits zusammengearbeitet, daher ist Christine die naheliegendste Kandidatin.«

Jason Mulgrew reagierte spürbar ungehalten.

»Ich sehe, Sie sind anderer Ansicht«, sagte Carmichael.

»Bei allem Respekt, Ma'am«, setzte Mulgrew an und sprach bewusst laut, um auch über das Telefon gehört zu werden, »sollte die Verantwortung nicht dem diensthöheren Beamten übertragen werden?«

»Ich denke, die Entscheidung ist gefallen, Jason«, stellte McGovern eisig fest. »Christine, du wirst auf zwei Hochzeiten tanzen, vergiss aber nicht, welches deine eigene ist.«

»Wird gemacht.«

»Wir brauchen dich hier am Gayfield Square so häufig wie möglich. Und wenn sich herausstellt, dass dieser Fall doch nichts mit unseren eigenen Ermittlungen zu tun hat …«

»Verstanden.« Carmichael beugte sich ein Stück näher an das Handy. »Wir sind hier ein bisschen unterbesetzt, Mae.«

McGoverns Erwiderung ging ein lautes Schnauben voraus. »Willkommen im Club, Bryan.«

»Dann darf ich also weitermachen?«, unterbrach Gillian Reeves.

»Natürlich«, erwiderte Carmichael. »Und bringen Sie ruhig eine Freundin mit oder am besten gleich sechs …« Er hielt inne. »War's das, was meint ihr?«

Im Raum wurde allgemein genickt, Mulgrew war der einzige offenkundige Abweichler. Als sie zu viert hintereinander den Raum verließen, zog er eine finstere Miene und überließ es den beiden DCIs, sich über ihre Vorgehensweise auszutauschen. Im Gang drehte er sich zu seinen drei Kolleginnen um, sah Christine Esson durchdringend an.

»Dann werde ich nach Sibirien geschickt«, sagte er. »Wirst du uns noch vor Spielende mit deiner Anwesenheit beehren?«

»Kopf hoch, Jason. Jetzt kannst du doch mehr Zeit mit deinem neuen Freund Malcolm verbringen.«

Er bedachte sie mit einem bösen Blick und ging zum Ausgang.

»Ich hoffe, du hast nicht das Gefühl, dass du was aufgedrückt bekommst, Gillian«, sagte Clarke zu Reeves.

»Nicht annähernd so wie DI Mulgrew.«

»Männer und ihre Gefühle«, sagte Clarke.

»Also, was ist der Plan?«, fragte Reeves und verschränkte die Arme.

»Ich bin die Einzige, die den Tatort noch nicht gesehen hat«, erwiderte Clarke nach kurzer Überlegung. »Vielleicht kann Christine ihn mir zeigen, wenn ich euch beide dem Team vorgestellt habe. Wir brauchen ein Briefing, damit die Kollegen von Tür zu Tür gehen und potenziellen Zeugen Fragen stellen können. In zwei Stunden treffen wir uns wieder hier und bringen den Ball ins Rollen.« Sie wandte den Blick nicht von Reeves ab, die schließlich nickte.

»Dann kann's ja losgehen«, sagte Esson mit, wie sie hoffte, kollegialem Lächeln.

Die Spurensicherung war noch im Haus von Zak Campbell beschäftigt und die Autopsie für den nächsten Vormittag angesetzt. Campbells Mutter – sein Vater war schon lange tot – hatte die Leiche offiziell identifiziert und war anschließend erneut zusammengebrochen. Sie wurde von einer Nachbarin getröstet, die außerdem ihre engste Freundin war. Das Absperrband reichte bis über die halbe Fahrbahn vor dem Haus. Eine lange Schlange Autos hatte sich gebildet, die die Stelle auf der verbliebenen Spur passieren wollten. Siobhan Clarke vermutete, dass es sich bei den meisten um Schaulustige handelte. Handys wurden aus dem Fenster gehalten, es wurde gefilmt und fotografiert, die Aufnahmen wurden später in den sozialen Medien gepostet. Sie hatte bereits eine Nachricht von Laura Smith erhalten. Nur drei Worte – *Quid pro quo* –, aber es war klar, was sie bedeuteten: Clarke war der Journalistin noch etwas schuldig, und das sollte sie nicht vergessen.

In der Zwischenzeit war die Presse eingetroffen, Radio- und Fernsehsender hatten Ü-Wagen vor dem Haus geparkt und die Durchfahrt noch schwieriger gemacht. Den beiden Detectives wurden Fragen zugerufen, als sie die Absperrung passierten und in ihre Schutzanzüge stiegen. Jemand hatte das Tor der Garage neben dem Haus aufgeschlossen. Darin stand ein Maserati – natürlich knallrot. Außerdem dahinter ein Motorrad in derselben Farbe. Beide wurden auf Spuren untersucht. Campbells gesamtes Homeoffice im Haus war in Tüten verpackt und beschriftet worden und wurde gerade abtransportiert. Clarke hielt einen der Beamten auf und sah sich den Asservatenbeutel genauer an, den er gerade davontrug. Darin befand sich eine weiße Karte, DIN A4, auf der mit schwarzem Filzstift handschriftlich in Großbuchstaben stand: *Ich bin so geil. Bitte nimm mich. Ich mache alles, was dein Herz begehrt.*

»Ich weiß«, sagte Esson, als Clarke sie ansah.

»Der Computer wird ganz entscheidend sein«, stellte Clarke wenig später fest und ging zu dem Zimmer hinten im Flur. Campbells Aufnahmegeräte waren bereits weggetragen worden. Ein Küchenhocker aus Metall stand dort, wo sich das Stativ befunden haben musste. Clarke setzte sich darauf, dem Bett zugewandt. Hier musste Zak Campbell gesessen haben.

»Ich muss mit Louise Hird sprechen«, sagte sie.

»Wer ist das?«

»Die Kollegin von der CEOP, von der ich erzählt habe.«

»Meinst du, das ist alles Campbells Werk?«

»Scheint mir wahrscheinlich, meinst du nicht?«

»Aber kann er das ohne Hilfe hinbekommen haben? Ohne technische Hilfe, meine ich?«

»Ich hoffe, das finden wir heraus.«

»Der Gerichtsmediziner denkt, dass er bereits mehrere Tage da auf dem Boden lag. Ungefähr seit dem Tag, an dem Jasmine verschwunden ist.«

»Verstehe.«

Esson musterte Clarke. »Das ist ein verdammt gutes Motiv, Siobhan.«

»Keine Frage.«

»Höre ich da ein ›Aber‹?«

»Campbell kann sich unzählige Feinde gemacht haben.«

»Möglicherweise weiß sein Aufpasser ja mehr.«

»Marcus Simpson«, pflichtete ihr Clarke bei. »Noch einer, mit dem wir reden müssen.« Sie ging an die Seite des Betts, das Laken und die Bezüge waren bereits auf dem Weg ins Labor. Die Matratze sah neu und tadellos aus. Sie hob sie an, aber es war nichts darunter außer einem Lattenrost aus Holz. Auf dem Boden sammelten sich Wollmäuse. Selbst wenn Campbell eine Putzfrau hatte, hätte er wohl kaum gewollt, dass sie hier sauber macht. Ein Blick zur Zimmertür ergab, dass ein Schloss eingebaut worden war. Sie zog die Vorhänge auf und spähte nach draußen. »Den Nachbarn kann das Kommen und Gehen nicht entgangen sein. Ich frage mich, was die dachten, was hier vor sich geht.«

»Die kannten ihn als Fußballer«, spekulierte Esson. »Ein gutaussehender und steinreicher junger Mann. Ich denke, so was versteht man unter einem ›Pussymagneten‹.«

»Aber die müssen doch missbilligend am Fenster gestanden und die Köpfe geschüttelt haben – wir sind hier in Edinburgh. Wir werden an sehr viele Türen klopfen müssen.«

»Wollen hoffen, unsere DCIs bekommen die personelle Verstärkung, von der die Rede war.«

»Das wollen wir hoffen«, wiederholte Clarke und ging zur Tür.

Mit dem großen Schlafzimmer hielten sie sich nicht lange auf. Einbaukleiderschränke voller Designerklamotten, eine Schublade mit Frauenunterwäsche, sicher zur Verwendung im Nebenraum. An der Wand gegenüber dem Bett hing ein Fernseher. Nichts zu lesen, in keiner Form.

»Die Spurensicherung hat eine ganze Menge Drogen gefunden – Kokain, Gras und Pillentütchen.« Esson zeigte auf den Nachttisch. »Genug, dass eine ganze Menge Leute Spaß haben können. Im Wohnzimmer fanden sich auch Spuren davon.«

In der Küche unten nahmen sie ihre Handys und betrachteten die Aufnahmen, die ihnen der Fotograf der Spurensicherung weitergeleitet hatte. Sämtliche wichtigen Stellen waren mit Post-it-Zettelchen versehen.

»Von den Arbeitsflächen lassen sich Fingerabdrücke nehmen, oder?«, rückversicherte sich Clarke bei einer gerade vorbeigehenden Mitarbeiterin der Spurensicherung.

»Dürfte kein Problem sein«, erwiderte sie. »Aber ich sag Ihnen was – es sind wahnsinnig viele. Nicht auf der Mordwaffe, aber im ganzen Haus verteilt; es finden sich in so ziemlich jedem Raum viele verschiedene.«

»Oh, wie schön«, brummte Esson.

Fünf Minuten später saßen sie wieder in Clarkes Wagen. Auf dem Weg vorbei an der Pressemeute hatte Clarke Laura Smith entdeckt und einen Blick mit ihr gewechselt. Als Clarke anfuhr, fragte Esson sich, warum sie nicht aufs Gas trat, bis sie begriff, dass Clarkes Aufmerksamkeit dem Rückspiegel galt. Ein paar Ecken weiter bog Clarke in eine Seitenstraße ab und wartete.

»Ich glaube, ich weiß, was jetzt kommt«, sagte Esson. Wenige Augenblicke später ging eine der hinteren Türen auf und Laura Smith stieg ein; sie hatte ihren Wagen direkt hinter ihrem geparkt. »Bingo«, sagte Esson.

»Kennst du Laura?«, fragte Clarke.

»Ich kenne DS Esson«, kam Smith dieser zuvor und streckte eine Hand zwischen den Vordersitzen durch. Esson schlug ein. Dann schob die Journalistin ihr errötetes Gesicht vor den Rückspiegel. »Also, was könnt ihr mir sagen?«

»Im Moment noch nicht viel«. Clarke überlegte sich jedes einzelne Wort genau. »Zak Campbell war offenbar das Mastermind hinter Young Fresh East Coast.«

»Jetzt ist er tot, und eins seiner Mädchen hat sich in Luft aufgelöst.«

»Keine voreiligen Schlüsse, Laura. Noch haben wir die beiden Fälle nicht zusammengefasst.«

»Aber ihr seid hier, sonst wärt ihr doch nicht hier. Und was ist mit Ihnen, DS Esson? Ich dachte, Sie arbeiten an dem Mordfall Jackie Simpson? Was gibt es da für einen Zusammenhang?«

Esson sagte nichts.

»Ohne mich wärt ihr gar nicht hier«, beharrte Smith an Clarke gewandt. »Sicher bist du mir dafür was schuldig.«

»Ich sehe zu, was sich machen lässt«, versprach Clarke. »Du weißt, dass du dich auf mich verlassen kannst. Im Moment gibt es eine Menge Informationen, die vorläufig nicht an die Öffentlichkeit gelangen dürfen. Wir müssen an die Jugendlichen denken, die Campbell missbraucht hat. Die haben Familien. Da wird es einige unangenehme Gespräche geben, und am besten führen wir die, bevor der ganze Wahnsinn richtig losgeht.«

»Aber ihr wisst doch, dass es sowieso rauskommt«, drängte Smith. »Ihr seid wie ein Sieb. Es muss nur jemand irgendwo in einer Redaktion anrufen, dann bleibe ich allein im Regen stehen.«

»Laura …« Clarke umklammerte das Lenkrad mit den Händen, drehte den Kopf so weit wie möglich um und versuchte, die Journalistin direkt anzusehen. »Ich tue alles, was ich kann. Du bist die Erste, mit der ich rede. Darauf hast du mein Wort.«

Smith dachte darüber nach, dann lehnte sie sich zurück. »Und wann gibt's eine Pressekonferenz?«

»Vorher muss noch einiges passieren.«

»Wer leitet das MIT?«

»Das bin wohl ich«, erklärte Clarke.

»Nicht Gillian Reeves? Sie war mit ihrem Team als Erste am Tatort – wie geht es ihr mit der Entscheidung?«

»Wir müssen wirklich weiter, Laura.«

Smith verstand den Wink, hielt einen Augenblick inne, dann stieß sie die Tür auf und stieg aus. Clarke ließ den Wagen an und trat aufs Gas.

»Danke, dass du mir das durchgehen lässt«, sagte sie zu Esson. »Laura sollte man nicht unterschätzen. Sie ist da draußen ganz allein auf sich gestellt, sie hat keine Nachrichtenagentur im Rücken.«

»Das bedeutet, sie braucht Follower und Klicks – und wie bekommt man so was besser als mit Kinderpornografie und einem Promi-Mord?«

»So ungefähr«, bestätigte Clarke. Sie näherten sich einer Ampel, die kurz davor war, auf Rot umzuspringen, Clarke beschleunigte und raste über die Kreuzung.

»Alles klar, Lewis Hamilton?«, kommentierte Esson.

Clarke lachte kurz laut auf, ließ etwas von ihrer Anspannung von sich abfallen. Die restliche Fahrt über hielt sie sich an die jeweils vorgeschriebene Geschwindigkeitsbegrenzung.

12

Malcolm Fox war im Büro am Gayfield Square. Er fragte sich, wo Esson und Mulgrew steckten, aber niemand schien etwas zu wissen. Zum x-ten Mal prüfte er die Filmaufnahmen aus dem Gefängnis, konzentrierte sich jetzt auf die Zellen von Harrison und Christie kurz vor dem Einschluss in der Mordnacht. Er achtete besonders auf Begegnungen mit Beamten oder Anzeichen dafür, dass einer der beiden Gefangenen ungewöhnlich nervös oder aufgeregt wirkte, fand aber nichts Auffälliges. Dasselbe galt für das Geschehen nach Entdeckung des Toten. Keiner der Beamten wirkte nicht überrascht, auch Harrison und Christie benahmen sich wie immer. Andererseits musste wer auch immer an dem Mord beteiligt war gewusst haben, dass er beobachtet und gefilmt wurde, und von daher bemüht gewesen sein, sich so natürlich wie möglich zu verhalten. Als er die Schlange an der Essenausgabe am Vorabend sah, nahm er erfreut zur Kenntnis, wie tief Rebus in der Hackordnung stand. Über ein Dutzend Insassen standen vor ihm. Darryl Christie war selbstverständlich der Erste in der Schlange. Das Opfer, Jackie Simpson, wirkte entspannt, er stand drei Mann vor Rebus. Als er sein Essen bekam, konnte Fox nichts Ungewöhnliches feststellen, nichts Verräterisches seitens eines Beamten oder Mitinsassen.

Fox streckte sich und ließ seine Rückenwirbel knacken. Neben seinem Computer lag ein Ausdruck, auf dem sämtliche

Bewegungen der Nachtschicht Minute für Minute verzeichnet waren. Die Lücken entsprachen den Zeiten, in denen ungeklärt war, wo sich die Beamten aufgehalten hatten. Am auffälligsten war dabei die vermeintliche Pinkelpause von Novak und Watts, zumal es keinen Nachweis dafür gab, dass überhaupt einer von beiden den Toilettenraum betreten oder verlassen hatte. Aber wie die Vernehmungsprotokolle zeigten, blieben sie bei ihrer Geschichte. Fox' Augen waren müde, weil er viel zu lange auf die Kameraaufnahmen gestarrt und nach Schattenbewegungen Ausschau gehalten hatte, die auf etwaige Vorgänge außerhalb des Bildausschnitts hindeuteten. Er betrachtete noch einmal den Ausdruck, dessen Detailreichtum durchaus beeindruckte, auch wenn er ihm nicht im Geringsten weiterhalf.

Als Jason Mulgrew hereinkam und seinen Mantel abschüttelte, als wollte er diesem physisch Schaden zufügen, erhob sich Fox.

»Was ist passiert?«, fragte er.

Mulgrew war zwischen den Schreibtischen von Zara Shah und Paul Allbright stehengeblieben.

»Marcus, der Sohn unseres Opfers, war mit einem gewissen Zak Campbell befreundet, einem halbwegs Prominenten. Campbell wurde tot aufgefunden, und alles deutet darauf hin, dass es einen Zusammenhang mit dem Fall der vermissten Schülerin gibt. Deshalb wurde Christine bis auf Weiteres von uns abgezogen.« Er sah die beiden Sitzenden an. »Die werden wahrscheinlich mit euch über die Vernehmung von Marcus Simpson sprechen wollen. Vielleicht wollt ihr eure Notizen noch mal durchgehen und in Form bringen.«

Er wartete, bis Shah und Allbright nickend signalisierten, dass sie verstanden, dann ging er zum Wasserkocher und schaltete ihn ein. Fox trat zu ihm.

»Du bist sauer«, stellte Fox fest.

»Die hätten mich nehmen sollen, nicht Christine«, knurrte Mulgrew und löffelte Kaffee in einen Becher.

»Kann ich verstehen – du bist der ranghöhere Officer. Aber du leitest *diesen* Fall, Jason. Und ich bin froh, dass das so ist. Du bist ein echter Detective, und so jemanden können wir hier weiß Gott gebrauchen. Nach gestern Abend denke ich, dass sich Christine ein paar schlechte Angewohnheiten von Kolleginnen wie Siobhan Clarke abgeguckt hat.«

»Christine ist eine gute Polizistin.«

»Wenn du meinst.«

Mulgrew schien sich ein bisschen zu beruhigen. Er blickte zu dem Schreibtisch, an dem Fox gesessen hatte. »Ich nehme nicht an, dass du was gefunden hast?«

»Nicht viel, nein. Ich denke aber über Valerie Watts nach. Sie hatte während der Essenausgabe Dienst, und als das Licht gelöscht wurde, hat sie Simpsons Tür abgeschlossen …«

»Nicht zu vergessen die Lücke in den Kameraaufzeichnungen.«

»Die berühmte Toilettenpause, genau.«

»Denkst du, wir sollten noch mal mit ihr sprechen?«

»Wenn wir das machen, fände ich's besser, wenn das abseits ihres Arbeitsplatzes geschieht. Man erfährt viel über jemanden, wenn man sich sein Zuhause ansieht und wie er sich dort verhält.«

»Du meinst, wenn sie die Uniform sozusagen abgelegt hat?«

Fox nickte langsam, während Mulgrew Milch in seinen Kaffee gab.

»Ich hätte fragen sollen, ob du auch einen möchtest, Malcolm.«

»Nein danke«, versicherte ihm Fox und ließ den Blick durch das fast menschenleere Büro schweifen. »Aber jetzt, wo Christine nicht mehr da ist, werde ich hier ja wohl umso mehr gebraucht, meinst du nicht?«

»Absolut«, bestätigte Mulgrew. »Was anderes kommt aus meiner Sicht gar nicht infrage …«

Der Besucherbereich des Gefängnisses war so hell, luftig und einladend wie möglich. Es gab sogar eine Spielecke, wo sich die Kinder von Insassen während der Treffen aufhalten konnten. Jetzt war dort allerdings niemand mehr, die Besuchszeit war für den Tag vorbei. Niemand außer Siobhan Clarke, die an einem der Tische in der Nähe des Ausgangs saß. Rebus wurde von einer Beamtin hereingeführt, die sich anschließend an der gegenüberliegenden Wand positionierte, um ihnen ein bisschen Ungestörtheit zu lassen. Rebus sah Clarke im Näherkommen fragend an.

»Hab ein paar Hebel in Bewegung gesetzt«, erklärte sie.

»Ist jedenfalls eine schöne Überraschung.« Rebus zog den Stuhl ihr gegenüber zu sich heran und nahm darauf Platz.

»Wer ist das?«, fragte Clarke beinahe im Flüsterton und zeigte auf die Beamtin, die jetzt interessiert aufhorchte.

»Sie heißt Valerie Watts.«

»Sieht ganz schön … glamourös aus.«

»Nur ein bisschen Make-up und gefärbte Haare, Shiv. Also, woher rührt dein brennendes Verlangen, mich zu sehen?«

»Kennst du Zak Campbell? Den ehemaligen Fußballspieler?«

»Ich weiß, dass er ermordet wurde.« Er sah ihren Gesichtsausdruck. »Wir sind hier drin nicht vollkommen von sämtlichen Nachrichten abgeschnitten.«

»Einer seiner besten Freunde war Marcus Simpson.«

»Jackies Sohn?« Sie nickte langsam. Ein Blick zu Watts ergab, dass die Beamtin den Hals so weit es irgendwie ging in ihre Richtung verrenkte, ohne dabei mit dem ganzen Körper von der Wand abrücken zu müssen.

»Setzen Sie sich doch zu uns, wenn Sie möchten«, rief er ihr zu. Woraufhin sie wieder ihre ursprüngliche Körperhaltung einnahm.

»Es heißt«, fuhr Rebus leise fort, »dass sie was mit Chris Novak hat, das ist der Wärter, von dem wir alle denken sollen, dass er Jackie Simpson auf dem Gewissen hat.«

»Aber du glaubst nicht daran?«

»Fall niemals auf den Hype rein, Siobhan. Hab ich dir das nicht beigebracht?«

»Das meiste von dem, was du mir beigebracht hast, musste ich mir mühsam wieder abgewöhnen, um meinen Job nicht zu verlieren.«

»Auch wieder wahr. Also, wer hat Zak Campbell getötet?«

»Er hat eine Pornowebsite geführt. Jasmine Andrews war eins der Mädchen dort.«

»Die Ausreißerin? Kannst du dir vorstellen, dass sie den Mord begangen hat?«

»Wäre ein Szenario.«

»Aber?«

»Du hat es selbst gesagt, John – trau nie dem Hype. Andererseits ist sie ungefähr zur Tatzeit verschwunden.«

»Kam ein edler Ritter herangeeilt, um sie zu rächen?«

»Und wenn sie wusste, dass so was passieren würde …«

»Kann das der Grund gewesen sein, weshalb sie abgehauen ist? Aber wer könnte dieser Ritter sein?«

»Wir stehen noch ganz am Anfang.«

»In einem solchen Fall musst du stur systematisch vorgehen – die Vernehmungen, die Befragungen an der Tür, die Laborergebnisse und die Autopsieberichte …« Rebus unterbrach sich. »Ist Deborah Quant die zuständige Pathologin?«

»Soll ich ihr Grüße von dir ausrichten?«

»Glaube kaum, dass sie sich darüber freuen würde.«

»Vielleicht wenn dein Berufungsverfahren endlich Früchte trägt. Schon was gehört?«

»Gott weiß, wofür ich die bezahle. Zum Glück habe ich hier genug, um mich abzulenken. Darryl Christie macht sich Sorgen. Er sagt, Hanlons Leute haben es auf sein Team abgesehen. Woraufhin er Hanlons rechte Hand hier im Knast angegriffen hat. Ich kann mir nicht vorstellen, dass das gut ausgeht.«

»Dann zieh am besten den Kopf ein.«

»Dafür bin ich bekannt. Wenn es über Jackies Sohn einen Zusammenhang zwischen Zak Campbell und dem Mord hier gibt …«

Clarke nickte langsam. »Dann werden aus drei Ermittlungen eine.«

»Das heißt, du arbeitest mit Christine zusammen? Irgendwelche Verlautbarungen von Malcolm Fox?«

Clarke verengte den Blick. »Sollte es welche geben?«

»Wenn es nach Fox ginge, hätte er doch überall seine Hand im Spiel.«

»Treffend umschrieben.«

»Du musst deine sieben Sinne beisammenhalten, Siobhan. Da du ihm eine Abfuhr erteilt hast, könnte er Christine für einen geeigneten Ersatz halten. Jedenfalls wird ihm kaum dein Wohlergehen am Herzen liegen.« Er hielt inne und wog seine nächsten Worte sorgfältig ab. »Zufällig habe ich neulich mit

Christine gesprochen. Sie war in einer Kneipe. Sie hat nicht *gesagt*, dass sie mit Fox dort war, aber …«

»Malcolm interessiert sich eher dafür, was hier los ist – von daher gut nachvollziehbar, dass er sich mit Christine kurzschließt. Wieso hast du sie überhaupt angerufen? Von einem deiner illegalen Handys, wie ich vermute?«

»Vielleicht wollte ich mich ja auch nur mal kurzschließen. Anders als Fox kann ich ja niemanden auf einen Drink einladen.«

»Christine wurde jetzt jedenfalls meinem Team zugewiesen, und Fox sitzt am Gayfield Square und dreht Däumchen.«

»Dann wird er sich einfach jemand anders suchen, an den er sich dranhängen kann – höchstwahrscheinlich Jason Mulgrew.«

»Kennst du Jason?«

»Hatte eine kurze Begegnung mit ihm. Kam mir sehr ehrgeizig vor. Fox wird das spüren und ausnutzen wollen.« Rebus rutschte ein kleines Stück zurück und legte die Hände auf die Knie. »Tu dir keinen Zwang an, halte mich auf dem Laufenden, aber ich glaube kaum, dass ich Vorschläge habe, die nicht sowieso auf deiner To-do-Liste stehen.«

»Meinst du, hier drin bleibt alles ruhig, John?« Rebus dachte kurz nach und schüttelte den Kopf. »Und du wirst natürlich auch nicht freiwillig in Deckung gehen?«

»Schmuggel mir doch eine Schaufel rein, wer weiß …«

Clarke öffnete den Mund. »Dumm von mir – hab ganz vergessen, ein paar Süßigkeiten mitzubringen.«

»Die großen Jungs würden sie mir sowieso abnehmen. Fährst du jetzt nach Hause oder hast du noch Spätdienst?«

»Letzteres.« Sie wollte gerade noch etwas ergänzen, schluckte es aber runter.

»Was?«, fragte Rebus.

»Ich wollte gerade fragen, was du vorhast.« Sie sah sich um. »Manchmal vergesse ich, wo wir uns hier befinden.«

»Du Glückliche«, erwiderte Rebus und streckte die Hand aus, um ihr über den Handrücken zu streichen. »Ach, wie ist denn übrigens dein neuer Partner?« Sie guckte irritiert. »Cammy Colson, so heißt er doch«, ergänzte er.

»Richtig.«

»Wie sich herausstellt, ist er ein Cousin von Chris Novak, dem Hauptverdächtigen.«

»Und?«

»Und nichts. Hab mich nur gefragt, ob er das erwähnt hat.«

»Hat er nicht.«

Valerie Watts war hörbar einige Schritte näher herangetreten, womit sie ihnen mitteilen wollte, dass die Besuchszeit um war. »Die Schlacht ruft«, verkündete Rebus und erhob sich langsam.

»Ich hoffe, das ist nur eine Metapher.«

»Noch ist der Kessel hier nicht hochgegangen, könnte aber jederzeit passieren, und einer von den Unholden will garantiert mein Blut – ich gehe ihnen möglichst aus dem Weg.«

»Vielleicht schmuggle ich dir doch eine Schaufel rein.«

»Achte drauf, dass es eine mit scharfer Kante ist«, sagte Rebus.

Als er gemeinsam mit Valerie Watts durch den Gang in seinen Trakt zurückkehrte, drehte er den Kopf zu ihr um.

»Ich weiß, dass Sie vor Neugier platzen«, sagte er.

Sie guckte weiter geradeaus. »Erzählen Sie's mir, wenn Sie wollen«, sagte sie.

»Der Besuch hatte nichts mit dem Fall hier drin zu tun, falls Sie das umtreibt.«

»Chris war's nicht«, sagte sie bestimmt.

»Aber irgendjemand war's, und in der Nacht hatten nur zwölf von euch Dienst. Beim CID sind sie eher schlicht gestrickt. Wenn man denen eine naheliegende Lösung präsentiert, werden sie die nehmen. Chris Novak konnte Jackie Simpson nicht besonders gut leiden. Er ist schon mal handgreiflich geworden, als die beiden allein in der Zelle waren.«

»Nur laut der Aussage von Ihrem Freund Jackie, der selten die Wahrheit bemüht hat, wenn's auch eine Lüge tat. *Er* war derjenige, der Chris gedroht hat, bei seiner Familie vorbeizuschauen, wenn er wieder draußen ist.«

»Und was würden *Sie* in einer solchen Situation machen, Officer Watts? Wozu würden Sie sich *gezwungen* sehen? Chris Novak hatte nicht nur die Mittel und die Gelegenheit, sondern auch ein Motiv.«

Watts blieb abrupt stehen und drehte sich mit loderndem Blick zu Rebus um. »Diese ungeklärten Minuten«, setzte sie an. »Anscheinend glauben die vom CID, das war die ›Gelegenheit‹, von der Sie sprechen. Aber wir sind zu niemandem in die Zelle gegangen.«

»Wohin dann?«

Sie hielt inne, holte tief Luft. »Wir waren in der Abstellkammer, eine Tür weiter vom Pausenraum. Mehr nicht. Zwischen den beiden Türen gibt es einen blinden Fleck – dadurch ist es ganz einfach. Manche gehen dort eine rauchen. Andere …« Ihre Stimme verebbte.

Rebus betrachtete sie. »Wieso sagen Sie mir das?«

»Weil Chris anscheinend denkt, dass Sie auf seiner Seite sind.«

»Wenn Sie und er es nicht waren – wer dann?«

»Er hat Ihnen doch schon von Samms erzählt.«

»Aber Samms ist an dem Abend nicht zehn Minuten lang verschwunden.«

Watts holte erneut tief Luft und atmete aus. »Ich werde ihn bis zum Schluss verteidigen, wissen Sie? Auch wenn es bedeutet, dass seine Familie das mit uns mitbekommt.«

»Weil Sie verliebt in ihn sind?«

»Weil ich weiß, dass er unschuldig ist«, korrigierte sie ihn.

Sie ging weiter, Rebus beeilte sich, mit ihr Schritt zu halten.

»Was war da heute los mit Darryl Christie?«, fragte sie.

»Er hasst es, wenn jemand beim Billard bescheißt.«

Die Antwort rief den Anflug eines Lächelns hervor. »Niemand scheint bereit zu reden.«

»Ist ein Revierkampf.«

»Shay Hanlon, stimmt's?«

»Stimmt.«

»Das heißt, wir müssen Christie und Everett Harrison weiträumig auf Abstand halten?« Sie sah ihn nicken. »Darryl sitzt jetzt erst mal sowieso in Iso-Haft. Lange genug, sodass sich die Lage beruhigt.«

»Ich möchte bezweifeln, dass er das genauso sieht. Die Stadt wird ihm entrissen. Er wird umso versessener darauf sein, den Punktestand auszugleichen.«

»Das kann ja heiter werden.« Watts schloss die Tür zu Rebus' Trakt auf und führte ihn hindurch.

»Zwölf Beamte im Dienst«, erinnerte er sie. »Wenn ihr zwei ausscheidet, bleiben noch zehn.«

»Immer vorausgesetzt, er war bei Einschluss noch nicht tot.«

»Sie haben doch abgeschlossen – ich nehme an, bei der Gelegenheit haben Sie auch einen Blick in die Zelle geworfen?«

»Könnte ich nicht beschwören.«

»Also, sein Zellengenosse sagt, als das Licht ausging, hat er noch geatmet.«

»Die Rede ist von Mark Jamieson – der Typ ist praktisch ein Zombie. Der ist doch sowieso den halben Tag weggetreten – meinen Sie, seiner Erinnerung darf man trauen?«

Rebus tat, als würde er über die Frage nachdenken. »Ich bin nicht sicher«, sagte er schließlich, »ob man hier drin überhaupt jemandem oder etwas trauen kann.«

»Und das schließt mich ein?«

»Sie haben mehr zu verlieren als manch anderer«, sagte er, ließ sie stehen und verschwand in seiner Zelle.

13

Als Clarke wieder nach St. Leonard's kam, hatten Esson und Reeves die Vorstellungsrunden längst hinter sich. Platz war knapp, und viele mussten sich Schreibtische teilen. Clarke dachte unwillkürlich erneut zurück an die wenigen prägenden Jahre, die sie an der Seite von John Rebus gearbeitet hatte. Jahre, in denen sie mit den Räumen hier verwachsen zu sein schien.

Inzwischen kam sie sich eher vor wie ein Gast.

Esson befand sich im Gespräch mit Cammy Colson, dem sie mit glasig-leerem Blick entgegensah, während er ihr schleppend berichtete. Pete Swinton und Trisha Singh hielten sich auf Abstand und taten, als hätten sie mit Computer- und Verlängerungskabeln zu tun.

Als Esson Clarke entdeckte, entschuldigte sie sich bei Colson, der noch eine ganze Weile weiterredete, bis er endlich begriff, dass ihm sein Publikum abhandengekommen war.

»Ist der immer so?«, fragte sie und beugte sich zu Clarke rüber.

»Dabei hat er heute noch einen guten Tag. Ansonsten alles in Ordnung?«

»Wohin bist du verschwunden?«, fragte Esson und ignorierte die Frage.

»Hab einen alten Freund besucht. War's schön in der Kneipe mit Malcolm Fox?«

Esson sah sie an. »Mit Malcom *und* Jason … hab mich einfach selbst eingeladen.«

»Das heißt, Fox hat uns jetzt beide zugunsten von Jason Mulgrew abserviert?«

»*Wir* haben Fox abserviert, schon vergessen?«

»Auch wieder wahr.« Clarke hielt inne. »Warum hat John dich angerufen?«

»Hat er dir das nicht gesagt? Vielleicht sollte ich's lieber auch für mich behalten.«

»Du bist nicht seine Anwältin, Christine – du darfst reden.«

»Er hatte Informationen.«

»Über den Mord an Simpson?«

»Genau.«

»Hat er auch erwähnt, dass Darryl Christie ausgeflippt ist?«

»Er wollte, dass ich mit Malcolm darüber spreche und herausbekomme, ob er weiß, was da mit Christie und seinen Leuten läuft.«

»Und Malcolm war mit …«

Clarke verstummte, als DCI Bryan Carmichael eintrat und in die Hände klatschte, um sich der Aufmerksamkeit aller zu versichern.

»Wie Sie sehen«, fing er an, »habe ich meinen Mantel an. Leider nicht, um nach Hause zu fahren und es mir mit einem Glas am offenen Kamin gemütlich zu machen, sondern um ein sterbenslangweiliges Dinner zu besuchen, um das ich mich nicht drücken kann. Aber ich möchte Ihnen allen dafür danken, dass Sie so lange bleiben und Überstunden machen. Jemand muss noch bei der Gerichtsmedizin Druck machen, damit wir schnellstens die Ergebnisse vom Tatort bekommen. DCI McGovern und ich haben eine Fußballmannschaft an Kollegen von der Streife zusammengetrommelt, die am Morgen von Tür zu

Tür gehen werden. Außerdem sollte jemand, dem zuzutrauen ist, dass er nicht in Ohnmacht fällt, bei der Autopsie anwesend sein, und die Mutter des Verstorbenen muss auch noch einmal vernommen werden, genauso wie sämtliche Freunde und Bekannte.« Er hielt inne. »Ganz zu schweigen davon, dass auch noch das Material aus den offiziellen und privaten Überwachungskameras gesichtet werden muss. Jede Menge, um Sie auf dem Pfad der Tugend zu halten.« Sein Blick sprang zwischen Clarke und Reeves hin und her – den beiden anwesenden DIs. »Alle so weit zufrieden?«

»Absolut«, erwiderte Reeves.

Sein Blick richtete sich auf Esson. »Ich weiß, Sie haben auch noch andere Baustellen. Wenn Ihnen das alles zu viel wird, ist das kein Problem, aber behalten Sie's für sich und machen Sie trotzdem weiter – aber sagen Sie Mae McGovern nicht, dass ich das gesagt habe.« Er schlang sich den roten Kaschmirschal um den Hals und überlegte, ob er etwas vergessen hatte. Dann nickte er ein letztes Mal sachlich-nüchtern und verschwand. Alle im Raum entspannten sich.

»Dann setzt mal den Wasserkocher auf«, sagte jemand.

Gillian Reeves schob sich zwischen den Schreibtischen durch, ging zu Clarke und Esson.

»Wir hatten einen Anruf von einer Frau, die anscheinend mit dem Opfer liiert war. Ich habe sie zum Gespräch hergebeten.«

»Seine Freundin?«, hakte Esson nach. Reeves nickte.

»Wann kommt sie?«

Reeves checkte die Uhrzeit auf ihrem Handy. »In circa zwanzig Minuten. Ach, und wir haben ein paar Kollegen von der Streife zu der Adresse von Marcus Simpson geschickt, aber es hat niemand aufgemacht. Sie versuchen es morgen früh noch mal.«

Cammy Colson gesellte sich zu der Gruppe. »Gibt's Freiwillige fürs Leichenschauhaus morgen?«

»Ist das nicht eine Aufgabe für einen Mann?«, fragte Clarke hinterhältig.

»Wenn's sonst keiner macht, mach ich's«, lenkte er schließlich ein.

»Wusste ich's doch, dass wir Mädchen uns auf dich verlassen können.«

Colson verdrehte die Augen und wollte weitergehen.

»Übrigens«, meinte Clarke, »du hast gar nicht erwähnt, dass Chris Novak dein Cousin ist.« Sie sah Esson an, deren Augenbrauen ein Stück nach oben fuhren.

»Gibt es da einen Interessenskonflikt?« Jetzt war es an Colson, Esson anzusehen.

»Ich denke nicht. Du, Christine?«

Esson ließ sich einen Augenblick Zeit, dann schüttelte sie den Kopf.

»Chris ist ein sehr solider Typ«, erklärte Colson. »Ich sehe ihn nicht häufig, aber der steht mit beiden Beinen auf dem Boden – ein Familienmensch, wisst ihr?«

»Hat er mit dir über die Ereignisse im Gefängnis gesprochen?«, erkundigte sich Esson.

»Wie gesagt, wir sehen uns nicht oft.« Er blickte von Esson zu Clarke. »Sind wir hier fertig? Ich hab einen Haufen Arbeit auf meinem Schreibtisch.« Ohne die Antwort abzuwarten, drehte er sich um und schlich durch den Raum davon.

Die Anwesenden hatten sich an ihre jeweiligen Aufgaben begeben, nachdem endlich ausreichend Stühle aufgetrieben worden waren. An der Mordwand – einem riesigen Whiteboard auf Rollen – hingen die besten Fotos vom Tatort neben einem offiziellen Pressefoto von Zak Campbell, das ursprünglich in seinem Wohnzimmer hing. Clarke starrte kurz in sein Gesicht. Wenn öffentlich bekannt wurde, dass er zahlreiche Teenager angeworben und ausgenutzt hatte, würde das Mitgefühl für ihn verebben und damit auch das Bedürfnis, die Polizei bei den Ermittlungen zu unterstützen. Sie mussten rasch arbeiten – und ohne dass etwas an die Öffentlichkeit durchsickerte. Ihr fiel wieder ein, dass sie Louise Hird bei der CEOP davon berichten musste, aber heute war es schon zu spät. Trisha Singh erklärte in den Raum hinein, dass es nicht genügend Becher gab und sie alle entweder eigene von zu Hause mitbringen oder Becher nach Gebrauch sofort ausspülen und in den Schrank zurückstellen mussten. Swinton ergänzte, dass es offenbar auch nur einen einzigen funktionierenden Drucker gab – und dort sei der Farbstand des Zyans niedrig.

»Ist er immer«, erwiderte Reeves. »Und ich glaube kaum, dass hier überhaupt jemand weiß, was Zyan ist.«

Schmunzelnd machte man sich an die Arbeit. Clarke nickte langsam in Essons Richtung: gar kein so schlechter Anfang. Andererseits war auch eine Menge Adrenalin im Spiel – wie immer zu Beginn der Ermittlungen in einem großen Fall. Das Problem war eher, die Energie aufrechtzuerhalten, und das bedeutete, dass sich im Verlauf der nächsten ein oder zwei Tage sichtbare Fortschritte einstellen mussten.

Der Sergeant von der Anmeldung tauchte im Türrahmen auf, entdeckte Clarke und kam auf sie zu.

»Unten ist eine junge Frau. Sie sagt, es geht um Zak Campbell.«

Clarke suchte Gillian Reeves, aber die telefonierte, weshalb sie nach Christine Esson Ausschau hielt.

»Warum nicht?«, sagte Esson und folgte ihr.

Der neu gebaute Wohnblock befand sich am Union Canal, in der Nähe von Fountainbridge. Fox drückte auf den entsprechenden Knopf der Klingelanlage mit Kamerasystem am Eingang und wartete. Er nahm an, dass er gefilmt wurde, weshalb er seinen Dienstausweis hochhielt.

»Ja?« Eine knisternde Frauenstimme.

»Ms Watts«, sagte er. »Mein Name ist Fox. Ich bin hier mit DI Jason Mulgrew – ich denke, Sie haben sich bereits bei einem ersten Gespräch kennengelernt. Wir hätten da noch ein paar Fragen an Sie.«

»Dann fragen Sie mich im Gefängnis.«

»Das können wir natürlich, aber wir dachten, hier wären wir vielleicht ein bisschen ungestörter …« Er sprach den Satz nicht zu Ende, überließ es ihr, seine Worte zu interpretieren.

»In der Wohnung sieht's schlimm aus, ich hab nicht aufgeräumt.«

»Ich habe auch ein paar Scheuklappen in der Tasche – die können wir gerne aufsetzen.«

Einen Augenblick lang herrschte Stille. Dann: »Geben Sie mir zwei Minuten.« Der Lautsprecher verstummte. Fox trat von der Kamera zurück und betrachtete seine Umgebung. Auf dem Kanal hatten ein paar Boote festgemacht, zwei Schwäne glitten daran vorbei.

»Das haben die hier ganz gut hinbekommen. Früher war's ein Slum.«

»Braucht sie Zeit, um sich ihre Geschichte zurechtzulegen, oder ruft sie gerade Novak an und fragt ihn, wie sie's angehen soll?«, spekulierte Mulgrew.

»Warten wir's ab«, sagte Fox und rieb sich die Hände. Er wünschte, er hätte seine Handschuhe nicht im Wagen gelassen.

Zum Schluss warteten sie über zwei Minuten, tatsächlich sogar mehr als fünf. Fox wollte gerade noch einmal klingeln, als der Summer anzeigte, dass die Tür nun entriegelt war. Sie nahmen den Fahrstuhl in den zweiten Stock. Valerie Watts stand barfuß in der Tür, angezogen wie zum Sport.

»Haben Sie wirklich Scheuklappen dabei?«, fragte sie Fox.

»Zwei Stück sogar.« Er klopfte sich auf eine seiner Jackentaschen.

Valerie Watts bedeutete den beiden Männern, ihr in den eher kleinen, offenen Wohn- und Essbereich zu folgen. Die Wohnung war hübsch eingerichtet, aber einiges wies darauf hin, dass sie gerade herumliegenden Krempel kurzerhand aus dem Blickfeld geschafft hatte. Watts fuhr sich mit einer Hand durchs Haar. Fox hatte sich bereits auf dem schmalen Sofa niedergelassen, Mulgrew blieb gerade noch ausreichend Platz daneben. Watts zögerte, dann hockte sie sich auf eine Lehne des einzigen Sessels.

»Also?«, fragte sie.

Fox lächelte sie beruhigend an und hielt sein Handy hoch. »Was dagegen, wenn ich mitschneide – nur falls ich was vergesse?«

Watts wirkte verunsichert, sagte aber nicht nein, weshalb Fox auf Aufnahme tippte und sich das Handy aufs Knie legte. »Die meisten im Gefängnis sichergestellten Waffen werden dort auch hergestellt, sehe ich das richtig?«, setzte er an.

»Ja, sicher«, sagte sie. »Man weicht den Kopf einer Zahnbürste auf und presst eine Rasierklinge rein.«

»Das ist das, was man unter einem ›Shank‹ versteht?« Sie nickte. »Aber hier haben wir es mit etwas anderem zu tun. Der Pathologe vermutet eine gezackte Klinge, wie man sie eigentlich nur in einer Küche …«

»Alle Mitarbeiter und Gefangenen, die mit der Essenszubereitung beschäftigt sind, wurden bereits dazu befragt.« Sie sah Mulgrew an. »Das habe ich Ihnen schon erklärt, oder? Die Messer werden eingeschlossen …«

»Verschlossen vor den Gefangenen«, fiel ihr Fox ins Wort, »aber was ist mit den Angestellten?«

»Wenn sie herausgeholt und verwendet werden, werden sie am Ende der Schicht gezählt. Es fehlt nichts aus der Küche. Wir haben das überprüft und Sie auch.« Wieder sah sie Mulgrew an. Er nickte zur Bestätigung.

»Am Tag des Mordes«, fuhr Fox fort, »waren drei Sträflinge sowie Sie selbst und Officer Samms in der Küche eingesetzt.«

»Das ist richtig.«

»Was können Sie uns über ihn sagen?«

Sie blinzelte. »Über Samms?«

»Wir wissen, dass es Gerüchte gibt, er würde Dienstleistungen an den Meistbietenden verkaufen – sind Ihnen solche Geschichten auch zu Ohren gekommen?«

»Hab davon gehört.«

»Er hatte Nachtdienst, so wie Sie und Chris Novak.«

»Das ist richtig.«

»War er dabei, als Sie Jackie Simpsons Zelle am fraglichen Abend abgeschlossen haben?«

»Er war in der Nähe.« Sie versteinerte, hielt sich plötzlich sehr gerade.

»Wir können die Zelle natürlich nicht sehen – wegen der praktischerweise defekten Kamera.« Fox hielt inne. »Aber Sie haben ganz bestimmt abgeschlossen?«

»Ich glaube, mir reicht es jetzt.«

»Kann ein anderer Beamter wieder aufgeschlossen haben?«, drängte Fox weiter. »Zum Beispiel Blair Samms?«

Sie schüttelte langsam den Kopf.

»Ist Mark Jamiesons Theorie bis zu Ihnen vorgedrungen?«, schaltete sich Mulgrew jetzt ein.

»Was für eine Theorie?«

»Dass man ihm was ins Essen gemischt hat.«

»Ach, verschonen Sie mich!«

»Das versuchen wir ja«, erklärte Fox sanft. »Deshalb findet diese Unterhaltung auch fern neugieriger Blicke und Ohren statt.«

»Ich weiß nichts von irgendwas im Essen, aus der Küche geklauten Messern oder Geld, das Blair Samms angeblich heimlich kassiert.«

»Trotzdem gelangt Schmuggelware ins Gefängnis, nicht wahr? Die vor allem von Darryl Christie weiterverkauft wird. Das ist nicht möglich, ohne dass jemand von draußen involviert ist, ein Wärter oder eine ähnliche Person.« Er hielt inne. »Können Sie uns etwas über Everett Harrison verraten?«

»Was hat der damit zu tun?«

»Sie wissen doch, dass er für einen gewissen Shay Hanlon aus Liverpool arbeitet.«

»Und?«

»Harrison könnte Gründe gehabt haben, warum er Jackie Simpson lieber tot sehen wollte.« Sie zuckte mit den Schultern. »Wenn Sie uns in der Sache nicht weiterhelfen, sollten wir uns vielleicht doch noch einmal intensiver mit der Toilettenpause befassen, die Sie und Chris Novak angeblich gemacht haben.«

»Warum?«

»Weil keiner von Ihnen beiden in diesen zehn Minuten irgendwo zu sehen war. Wir wissen, dass es im gesamten Gefängnisgebäude verschiedene tote Winkel gibt. Und wir wissen auch, dass die Mitarbeiter diese besser kennen als sonst jemand. Vielleicht ist es sogar möglich, ungesehen vom Pausenraum nach Trinity Hall zu gelangen, das heißt, ohne von einer einzigen Kamera erfasst zu werden.«

Wieder schüttelte Watts den Kopf. »Ich weiß, Sie wollen Chris dafür drankriegen, aber ich habe ihn während unserer gesamten Dienstzeit kein einziges Mal aus dem Blick verloren.«

»Nicht mal auf der Toilette?«

Sie dachte einen Augenblick nach, dann zeigte sie auf Fox' Handy. »Machen Sie das Ding aus«, verlangte sie. Er tat wie geheißen und hielt ihr zum Beweis das Display hin. Sie schloss kurz die Augen, dann öffnete sie sie wieder.

»Sie haben recht, was die toten Winkel angeht. Dazu gehört auch die Abstellkammer neben den Toiletten. Dort sind wir hin, um einen Moment ungestört zu sein.«

»Ungestört?«, wiederholte Fox. »Wie lange ist kurz?«

»Ungefähr zehn Minuten.«

»Und Sie denken, Ihre Kollegen bekommen davon nichts mit?«

Ihre Mundwinkel zuckten. »Bislang hat niemand etwas laut gesagt.«

»Aber es kommt regelmäßig vor? Ist das auch der Grund, warum Sie sich so häufig zu denselben Schichten einteilen lassen?«

»Das ist vor allem der Grund, warum ich weiß, dass Chris nichts mit dem Tod von Jackie Simpson zu tun hat.«

»Dann soll ihm etwas angehängt werden?«

»Sieht so aus.«

»Aber um *wen* zu schützen?«

»Ist es nicht *Ihre* Aufgabe, das herauszufinden?«

»Nicht ganz einfach, wenn man ständig nur Halbwahrheiten und Lügen serviert bekommt«, merkte Mulgrew an.

Sie ignorierte ihn, zog ihr eigenes Handy aus der Tasche und sah aufs Display.

»Hat Chris sich zurückgemeldet?«, riet Fox. Er sah ihren Gesichtsausdruck und lächelte gequält. »Er ist verheiratet und hat Kinder, kann nicht von zu Hause weg. Sie konnten nicht riskieren, ihn anzurufen, also haben Sie ihm eine Nachricht geschickt.«

»Er sagt, ich soll Ihnen bloß nicht die Tür aufmachen.«

»Vielleicht sollten Sie ihm schreiben, dass Sie ihm möglicherweise gerade den Hals gerettet haben.«

Watts steckte das Handy wieder ein und stand auf. Fox verstand den Hinweis. Er glaubte, vorerst alles bekommen zu haben, was er wollte.

»Was halten Sie von den Drohungen gegen Chris?«, fragte er und versuchte, die Frage möglichst beiläufig klingen zu lassen.

»Gehört zum Job.«

»Sie selbst haben aber bislang nichts dergleichen erlebt?«

»Ich lehne mich nicht so weit aus dem Fenster wie Chris.«

»Soll heißen?«

»Er fordert mehr Kontrollen, eine bessere Überwachung.«

»Um zu verhindern, dass Drogen in die Einrichtung gelangen?«

»Drogen, Telefone, Waffen …« Sie sah Fox jetzt direkt in die Augen. »Ich sage Ihnen, Chris ist hier nicht der Übeltäter. Wenn es so wäre, wäre ich nicht mit ihm zusammen.«

Fox schwieg einen Augenblick, um darüber nachzudenken. »Danke, dass Sie sich Zeit für uns genommen haben. Einen schönen Abend noch.«

»Sobald ihr beiden Arschlöcher weg seid«, erwiderte Valerie Watts und hielt ihnen die Tür auf.

Sie blieben kurz bei laufendem Motor, wegen der Heizung, in Fox' Wagen sitzen. Fox hatte sich vergewissert, dass die Aufnahme gut verständlich war.

»Ich schicke sie dir«, sagte er zu Mulgrew. »Auch wenn das Beste natürlich gar nicht drauf ist.« Er lehnte sich zum Beifahrersitz rüber. »Ist dir aufgefallen, dass sie die Augen geschlossen hat, als würde sie einen auswendig gelernten Text aufsagen? Ich schätze mal, wir sind nicht die Ersten, denen sie ihr Verhältnis gebeichtet hat.«

»Wem denn noch?«

»Weiß ich nicht. Aber ich hab's dir gesagt, oder? Es ist immer interessant, Verdächtige in ihrem eigenen Umfeld zu erleben, zu Hause. Lass dir das eine Lektion sein, Jason.«

»Du weißt schon, dass wir denselben Dienstgrad haben, Malcolm? Ich komme nicht frisch vom College.«

Fox wusste, dass er zurückrudern musste. »Wir haben denselben Dienstgrad, aber du bist sehr viel jünger. Das macht viel aus. Tut mir leid, wenn das gönnerhaft klingt.«

»Du hast sie als Verdächtige bezeichnet – denkst du das immer noch?«

»Inzwischen vielleicht weniger. Also, was jetzt – Lust auf ein schnelles Bier vor Feierabend?«

»Nicht besonders.« Mulgrew sah auf sein Display. »Ich habe Christine um ein Update gebeten«, erklärte er. »Jackie Simpsons Sohn ist nirgends zu finden, mehr hat sie nicht gesagt.«

»Interessant. Das sind schon zwei Personen, die sich verdünnisiert haben.«

»Ein einziger verfluchter Satz.« Mulgrew stierte immer noch auf sein Handy.

»Christine ist eine vielbeschäftigte Frau«, sagte Fox und

machte sich bereit loszufahren. »Bist du sicher, dass ich dich nicht zu einem Drink überreden kann?«

»Ach, was soll's, von mir aus«, sagte Mulgrew und steckte sein Handy ein.

Sie hieß Tamsin Oakley und machte sich an ihrem Handy zu schaffen, als Clarke und Esson den Vernehmungsraum betraten. Flink tippte sie über das Display, wobei ihre langen künstlichen Nägel sie nicht zu behindern schienen.

Clarke sah, dass die zusätzlichen Stühle im MIT-Raum aus diesem hier geborgt waren. Tamsin Oakley hatte ihren Platz, sonst gab es keine weitere Sitzmöglichkeit mehr. Außerdem gab es auch keine Videokamera, weshalb Esson ein paar frische Bänder mitgebracht hatte, um das Gespräch aufzuzeichnen. Oakley hörte auf zu tippen und richtete ihre Handykamera jetzt auf die beiden Detectives. Clarke legte eine Hand darauf.

»Da ist nicht gestattet«, sagte sie.

»Nur für die sozialen Medien«, widersprach Oakley. Dem Akzent nach stammte sie aus der Gegend. Ihr Haar war von hellen Strähnchen und Extensions durchsetzt, ihr Gesicht künstlich gebräunt, die Wimpern lang und dicht, die Lippen dunkelrot geschminkt. Ihr Outfit war auffällig, wirkte aber nicht billig. Die Louis-Vuitton-Tasche auf ihrem Schoß konnte echt oder eine Fälschung sein – Clarke würde es nicht erkennen.

Esson hatte das Bandgerät jetzt in Betrieb genommen, und die beiden Detectives stellten sich vor, ergänzten dies mit der Angabe von Ort, Datum sowie Uhrzeit.

»Ich bin Tamsin Oakley«, sagte Oakley und beugte sich zum Mikro vor.

»Tut uns leid wegen Zak«, sagte Clarke und wartete auf eine Reaktion. Oakley richtete sich auf und setzte pflichtschuldigst eine traurige Miene auf. Sie zog sogar ein Papiertaschentuch aus den Tiefen ihrer Tasche.

»Er war so lieb. Was ist denn bloß passiert?«

»Das versuchen wir herauszufinden, und wir sind Ihnen sehr dankbar, dass Sie sich gemeldet haben.«

»Theresa und Katie haben gesagt, ich muss – die denken, ich werde jetzt berühmt.« Sie hielt inne. »Das sind meine besten Freundinnen. Ich hab ihnen Fotos von ein paar Detectives versprochen.« Sie musterte die beiden Frauen. »Ich glaube aber nicht, dass ihr so ausseht, wie die sich das vorstellen.«

Clarke ignorierte die Bemerkung. »Wie nah, würden Sie sagen, standen Sie Zak, Tamsin?«

»War eine ziemlich feste Beziehung.«

»›Ziemlich fest‹?«

»Ich will nicht behaupten, dass er nicht auch noch was mit anderen hatte, aber er ist immer wieder zu mir zurückgekommen.«

»Dann war es also ein sehr enges Verhältnis? Freundschaft mit sexuellen Aspekten?«

»Kann sein, dass er's so gesehen hat …«

»Und wollten Sie eine verbindlichere Beziehung?«

»Schön möglich.« Oakley zog ein Päckchen Kaugummis aus der Tasche und hielt es hoch. Clarke nickte, um ihr zu signalisieren, dass Kaugummi gestattet war, woraufhin sie sich eins in den Mund steckte.

»Was machen Sie beruflich, Tamsin?«

»Ich bin Hair-Stylistin bei Wilhelm's in Stockbridge.« Clarke und Esson spürten, dass sie kurz ihre Frisuren taxierte.

»Haben Sie Zak dadurch kennengelernt?«

Sie schüttelte den Kopf. »Das war in einer Bar in der George Street. Theresa wusste, wer er ist – sie hatte ein Auge auf ihn geworfen, aber dann hat er mir einen Drink spendiert. Golden Goal.« Sie grinste über ihren Spruch, den sie offensichtlich nicht zum ersten Mal gebracht hatte.

»Wie lange ist das her?«

»Ungefähr drei Monate.«

»Und er hat Sie gut behandelt?«

»Sonst wäre ich ja nicht bei ihm geblieben.«

»Waren Sie mal bei ihm zu Hause?« Clarke sah Oakley nicken. »Oft?«

»Hab ein paarmal da übernachtet. Zak war aber nicht so scharf drauf.«

»Warum nicht?«

Oakley zuckte mit den Schultern. »Er wurde ermordet, oder?«, wollte sie mit sensationslüsternem Blick wissen.

»Vieles deutet darauf hin. Hatte er Feinde?«

»Keinen einzigen.«

»Wozu brauchte er dann einen Aufpasser?«

Sie dachte einen Augenblick nach. »Meinen Sie Marcus? Das ist bloß ein Kumpel von früher, mit dem er gerne abhing.«

»Sie haben also nie etwas von Ärger mitbekommen, wenn Sie mit Zak unterwegs waren?«

»Ganz im Gegenteil – wir durften immer überall in den VIP-Bereich und haben Cocktails aufs Haus bekommen.«

»Um noch mal auf Zaks Leben zu Hause zurückzukommen: Waren noch andere im Haus, als Sie dort bei ihm waren?«

»Nur ich. Partys hat er eigentlich nie gefeiert – er hatte das Haus gerne für sich.«

»Sie haben gesagt, er hatte auch noch was mit anderen – fallen Ihnen da bestimmte Namen ein?«

Oakley schüttelte erneut den Kopf, aber dann fiel ihr etwas ein.

»Einmal war er in der Küche, und da ist eine Nachricht auf seinem Handy angekommen. Ich hab da auf dem Sofa gelegen, also hab ich draufgeguckt. Das war ein Mädchen. Jünger als ich, dem Foto nach – aber danach kann man ja kaum gehen.«

»Wie jung, was würden Sie sagen?«

Sie sah die Detectives abwechselnd an. »Wieso? Was ist los?«, fragte sie.

»Waren Sie mal im letzten Zimmer oben am Ende des Flurs, Tamsin?« Die Frage kam von Esson, die so tat, als würde sie sich vergewissern, dass das Aufnahmegerät auch wirklich funktionierte. Als wäre die Frage nicht weiter von Bedeutung.

»Nein.«

»Weil es immer verschlossen war? Hat Zak Ihnen mal gesagt, was da drin ist?«

»Nein.« Ihre Stimme klang zunehmend kraftlos.

»Um noch mal auf sein Handy zurückzukommen«, ging Clarke dazwischen, »Sie kennen nicht zufällig den Zugangscode?«

»Sein Geburtstag – das hat er mir mal gesagt. Er konnte sich keine Passwörter merken.«

»Und Sie haben nie daran gedacht, sich das mal anzusehen und ihm nachzuspionieren?«

»Warum sollte ich? Wir hatten viel zu viel Spaß zusammen. Hatte er Schwierigkeiten, ist es das? Hat er das Mädchen geschwängert oder so?«

Esson und Clarke wechselten einen Blick, Clarke schüttelte fast unmerklich den Kopf – alles, was sie Oakley gegenüber preisgab, würde in weniger als fünf Minuten im Internet zu finden sein.

Oakley sah immer wieder auf ihr Handy, das Display leuchtete alle paar Sekunden auf.

»Sind das Theresa und Katie, die wissen wollen, wie's hier läuft?«

»Nee, bloß Mitteilungen.« Oakley drehte das Display um, sodass es jetzt auf ihrem Oberschenkel lag.

»Gibt es sonst vielleicht etwas, das Sie uns gerne sagen würden, Tamsin?«, fragte Esson.

»Nur dass Sie denjenigen, der das gemacht hat, unbedingt erwischen müssen. Zak war was ganz Besonderes.«

»Wir werden den Täter fassen«, sagte Esson. »Aber dafür müssen wir noch, bevor Sie gehen, Ihre Adresse und Telefonnummer aufnehmen.«

»Außerdem brauchen wir eine Speichelprobe und Fingerabdrücke von Ihnen«, ergänzte Esson, »damit wir Sie ausschließen können. Das machen wir mit allen Personen, die bei Zak zu Hause waren.«

Oakley schien beruhigt, vorsichtig signalisierte sie ihr Einverständnis. »Eigentlich wollten wir jetzt am Wochenende nach Prestonfield fahren und über Nacht bleiben. Er hat gerne schöne Ausflüge mit mir gemacht.«

Endlich kamen die Tränen. Sie tupfte sie sich vorsichtig von den Augen, um bloß nicht ihr Make-up zu verschmieren.

Sie brachten Tamsin Oakley später zum Haupteingang. Seitlich der Tür gab es ein Fenster, und sie sahen zu, wie sie ein Selfie vor dem Schild von Police Scotland machte, die Haare zurückwarf und einen Fuß vor den anderen stellte.

»Anscheinend hat sie gesagt bekommen, dass man dann dünner wirkt«, meinte Esson.

»Bei mir würde es wohl ein bisschen mehr als das brauchen«, erwiderte Clarke. »Am Boden zerstört hat sie auf mich jedenfalls nicht gewirkt.«

»In Tamsins Teich tummeln sich noch jede Menge andere Fische«, sagte Esson. »Wenn wir später in den sozialen Medien nachsehen, wird sie garantiert auf die Tränendrüse drücken.«

»Die Zeitungen werden sich auf sie stürzen wie auf ein saftiges Steak.«

»Komisch, dass du von Steaks sprichst, Siobhan. John hat gesagt, wenn er rauskommt, geht er als Erstes in Prestonfield essen – ich glaube, er hat Appetit auf ein Steak.«

»Ist ja auch ein gutes Restaurant«, sagte Clarke und drehte sich zum MIT-Büro um. Sie hatte angefangen, eine Nachricht an das Labor in Howdenhall zu verfassen, in der sie darum bat, man solle versuchen, das Handy mit dem Geburtsdatum des Opfers freizuschalten.

»Aber sie wird das mit dem verschlossenen Zimmer weitererzählen«, vermutete Esson. »Vielleicht hätte ich es lieber nicht erwähnen sollen.«

»Schon gut«, beruhigte Clarke sie. »Sie hatte keine Ahnung, was er da getrieben hat. Und das bringt uns ja auch irgendwie eine Erkenntnis …«

»Nämlich welche?«

»Seine Kundschaft stand auf blutjunges Fleisch, aber Zak selbst hatte es lieber ein bisschen abgehangen.«

Fünfter Tag

14

Als sie beim Frühstück anstanden, wurde Rebus von ein paar Gefangenen nach Neuigkeiten über Darryl Christie gefragt.

»Wieso redet ihr nicht mit seinen Leuten?«, fragte Rebus zurück.

»Die genießen nicht dieselben Privilegien wie du.«

»Privilegien hin oder her, ich weiß null und überhaupt nichts«, behauptete Rebus und nahm sein Tablett.

Er pflanzte sich auf den Platz Ratty gegenüber. Ratty kehrte den Männern an der Essensausgabe ausnahmsweise den Rücken. Rebus blickte über seine Schulter hinweg zu ihnen. »Devo wirft dir so schweinische Blicke zu, dass man sie auf Pornhub wahrscheinlich zu Geld machen könnte.«

»Weil ich Malachi über ihn ausquetschen wollte und Malachi ihm das erzählt hat.«

Jetzt verstand Rebus nicht nur, warum Ratty Devo den Rücken zukehrte, sondern auch, warum er das Essen auf seinem Teller nur herumschob, anstatt reinzuhauen. »Iss ruhig«, ermunterte er ihn. »Wenn dir schlecht wird, wissen wir, dass wir unseren Mann gefunden haben.«

»Ich mach mir keine Sorgen, dass da was drin ist.«

Rebus zuckte mit den Schultern und schaufelte sich eine Gabel voll Ei von Rattys Teller in den Mund. Ratty sah ihm beim Kauen zu.

»Wenn du mich fragst, Ratty, ich glaube nicht, dass irgendjemand Jamieson was untergejubelt hat. Was auch immer es war, er hat's selbst genommen.«

Rebus suchte Mark Jamieson mit Blicken. Er saß beim Wizard. Sein Ruhm hatte nur so lange angehalten, bis die Kompresse von seiner getackerten Stirn verschwunden war. Inzwischen schenkte ihm niemand mehr auch nur die geringste Beachtung. Rebus schob sein Tablett zu Ratty. »Iss meins, wenn du willst«, sagte er. »Ich hab keinen großen Appetit.«

Das ließ Ratty sich nicht zweimal sagen.

Rebus stand auf und ging zu Jamieson an den Tisch. »Alles klar?«, fragte er zur Begrüßung und zwängte sich neben Jamieson, der ein Stück rutschen musste, um Platz zu machen. »Ich muss mit ihm sprechen«, sagte er zum Wizard. Jamieson hatte das Kauen eingestellt und griff jetzt stattdessen nach seinem Tee.

»Sagen wir mal, dir hat an dem Abend niemand was ins Essen getan«, fing Rebus an, seine Stimme war kaum mehr als ein Flüstern – die anderen Gefangenen interessierten sich kaum noch für Jamieson, aber im Zusammenspiel mit Rebus sah das schon wieder ganz anders aus. »Und du bist sicher, dass dein Zellengenosse noch gelebt hat, als das Licht ausging …« Er wartete, bis Jamieson nickte. »Aber du warst total weggetreten – breiter als sonst?« Jamieson nickte erneut.

»Vielleicht hat ja derjenige, der dir an dem Tag deinen Stoff besorgt hat, die Dosis ein bisschen verstärkt. Wäre das ein mögliches Szenario?« Jamieson starrte ihn an und schüttelte schließlich den Kopf.

»Du hast nicht ein paar Pillen mehr bekommen als sonst?« Wieder Kopfschütteln. »Und du bist sicher, dass es dieselben Pillen waren wie immer?«

Jetzt nickte Jamieson.

»Hat dir jemand was zugesteckt an dem Tag, Mark? Was Schönes? Was Neues zum Ausprobieren?«

»Nein.« Jamieson schlürfte seinen Tee.

»Dann gibt es also keine Erklärung dafür, warum du so absolut weggetreten warst.«

»Ich hab was auf den Schädel gekriegt.«

»Ja, aber du hast gesagt, dass du gar nicht bei Bewusstsein warst, als das passiert ist – sonst hättest du denjenigen doch bestimmt gehört. Was uns wieder zurückbringt zu dem Grund, warum du so weggetreten warst. Offensichtlich hast du ja doch was bekommen.«

»Da war was im Essen«, sagte Jamieson und guckte zu Devo.

»Ich nehme an, du bekommst deinen Stoff regelmäßig von Darryl Christie, oder? Von ihm oder von einem seiner Männer?«

»Darryl ist nicht der einzige Spieler auf dem Platz«, warf der Wizard ein. »Hier gab's auch schon jede Menge Drogen, bevor er eingefahren ist.«

»Aber jetzt ist er hier – willst du mir weismachen, dass er Konkurrenz duldet?«

»Vielleicht bleibt ihm ja nichts anderes übrig.« Der Wizard hielt Rebus' Blick stand.

»Sprichst du von Everett Harrison?«

Er zuckte nur mit den Schultern und verputzte den Rest auf seinem Teller.

»Alles klar hier?«

Rebus blickte zu der Stimme auf. Blair Samms stand vor ihm.

»Prima«, erwiderte er.

»Siehst ein bisschen blass aus, Mark«, fuhr Samms fort und ignorierte Rebus. »Musst du auf die Krankenstation?«

»Mir geht's gut«, erwiderte Jamieson.

»Ich kümmere mich schon um ihn«, versicherte der Wizard dem Beamten, der dabei aber Rebus ansah.

»Mach das«, sagte Samms und ging weiter.

Rebus sah ihm nach, wobei ihm wieder einfiel, dass Samms an dem Abend ebenfalls bei der Essensausgabe dabei gewesen war. Er drehte sich wieder zum Wizard um.

»Ich vermute mal«, setzte er langsam an, »es wäre auch denkbar, dass der Lieferant gar kein Gefangener ist …«

»Wir sind hier eingesperrt, John. Das gilt für Darryl genauso wie für dich, mich und Mark. Manch anderen steht es aber frei, zu kommen und zu gehen. Und einer genügt ja schon.«

Rebus wandte sich wieder zu Jamieson um. »Wie sieht's aus, Mark? Bist du bereit, einen Namen rauszurücken?«

»Warum sollte er?«, fragte der Wizard mit harter Stimme. »Der Junge hat so schon genug Scheiße an der Backe, ohne dass er auch noch zum Verräter wird.«

»Ich will nur Gerechtigkeit für Jackie Simpson«, erklärte Rebus.

»Einen Mann, den du kaum gekannt hast? Nur weil dich der Direktor darum gebeten hat?« Der Wizard schnaubte. »Allmählich frage ich mich, was du davon hast – abgesehen von deinem edlen Sinn für ›Gerechtigkeit‹.« Er fuchtelte mit der Gabel vor Rebus' Nase herum. »Wir wissen alle, wer's war – derjenige, zu dem Jackie gesagt hat, dass er ihn zu Hause besucht, wenn er rauskommt. Und dem wird nichts passieren. Deine Leute haben längst die Handbremse gezogen – oder hast du sie in letzter Zeit hier irgendwo gesehen? Wurden irgendwelche Wärter plötzlich zur Vernehmung bestellt?«

Rebus drehte sich zu Jamieson um. »Würde helfen, wenn endlich mal jemand den Mund aufmacht.«

»Und mit dem Finger auf Mitgefangene zeigt, meinst du?«

Der Wizard schmunzelte kalt. »Gib's auf, John. Du wirst nicht …« Er brach mitten im Satz ab, als Blair Samms, der einige Runden durch den Raum gedreht hatte, erneut auf sie zukam.

»Scheint mir hier ja ein bisschen hochzukochen, meine Herren«, meinte er. »Vielleicht wird's Zeit, dass Sie sich verziehen, John.«

Aber es war Mark Jamieson, der aufsprang und sein Tablett nahm. »Ich bin sowieso fertig«, brummte er.

»Genau, ich auch«, ergänzte der Wizard und erhob sich wie gewohnt dezidiert langsam. Rebus sah, wie er sein Tablett abstellte und Jamieson in ihre gemeinsame Zelle folgte.

»Sie scheinen Talent dafür zu haben, anderen auf den Zeiger zu gehen«, behauptete Samms.

»Apropos – Sie schmuggeln nicht zufällig Drogen in den Knast, Officer Samms?«

Samms durchbohrte ihn mit glühenden Blicken. »Wie kommen Sie dazu, solche Anschuldigungen zu erheben?«

Rebus dachte über seine Antwort nach. »Vielleicht weil ich am Ende meiner Kräfte bin.«

»Dann halten Sie sich lieber ein bisschen zurück, bevor sie Ihnen noch ganz ausgehen.«

Samms machte sich daran, eine weitere Runde zu drehen. Rebus saß jetzt allein am Tisch und spürte die Blicke aller auf sich.

»Ihr könnt mich mal«, brummte er in sich hinein, kniff die Augen zu und rieb sich mit einer Hand die Stirn.

Clarke saß an ihrem Schreibtisch, hatte es endlich geschafft, Louise Hird zu erreichen. Sie hielt einen Becher Kaffee in der Hand und nahm hin und wieder einen Schluck.

»Ich wollte nur mal anrufen und Sie auf den aktuellen Stand der Dinge bringen«, sagte sie.

»Hab mich schon fast ein bisschen übergangen gefühlt.«

»Dann haben Sie's schon gehört?«

»Sind Sie inzwischen an die Festplatte herangekommen?«

»Wir nähern uns so langsam. Wir konnten beide Handys entsperren, wobei da aber nicht viel drauf ist. Fast als hätte er seine beiden Leben streng voneinander trennen wollen.«

»Da wäre er nicht der Erste. In London wird man sich ebenfalls für die Daten interessieren – und wenn Ihre Leute im Labor der Aufgabe nicht gewachsen sind …«

»Das habe ich nicht gesagt.«

»Sind Sie also ein Stück damit weitergekommen, den Drecksack zu identifizieren, der den Drecksack ermordet hat?«

»Ein Freund von ihm hat sich aus dem Staub gemacht.«

»Ganz zu schweigen von einer gewissen Schülerin – darf ich vorbeikommen und mir ansehen, was Sie haben?«

Ein Summen verriet Clarke, dass noch jemand anders anrief. Eine Handynummer, die sie nicht kannte. »Ich muss Schluss machen«, sagte sie zu Hird und nahm den Anruf entgegen.

»Was zum Teufel soll das?« Die Stimme des Mannes klang wutverzerrt. Im Hintergrund stimmte eine Frau in seine Beschwerde ein. Clarke brauchte einen Augenblick, um die Stimmen zu erkennen, aber nicht länger.

»Mr Andrews, gibt es ein Problem?«

»Allerdings«, knurrte James Andrews. »Wir haben gehört, dass unsere Tochter von diesem pädophilen Dreckschwein missbraucht wurde. Wann hatten Sie vor, uns das zu sagen?«

Clarke stellte ihren Kaffee ab und schloss kurz die Augen. »Das hätten Sie nicht auf diese Weise erfahren sollen. Ich vermute, jemand von der Presse hat Sie angerufen?«

»Laura hieß sie – wollte einen Kommentar. Sie meinte, sie hätte gedacht, wir wären längst von Ihnen verständigt worden. Warum ist das nicht passiert?« Man hörte, wie Andrew das Telefon aus der Hand gerissen wurde.

»Ich hoffe, das Arschloch brennt in der Hölle«, sagte Helena mit zitternder Stimme zu Clarke. »Am liebsten würde ich demjenigen, der ihn umgebracht hat, einen Orden verleihen.« Danach gab sie ihrem Mann den Hörer zurück.

»Was hat Ihnen diese Journalistin noch gesagt?«, fragte Clarke, deren Gesichtsausdruck Christine Esson so neugierig gemacht hatte, dass sie zu ihr an den Tisch getreten war.

»Sie wollte wissen, ob wir dem widerlichen Dreckskerl schon mal begegnet sind«, erwiderte James Andrews.

»Und sind Sie ihm begegnet?«

»Nein! Helena ist sicher, dass Jas ihn nie erwähnt oder hierhergebracht hat.«

Clarke sah Esson an, während sie weitersprach. »Laura Smith war nicht befugt, Sie zu kontaktieren. Und um Ihre Frage zu beantworten: Ich hatte vor, Ihnen heute persönlich davon zu berichten.«

»Gehört Jasmine zu den Verdächtigen?«

Clarke überlegte, wie sie es möglichst diplomatisch ausdrücken konnte.

»Das kann doch nicht euer Scheißernst sein«, hörte sie Andrews fluchen.

Esson hatte Laura Smiths Blog auf Clarkes Computer aufgerufen, aber es gab kein neues Update zu dem Fall.

»Andere Journalisten werden Sie ebenfalls bedrängen«, erklärte Clarke Andrews. »Es liegt ganz bei Ihnen, ob sie mit denen reden wollen oder nicht, aber wenn Sie es tun, erleichtern Sie uns die Arbeit damit nicht.«

»Wir wollen nur, dass sie gefunden wird. Wir müssen sie wieder hier bei uns haben.«

»Das verstehe ich. Würde es helfen, wenn wir uns zusammen hinsetzen und darüber reden?«

»Das möchte ich bezweifeln. Lassen Sie uns nur nicht im Unklaren.« Inzwischen war seine Wut größtenteils verpufft.

»Ich sage es noch mal, es tut mir sehr leid, dass Sie es auf diese Weise erfahren haben …« Clarke sprach den Satz nicht zu Ende, da sie merkte, dass Jasmines Vater den Anruf bereits beendet hatte.

»Unglaublich«, brummte sie und wählte Laura Smiths Nummer. Esson blieb, wo sie war, angelehnt an die Schreibtischkante. Clarke hielt den Blick unverwandt auf Smiths Website gerichtet. Gerade als die Verbindung hergestellt wurde, sprang dort etwas Neues auf. Sie nickte in Richtung Bildschirm, und Esson beugte sich vor, um besser sehen zu können. Da war ein Foto von Zak Campbells Haus, aufgenommen von einer Stelle hinter der Polizeiabsperrung. *Der geheime Sündenpfuhl des Champagnerkickers*, brüllte die Schlagzeile.

»Ich weiß, nicht gerade feinfühlig«, sagte Smith, als sie sich meldete. »Aber von sanften Tönen allein kann ich meine Rechnungen nicht bezahlen.«

»Was zum Teufel hast du dir dabei gedacht?« Clarke hatte Mühe, ihre Wut zu kontrollieren.

»Du hättest es ihnen sagen sollen, Siobhan. Ich war total von den Socken, als ich gemerkt habe, dass sie's noch nicht wussten.«

»Dir war doch klar, dass wir das vorläufig geheim halten müssen.«

»Wäre aber nicht lange gut gegangen. Ich wollte der Meute zuvorkommen. Das ist *meine* Story, schon vergessen? Ich hab

Pedro für dich ausfindig gemacht. Sonst wärst du ganz schön ins Schwimmen geraten.«

»Genau betrachtet hat *er dich* gefunden, nicht umgekehrt.«

»Trotzdem ist das meine Story.«

»Vielleicht noch ein paar Minuten lang – dann gehört sie allen, also herzlichen Glückwunsch.«

»Die Londoner Tageszeitungen stehen schon Schlange und betteln um exklusive Leitartikel von mir. Anfragen von Rundfunk und Fernsehen habe ich auch schon. Ich kann nicht einfach darauf verzichten. Ich muss das so machen.«

»Du hast unsere Ermittlungen gefährdet.«

Aber Smith war mit den Gedanken längst woanders. »Du liebe Güte, siehst du, wie viele Klicks ich bekommen? Mein Handy dreht auch völlig durch. Ich muss Schluss machen, Siobhan. Du hältst mich doch weiter auf dem Laufenden, oder? Versprochen ist …«

Jetzt war es Clarke, die einfach auflegte, während am anderen Ende noch gesprochen wurde.

»Und jetzt?«, fragte Esson. Clarke kaute auf ihrer Unterlippe, dann erhob sie sich, klatschte in die Hände, so wie DCI Carmichael es am vorangegangenen Tag getan hatte.

»Alle mal herhören, Leute«, sagte sie und übertönte mit ihrer Stimme die allgemeine Geräuschkulisse. »Die Geschichte ist raus – vorerst nur online, aber die anderen werden verdammt schnell nachziehen.« Sie sah die Beamten Blicke wechseln. »Lag nicht an einer undichten Stelle«, versicherte sie ihnen. »Eine Journalistin hat zwei und zwei zusammengezählt und voreilig gehandelt. Aber das bedeutet, wir müssen uns ranhalten, weil sich jetzt alle, die in irgendeinem Zusammenhang zu Zak Campbell und seiner Website stehen, überlegen werden, was sie uns erzählen und was sie uns verschweigen wollen.«

»Vielleicht kann ich Ihnen da helfen«, verkündete Gillian Reeves, hielt ihr Handy hoch und wedelte damit. »Im Labor haben sie inzwischen über sein Handypasswort Zugang zu seinem Computer bekommen. Jetzt, da sie im System sind, stellt sich heraus, dass seine Sicherheitsmaßnahmen äußerst dürftig waren. Die schicken uns, was sie haben. Müsste jeden Augenblick bei euch auf den Bildschirmen auftauchen.«

Alle Anwesenden verstummten und starrten auf ihre Bildschirme. In genau diesem Moment kam Cammy Colson herein.

»Im Leichenschauhaus geht's aber lebendiger zu als hier«, meinte er.

»Hast du was für uns?«, fragte Clarke, den Blick unverwandt auf den Bildschirm gerichtet.

»Eine einfache Stichwunde, hat die Lunge durchstoßen. Wahrscheinlich verlor er das Bewusstsein, als er mit dem Kopf an die Kante der Kochinsel geknallt ist. Die Pathologin denkt, dass er möglicherweise überlebt hätte, wenn er rechtzeitig in die Notaufnahme gekommen wäre. Aber der Totenstarre und Lividität nach zu urteilen, lag er wohl fast drei Tage dort. Außerdem hatte er eine Menge Koks im Blut, und seine letzte Mahlzeit waren wohl extrascharfe Chips – geriffelt, wenn du's genau wissen willst.« Er ging zum Wasserkocher und machte sich einen Tee, sah sich vergeblich nach einem unbenutzten Becher um.

»Milch gibt's auch keine«, meldete sich jemand zu Wort.

»Wieso passiert das immer nur mir?«

Niemand antwortete, weil die angekündigten Daten plötzlich eintrudelten.

»Das sind wahnsinnig viele«, meinte Esson und blickte über Clarkes Schulter auf deren Bildschirm. Clarke erhob sich erneut und gestikulierte mit ausgestrecktem Arm.

»Diese Seite des Raums, ihr konzentriert euch auf die Klienten – Identitäten und Kontaktdaten. Alle anderen, ihr konzentriert euch auf die Models – und wenn es euch lieber ist, bezeichnet sie ruhig als Opfer, denn meiner Ansicht nach sind sie das. Auch von ihnen brauchen wir Namen und Kontaktdaten. Dann fangen wir an zu telefonieren. Ich möchte, dass die Nutzer der Website zur Vernehmung herkommen; die Opfer könnt ihr auch zu Hause befragen, wenn nötig in Gegenwart ihrer Eltern.«

»Manche der User leben im Ausland«, sagte Trisha Singh und überflog die Liste.

»Wenn wir sie nicht telefonisch erreichen, schreiben wir sie per E-Mail an. Das muss alles sehr schnell gehen. Die Mainstream-Medien werden sich schon sehr bald über die Geschichte hermachen. Ich bestell ein Uber, wir lassen uns Zucker und Koffein bringen.«

»Und Milch«, erinnerte Colson sie.

»Alles, was das Leben an kleinen Annehmlichkeiten zu bieten hat, Cammy«, versicherte ihm Clarke. »Wenn du deinen Bericht getippt hast, kommt er gleich in die Datei.«

»Das kann eine Weile dauern«, sagte Esson leise und sah Colson nach, der anmutig wie ein Yeti an seinen Platz zurückschlich. Ihr Telefon plingte, als sie eine weitere Nachricht von Mulgrew erhielt. Er hatte inzwischen auf drei Fragezeichen erhöht.

Clarke blickte verwirrt von einer Seite des Raums zur anderen und bat: »Sag mir noch mal schnell, wer kümmert sich um die User und wer um die jugendlichen Models?«

»Hab's auch vergessen«, gestand Esson, schaltete ihr Handy aus und verzog sich an ihren Schreibtisch.

Fox war zu einer Besprechung zur OCCTU beordert worden. Mulgrew und Zara Shah waren ohne ihn ins HMP Edinburgh gefahren, um Chris Novak zu vernehmen. Nach der Besprechung war Fox zum Gayfield Square gefahren und hatte eine Aufnahme der Vernehmung erhalten, die er sich über Kopfhörer anhörte. Auf die entsprechende Frage hin stritt Novak ab, eine intime oder sonst wie geartete Beziehung zu Valerie Watts zu unterhalten. Es habe keine Verabredung in einer Kammer gegeben, und er sei während jener ungeklärten zehn Minuten auf dem Klo gewesen. Fox war nicht sonderlich überrascht. Novak war verheiratet und hatte Kinder.

»Egal, was hier gesagt wird, es bleibt unter uns«, hatte Mulgrew ihm versichert.

»Warum nehmen Sie's dann auf?«, hatte Novak erwidert.

»Sie tun sich damit keinen Gefallen, Chris«, hatte Mulgrew beharrt. »Überlegen Sie sich das – wenn Sie mit Valerie zusammen waren, haben Sie ein Alibi.«

»Ich brauche kein Alibi.« Novaks Worte wurden von einem Geräusch begleitet, von dem Fox vermutete, dass es sich um eine geballte Faust handelte, die auf eine Tischplatte traf. Danach drehte sich die Vernehmung nur noch im Kreis. Novak war nicht bereit, schlecht über Valerie Watts oder Blair Samms zu sprechen. Er wusste nichts über korrupte Gefängnisbeamte, und warum verbrachten sie überhaupt so viel Zeit damit, Mitarbeiter zu belästigen, und so wenig mit der Vernehmung von Sträflingen? Wenn Wärter gekauft wurden, warum nicht auch Detectives? Ob er jetzt endlich wieder an seine Arbeit gehen dürfe, für die ihn schließlich der schottische Steuerzahler mit seinem sauer Ersparten entlohne?

Fox nahm den Kopfhörer ab und brachte ihn zurück zu Mulgrew an den Schreibtisch.

»Gut gemacht«, sagte er. »Wenn ich das sagen darf, ohne herablassend zu klingen.«

Mulgrew hatte sein Handy in der Hand. Fox war aufgefallen, dass er alle paar Minuten darauf sah.

»Christine?«, vermutete er.

»Funkstille.« Mulgrew sah sich im Büro um. »Dabei brauchen wir sie hier. Wir sind unterbesetzt, müde und kommen nicht voran.«

»Bei Valerie Watts gestern Abend sind wir aber doch ein gutes Stück vorangekommen«, behauptete Fox.

»Sachverhalte ausschließen ist nicht dasselbe wie Sachverhalte klären.«

Er schüttelte den Kopf. »Ich schließe Watts nicht aus – ebenso wenig wie ihren Liebhaber. Je mehr ich darüber nachdenke, umso mehr leuchtet mir ein, dass die Zelle nach dem Löschen des Lichts einfach unverschlossen blieb. Dann hätte Novak nur dorthin und nicht in die Abstellkammer gehen müssen.«

»Ohne dass ihn ein anderer Beamter sieht?«

»Wer sagt denn, dass ihn keiner gesehen hat? Es könnten ihn ja mehr Kollegen decken, als wir glauben. Die Sache ist die: Hat er es aus eigenen Beweggründen getan, oder hat ihn jemand bestochen?«

»Womit wir wieder bei Everett Harrison wären ...« Mulgrew fuhr sich mit den Fingernägeln übers Kinn. »Ich weiß nicht, Malcolm.«

»Denk mal drüber nach, Jason.« Fox klopfte Mulgrew auf die Schulter und ging zur Mordwand. Zara Shah stand davor und starrte die Fotos von der Zelle an.

»Woran arbeitest du?«, fragte Fox.

»Blut«, sagte sie. »Insbesondere an der Frage, was damit passiert ist.«

»Vampire«, rief Paul Allbright dazwischen.

»Na bitte«, sagte Fox zu Shah. »Es gibt auf jede Frage eine Antwort.«

»Und wenn's nur eine total bescheuerte ist …« Sie warf Allbright einen Blick zu.

»Beiß mich doch«, sagte er.

15

Everett Harrison lag auf seinem Bett und las juristische Fachliteratur.

»Rechnest du dir Chancen aus?«, fragte Rebus an der Tür.

»Was willst du?« Harrison klang immer noch heiser.

»Dachte, du hast vielleicht Lust, dir einen Billardstock zu schnappen und eine Runde zu spielen?«

»Ich hab Lust, mir einen Stock zu schnappen und deinen Kumpel Darryl damit zu erschlagen.«

»Anscheinend halten uns alle für beste Freunde.«

»Er hält hier drin doch seine schützende Hand über dich, oder nicht?«

»Ich hab ihn nicht darum gebeten.«

Harrison legte das Buch beiseite, setzte sich auf und schwang die Füße auf den Boden. Dann bedachte er Rebus mit einem strengen Blick. Seine Arme waren flächendeckend tätowiert, die Motive waren mehrheitlich den Bildern vom Liverpool FC entlehnt, die auch die Wände seiner Zelle zierten. Rebus hatte sich bis auf ein paar Zentimeter an den einzigen Stuhl in der Zelle herangeschoben. Fragend legte er den Kopf zur Seite, und Harrison gab schließlich nach. Rebus setzte sich, machte es sich aber nicht bequem.

»Hat's dein wahrer Chef auf Christies Bande abgesehen?«

»Anscheinend denkt Christie das.«

»Aber ist was dran?«

Harrison grinste humorlos. »Hat ihn wohl ganz schön aus der Bahn geworfen, hm?« Er strich sich mit einem Finger über die Kehle. »Das ist die Hauptsache.«

»Willst du sagen, Hanlon ist gar nicht in Großbritannien?«

»Er ist nicht in Großbritannien und interessiert sich auch nicht besonders für einen so kleinen Fisch wie Darryl Christie. Und er hat keine Ahnung, wer du überhaupt bist.« Jetzt nahm er den Finger vom Hals und zeigte damit auf Rebus. »Auch wenn du Bobby Briggs in der Bibliothek was anderes weismachen wolltest. Das fand Bobby überhaupt nicht gut und ich genauso wenig.«

Rebus ließ sich nicht abwimmeln. »Warum aber schieben dann Christies Leute so eine Panik?«

Harrison hielt inne, um über die Frage nachzudenken. »Vielleicht haben sie ja geschnallt, dass sie sich auf einem sinkenden Schiff befinden.«

»Wird es Ärger geben, wenn Darryl aus der Iso-Haft zurückkommt?«

»Das liegt ganz bei ihm. Ich komme schon klar, egal wie.«

»Du scheinst dich aber noch einigermaßen normal zu benehmen, wenn ich das mal so sagen darf.«

»Und er nicht?«

»Ich habe gesehen, wie er einem anderen mitten ins Gesicht geschossen hat. Wenn sich bei dem der Schalter umlegt, weiß man nicht, wozu er fähig ist.«

»Dann sollte ich besser zuerst zuschlagen.«

»Oder dich in einen anderen Trakt verlegen lassen.«

»Als ob mir das was bringen würde.«

»Schon komisch, eine Zeit lang wart ihr doch ganz dicke miteinander.«

»Er dachte, dass er mich umdrehen kann. Aber so läuft das

mit uns Liverpoolern nicht.« Harrison legte sich wieder hin und nahm sein Buch. Rebus stand auf.

»Ich bin froh, dass wir uns mal drüber unterhalten haben, Everett. Ist immer gut zu reden.«

»Verpiss dich«, knurrte Harrison, der jetzt wieder in seinen gewohnten Modus verfiel.

Zurück in seiner eigenen Zelle, beschloss Rebus, es zu riskieren. Er zog die Tür zu und stieg mit seinem Burner Phone aufs Klo. Er hatte sich die Nummer auf die Hand geschrieben und wieder abgewaschen, als er sicher war, dass er sie sich eingeprägt hatte. Jetzt war eine gestresste Frau am anderen Ende der Leitung, und im Hintergrund brüllte ein Kleinkind. Er dachte kurz nach und versuchte es erneut, wurde aber mit einer Autowerkstatt verbunden.

Aller guten Dinge sind drei, sagte er sich.

»Wer ist da?«, meldete sich endlich Fox.

»Dienstaufsichtsbehörde, Sir. Wir haben Anlass zu der Vermutung, dass sich ein gewisser Mr Malcolm Fox unrechtmäßig als diensthabender Detective ausgegeben hat.«

»Hast du nichts Besseres zu tun, John? Oder hast du etwa Informationen für mich?«

»Du bist nicht besonders gut darin, ans Telefon zu gehen, Malcolm.«

»Wenn es eine mir unbekannte Nummer ist, nicht.«

»Glaubst du wirklich, dass Christies Männer unter Beschuss stehen?«

»Definitiv. Zuletzt wurde einfach mit einer Waffe durch ein offenes Autofenster auf den Fahrer gezielt. Am helllichten Tag. Eine Zeugin hat das Kennzeichen gesehen. Das Fahrzeug war auf jemanden aus Christies Bande zugelassen, aber als wir bei ihm vor der Tür standen, hatte sich der Mann längst verkrümelt.«

»Kein Glück bei der Identifizierung des Täters?«

»Er trug einen Motorradhelm mit geschlossenem Visier.«

»Und wenn ich dir sage, dass er einen Liverpooler Akzent hatte?«

»Hatte er denn einen?«

»Darryl Christie behauptet das.«

»Dann muss es jemand aus Shay Hanlons Gang gewesen sein.«

»Andererseits habe ich mich gerade mit Everett Harrison unterhalten, und der sagt, Hanlon ist im Ausland und interessiert sich nicht für Darryl.«

»Natürlich sagt er das! Darryl scheint das aber anders zu sehen, immerhin wollte er Harrison einen Billardstock in den Rachen schieben. Oder bin ich jetzt schwer von Begriff?«

»Natürlich bist du schwer von Begriff – das ist praktisch dein Markenzeichen, Malcolm.« Rebus lauschte dem ausgedehnten Schweigen am anderen Ende der Leitung. »Ich hoffe, ich habe deine Gefühle nicht verletzt.«

»Essons Leute kommen nicht so richtig voran, oder? Andererseits hat sie natürlich noch eine ganze Menge mehr an der Backe.«

»Ist das so?«

»John, das musst du verstehen, es gibt einfach Dinge, die ich weiß und du nicht.«

»Du meinst den Mord an Zak Campbell? Das weiß doch jeder. Ich mein's aber ernst, Malcolm. Du musst dir überlegen, wer etwas davon hat, wenn Christies Imperium fällt.«

»Ich würde meinen, davon profitieren wir alle.« Fox hielt inne. Rebus konnte praktisch hören, wie es in Fox' Hirnwindungen rotierte. »Warte mal, meinst du Mickey Mason?«

»Meine ich den?«

»Kürzlich raus aus Barlinnie, jetzt will er wieder ins Geschäft einsteigen.«

»Genau«, improvisierte Rebus.

»Hat dir Bobby Briggs was über ihn erzählt?«

»Der hält dicht. Die beiden waren mal sehr eng miteinander.« Rebus versuchte, es möglichst wie eine Feststellung, nicht wie eine Vermutung, klingen zu lassen.

»Und wie du gesagt hast, Briggs und Harrison sind Kumpels. Glieder einer Kette, John, alle sind Glieder einer Kette.«

Rebus sah zu seiner Zellentür. Er konnte nicht riskieren, noch viel länger zu telefonieren. »Vielleicht bist du ja schlauer, als ich denke, Malcolm. Hältst du mich auf dem Laufenden? Dafür halte ich im Gegenzug meine Ohren offen.«

»Ich überlege es mir.«

»Ach, und Malcolm? Wenn du das nächste Mal die Nummer nicht kennst, geh trotzdem dran.« Rebus beendete die Verbindung und stieg vom Klo. Beim Gedanken an all die Anrufer, denen Fox sich dadurch möglicherweise ausliefern würde, musste er grinsen.

Nachdem er das Handy versteckt hatte, begab er sich an seinen Schreibtisch. Er hatte kaum dreißig Sekunden dort gesessen, als Blair Samms die Tür aufriss.

»Alles klar hier drin?«

»Kann ich was für Sie tun, Officer?«

»Wollte nur mal nachsehen. Könnte ja sein, dass ein paar Gefangene auf dumme Ideen kommen, jetzt wo Darryl Christie nicht da ist.«

»Aber ich werde doch allgemein verehrt«, gab Rebus zurück.

»Auch von Bobby Briggs? Wir hätten alle ein deutlich weniger aufregendes Leben, wenn Sie wieder in die SRU verlegt werden würden. Der Chef sagt, er denkt darüber nach.«

»Welcher Chef?« Rebus gab sich Mühe, es wie eine unschuldige Frage klingen zu lassen.

»Unser Chef hier – Mr Tennent, der Direktor. Was denken Sie denn, wen ich meine?«

»Manch einer ist Diener zweier Herren. Da gab's vor einiger Zeit mal ein Bühnenstück.«

»Keine Ahnung, wovon Sie reden.«

Rebus sah dem jungen Beamten aber an, dass er es genau wusste.

»Warum wollen Sie, dass ich verlegt werde?«, fragte er.

»Ist nichts Persönliches.«

»Werde ich allmählich zum Stachel in Ihrem Fleisch, Officer Samms? Stelle ich zu viele unangenehme Fragen?«

Samms' Gesicht blieb eine unbewegliche Maske. »Der Direktor denkt über meinen Vorschlag nach«, wiederholte er noch einmal, drehte sich um und wollte gehen. Rebus rutschte auf seinem Stuhl herum, sodass er jetzt zu der verkratzten, vollgekritzelten und beschmierten Wand blickte.

»Wenn nicht Hanlon, wer dann?«, überlegte er mit ruhiger Stimme. »Wer hat etwas davon, wenn Darryl Christies Imperium fällt?«

Ich würde meinen, davon profitieren wir alle.

»Da könnte was dran sein, Malcolm«, dachte er. »Aber ich bezweifle, dass du schlau genug bist, um es zu kapieren …«

Rebus bat um ein Gespräch mit dem Direktor und staunte nicht schlecht, als dieser persönlich vor seiner Zellentür auftauchte.

»Dabei hatte ich mich schon auf die Kekse gefreut«, sagte Rebus sehnsüchtig.

Howard Tennent trug einen Wintermantel, der ihm bis über die Knie reichte. Außerdem seine Aktentasche. Rebus vermutete, dass er vor Verlassen seines Büros das Zahlenschloss verdreht hatte.

»Ich hab's recht eilig, John«, sagte Tennent.

»Noch was Schönes vor?«

»Ich bin davon ausgegangen, dass Sie was für mich haben.«

Rebus saß an seinem Schreibtisch und sah keinen Grund, nicht dort zu bleiben. »Ich möchte nicht verlegt werden«, sagte er.

»Wer sagt denn, dass Sie verlegt werden?«

»Blair Samms hat so eine Andeutung gemacht.«

»Blair Samms ist aber nicht der Leiter dieses Gefängnisses.«

»Er denkt, wenn Darryl jetzt woanders ist, werden die Messer gewetzt, und dann geht's gegen mich.«

»Ganz unrecht hat er damit ja vielleicht nicht, oder?«

»Ich weiß nicht, ob das wirklich der Grund ist, warum er will, dass ich verlegt werde. Könnte auch sein, dass es ihm eher um meine Nachforschungen geht.«

Tennent verengte den Blick. »Und warum sollten ihn die interessieren?«

»Sie wissen, dass es Gerüchte gibt, er sei bestechlich?«

Der Direktor brauste sofort auf. »Dem wurde nachgegangen, und die Gerüchte wurden entkräftet.«

»Hat man ihn für Darryl Christies Mann oder den von Everett Harrison gehalten?«

»Ich hab für so was wirklich keine Zeit, John.«

»Ich möchte noch einmal zu Darryl.«

»Warum?«

»Es gibt noch ein paar Sachen, die ich ihn fragen muss.«

Tennent starrte ihn an, wollte mehr erfahren, aber Rebus schwieg.

»Hat es was mit Jackie Simpsons Tod zu tun?«

»Womit denn sonst?«

»Scheint mir, als hätten Sie sich in der Angelegenheit bislang nicht mit Ruhm bekleckert.«

»Ich sehe nicht, dass sonst irgendjemand besser vorankommt.«

»DI Fox versorgt mich regelmäßig mit Updates – es werden immer noch Vernehmungen durchgeführt, und auch die kriminaltechnischen Beweise werden analysiert …«

»Ich war früher beim CID, Howard. Von Fox werden Sie nicht mehr erfahren als das übliche Geschwätz. Würde ich genauso machen, wenn ich überhaupt nicht vorankäme. Sie halten mich vielleicht für langsam, aber so arbeite ich nun mal.« Rebus ließ einen Finger in der Luft kreisen. »Immer ringsherum, ganz langsam zum Ziel.«

»Also gibt es doch etwas Neues?«

»Kann sein … wenn ich mit Darryl gesprochen habe.«

Der Direktor stieß einen Seufzer aus. »Sie sind eine echte Nervensäge, John – hat Ihnen das schon mal jemand gesagt?«

»Wird ein Kapitel in meiner Autobiografie.«

»Morgen erzählen Sie mir, was dabei herausgekommen ist, okay?«

»Jawohl, Sir.« Rebus hob zwei Finger an die Schläfe und tippte daran, als wollte er salutieren.

Vierzig Minuten später war er in Begleitung von Eddie Graves auf dem Weg in die SRU.

»Wie geht's, wie steht's?«, fragte Rebus.

»Mein Rücken muckt wieder auf. Und schlafen tu ich auch nicht gut. Mein Sohn hat neulich wieder einen Unfall gebaut. Ihm ist nichts passiert, aber es war schon das dritte Mal. Wenn er so weitermacht, bekommt er seinen Wagen gar nicht mehr versichert.«

»Könnte alles schlimmer sein.«

Graves sah ihn an. »Wie denn?«

»Wenn Sie sich Tag für Tag mit dem Abschaum der Gesellschaft abgeben müssten.«

»Für mich kann die Rente gar nicht früh genug kommen.«

»Wenn Sie weg sind, werden Sie uns vermissen.«

»Michelle genannt zu werden, vermisse ich sicher nicht.«

»Ist doch ganz liebevoll gemeint«, behauptete Rebus. »Aber um auf meine ursprüngliche Frage zurückzukommen, ich meinte hier drin – nach dem Mord und Darryl Christies Ausraster, und wo jetzt alle kurz davor sind, auszuklinken …«

Graves zuckte mit den Schultern. »Das ist so wie mit dem guten alten Sprichwort – dem Schicksal kann man nicht entrinnen.«

»Fand ich ja immer schon trostlos.«

»Worauf wollen Sie hinaus?«

Rebus hatte keine Antwort darauf, jedenfalls keine, die Graves trösten oder seine Weltsicht verändern könnte. Sie gingen den Rest des Wegs zu Darryl Christies Zelle schweigend nebeneinander her.

Die Tür wurde von einem der Beamten aufgeschlossen, an die Rebus sich noch aus seiner Zeit hier in der Abteilung erinnern konnte. Beide Beamte bewachten die weit geöffnete Tür, während Rebus den engen Raum betrat.

»Ich glaube, ich muss ›Isolation‹ mal im Wörterbuch nachschlagen«, moserte Darryl Christie leise.

Er lag auf dem Bett, die Hände auf dem Bauch verschränkt. Er drehte den Kopf ein Stück, um seinen Besucher direkt anzusehen.

»Wie läuft's denn so da draußen?«, fragte er.

»Everett Harrison klingt wie eine kettenrauchende Fenella Fielding, und Blair Samms will, dass ich wieder hierher zurückverlegt werde. Ersteres geht auf dein Konto, aber wie sieht's mit Letzterem aus?«

»Ganz unrecht hat er nicht – bislang wurdest du toleriert, aber du bist trotz allem ein ehemaliger Bulle, und ehemalige Bullen sind in der Regel unter Gefängnisinsassen nicht hochangesehen. Es wurden schon Drohungen gegen dich ausgesprochen.«

»Du meinst von Bobby Briggs?«

»Zum Beispiel.«

»Von wem denn noch?«

»Wie viel Zeit hast du?« Christie trommelte mit den Fingern der einen Hand auf dem Handrücken der anderen. »Was führt dich überhaupt hier in meinen Thronsaal? Konntest du schon mit Malcolm Fox sprechen?«

»Er weiß, dass ich mit ihm reden will«, improvisierte Rebus. Dann: »Du belieferst Mark Jamieson, hab ich recht?«

»Kein Kommentar.«

»Weil er total ausgeknockt wurde. Als regelmäßiger Konsument weiß er, wie viel er nehmen muss und welche Wirkung das hat. Das ging jetzt aber weit darüber hinaus.«

»Willst du sagen, jemand hat die Ware manipuliert?«

»Entweder das, oder sie wurde ausgetauscht.«

»Von demjenigen, der den armen Jackie um die Ecke gebracht hat?« Christie nickte zum Zeichen, dass er verstand. »Die mussten aber doch trotzdem die Zelle aufschließen. Und das Einzige, was ich hier bislang noch nicht organisieren konnte, ist ein Zauberschlüssel. Ich denke, keiner von uns kommt an so was ran, ohne einen Beamten als Geisel zu nehmen – und das ist ja nicht passiert. Oder sehe ich das falsch?«

»Wenn der Preis stimmt, brauchst du keine Geisel. Wer bringt den ganzen Stoff hier rein? Blair Samms?«

»Ich könnte es dir sagen, aber danach müsste ich dich umbringen«, sagte Christie augenzwinkernd. Rebus fiel auf, dass er sehr viel entspannter wirkte als beim letzten Mal, deutlich zufriedener mit sich.

»Bist du sicher, dass es Hanlon ist, der deine Leute auf dem Kieker hat? Fallen dir keine anderen Kandidaten ein?«

»Ich bin sicher.«

»Was gibt's da zu grinsen?«

»Hab gerade gehört, dass wir uns jetzt nichts mehr gefallen lassen müssen. Hat nämlich wieder so ein Liverpooler Arsch seine Knarre durch ein Autofenster geschoben, aber dieses Mal hat mein Mann sie ihm abgenommen, dem Kerl dabei beinahe das Handgelenk gebrochen. Daraufhin ist der mit seinem Motorrad abgedüst, seiner Waffe und Würde beraubt. Das ist die Botschaft, die meine Leute brauchten – man kann die Wichser schlagen. Und willst du wissen, was das Beste war?«

»Was denn?«

»Der hatte bloß eine Luftpistole. Das war gar keine echte Bedrohung. Vielleicht kannst du das an Everett Harrison weitergeben – wir fühlen uns null bedroht.«

Christie starrte wieder an die Decke, er grinste breit über das ganze Gesicht.

»Es sei denn, Hanlon entscheidet sich für eine Eskalation«, spekulierte Rebus.

»Da muss er sich aber beeilen, inzwischen wurde ein Kopfgeld auf ihn ausgesetzt.«

Rebus brauchte einen Moment, um das zu verdauen. »Wie viel?«

»Genug.«

»Flugkosten inbegriffen?«

»Hanlon denkt, in Brasilien ist er sicher – aber wenn das Angebot stimmt, verpufft die ganze Sicherheit.« Christie sah in Rebus' Richtung. »Da werden gar keine Flugkosten fällig.«

»Ich vermute mal, das sollte ich Harrison lieber nicht erzählen.«

»Vielleicht teste ich ja deine Loyalität.«

»Oder du bindest mir mal wieder einen Bären auf. Wie lange musst du noch hier schmoren?«

»Wahrscheinlich nur noch bis morgen.«

»Und dann geht's zurück nach Trinity Hall und zu Harrison?«

»Liegt ganz beim Direktor.« Christie hielt inne und fuhr sich mit der Zunge über die Lippen. »Weiter bist du jetzt mit dem Mord an Jackie nicht gekommen? Da wird Mr Tennent aber bitter enttäuscht sein.«

»Ein bisschen mehr Mitarbeit würde helfen.«

»Willst du mir sagen, ich soll mit einem ehemaligen Bullen zusammenarbeiten, der die Aufgabe übernommen hat, die Schuld von einem der Beamten auf einen Mitinsassen abzulenken? Alter, das kann nicht dein Ernst sein. Wenn du nichts dagegen hast, würde ich jetzt gerne ein Nickerchen machen.« Wieder gähnte er. »Wenn ich warten muss, bis die Lichter ausgehen, bevor ich geschäftlich telefonieren kann, geht das von meinen acht Stunden ab.« Er hob eine Hand und winkte Rebus damit fort, drehte sich auf die Seite um, mit dem Gesicht zur Wand. Rebus blieb einen Augenblick stehen, dann stieß er die Zellentür auf.

»Du hast ihn dazu gebracht, dass er einschläft«, sagte Graves und starrte auf die liegende Gestalt. Fast klang es neidisch.

16

Clarke und Esson saßen im Büro nebeneinander und gingen eine ausgedruckte Liste mit Namen, E-Mail-Adressen und teilweise auch Telefonnummern durch.

Es kam ihnen zugute, dass Zak Campbell alles andere als versiert war im Umgang mit dem Darknet und er sich alle möglichen Notizen gemacht hatte, um nicht zu vergessen, mit welchen Passwörtern er welche Domains erreichte. Abos und Gebühren wurden per Bitcoin auf ein Schwarzgeldkonto außerhalb der britischen Gerichtsbarkeit überwiesen. Dank seiner vielen Gedächtnisstützen gelang es ihnen, sein Konto einzusehen, und sie entdeckten, dass dort Hunderttausende – zum aktuellen Wechselkurs – lagen.

Er hatte seine Models größtenteils bar oder mit geschenkten Elektronikgeräten und Gutscheinen für Onlinehändler bezahlt. Die dreiundzwanzig Teenager in seinem Dienst bekamen jetzt Namen und Gesichter. Die meisten waren inzwischen achtzehn, aber vier waren vom Alter her noch Kinder. Jasmine war die Einzige von ihrer Schule. Inzwischen hatte man mit den heiklen Telefonaten und Hausbesuchen bei Eltern und Angehörigen begonnen. Bislang war Jasmine die Einzige, die verschwunden war. Speichelproben und Fingerabdrücke wurden genommen, um sie mit den am Tatort sichergestellten abzugleichen. Jeder einzelne Ermittlungsschritt musste sorgfältig und so vorschriftsmäßig erfolgen, dass kein Strafverteidiger etwas daran aussetzen konnte. Die Staatsanwaltschaft stand in ständigem Austausch mit DCI Carmichael, und er vergewisserte sich immer wieder, dass alles in Übereinstimmung mit den geschriebenen Regularien und Verfahrensweisen erledigt wurde.

Die Nutzer der Plattform, die sie bislang identifizieren konnten – es gab knapp tausend Stammkunden, einige Tausend griffen nur hin und wieder darauf zu –, waren fast ausschließlich Männer im Alter von Mitte zwanzig bis siebzig, aus allen Ecken Großbritanniens und darüber hinaus, teilweise stammten sie aus Australien und Bermuda. Bislang hatten sie nur eine Frau gefunden, eine gebürtige Schottin mit Wohnsitz in Hongkong.

Einige der unter Pseudonym angemeldeten Konten ließen sich nur schwer knacken. Mae McGovern wurde überredet, die angebotene Hilfe des CEOP der National Crime Agency anzunehmen. Ihrer Meinung nach handelte es sich um Einzelpersonen, die es gewohnt waren, ihre Spuren zu verwischen, und daher vermutlich auch auf andere Weise das Gesetz brachen – entweder das, oder es handelte sich um IT-Profis. Clarke und Esson gingen erneut die Liste durch. Ein Regierungsrat aus Glasgow, ein Bewährungshelfer aus Derby, ein Unternehmensleiter aus Aberdeen, ein Lehrer aus Nordwales. Einige hatte man bereits kontaktiert. Peter »Pedro« Cowan stand ebenfalls drauf, wobei Clarke wieder an Laura Smith und die Veröffentlichung der Geschichte dachte. Seitdem wurden sie mit unzähligen Anfragen bombardiert, die Mainstreammedien gierten nach Futter. Bryan Carmichael hatte eilig eine Pressekonferenz organisiert und dort nur ein absolutes Minimum an Informationen preisgegeben, sehr zur Verärgerung der dort Versammelten. Alle im Büro hatten auf ihren Handys oder Computern zugesehen und hinterher mit den Schultern gezuckt. Die Presse würde sich damit wohl kaum zufriedengeben, und die üblichen

Tastaturkrieger würden ihre Heugabeln aus der Scheune holen. Jemand hatte bereits Farbbomben an eines der Fenster im Erdgeschoss von Zak Campbells Wohnhaus geworfen und das Wort »Pädo« an sein Garagentor gesprüht.

»Wenigstens richtig geschrieben«, hatte Esson kommentiert, als sie ein Foto vorgelegt bekam.

Jemand hatte ein Fenster im Büro geöffnet, um den Geruch der verschiedenen Fastfoodmahlzeiten zu vertreiben, die den Beamten, die keine Zeit oder keine Lust hatten, eine ordentliche Pause zu machen, an die Schreibtische geliefert wurden. Clarkes letzte Mahlzeit war ein Sandwich gewesen, und die davor auch. Wobei sie aber auch kaum Appetit hatte. Kaffee war ihr Treibstoff. Esson trank wie üblich nur becherweise heißes Wasser – Tee oder Kaffee konnte sie nicht ausstehen. Die Folge war, dass sie sehr viel weniger angespannt wirkte als Clarke.

»Das sind ganz schön viele Verdächtige«, meine Gillian Reeves und wedelte auf dem Weg vorbei an dem Gemeinschaftsschreibtisch mit derselben ausgedruckten Namensliste. »Und immer noch keine Spur von Marcus Simpson. Einer unserer Streifenbeamten hat vor einer Stunde noch mal nachgesehen.«

»Was sagen die Nachbarn?«

»Anscheinend ist das nicht ungewöhnlich.«

»Ihr habt sein Kennzeichen schon rausgegeben, oder?«

Reeves nickte. »Alle halten Ausschau.«

Clarke und Esson wechselten einen Blick. Jasmine Andrews und Marcus Simpson: beide hatten das Opfer gekannt, beider Aufenthaltsort unbekannt. Die Suche nach Jasmine Andrews wurde jetzt zur Fahndung nach einer Mordverdächtigen. DCI Carmichael war überzeugt, dass der Zeitpunkt ihres Verschwindens kein Zufall sein konnte. Aber er hatte auch betont, dass niemand außerhalb des MIT – einschließlich ihrer Eltern – dies erfahren sollte. Cammy Colson hatte sich in seiner Zusammenfassung des Sachverhalts deutlicher ausgedrückt: *Entweder sie hat es getan, oder sie hat es jemanden tun lassen …*

»Die meisten von denen können wir wahrscheinlich von der Liste streichen«, sagte Esson und tippte auf die zusammengetackerten Unterlagen. »Ich meine die ausländischen.«

»Ausschließen können wir niemanden, Christine – das würde der Staatsanwaltschaft gar nicht gefallen.«

»Aber wir könnten ein Stufensystem einführen …«

Clarke nickte zum Zeichen ihres Einverständnisses. »Natürlich sind die im Ausland lebenden weniger wahrscheinlich. Wir sprechen zuerst mit den Einheimischen, aber wahrscheinlich müssen wir Glasgow auch dazuzählen … und unseren Mann in Aberdeen.«

»Ein paar haben wir schon zur Vernehmung vorgeladen – ihnen wurde maximale Diskretion zugesichert, vorausgesetzt sie kooperieren.«

»Der Raum wird mehr als ausgelastet sein. Bis spätestens morgen Vormittag soll noch eine Videokamera installiert werden.«

Essons Handy brummte. Sie blickte aufs Display und stand auf, entfernte sich vom Schreibtisch. »Hallo, Jason«, sagte sie. »Tut mir leid, dass ich nicht drangegangen bin.«

»Ich fühle mich hier ganz entschieden vernachlässigt, Christine.«

»Bist du im Gefängnis oder am Gayfield Square?«

»Letzteres.«

»Festgefahren?«

»Wir haben Glück, dass sich die Aufmerksamkeit der Öffentlichkeit inzwischen auf andere Dinge richtet. Das hat Mae McGovern allerdings nicht davon abgehalten, die Daumenschrauben anzuziehen. Wie sieht's denn in St. Leonard's aus?«

Esson drehte sich vom Fenster weg und musterte ihre Umgebung. »Hier wird fieberhaft gearbeitet. Campbells Computer hat die Namen der meisten Kunden ausgespuckt.«

»Na, das ist doch ein Riesenschritt. Interessante Namen dabei?«

»Von Promis, meinst du? Niemand Besonderes. Ein ehemaliger Fußballer, der schockiert sein dürfte, wenn er erfährt, wer ihm sein Geld abgeknöpft hat.«

»Im nächsten Schritt werden dann also alle einzeln in die Mangel genommen?«

»Da ist einiges zu tun.«

»Ist Marcus Simpson inzwischen aufgetaucht?«

»Nein. Ich nehme nicht an, dass du in dieser Hinsicht Licht ins Dunkel bringen kannst?«

»Er hat immer noch Angehörige in der Stadt, mehr weiß ich aber auch nicht. Er hat aber eine Beerdigung zu organisieren. Könnte sich lohnen, herauszufinden, zu welchem Bestatter er Kontakt aufgenommen hat.«

»Gute Idee, danke.«

»Revanchierst du dich dafür, kommst du her und hilfst uns?«

Esson musste unweigerlich über seine Hartnäckigkeit grinsen. »Gib mir eine halbe Stunde«, sagte sie.

Auf dem Weg zurück zum Schreibtisch rief sie im Leichenschauhaus an, wo Jackie Simpson lag. Sie erkundigte sich, welcher Bestatter beauftragt worden war, und erhielt einen Namen und eine Telefonnummer. Als sie sich wieder neben Clarke niederließ, rief sie ein Unternehmen in Greenhill an. Clarke schenkte ihr einen fragenden Blick, aber Esson war bereits im Gespräch.

»Ja, hallo. Hier ist Detective Sergeant Christine Esson. Ich ermittle im Fall Jackie Simpson – möglicherweise wird er bei

Ihnen unter John Simpson geführt.« Während sie lauschte, formte sie die Worte *Bestatter* mit den Lippen und sah Clarke an, die ihr nickend zu verstehen gab, dass sie's kapiert hatte. »Ja, richtig«, fuhr sie fort. »Ich wollte fragen, ob Sie Kontakt zu seinem Sohn haben, zu Marcus?« Clarke applaudierte Esson geräuschlos. »Und wann kommt er zu der Besprechung? Heute?« Sie hielt das Handy schräg, sodass sie die Zeit auf dem Display erkennen konnte. »Das ist gerade mal in einer Stunde. Er hat nicht angerufen, um den Termin abzusagen oder zu verschieben?« Sie lauschte wieder, schüttelte Clarke zuliebe den Kopf. »Sollte er sich melden, wäre ich Ihnen sehr verbunden, wenn Sie nicht erwähnen würden, dass wir telefoniert haben.« Wieder lauschte sie. »Oh, natürlich, verstehe. Diskretion gehört zu Ihrem Kerngeschäft, sehr gut. Noch mal vielen Dank.«

Sie beendete das Gespräch, nahm sich einen Notizblock und schrieb die Adresse des Bestattungsinstituts auf, gab ihn Clarke.

»Ich muss weg«, erklärte sie. »Das haben wir Jason zu verdanken, und er will, dass ich mich am Gayfield Square blicken lasse.«

»Gab's da inzwischen einen Durchbruch?«, fragte Clarke.

»Nicht einmal einen winzigen Riss. Meinst du, du könntest Marcus warten lassen, bis ich wieder da bin?«

»Kommt drauf an, ob er mitspielt – und auch das nur vorausgesetzt, er taucht überhaupt auf.«

»O ihr Kleingläubigen«, sagte Esson und ging zur Tür.

Marcus Simpson fragte Clarke gleich als Erstes, ob er einen Anwalt bräuchte. Das war bei ihr im Wagen. Er war in einem Minicab vor dem Bestattungsinstitut aufgetaucht, Clarke und Colson hatten ihn abgefangen, bevor er die Eingangstür erreichte. Er schien sich seinem Schicksal zu ergeben, als sie ihn zu Clarkes Astra führten und auf den Rücksitz setzten, wo ihm Colson Gesellschaft leistete, nachdem er sich vergewissert hatte, dass die Kindersicherung aktiviert war – schließlich wollten sie nicht, dass er sich gleich an der ersten roten Ampel aus dem Staub machte.

»Denken Sie denn, dass Sie einen brauchen?«, hatte Clarke gefragt und Blickkontakt im Rückspiegel aufgenommen.

»Sagen Sie's mir.«

»Na ja, das liegt ganz bei Ihnen, Marcus. Im Moment wollen wir eigentlich nur mit Ihnen reden.«

»Dann reden Sie.«

»Sobald wir in St. Leonard's sind.«

»St. Leonard's?«

»Es geht nicht um Ihren Vater – es geht um Ihren Freund Zak.«

»Was soll mit dem sein?« Er hatte den Kopf abrupt umgedreht, schien sich plötzlich unheimlich für die vorüberziehende Landschaft zu interessieren.

»Spielen Sie bloß nie Poker, Marcus«, riet Clarke ihm. »Das können Sie nicht, Ihre Körpersprache verrät Sie …«

Auf der Wache wurde er aufgefordert, es sich im Vernehmungsraum bequem zu machen. Clarke brachte ihm einen Becher Tee und ein KitKat.

»Vorzugsbehandlung«, sagte sie. Er hielt sein Handy fest und wippte nervös mit beiden Knien. »Wen haben Sie denn gerade angerufen?«

»Den Bestatter – musste mich ja wohl entschuldigen, oder was?«

»Das ist sehr anständig von Ihnen. Wird aber noch eine ganze Weile dauern, bis der Leichnam freigegeben wird.«

»Worauf wartet ihr? Ihr werdet den Fall doch sowieso niemals lösen.«

»Wieso sind Sie da so sicher?«

»Liegt doch auf der Hand.« Er hob den Becher an die Lippen.

»Wo haben Sie sich überhaupt versteckt?«

»Ich hab mich nicht versteckt. War nur bei meinem Cousin. Das mache ich manchmal. Wir zocken bloß ein bisschen am Computer – Sie müssten mal sehen, was der alles hat: mehrere Bildschirme, interaktive Sessel, VR-Brillen …«

»Und Sie sind gar nicht auf die Idee gekommen, dass wir vielleicht mal mit Ihnen reden wollen?«

»Interessiert mich doch so oder so nicht.« Er schlürfte laut einen Schluck Tee. Clarke hatte das Gefühl, dass er sie aus dem Konzept bringen wollte. Sie schnappte sich das unberührte KitKat vom Tisch, öffnete es und biss hinein.

»Ich denke, ich bekomme hier eine ›Vorzugsbehandlung‹?«, fragte er mit gerunzelter Stirn.

»Das war, bevor Sie mir auf den Zeiger gegangen sind.«

Er schob sein Kinn vor und wedelte mit dem Handy. »Vielleicht sollte ich Ihren Chef anrufen.«

»Meinen Chef?«

»DCI Fox.«

»Woher kennen Sie Malcolm Fox?«

»Mein Vater hat ihm hin und wieder einen Gefallen getan.«

»Ach was?« Clarke schob den Rest vom KitKat wieder zurück über den Tisch. Simpson sah es nur an.

»Was für einen Gefallen?« Sie sah den jungen Mann mit den Schultern zucken. »Hat er sich bei Ihnen gemeldet, nachdem Ihr Vater gestorben war?«

»Nein, aber ich hab ihn angerufen.«

»Wann?«

»Als Zak gefunden wurde. Ich wollte nicht, dass jemand mit dem Finger auf mich zeigt. Fox hat gesagt, da kann er nichts für mich tun. Und dass ich ihn nie wieder anrufen soll.«

»Das war das einzige Mal, dass Sie mit DCI Fox geredet haben?«

Er nickte. »Dad hat mir vor einer Weile schon seine Nummer gegeben. Er dachte, dass ich eines Tages vielleicht mal in Schwierigkeiten gerate und einen Freund brauche. Hätte ja auch funktioniert, wäre Dad nicht vorher ermordet worden. Jetzt ist Fox fertig mit uns.« Er nahm das KitKat, prüfte es auf Spuckereste und biss hinein. Clarke sah auf ihrem Handy nach der Uhrzeit. Sie hoffte, Colson nicht dazuholen zu müssen.

»Wahrscheinlich sollten wir uns das für Ihre Vernehmung aufheben«, sagte sie.

»Ich dachte, das hier *ist* die Vernehmung.«

Die Worte waren ihm kaum über die Lippen gekommen, als die Tür aufgerissen wurde und Christine Esson sich mit einem extra mitgebrachten Stuhl hereinschob. »Tut mir leid, dass ich euch warten lassen musste«, sagte sie und klang atemlos. Sie bereitete zuerst das Aufnahmegerät vor, dann machte sie es sich bequem, schlüpfte aus ihrem Mantel und hängte ihn über die Stuhllehne.

»Bevor du das einschaltest«, sagte Clarke, »Marcus hat mir gerade erzählt, dass sein Vater einem DCI namens Malcolm Fox ab und zu einen Gefallen getan hat.«

»Ach?« Esson starrte Simpson an. »Was denn für einen Gefallen?«

»Na, er war sein Informant. Und jetzt seht euch an, was es ihm gebracht hat …«

Als das Band schließlich lief, nannten sie ihre Namen und baten Simpson, seinen zu nennen.

»Ich habe Zak nichts getan!«, platzte es stattdessen aus ihm heraus.

»Ihren Namen, bitte«, wiederholte Esson. Es war eher ein Befehl als eine Frage.

»Marcus Simpson«, lenkte er schließlich ein.

»In welchem Verhältnis standen Sie zu dem verstorbenen Zak Campbell, Mr Simpson?«

»Wir waren befreundet.«

»Und trotzdem scheint sich Ihre Trauer in Grenzen zu halten.«

»Dasselbe haben Sie gesagt, als Sie mich nach meinem Dad gefragt haben. Vielleicht bin ich einfach jemand, der seine Emotionen nicht so zeigt.« Er verschränkte die Arme, löste sie aber sofort wieder – vielleicht weil ihm Clarkes Spruch angesichts seines ungenügenden Pokerface wieder einfiel, und schob die Hände stattdessen in seine Hosentaschen. Die Kapuze seiner Skijacke behielt er auf, so wie er sie getragen hatte, als er vor dem Bestattungsinstitut aus dem Taxi gestiegen war. Clarke störte es nicht, aber Esson fragte ihn, ob ihm kalt sei.

»Nein«, erwiderte er.

»Sie waren mehr als nur befreundet mit Zak, stimmt's?«, erkundigte sich Clarke.

»Nein«, wiederholte er ungehalten.

»Ich meine, Sie haben für ihn gearbeitet – als eine Art Aufpasser oder Bodyguard.«

»Ich hab auf ihn aufgepasst, so wie jeder gute Kumpel das macht.«

»Und er hat sich um Sie gekümmert – finanziell, meine ich?«

»Er hat mir öfter mal ausgeholfen.«

»Aber in letzter Zeit haben Sie ihn nicht mehr so oft gesehen?«, fragte Esson. »Weil Sie das mit der Young Fresh East Coast mitbekommen haben?«

Simpson rutschte auf seinem Stuhl herum und ließ die Schultern hängen, hielt aber den Mund.

»Wenn überhaupt«, fuhr Clarke fort, »dann macht Sie das nur umso sympathischer, Marcus – dass Sie sich von ihm entfernt haben, als Sie's erfahren hatten. Wäre natürlich noch besser gewesen, Sie wären gleich zu uns gekommen. Vielleicht würde Zak dann noch leben …«

»Andererseits aber«, unterbrach Esson, »hat Sie das mit den Kindern ja vielleicht auch gar nicht gestört. Vielleicht waren Sie sogar dabei, haben Beihilfe geleistet. Wir sprechen mit jedem einzelnen Jugendlichen, den er angeworben und gefilmt hat, wir kriegen es also so oder so heraus.«

»Ich hatte damit nichts zu tun!«, platzte es aus Simpson heraus, er war dunkelrot im Gesicht. »Und Sie haben recht, deshalb hab ich mich auch zurückgezogen.« Er blies die Wangen auf und atmete aus. »Am Anfang waren sie jung, aber nicht *soooo* jung – mindestens über achtzehn. Er hat sie in Pubs und Clubs angequatscht. Anscheinend hatte er so was wie ein Gespür dafür, wer sich darauf einlassen würde. Gott weiß, wie er auf die Idee gekommen ist, aber als er einmal angefangen hatte, wurden es immer mehr.« Er hielt inne, sah in seinen Becher, ob noch was drin war. »Aber die Kunden haben Druck gemacht, die wollten immer jüngere, und dafür haben die viel Kohle hingeblättert. Zak hat sich draußen vor Schulen und Jugendclubs rumgetrieben. Hat sich neben seinen Maserati gestellt und geguckt, wer sich dafür interessierte. Ich war nie dabei – da können Sie jeden fragen –, aber dann hat er mir eines Abends Filmaufnahmen gezeigt … von einem Mädchen … und dann hat er mir gesagt, wie alt das Mädchen war …«

»War das Jasmine?«

»Ja, genau, Jas.«

»Kennen Sie sie?«

»Ich hab sie einmal bei ihm zu Hause gesehen, aber nur Hallo gesagt.«

»Und Sie haben sie nicht gewarnt?«

»Ich weiß, das hätte ich machen sollen.«

»Wann haben Sie sie zum letzten Mal gesehen?«

»Nur das eine Mal – ist vielleicht sechs Wochen her.«

»Hat Zak jemals über seine Interessenten gesprochen?«

»Die Kunden, meinen Sie?« Simpson schüttelte den Kopf.

»Haben Sie was dagegen, wenn wir eine Speichelprobe und Fingerabdrücke von Ihnen nehmen, Marcus?«, fragte Esson. Er sah von ihr zu Clarke und wieder zurück.

»Ich sage Ihnen immer wieder, ich habe ihn nicht umgebracht.«

»Aber Sie waren in dem Haus, und das bedeutet, dass Ihre DNA höchstwahrscheinlich dort zu finden ist.«

Er zog die Kapuze ab und fuhr sich mit einer Hand über den Kopf, er wurde immer nervöser.

»Wir wollen nur die Wahrheit herausfinden, Marcus«, sagte Esson leise.

»Wie bei meinem Dad, meinen Sie?« Er sah sie böse an.

»Ich komme gerade vom Gayfield Square«, teilte sie ihm mit. »Wir sind weit davon entfernt, die Ermittlungen einzustellen.«

Wieder senkte er den Kopf.

»Wie ging es Ihnen denn nun wirklich damit, als Sie erfahren haben, dass Zak tot ist?«, fragte Clarke.

Er nahm sich einen Augenblick zum Überlegen. »Ich dachte, ich bilde mir das nur ein – erst mein Vater und dann das. Mein Cousin sagt, ich bringe irgendwie Unglück.«

»Aber waren Sie überrascht?«

»Das war ein Schock, na klar.«

»Er hat sich also nicht unbedingt Sorgen gemacht – hatte keine Angst, angegriffen zu werden, meine ich? Die Tatsache, dass er Sie als Aufpasser engagiert hat, lässt ja vermuten, dass er Feinde hatte.«

»Er wollte einfach nur wie eine große Nummer aussehen. Außerdem, ja klar, in Pubs oder Clubs kamen manchmal irgendwelche Arschlöcher an, die sich prügeln wollten – aber nur, weil Zak mehr verdient hat als die und es raushängen ließ. Ich schwöre, der hat jede Frau gekriegt, die er haben wollte – hat sie ihrem Freund direkt vor der Nase weggeschnappt und in den Maserati verfrachtet. Manchmal hat er die auch gefilmt – er hatte so eine kleine Kamera auf einem Regal am Bett.«

»Wir haben ein paar von den Aufnahmen gesehen«, bestätigte Clarke.

»Ich auch. Zak hat sich nicht direkt geniert.«

»Aber Sie haben keine Ahnung, wer ihn vielleicht umbringen wollte?«

»Nicht die blasseste.« Er rutschte ein bisschen tiefer auf seinem Stuhl, die Knie wippten immer noch wie Motorkolben im Koffeinrausch.

»Eine Sache macht mir aber noch zu schaffen«, sagte Clarke gedehnt. »Soweit wir das mitbekommen haben, war Zak nicht unbedingt geschickt im Umgang mit Technik. Wie kann es sein, dass er eine solche Website bauen und alles drumherum einrichten konnte?« Sie sah Simpsons Miene kippen. »Er musste jemanden mit dem entsprechenden Know-how hinzugezogen haben – jemanden wie Ihren Computerspiele liebenden Cousin.« Simpson drehte den Kopf Richtung Wand, als gäbe es dort etwas anderes zu bewundern außer einer verschrammten Wand. *Bingo*, dachte Clarke.

»Würde der Betreffende denn Ärger bekommen?«, murmelte er schließlich.

»Kann mir nicht vorstellen, warum.«

»Ich wünschte, ich hätte die beiden nie miteinander bekannt gemacht. Zak hat Tommy nicht mal bezahlt, was er ihm schuldig war.«

»Wir werden mit Tommy darüber reden müssen, was er für Zak gemacht hat«, kündigte Clarke mit ruhiger Autorität an. »Könnte sein, dass er uns hier und da helfen kann.«

»Der wird kapieren, dass ich ihn verpetzt habe.«

»Er gehört zur Familie, er wird das verstehen. Und wenn wir mit seiner Hilfe Zaks Mörder fassen, wird das auch Ihre Unschuld untermauern. Ich würde sagen, damit ist für alle Beteiligten viel gewonnen. Jetzt brauchen wir nur noch seine Adresse …«

Simpson fuhr sich mit der Zunge über die Lippen, traf seine Entscheidung und diktierte schließlich eine Adresse in das Mikro.

»Danke, Marcus«, sagte Clarke. Als sie Esson ansah, hob diese eine Augenbraue. Clarke verstand den Hinweis und nickte.

»Ich denke, wir sind hier fertig – vorerst.« Sie sah auf die Uhr, sprach die Zeit aufs Band, dann beendete Esson die Aufnahme. Die Bänder verschwanden in Beweistüten, und Esson übergab Simpson sein Exemplar.

Er starrte die Tüte und ihren Inhalt an. »Sie haben gesagt, er hat sie ›missbraucht‹ – aber so war das nicht, es ist niemand zu Schaden gekommen.«

»So was ist Missbrauch«, widersprach Clarke. »Und Sie standen daneben und haben es zugelassen.«

Simpsons Miene verdüsterte sich. »Kann ich jetzt gehen?«

»Sobald wir Speichelprobe und Fingerabdrücke von Ihnen haben«, sagte Esson. »Also bleiben Sie sitzen, wo Sie sind – könnte ein paar Minuten dauern, bis wir alles dafür Nötige zusammen haben.«

Simpson hob seinen leeren Becher. »Nachschub wäre nicht verkehrt.«

»Schieben Sie sich Ihren Nachschub in den Allerwertesten«, sagte Clarke, stand auf und verließ den Raum.

17

Ein uniformierter Kollege wurde in den Vernehmungsraum beordert, um Simpson im Auge zu behalten, bis alles für die Speichelprobe und die Fingerabdrücke gefunden und vorbereitet war. Clarke und Esson saßen mit frischen heißen Getränken im Büro.

»Malcolm Fox«, sagte Esson, »hat es nicht für nötig gehalten, mir mitzuteilen, dass mein Gefängnisopfer als Informant für ihn gearbeitet hat?«

»Wir sollten wohl mit Fox reden.«

»Und dieser Tommy Simpson – bekommt der wirklich keine Schwierigkeiten?«

»So weit würde ich nicht gehen, Christine. Zak hat ihn nicht mal bezahlt. Damit hat er ein mögliches Motiv.«

»Also holen wir ihn her?« Esson betrachtete eine frisch eingetroffene Nachricht auf ihrem Handy.

»Auf jeden Fall«, bestätigte Clarke. Esson wedelte zwischen Daumen und Zeigefinger mit ihrem Handy.

»Das war Jason«, sagte sie. »Fox ist wieder zurück am Gayfield Square – als ich vorhin dort war, war er woanders. Ich will nicht behaupten, Jason hatte Sehnsucht nach ihm, aber er hat nicht mehr aufgehört, von ihm zu schwärmen. Und er ist definitiv immer noch sauer, weil ich hier bin und nicht er.« Sie hielt inne, dann hielt sie mit der anderen Hand ihren Autoschlüssel hoch. »Deiner oder meiner?«, fragte sie.

»Deiner«, entschied Clarke.

Die Polizeiwache am Gayfield Square war ein zweckmäßiger Betonklotz an einem ansonsten recht hübschen Platz in der New Town. Der Belegschaftsparkplatz befand sich ebenerdig und war nicht überdacht. Fox' Wagen – sein ganzer, auf Hochglanz polierter Stolz – ließ sich leicht erkennen. Da keine anderen Plätze frei waren, stellte sich Esson direkt mit der Schnauze vor ihn. Sie griff in die Tür ihres Skoda und bot Clarke Kaugummi an. Die beiden Frauen saßen kauend dort und dachten nach.

»Wir könnten den ganzen Tag hier sitzen«, sagte Clarke schließlich.

»Ist ganz schön, zwischendurch mal abzuschalten, oder nicht?«

»Als würden wir hier gerade abschalten.«

Esson nahm ihr Handy und begann eine Nachricht zu tippen. Dann zeigte sie Clarke das Display. »Was meinst du?«

Die Nachricht war an Jason Mulgrew adressiert: *Ich komme noch mal – hab noch ein Hühnchen mit Fox zu rupfen. Sag ihm, er soll bleiben, wo er ist!*

»Ist einen Versuch wert«, sagte Clarke, woraufhin Esson auf »senden« tippte. Sie mussten nur zwei weitere Minuten warten, schon tauchte Fox auf und zog seine Lenkradhandschuhe über die Finger.

»Der hat sich schon immer vor direkten Auseinandersetzungen gedrückt«, murmelte Clarke.

Fox schimpfte laut, als er sah, dass sein Wagen zugeparkt war, erkannte Clarke und Esson aber erst im Näherkommen. Clarke hatte ihre Scheibe heruntergelassen. Sein Gesicht tauchte davor auf, aber er sagte nichts.

»Rücksitz«, wies sie ihn an. Er guckte stinksauer, stieg aber ein.

»Ganz schön clever, Christine«, sagte er und zeigte seine Zähne. Die beiden Frauen drehten sich so weit wie möglich um und sahen ihn direkt an.

»Wie läuft's denn so bei dir, DCI Fox?«, fragte Clarke. »Herzlichen Glückwunsch zur Beförderung.«

»Ich weiß nicht, wovon du sprichst.«

»Unschuld war schon immer dein zweiter Vorname.«

Nach ein paar Schweigeminuten knickte er ein. »Ihr habt mit Marcus Simpson geredet?«

»Allerdings. Er hat gesagt, sein Vater hat für dich gearbeitet.«

»Er gehörte zu meinem Stab an Informanten, das ist richtig.«

»Aber das schien dir zu unwichtig, um es den Kollegen mitzuteilen, die den Mord an ihm aufzuklären haben?«, brauste Esson auf.

»Ich hielt es nicht für relevant.«

»Das hast du gar nicht zu entscheiden!«

»Ich muss verschiedene Operationen schützen, Christine. Da geht es um Vorgänge, die ein gutes Stück über deiner Gehaltsklasse liegen.«

»Das war kein Zufall, oder?«, setzte Clarke hinzu. »Dass Jackie Simpson in dieses besondere Nagelstudio eingebrochen ist? Das hat er in deinem Auftrag getan, damit du hinterher reinspazieren und dich umsehen kannst. Ich kann nicht fassen, dass ihr seine Haft von Anfang an miteinkalkuliert habt.«

»Haben wir ja gar nicht. Er hat sich nachlässig verhalten.«

»Hast du versucht, in den Fall einzugreifen?« Clarke wusste, was sein Gesichtsausdruck bedeutete. »Nein, natürlich nicht«, fuhr sie selbst fort. »Du hast ja gesagt, du hast weitere Operationen zu schützen. Deshalb hast du dir wahrscheinlich auch kein Bein ausgerissen, um ihm im Gefängnis zu helfen.«

Fox drehte sich ein bisschen auf seinem Platz. »Ich weiß nicht, ob uns das hier weiterbringt.«

»Du hast mir von dem Einbruch erzählt«, unterbrach ihn Esson. »Und dass Everett Harrison möglicherweise durchdreht, sollte er jemals den Zusammenhang zu Jackie Simpson durchschauen.«

»Siehst du? Ich hab durchaus versucht zu helfen!«

»Wie denn?«

»Indem ich euch die richtige Richtung gewiesen habe.« Fox klang inzwischen verärgert.

»Hinterher«, sagte Clarke.

Fox funkelte sie böse an. »Wie meinst du das?«

»Dein Mann saß im selben Trakt wie Harrison.«

»In der Zelle direkt gegenüber«, ergänzte Esson. »Du hättest ihn verlegen lassen können.«

»Aber dann wäre er dir nicht mehr so nützlich gewesen«, stellte Clarke leise fest. »Dort, wo er war, konnte er Augen und Ohren für dich offenhalten. Wäre Harrison oder Christie was rausgerutscht, hätte Jackie Simpson es vielleicht gehört. Wie habt ihr kommuniziert? Bestimmt per Telefon, oder?« Fox zuckte mit den Schultern. »Ein gefährliches Spiel, wie sich herausgestellt hat.«

»Soweit ich weiß«, sagte Fox, er klang jetzt zuversichtlicher, »hat sich aus den Ermittlungen noch immer kein Mordmotiv ergeben. Mit anderen Worten, ihr kommt absolut nicht voran, Christine. Möglicherweise, weil du zu viel Zeit damit verbringst, Siobhan zuzuarbeiten. Jason übernimmt die ganze Laufarbeit – er ist klug, *und* er ist ein Teamplayer. Mit anderen Worten: ein vorbildlicher Beamter.« Demonstrativ drehte er den Kopf, als wollte er zu den Fenstern des MIT-Büros über dem Parkplatz sehen. »Deine Kollegen sind nicht unbedingt erfreut darüber, dass du so viel Zeit woanders verbringst. Mae McGovern hat nicht übel Lust, dich wieder zurückzupfeifen. Ein Wort von mir würde genügen, dann macht sie's.«

»Vielleicht kommt sie ja gar nicht dazu. Sie wird vollauf damit beschäftigt sein, sich zu überlegen, ob sie dich wegen Behinderung der Ermittlungen anzeigt«, erwiderte Esson. »Dann kannst du deine Beförderung zum DCI vergessen.«

Fox versuchte sich seine Nervosität möglichst nicht anmerken zu lassen – vergeblich. »Der Einbruch war Jackies Idee.«

»Uns musst du nicht überzeugen«, meinte Clarke, »sondern McGovern, Jason und den Rest des Teams. Damit ersparst du uns die Mühe, den Vorgang zu melden.«

Nachdem er einen weiteren Augenblick nachgedacht hatte, stieß er die Tür auf, hielt dann aber doch inne. »Das sind hässliche Menschen, über die wir hier reden – Harrison, Christie und Hanlon. Verbrecher, die nicht mal Angst davor haben, von Leuten wie euch oder mir behelligt zu werden. Um solchen Kerlen das Handwerk zu legen – um gegen solche Leute auch nur im Entferntesten eine Chance zu haben … manchmal gibt es eben keinen ordentlichen, sauberen Weg, so was zu bewerkstelligen.« Er stieg aus und knallte die Tür zu. Als er an seinem eigenen Wagen stehen blieb, schien er zu überlegen, ob er nicht einfach aufschließen und vom Ort des Geschehens fliehen sollte, stattdessen warf er Clarke und Esson einen letzten unterkühlten Blick zu und verschwand wieder im Gebäude.

»Die Sprüche klangen, als hätte er sie sich bei John Rebus abgeguckt«, sagte Esson.

»Vorgetragen wurden sie aber von einem höchstens zweitklassigen Schauspieler.«

Esson drehte sich zu Clarke um. »Hat Spaß gemacht, oder?«

»Fast so gut wie Schokolade«, erwiderte Clarke und grinste Esson an.

Nachdem er seinen Text aufgesagt hatte, blieb Fox kerzengerade vor Mae McGoverns Schreibtisch stehen, die Hände hinter dem Rücken verschränkt, die Füße in leichtem Abstand zueinander. Jason Mulgrew stand mit verschränkten Armen, den Kopf leicht gesenkt auf der einen Seite, als wäre er tief in Gedanken. McGovern guckte Fox bereits seit mehreren Minuten finster an, und Fox gelang es nicht, ihr länger als einige wenige Sekunden in die Augen zu sehen, egal wie sehr er es versuchte.

Die Stille im Raum dehnte sich aus, obwohl von draußen Geräusche hereindrangen, die übliche Geräuschkulisse einer stark frequentierten Polizeiwache. Für einen kurzen Augenblick fiel Fox wieder ein, wie er einmal auf der Highschool, nachdem er den Unterricht geschwänzt hatte, ins Büro des Direktors gerufen worden war.

»Ich bin so enttäuscht von dir«, hatte der Direx feierlich verkündet. »Ausgerechnet du, Malcolm …«

DCI McGovern räusperte sich. »Also gut«, sagte sie, »das Ganze ist ein verdammt jämmerliches Schlammassel. Oder sind Sie etwa anderer Ansicht? Sie drängen sich in Mordermittlungen, ohne es für nötig zu befinden, uns darüber zu informieren, dass Ihnen das Opfer sehr gut bekannt war?«

»So gut kannte ich ihn gar nicht …«

»Gut genug, um die strafrechtliche Verfolgung zu gefährden! Bei der Staatsanwaltschaft werden die kotzen, wenn ich ihnen das erzähle. Sie haben die Ermittlungen gefährdet, DI Fox.«

»Ich denke wirklich nicht, dass mein Versäumnis so gravierend war.«

»Kennen Sie sich jetzt plötzlich auch noch mit den Kniffen des Justizsystems aus?«

»Die juristischen Verfahrensweisen sind mir tatsächlich nicht gänzlich unvertraut.«

McGovern ließ ihn mit einem bösen Blick verstummen. »Sie müssen hier verschwinden. Und ich meine, jetzt sofort. Zurück nach Gartcosh, damit ich mir überlegen kann, was wir mit Ihnen machen.« Sie lehnte sich zurück. »Die Unterredung ist beendet. Gehen Sie.«

Fox blieb stehen und überlegte, was er entgegnen könnte, aber dann fasste Mulgrew ihn am Ellbogen.

»Komm schon, Malcolm«, sagte er, führte ihn zur Tür und öffnete sie.

»Ich sollte mich von den Kollegen verabschieden«, murmelte Fox draußen im Gang.

»Ich werd's ihnen erklären. Die Chefin wirkte recht entschieden, dass sie dich hier nicht mehr sehen will. Wäre jetzt wohl keine gute Idee, sich ihren Anordnungen zu widersetzen – jedenfalls nicht noch mehr, als du's schon getan hast.« Mulgrew lächelte und schüttelte langsam den Kopf. »Aber ich muss schon sagen – ich bewundere dich. Da kommen ganz ungeahnte Seiten zum Vorschein. Du bist ja fast so was wie ein Spion oder so.«

Fox streckte die Hand aus und drückte die von Mulgrew. »Versprich mir, dass du mich auf dem Laufenden hältst, Jason. Dieser Fall bedeutet mir sehr viel. Und wenn alles überstanden ist, führe ich dich wie versprochen in Gartcosh herum – du bekommst Zutritt zu allen Bereichen und lernst eine Menge Leute kennen, die dir noch mal nützlich sein werden. Abgemacht?«

Mulgrew vergewisserte sich, dass niemand in der Nähe war.

»Abgemacht«, sagte er und schüttelte Fox die Hand.

Gillian Reeves sah aus, als müsste sie dringend ihre Batterien aufladen. Sie erhob sich von ihrem Platz am Schreibtisch, massierte und streckte Nacken und Wirbelsäule, dann ging sie zu Clarke. Diese hielt inne, die Hände über der Tastatur – Reeves' Gesicht verriet ihr, dass sie keine guten Nachrichten hatte.

»Peter Cowan«, sagte Reeves. »Das war doch der erste Kunde, den ihr identifiziert habt.«

»Alias Pedro«, bestätigte Clarke.

»Aus der Vernehmung mit ihm wird wohl nichts werden – er ist heute Morgen von Salisbury Crags gesprungen. Ein Jogger hat die Leiche gefunden.«

»Armes Schwein«, sagte Christine Esson vom Schreibtisch gegenüber.

»Ich frage mich, ob das noch mehr machen. Angesehene Männer mit einer Karriere und Kindern …« Reeves war schon wieder unterwegs zurück zu ihrem Platz.

Clarke stellte sich Cowans Leben vor. Familie, Stammgast im Mallaig Inn, und plötzlich gerät seine Welt aus den Fugen, sein geheimstes Innerstes wird offenbart und öffentlich. Ihr Handy teilte ihr mit, dass ein Anruf einging: Laura Smith. Sie schnappte es sich vom Schreibtisch und ging dran.

»Hab's gerade erfahren«, sagte sie.

»Und ich hatte gehofft, dir die Nachricht als Olivenzweig reichen zu dürfen«, sagte Smith.

»Weißt du, ob er einen Abschiedsbrief hinterlassen hat?«

»Ich war noch nicht bei ihm zu Hause.«

»Aber du fährst hin?«

»Jetzt gleich.«

»Da wird sich die Familie aber freuen.«

»Kann nicht behaupten, dass ich selbst davon begeistert bin, Siobhan, aber was sein muss, muss sein.«

»Wieso?«

»Damit die Geschichte so nah wie möglich an der Wahrheit bleibt, und dafür werde ich mich nicht entschuldigen. Du bist mir gerade vor dem Bestattungsinstitut zuvorgekommen, weißt du das – ich hoffe, Marcus Simpson war gesprächig.«

»Auf Wiederhören, Laura.« Clarke lauschte, während Smith es mit einem lang gezogenen Seufzer versuchte.

»Na schön«, sagte die Reporterin und beendete die Verbindung.

Clarke ging zum Wasserkocher, sah nach dem Wasserstand und schaltete ihn ein. Während sie wartete, ging sie zu Cammy Colson an den Schreibtisch. Er beschäftigte sich mit Zak Campbells Privatleben, was bedeutete, dass er dessen Posts in den sozialen Medien las.

»Würde er nicht im Leichenschauhaus auf Eis liegen, könnte ich direkt neidisch werden«, sagte Colson. »Alkohol und glamouröse Frauen, Nachtclubs und schnelle Autos …«

»Die Frauen waren alle erwachsen und sein Verhältnis zu ihnen einvernehmlich, ja?«

Clarke sah über die Schulter auf seinen Bildschirm. »Anscheinend schon. Nur in seinen privaten Nachrichten zwischen ihm und seinen Kumpels gibt's jede Menge Frauenfeindlichkeit, so würde man das wahrscheinlich nennen.«

»Womit du sagen willst, dass du's nicht so nennen würdest?« Colson drehte sich zu ihr um. »Nicht nötig, gleich scharf zu schießen, Siobhan. Wann habe ich jemals …«

»Tut mir leid, Cammy.« Sie hob kapitulierend die Hände.

»Ich weiß, du bist einer von den Guten, so wie dein Cousin, der Gefängniswärter. Gibt so viele gute Männer auf der Welt – vielleicht hat Jasmine ja bei einem von ihnen Unterschlupf gefunden.«

»Apropos …«

»Ja?«

»Ich hab über die Mordwaffe nachgedacht. Keine Fingerabdrücke – das heißt, hat sie Handschuhe getragen, oder hat sie die Waffe in ein Handtuch oder so was eingewickelt?«

»Vielleicht hat sie das Messer saubergewischt.«

»Aber alles weist auf einen gewissen Vorsatz hin, oder? Die Tat wurde eher nicht aus einem Impuls heraus verübt? Jasmine ist vierzehn, hatte nie Schwierigkeiten, interessiert sich mehr für K-Pop als für *Line of Duty* …« Er verstummte. »Sie war's nicht, oder? Aber heißt das, sie hat Marcus überredet?«

»Er hat gesagt, er hat sie kaum gekannt.«

»Dann versteckt sie sich nicht bei seinem Cousin zu Hause?«

»Wir fragen ihn, wenn wir mit ihm sprechen …«

Eine halbe Stunde später wurde vereinzelt applaudiert, als ein paar Kisten ins Büro gebracht wurden. Clarke hörte Gläser klirren. Trisha Singh hatte sich gleich den mitgelieferten Zettel geschnappt.

»In einer Kiste ist Bier, Softdrinks sind in der anderen«, verkündete sie. »Mit schönen Grüßen von DCI Carmichael.«

»Das heißt dann wohl Feierabend«, sagte Esson und sah zu, wie sich ihre Kollegen und Kolleginnen Getränke nahmen.

Clarkes Miene ließ darauf schließen, dass sie nicht unbedingt dieser Ansicht war. »Wir haben viel geschafft«, versicherte ihr Esson. »Und du willst ja auch nicht, dass deine Leute ausbrennen.«

Das war richtig – in der vergangenen Stunde war das Energielevel allgemein gesunken. Jetzt stieg die Stimmung wieder. Carmichael wusste genau, was er tat.

»Wer als Erster da ist«, sagte Clarke und sprang auf.

Rebus war das schon beim Essen aufgefallen: Die Wärter wirkten irgendwie nervöser als sonst. Er konzentrierte sich auf seine Mitinsassen, fand aber keinen Anlass für ihre offenkundige Reizbarkeit und Humorlosigkeit. Er fragte sich, ob etwas passiert war – ob es weitere gezielte Drohungen oder einen Anschlag auf den Wagen eines Beamten gegeben hatte. Von denen, die er sah, wirkte niemand, als wollte er gerne Fragen beantworten, also aß er und behielt seine Beobachtungen für sich. Ratty hatte es aber auch gemerkt, sein Blick sprang durch den Raum. Als Rebus' Blick dem des Wizard begegnete, zwinkerte der alte Mann und nickte ihm langsam zu – er spürte es auch. Billy Groam versuchte es bei Kyle Jacobs mit sanfter Verarsche, aber was auch immer Jacobs erwiderte, Groam ging sofort hoch. Zwei Beamte griffen ein, während ein dritter seine Hand über den Alarmknopf schob. Everett Harrison lachte nur, als hätte er dafür bezahlt, unterhalten zu werden.

»Ich hab schon wieder die Kirchenglocken verpasst«, meinte der Wizard.

Mark Jamieson sah Rebus an. »Jeden Tag dasselbe«, sagte er.

»Ich glaube, der Wizard ist sowieso der Einzige, der sie hört«, erwiderte Rebus.

Allmählich beruhigten sich alle. Es ging langsam auf den Einschluss zu, und die Gefangenen konzentrierten sich auf letzte Vorbereitungen – Bücher und DVDs wurden geliehen oder getauscht, vielleicht auch die ein oder andere Zigarette übergeben und die Freizeitaktivitäten des kommenden Tages in den Kalender eingetragen. Manchmal fragte Rebus sich, ob eine Gemeinschaftszelle vielleicht doch besser wäre, dann hätte er wenigstens jemanden zum Plaudern. Aber dann müsste er sich auch die Toilette teilen und bekäme die Furzerei nachts ab.

»Nein danke«, sagte er sich, blieb an der geöffneten Tür stehen und wartete, dass ein Beamter kam, um ihn einzuschließen. Sollte es zum Äußersten kommen, dann jetzt. Bei dem Gedanken daran, dass sich der Riegel umlegte und viele Stunden vergehen würden bis zum Aufschluss am Morgen, konnten die Insassen bisweilen ganz schön nervös und sogar ein bisschen psychotisch reagieren.

»Mit wem redest du?«

Rebus merkte, dass Billy Groam ihn in der Nachbarzelle gehört hatte. Er spähte in den Gang hinaus und sah Groam aus seiner Tür schauen.

»Mit mir selbst«, erwiderte er. »Worum ging's denn vorhin?«

»Normalerweise verträgt Kylie einen Witz«, sagte Groam. »Aber heute waren sie echt unterbesetzt – noch schlimmer als sonst. Das macht denen zu schaffen. Novak hat sich krankgemeldet. Sieht ihm gar nicht ähnlich, nicht zum Dienst zu erscheinen.«

»Was hat er denn?«

Eddie Graves traf jetzt ein, um sie über Nacht einzuschließen, und Groam beschloss, eine Frage zu riskieren. »Hoffentlich hat Chris Novak nicht die Seuche«, sagte er.

»Nur ein kleiner Unfall beim Heimwerken«, erwiderte Graves, klang aber nicht so gut gelaunt wie sonst. »Er ist von der Leiter gefallen und hat sich das rechte Handgelenk verstaucht.«

»Dann kann er sich ja gar keinen mehr runterholen. Sag ihm, ich gleiche die Bilanz für ihn aus.«

»Das ist sehr anständig von dir, Billy. Aber jetzt weg von der Tür.«

Rebus lauschte, während Groams Tür zufiel und abgeschlossen wurde. Dann war er selbst an der Reihe. *Ist von der Leiter gefallen und hat sich das rechte Handgelenk verstaucht* … Als

Graves durch den Spion sah, lag Rebus schon auf dem Bett, den Blick zur Decke gerichtet, allerdings noch weit davon entfernt, einzuschlafen. Seine Gedanken beschäftigten ihn noch lange.

Malcolm Fox blieb länger in Gartcosh, er war noch da, als sich die Büros um ihn herum längst geleert hatten. Der Chief Super hatte ihn bislang noch nicht zu sich bestellt, was ja immerhin schon etwas war. Andererseits wollte Mae McGovern ihn vielleicht auch einfach nur länger auf die Folter spannen. Er hatte Jason Mulgrew eine Nachricht geschickt – *Vergiss nicht, wer deine Freunde sind!* –, aber noch keine Antwort erhalten. Was er gesagt hatte, stimmte – der Einbruch war wirklich Jackie Simpsons Idee gewesen. Und Fox hatte lange mit sich gerungen, bevor er sich damit einverstanden erklärt hatte. Nicht dass er dies Thomas Glaze oder sonst jemandem vom SO15 verraten hätte. Ob Glaze von seiner Demütigung erfahren würde? Was würde man in London denken, jetzt, wo er nicht mehr mit den Mordermittlungen befasst war und dadurch noch weniger Zugang zu Christie und Harrison fand?

Auf dem Computer hatte er eine E-Mail von einem CID-Detective in Glasgow, in der dieser sich über die vergangenen Heldentaten von Mickey Mason ausließ. Vor seiner Festnahme hatte er die Stadt mit Fentanyl überschwemmt. Fox fand das interessant – die Droge verbreitete sich in immer mehr schottischen Groß- und Kleinstädten, auch in Edinburgh. Wenn Mason die alten Geschäfte wieder aufgenommen hatte – und warum hätte er das nicht tun sollen? –, musste er für Shay Hanlon entweder ein Gegenspieler oder ein nützlicher Verbündeter sein. Hanlon brauchte jemanden vor Ort. Everett Harrison saß im Gefängnis, hatte sich aber mit Bobby Briggs angefreundet. Über Briggs konnte er Verbindung zu Mason aufnehmen. Würden sie zusammenarbeiten, würde das die Konkurrenz – Darryl Christie – deutlich schwächen. Warum also sollte er seine Leute aus Merseyside herschicken, um Christies Bande in die Schranken zu weisen, wenn es gerade mal eine Dreiviertelstunde weiter westlich genug willige Schwachköpfe gab, die den Job genauso gut erledigten? Je länger Fox darüber nachdachte, umso mehr leuchtete es ihm ein. Es war zu spät, um noch Glaze anzurufen, aber er würde ihn gleich als Erstes am Morgen kontaktieren. Vielleicht konnte ja beim SO15 jemand Fox' Chef überzeugen, Kollegen für die Observierung von Christies verbliebenen Leuten abzustellen. Hanlon würde mit Sicherheit wieder zuschlagen. Sie mussten nur einen einzigen Angreifer erwischen und identifizieren.

Du brauchst das, Malcolm, sagte Fox sich. *Aber mehr noch als das, du hast es verdient …*

Sechster Tag

18

Als es so aussah, als würde Rebus das Frühstück verpassen, wurden seine Nachbarn unruhig. Groam und Harrison fanden ihn auf dem Bett, er bekam nur schwer Luft. Sie alarmierten einen Beamten, der die diensthabende Krankenschwester holte. Rebus' Inhalator half nicht. Sein Puls raste, und sein Blutdruck war viel zu hoch. Er keuchte und konnte kaum sprechen.

»Er muss ins Krankenhaus«, erklärte die Krankenschwester Blair Samms. »Ich weiß aus Erfahrung, dass der Krankenwagen ewig braucht.«

»Haben wir einen Transporter frei?«, fragte Samms Valerie Watts, die sich der Gruppe in Rebus' Zelle angeschlossen hatte. Rebus sah seine Mitinsassen, die sich jetzt um den Eingang scharten. Ratty winkte ihm verhalten zu, aber Rebus konzentrierte sich auf die Diskussion zwischen Samms und Watts. Watts trat einen Schritt auf ihn zu.

»Auf der Krankenstation gibt's einen klappbaren Rollstuhl. Damit bringen wir Sie zum Wagen. So unterbesetzt, wie wir sind, fahre ich Sie hin – ist das okay?«

Rebus kniff die Augen zu, aber es gelang ihm zu nicken.

Der Direktor traf ein und hörte sich den Bericht der Krankenschwester an, den Blick unverwandt auf Rebus gerichtet, die Lippen aufeinandergepresst. Er musterte immer noch den Patienten, als er sich bei Watts vergewisserte, ob die vorgeschlagene Verfahrensweise angemessen und notwendig war.

Anschließend nickte er nur denkbar knapp und drehte sich um.

»Reizender Krankenbesuch«, presste Rebus heraus, woraufhin die Angestellten sich daranmachten, ihn in eine Jogginghose und sein grünes Sweatshirt zu stecken.

Krank oder nicht, die Vorschriften mussten beachtet werden, Formulare an der Anmeldung neben der Erstaufnahme unterzeichnet werden. Rebus war dort seit seiner Ankunft nicht mehr gewesen. Am Schreibtisch saß derselbe Typ mit derselben düsteren Miene. Er sah Rebus weniger an als *durch* ihn hindurch. Und seine Verwaltungsaufgaben schienen ihm definitiv Freude zu bereiten. Endlich waren sie draußen, Samms wartete im Hof bei Rebus, während Watts das Fahrzeug holte.

»Sie sind weiß wie ein Laken«, sagte Samms, nachdem er den Patienten betrachtet hatte.

»Danke für den Vertrauensbeweis.« Die Worte sprudelten aus Rebus' Mund. Er hielt seinen Inhalator wie einen Rosenkranz. Es war keine Zeit geblieben, darüber nachzudenken, was er vielleicht sonst noch hätte mitnehmen sollen. Die Schwester wollte im Krankenhaus anrufen und seine Daten durchgeben. Sie hatte Watts bereits gewarnt, dass sie möglicherweise stundenlang in der Notaufnahme würden warten müssen.

»Der Snackautomat wird euer bester Freund werden«, hatte sie noch ergänzt.

Watts fuhr einen spritzigen Alfa Romeo. Rebus war sich ziemlich sicher, dass die Farbe in der Verkaufsbroschüre »Mitternachtsblau« oder so ähnlich hieß. Samms wollte sich nicht anmerken lassen, wie beeindruckt er war, während er Watts half, Rebus auf den Beifahrersitz zu verfrachten und anzuschnallen.

»Seit wann hast du den Wagen?«, fragte er.

»Seit letztem Wochenende.«

»Bist du sicher, dass wir in derselben Gehaltsklasse sind?«

»Hab ihn billiger bekommen.«

Rebus sah zu, wie Samms die Beifahrertür schloss und den Rollstuhl ins Hauptgebäude schob.

»Ich hoffe, in der Notaufnahme können wir uns wieder so einen unter den Nagel reißen«, sagte Watts und schnallte sich an. »Ich hab keine Lust, Sie zu tragen.« Bevor sie anfuhr, drehte sie sich noch einmal zu ihrem Beifahrer um: »Sie werden mir doch keinen Ärger machen, John? Nicht in meinem funkelnagelneuen Wagen?«

»Auf keinen Fall«, versicherte ihr Rebus.

Der Alfa wurde ein letztes Mal am Tor kontrolliert, der Kofferraum geöffnet, die Unterseite untersucht, dann öffnete sich das Tor vor ihnen und plötzlich befanden sie sich außerhalb der hohen Gefängnismauern. Rebus starrte unwillkürlich nach draußen. Der Himmel war voller bauschiger Wolken und unglaublich weit. Dann der Verkehr, die Menschen, die Häuser, die Geschäfte und ... alles.

»Ist wahrscheinlich ein Schock«, meinte Watts, die seine Gedanken las.

»Ist schon eine ganze Weile her«, pflichtete er ihr bei.

Sie fuhr größtenteils mit nur einer Hand am Lenkrad, die andere ruhte auf der Mittelkonsole. Am ersten Zebrastreifen sah sie ihn an.

»Sie haben schon wieder ein bisschen mehr Farbe im Gesicht. Und mit dem Atmen scheint es auch deutlich besser zu klappen.«

Rebus drehte sich vom Fenster weg und starrte sie an. Sie war nicht dumm, weit davon entfernt. Er sah, dass sie ihm auf die Schliche kam, es sich aber nicht anmerken lassen wollte. Sie blickte weiter stur auf die Straße vor sich.

»Wir müssen einen Zwischenstopp einlegen«, sagte er schließlich.

»O Mann, John!« Sie grinste leicht verlegen und ließ kurz den Kopf sinken. »Was soll das?«

»Ich muss zu Chris Novak.«

»Auf keinen Fall.«

»Sie wissen, dass ich auf seiner Seite bin – auf seiner und Ihrer. Aber wenn ich ihm helfen soll, muss ich ihn sehen.«

»Das wird nicht passieren.«

»Am Telefon geht's nicht – ich muss vor ihm stehen.«

»Warum?«

»Weil er in Schwierigkeiten steckt. Bisher noch nicht in großen, aber es kann nur schlimmer werden – vielleicht sogar *sehr* viel schlimmer.«

»Sie sind echt anstrengend, John. Dann war das alles bloß ein Trick?«

»War viel schwieriger, als ich mir das vorgestellt hatte. Einmal dachte ich, ich kippe wirklich um.«

»Und wenn nicht ich Sie begleitet hätte, sondern jemand anders? Wenn wir einen Krankenwagen bekommen hätten?«

»Plan A sah vor, dass ich heimlich aus dem Krankenhaus verschwinde.«

»Und?«

»Dann herausfinde, wo Chris wohnt, und ihn dort besuche.«

»Wie hätten Sie das hinbekommen?«

»Vielleicht hätte ich Sie angerufen und gefragt. Später hätte ich mich dann gestellt, wäre schon nichts passiert.«

»Nur dass Ihre Begleiterin einen Riesenanschiss kassiert hätte, weil Sie ihr entwischt wären!«

Rebus starrte sie immer noch an. »Wird höchstens fünf oder zehn Minuten dauern. Wir wissen beide, dass er zu Hause festsitzt.«

»Unter den wachsamen Augen seiner Frau.«

»Ich bin nur ein befreundeter Kollege, der ihn bedauern will.«

»Im Gefangenen-Sweatshirt?« Watts schüttelte langsam den Kopf, nahm den Blick aber nicht von der Straße. Sie umklammerte das Lenkrad jetzt mit beiden Händen, würgte es fast. Rebus war erleichtert, dass sie ihre Wut an einem unbelebten Objekt und nicht an seinem Hals ausließ.

»O Mann, John«, wiederholte sie jetzt etwas weniger vehement als vorher. Dann sah sie ihn an. »Steckt er wirklich in Schwierigkeiten?«

»Ja.«

»Welcher Art?«

»Das erzählt er Ihnen besser selbst.«

Sie schüttelte immer noch den Kopf, bleckte die Zähne und machte urplötzlich einen U-Turn, ringsum wurde laut gehupt. Sie trat aufs Gas und rechnete kurz.

»Könnte fünfzehn bis zwanzig Minuten dauern. Ich weiß nicht, ob die von der Notaufnahme im Gefängnis anrufen, wenn Sie nicht dort auftauchen.«

»Warum rufen Sie nicht an und sagen, dass es mir schon viel besser geht – so gut, dass wir ihnen gar nicht zur Last fallen wollen?«

»Und was sage ich nachher, wenn wir wieder in Saughton sind?«

»Dass wir in der Notaufnahme waren, die mich durchgecheckt haben, und alles in Ordnung ist.« Rebus zuckte mit den Schultern. »Ich improvisiere jetzt.«

»Geht ja auch nur um meinen Kopf«, brummte Watts, telefonierte aber trotzdem. Danach fuhren sie schweigend weiter, bis sie links in eine moderne Wohnsiedlung abbog.

Als sie an Novaks Haus vorbeifuhren, zeigte sie es Rebus, bog dann aber in eine Seitenstraße ab und hielt dort. »Seine Frau darf mich nicht sehen«, sagte sie.

»Waren Sie schon mal hier?« Als er ihren Gesichtsausdruck sah, hob Rebus entschuldigend die Hand. »Das geht mich nichts an«, pflichtete er bei und löste seinen Gurt. Als er die Tür öffnete, packte sie ihn am Unterarm.

»Verarschen Sie mich bloß nicht, wenn doch, mache ich Sie fertig – haben Sie verstanden?«

Er nickte langsam und nachdrücklich, da ihm keine bessere Entgegnung einfiel.

Dann stieg er aus und ging auf einem richtigen Gehweg an richtigen zweistöckigen rauverputzten Häusern mit richtigem gepflegtem Rasen und richtigen gepflasterten Auffahrten vorbei zu dem Haus. Ein Waitrose-Transporter lieferte Lebensmittel aus. Der Fahrer nickte und lächelte ihn an. Rebus nickte zurück. Seine Haut kribbelte, und er sog die Lunge voll Luft. Über sich hörte er ein Flugzeug – und war das ein Zug da in der Ferne? Vielleicht sogar ein Schulhof, auf dem Ball gespielt und laut gerufen wurde? Ein roter Transporter der Royal Mail kroch an ihm vorbei, ein fester Bestandteil des Alltags.

Viel zu schnell stand Rebus vor Novaks Haus, aber bevor er sich der Tür näherte, warf er einen Blick in die angrenzende Garage. Das Rolltor war nicht ganz geschlossen, sodass er einen schlanken weißen BMW und ein ebenso elegantes Motorrad dahinter sah.

Er klingelte und wartete. Er hatte Novaks Frau erwartet, aber

Novak öffnete selbst. Die rechte Hand trug er in einer Schlinge, hob sie trotzdem, als wollte er einen Schlag abwehren.

»Was soll die Scheiße?«, platzte es aus ihm heraus.

»War gerade in der Gegend«, erwiderte Rebus. Novak guckte rechts und links die Straße entlang.

»Wie sind Sie hergekommen?«

»Wollen Sie mich nicht hereinbitten?«

Novak zog ihn mehr oder weniger mit seiner unverletzten Hand ins Haus und schlug die Tür hinter ihm zu.

»Hübsch hier«, sagte Rebus und sah sich um. »Nicht zu protzig – ist das Ihr Geschmack oder der Ihrer Frau? Wo ist sie überhaupt?«

»Machen Sie sich um meine Frau keine Gedanken.« Sie befanden sich im Wohnzimmer, standen einander gegenüber. Rebus bezweifelte, dass man ihm einen Sitzplatz oder ein Getränk anbieten würde, was ihm recht war. »Um die Frage zu wiederholen, John – was soll die Scheiße?«

»Ich glaube, ich hab's kapiert«, sagte Rebus gelassen. »Aber Sie müssen mir das bestätigen.«

»Was bestätigen? Verdammte Scheiße, sind Sie ausgebrochen, oder was? Kommt es schon im Fernsehen?« Novak kramte nach seinem Handy, was sich aber mit nur einer voll funktionsfähigen Hand als schwierig erwies.

»Ich habe einen Krankenhaustermin«, erklärte Rebus. »Wir sind nur einen kleinen Umweg gefahren.«

»Wo ist der Krankenwagen … wer begleitet Sie?« Novak sah aus dem Fenster.

»Das ist nicht wichtig. Aber Folgendes ist wichtig: Sie müssen damit aufhören, und zwar sofort.«

»Womit muss ich aufhören?« Novak bemühte sich, ratlos zu gucken.

»Christie hat mir gesagt, dass sein Mann demjenigen, der ihn bedroht hat, die Waffe entrissen und ihm dabei fast das Handgelenk gebrochen hat. Der Typ fuhr auf einem Motorrad – das war wohl das in Ihrer Garage. Er trug Lederkluft, Handschuhe und einen Helm mit geschlossenem Visier – wahrscheinlich auch ein falsches Kennzeichen? Das sehe ich alles vor mir, und ich vermute mal, ein Liverpooler Akzent ist nicht schwer nachzumachen, wenn man ein bisschen übt und es nicht mit waschechten Liverpoolern zu tun hat.«

Die Luft entwich aus Chris Novak. Er sah Rebus nicht an, starrte stattdessen auf den Ruhebildschirm seines Handys. Darauf waren ein Junge und ein Mädchen zu sehen, beide noch nicht mal Teenager. »An Ihrer Stelle würde ich mir Sorgen um die beiden machen, Chris«, sagte Rebus leise. »Wenn das Spiel, das Sie spielen, außer Kontrolle gerät …«

»Das ist kein Spiel, John. Die haben mich immer wieder und wieder bearbeitet. Haben meinen Wagen angezündet, mir gedroht – und nicht nur mir. Vielen Beamten, die sich weigern wegzusehen oder zu tun, was die verlangen. Christie denkt, ihm *gehört* das Gefängnis. Aber nicht, wenn ich Dienst habe.«

»Sie haben von Hanlon erfahren, haben die Gerüchte gehört, dass er sich für Christies Gebiet interessiert, und wollten es so aussehen lassen, als wäre da wirklich was im Gange – ich vermute, Ihr Cousin beim CID hat Ihnen ein paar Tipps und Adressen gegeben. Dann mussten Sie Christies Team nur noch eine Heidenangst einjagen, ihn schwächen und wütend machen.«

»Wütend *und* machtlos, John.« Ein gewisser Stolz lag jetzt in Novaks Stimme. »Es gibt nämlich Sachen, die er nicht aus dem Gefängnis heraus bewerkstelligen kann, eine ganze Menge Dinge, die er nicht kontrollieren kann, und allmählich dämmert ihm das.«

»Aber jetzt weiß er, dass Sie nur eine Luftpistole benutzt haben. Wenn Sie das nächste Mal so was versuchen, wird keiner von seinen Leuten mehr Angst haben. Die sind vorbereitet – vielleicht sogar selbst bewaffnet –, und dann wollen die ihr Pfund Fleisch.« Rebus betrachtete Novaks rechte Hand. »Wie schlimm ist es denn?«

Novak krümmte und streckte die Finger. »Ich brauche nur ein, zwei Tage Ruhe, mehr nicht. Wird schon wieder.« Sein Blick traf den von Rebus. »Was haben Sie jetzt vor?«

»Außer schleunigst ins Gefängnis zurückzukehren?« Rebus zuckte mit den Schultern. »Nichts – und Sie besser auch nicht. In unserer Gotham City hier ist kein Platz für maskierte Rächer.«

»Ich gehe nicht vor Christie in die Knie, John.«

»Sie haben es doch selbst gesagt – Sie haben ihn geschwächt. Irgendwann fällt jemand hier in die Stadt ein und übernimmt den Laden. Und Sie haben ihm wirklich einen Riesenschrecken eingejagt – ich weiß nicht, ob er sich davon jemals erholen wird. Im Moment denkt er noch, dass es da draußen jemand auf ihn abgesehen hat.« Rebus nickte in Richtung Fenster. »Und das wird weiter an ihm nagen. Sie haben Ihr Ziel erreicht, Chris. Jetzt ist es aber Zeit, Schluss zu machen. Solange Sie noch können.«

»Und Sie, John? Haben Sie was unternommen wegen Blair Samms?«

»Was schlagen Sie vor? Ich kann ihm schlecht mit der Schreibtischlampe ins Gesicht leuchten und ihn psychisch foltern, so wie früher. Solange niemand den Mund aufmacht …«

»Ich bezweifle, dass das passieren wird.«

»Dann kommt der Mörder ungestraft davon.« Rebus zuckte erneut mit den Schultern. »Bis jemand aus der Reihe tanzt und redet.« Er sog alles auf, was ihn umgab, die schönen Möbel, die Familienfotos, den Fernseher und die Stereoanlage. »Sie haben es gut getroffen, Chris. Sehen Sie zu, dass es so bleibt.«

Novak hielt ihm die linke Hand hin, und Rebus schlug ein. An der Haustür fragte er Rebus, wie er ihn gefunden hatte.

»Ich hab noch nicht alles verlernt«, erwiderte Rebus. »Wir sehen uns in ein paar Tagen wieder auf der Ranch, okay?«

»Hören Sie … ich weiß das zu schätzen. Sie sind ein wahnsinniges Risiko für mich eingegangen.«

»Aber jetzt muss ich möglichst unauffällig wieder nach Colditz zurück – wünschen Sie mir Glück.«

Novak deutete einen militärischen Gruß an und wollte die Tür schließen. Rebus hielt sie mit der Hand offen.

»Sie sind Jackie damals an die Gurgel gegangen, oder? In seiner Zelle? Da hatte er nicht gelogen, stimmt's?«

»Das Arschloch hat mir gedroht, dass er meiner Familie was tut, John.«

»Nachdem *Sie* seinen Sohn in Verruf gebracht haben«, stellte Rebus fest. »Sollte Ihnen jemand ein Bein stellen wollen, dann haben Sie sich vorsorglich schon mal hingelegt.«

»Beantworten Sie mir folgende Frage: Angenommen, Sie wären Gefängnisbeamter geworden und kein Polizist – wie gut wären Sie mit so was klargekommen, Tag für Tag?«

»Oh, ich hätte längst jemanden umgebracht«, sagte Rebus und wandte sich ab.

Als er wieder zum Wagen kam, umklammerte Watts immer noch fest das Lenkrad. »Ich hab Wort gehalten«, sagte er beim Einsteigen.

»Ich hab mal durchgerechnet«, sagte sie, als sie den Motor anließ. »Wenn wir jetzt zurückfahren, glauben die uns nie im Leben, dass Sie in der Notaufnahme so schnell drangekommen sind.« Sie sah ihn an. »Nicht weit von hier gibt's einen Burger King Drive-Through – was meinen Sie?«

»Wenn nichts Besseres im Angebot ist.«

»Ein Pub kommt nicht infrage, falls Sie das meinen.«

»Ein Kaffee und ein Speckbrötchen wären mir auch schon recht.« Er sah den Blick, mit dem sie ihn bedachte. »Aber Burger King ist super!«

Sie fuhren noch einmal an Novaks Haus vorbei. Er stand am Wohnzimmerfenster und sah hinaus. Watts begegnete seinem Blick, wenig später erfüllte Musik den Wagen. Bluetooth teilte ihr mit, dass sie einen Anruf erhielt, aber sie ließ es klingeln.

»Ich muss mir noch überlegen, was ich ihm sage«, erklärte sie Rebus. Dann: »Steckt er immer noch in Schwierigkeiten, John?«

»Wenn er sich meinen Rat zu Herzen nimmt, nicht.«

»Gehört dazu auch, dass er sich von mir fernhalten soll?«

»Nicht im Geringsten.«

Sie konzentrierte sich wieder auf die Straße. »Danke.«

»Aber sollte sich herausstellen, dass ihr beide Killer seid«, ergänzte Rebus, »werde ich sehr enttäuscht sein. Ich möchte, dass euch das klar ist.«

Als sie das Funkeln in seinen Augen sah, lachte sie leise, und Rebus lachte mit.

»Die Burger gehen auf mich«, sagte sie.

»Müssen sie auch.« Er klopfte auf seine leeren Taschen.

»Dann wären Sie aus dem Krankenhaus abgehauen ohne Geld, ohne Handy und ohne jede Ahnung, wo Chris überhaupt wohnt? Weiter hatten Sie den Plan nicht durchdacht?«

»Hat aber doch ganz gut geklappt. Ist nicht immer so …«

Rebus lehnte sich zurück an die Kopfstütze und betrachtete die vorüberziehende schöne, weite Welt.

19

Louise Hird war aus Gartcosh gekommen, um sich anzusehen, wie es mit dem Fall voranging. Der DCI fand, sie habe einen Termin in seinem Büro verdient. Er saß an seinem Schreibtisch, Hird und Siobhan Clarke ihm gegenüber.

»Wir haben jetzt mit fast allen Opfern von Campbell gesprochen«, sagte Clarke. »Ein Mädchen ist inzwischen neunzehn und hat ihren Eltern erzählt, was da gelaufen ist. Sie hatte es ihnen als so was wie Unterwäschewerbung verkauft. Allerdings hatte sie ihnen verschwiegen, dass Campbell verlangt hat, dass sie sich jünger anzog und benahm, als sie war.«

»Aber an sich fanden die Eltern das okay?«, fragte DCI Carmichael.

»Campbell hat sie nie angefasst. Laut der Tochter war er der geborene Gentleman.«

»Wurden sie ihm jemals vorgestellt?«, fragte Hird und tippte Notizen in ihr Handy. Clarke schüttelte den Kopf.

»Abgesehen von den Models selbst, ist Campbell niemand sonst begegnet.«

»Welchen Ansatz verfolgen Sie im Hinblick auf seine Ermordung?«

Carmichael antwortete, bevor Clarke dazu kam. »Wir gehen möglichst unvoreingenommen heran, Louise.«

»Nichts spricht für ein gewaltsames Eindringen«, ergänzte Clarke. »Und es gab eine Menge Sicherheitsmaßnahmen.«

»Kameras?«, fragte Hird dazwischen.

»Ausgerichtet auf die Stufen vor der Tür und die Garage – aber er hatte sie nicht eingeschaltet.«

»Und im Haus?«

Clarke schüttelte erneut den Kopf. »Der Täter wurde offensichtlich hereingebeten.«

»Campbell führt die Person in die Küche«, fuhr Carmichael fort, »wahrscheinlich um ihm oder ihr etwas zu trinken anzubieten, dann kehrt er ihr den Rücken zu und …«

»Sie zieht ein Messer aus dem Block«, beendete Clarke den Satz.

Hird begriff, worauf sie hinauswollte. »Derjenige kam also nicht bewaffnet ins Haus. Würde es sich um einen Streit unter Dieben handeln, wäre das Vorgehen insgesamt vermutlich professioneller gewesen. Demnach schließen Sie nicht aus, dass eines der Missbrauchsopfer den Mord begangen hat – wobei Jasmine Andrews vermutlich ganz oben auf der Liste steht?«

»Wir haben bereits landauf, landab nach ihr gefahndet«, sagte Carmichael. »Sie hat bislang noch immer weder ihre Bankkarte noch ihr Handy benutzt.«

»Also, was trifft zu? Ist sie sehr klug und skrupellos, oder hat der wahre Killer sie in seinen Keller gesperrt?« Hird hob eine Hand. »Tut mir leid, wenn ich so offen spreche.«

»Erschwerend kommt noch hinzu«, fuhr Carmichael fort, »dass es keine Fingerabdrücke auf der Tatwaffe gibt, und das bedeutet, dass sie hinterher entweder gründlich gereinigt wurde oder …«

»… der Mörder trug Handschuhe …«

»Oder der Mörder trug Handschuhe«, wiederholte Clarke.

»Womit wir wieder bei einer vorsätzlichen Tat wären«, meinte Hird. »DNA?«

»Verrät uns noch nicht viel.«

Alle drei schwiegen einen Moment lang. Carmichael hob seinen Becher, ohne davon zu trinken. Er hatte einen Teller mit Keksen organisiert, aber bislang hatte sie niemand angerührt.

»Also«, sagte Hird schließlich, »in London wird man sich alles ansehen, was dorthin geschickt wurde. Anscheinend war der Verstorbene nicht Teil eines größeren Netzes. Mit anderen Worten: Er hat seine Ware nicht auf ausländischen Märkten verkauft. Was aber natürlich nicht bedeutet, dass es kein Hotlinking gab.«

Carmichael beugte sich vor. »Hotlinking?«

»Ein Kunde nimmt auf, was er sich ansieht, und verkauft oder teilt es anderswo erneut. Man muss den Opfern klarmachen, dass ihre Bilder noch eine ganze Weile lang online zu finden sein werden.« Sie veränderte ihre Sitzposition ein wenig. »Den Nachrichten nach, die zwischen den Kunden und Campbell gewechselt wurden, wollten einige definitiv, dass die Models weitergehen – und sie wurden wütend, als Campbell abschlägig reagiert hat. Auch das könnte ein mögliches Motiv sein.«

»Haben wir genug in der Hand, um gegen diese Männer vorzugehen?«, erkundigte sich Carmichael.

»Das ist eine Frage für den Staatsanwalt. Ich würde sagen, wir bewegen uns damit in einer Grauzone. Aber Sie sollten definitiv Verwarnungen aussprechen, wenn auch nur, um ihnen einen Schrecken einzujagen.«

»Einer hat sich schon umgebracht«, sagte Clarke leise.

»Das ist nicht Ihre Schuld, Siobhan.« Hird wandte sich wieder an Carmichael. »Haben Sie genug Leute aus dem Opferschutz, um das zu stemmen?«

»Wir haben genau zwei zugeteilt bekommen«, erklärte ihr Carmichael. »Eine dritte Kollegin ist aus Dundee unterwegs hierher.«

»Da wird einiges zu tun sein. Ich fand die Zusammenarbeit bislang immer ungeheuer wertvoll – die Familien vertrauen ihnen, und nur dann wird das Unsagbare endlich laut ausgesprochen. Wie sieht es mit den Männern aus, die für den Missbrauch bezahlt haben … soweit sie noch unter uns weilen? Kommt von denen jemand für den Mord infrage?«

»Bislang nicht.« Clarke hob ihren Becher und legte beide Hände darum. »An einem beißen wir uns die Zähne aus«, gestand sie. »Er nennt sich Valerio.« Sie buchstabierte den Namen. »Nur der Name, gefolgt von einer Reihe Ziffern. Die Zahlen scheinen nichts zu bedeuten, aber wir haben Valerio gegoogelt und sind bei zwei Geschäften gelandet – wir haben uns beide angesehen und einen Zusammenhang ausgeschlossen. An sich ist das ja einfach ein italienischer oder spanischer Männername, er bedeutet ›stark‹ oder ›gesund‹.«

»Wenn eins feststeht, dann, dass es sich nicht um den richtigen Namen desjenigen handelt. Meinen Sie, es ist jemand aus der Gegend hier?«

»Wir haben keine Ahnung – er scheint sich ganz gut im Darknet auszukennen und weiß, wie er sich schützt. Wir kommen einfach nicht weiter als bis zum Benutzernamen.«

»Ich kann ja mal in London anklopfen, vielleicht können die uns weiterhelfen.« Hird sah Carmichael direkt an. »Aus meiner Sicht hätte es viel schlimmer sein können. Von eurer Warte aus betrachtet ist aber auch klar, dass noch viel Arbeit vor euch liegt. Hat Campbells Mutter eine Ahnung, was ihr Sohn da getrieben hat?«

»Absolut keine«, erwiderte Clarke.

»Aber inzwischen hat man es ihr doch bestimmt gesagt?«

»Zak ist trotzdem noch ihr lieber Unschuldsengel. Und wird es immer bleiben.«

»Ich vermute mal, dann hat er mit ihr auch nicht über mögliche Feinde oder Drohungen gegen sich gesprochen?«

»Nein, aber die Liste wird immer länger. Er hat Frauen in Bars und Clubs angequatscht – was deren Freunden nicht immer gefallen hat. Ein alter Schulfreund hat als eine Art Schutzschild für ihn fungiert. Er sagt, ihre Wege hätten sich wegen Zaks Onlineaktivitäten getrennt.«

»Aus der Gerichtsmedizin auch nichts, das uns weiterhilft?«

»Dreiundzwanzig junge Menschen haben ihn regelmäßig zu Hause besucht«, sagte Clarke. »Da gibt es eine Masse abzugleichen und zu prüfen.«

»Aber uns wird kein einziges Haar entgehen«, sagte Carmichael abwehrend. »Alle arbeiten auf Hochtouren.«

»Daran habe ich keinen Zweifel«, erwiderte Hird. »Aber ich würde mich gerne durch die Räumlichkeiten führen lassen, wenn Siobhan so nett wäre.«

»Sehr gerne.«

»Interessieren Sie sich für etwas Bestimmtes, Louise?«, fragte Carmichael.

»Ich bin eigentlich nur neidisch auf die personelle Ausstattung«, erwiderte sie mit der Andeutung eines müden Lächelns.

Als Hird nach ihrem Rundgang gehen wollte, führte Gillian Reeves einen Mann in Begleitung von DC Pete Swinton den Gang entlang. Der Mann war Anfang zwanzig, übergewichtig, hatte schlechte Haut und strähniges Haar. Er trug ein T-Shirt mit dem Logo einer Metalband, dazu eine schmutzige Harrington-Jacke, zu weite Jeans schleiften über den Boden.

»Thomas Simpson«, sagte Reeves im Vorbeigehen, als ob es Zweifel daran gäbe. Marcus' Cousin wurde in den Vernehmungsraum geschoben.

»Ich finde allein raus«, versicherte Hird Clarke. »Aber halten Sie mich gerne auf dem Laufenden.«

Der Stuhl, den Esson im Vernehmungsraum abgestellt hatte, war noch da, obwohl Esson selbst an den Gayfield Square zu einer Besprechung mit Mae McGovern gerufen worden war. Simpson und Reeves saßen bereits dort, Swinton machte sich an der neu installierten Videokamera zu schaffen. Er gab Clarke mit einer Geste zu verstehen, dass sie seinen Platz einnehmen könne, aber sie schüttelte den Kopf und lehnte sich stattdessen stehend an die Wand, gerade so noch im Blickfeld des Cousins. Die Lektion hatte sie vor vielen Jahren von Rebus gelernt. Auf diese Weise machte man die eigene Präsenz irgendwie unheilvoll spürbar. Der zu Vernehmende konnte unmöglich erahnen, was man vorhatte. Als die Vernehmung begann, schlug sie ein Bein über das andere.

Nachdem alle Vorbereitungen getroffen waren, widmete Reeves sich der dicken Akte vor sich und wartete kurz, bevor sie mit der Vernehmung startete.

»Hat Marcus Ihnen mal gesagt, warum er glaubte, sich vor uns verstecken zu müssen?«

Tommy Simpson schluckte schwer, und als er zu sprechen begann, klang er, als hätte er eine Woche in der Wüste verbracht. »Der pennt oft bei mir.«

»Er meint, bei seiner Mutter«, ergänzte Reeves erklärend für Clarke. »Er lag im Bett, hat fest geschlafen, als sie uns reingelassen hat. Dann sind wir alle zusammen nach oben und haben ihn geweckt. Auf dem Boden lag ein Schlafsack, vermutlich für Gäste.«

»Ansonsten sah's in dem Zimmer aus wie auf der Brücke der *Enterprise*«, ergänzte Swinton. »Ich hab in meinem Leben noch nie so viele Bildschirme und Kabel gesehen.«

»Ich bin Spieledesigner«, sagte Tommy.

»Irgendwas, wovon wir schon mal gehört haben?«

»So weit bin ich noch nicht«, murmelte er.

»Aber nebenher haben Sie Websites gebaut, richtig? Zum Beispiel für Zak Campbell?«

»Wenn Sie meinen.«

»Ihr Cousin Marcus hat das behauptet«, warf Clarke ein. »Wie viel hat Zak Ihnen denn noch geschuldet?«

»Zweitausend.«

»Das muss Sie doch ganz schön gewurmt haben.«

Tommy Simpsons Gesicht geriet in Bewegung, er zuckte und zwinkerte, als würden sich winzige Organismen unter seiner Haut winden. »Marcus hätte besser die Klappe gehalten.«

»Sind Sie Valerio, Tommy?«

Er drehte sich halb zu Clarke um und sah sie an. »Wer?«

»Der Name eines Users auf Zaks Seite.«

»Ich war da nie.«

»Nie?«

»Nicht mehr, seit ich sie gebaut habe.«

»Waren Sie gar nicht neugierig?«

»Macht mich nicht an, so was.«

»Aber Marcus?«

»Nicht, wenn er bei mir war. MMORPGs sind viel mehr sein Ding.«

»Sind das nicht Spiele, die man mit mehreren zusammen im Netz spielt?«, vergewisserte sich Reeves. Tommy antwortete mit einem erhobenen Daumen. »Aber Zak hatte was anderes vor, und das wussten Sie, oder? Er wollte Pornos an zahlende Kunden streamen.«

»Total einfach.«

»Obwohl so viel verschlüsselt werden muss?«

Wieder Daumen hoch.

»Waren Sie bei ihm zu Hause, seit die Seite online gestellt war?«

»Er hat mich nie eingeladen.«

»Aber er war Ihnen einen Haufen Geld schuldig – haben Sie nicht überlegt, mal bei ihm anzuklopfen?«

»Ich hab Marcus gebeten, ihn danach zu fragen, aber dann hat er sich mit Zak verkracht.«

»Und was hat Ihnen Marcus darüber erzählt?«, fragte Clarke.

»Nur, dass ihm nicht gefallen hat, wie sich das entwickelt.« Tommy hielt inne und schluckte wieder. »Vom Alter her, meine ich.«

»Das muss Ihnen doch auch unangenehm gewesen sein, Tommy«, sagte Reeves mit besorgtem Unterton. »Spätestens da müssen Sie doch begriffen haben, dass er damit eine Grenze überschritten hatte – und dass auch Sie ins Fadenkreuz geraten, wenn er erwischt wird.«

»Ich hab ja keine Fußabdrücke hinterlassen. Sie waren doch auf der Seite – ich wette, da haben Sie nichts gefunden, was zu mir führt.«

»Es sei denn, Sie sind Valerio«, sagte Clarke.

Er drehte den Kopf wieder zu ihr um. »Warum ist dieser Valerio denn so wichtig?«

»Weil er wie Sie auch sehr gut darin ist, keine Fußabdrücke zu hinterlassen.« Sie machte eine dramatische Pause. »Wie ein Profi.«

Tommy schüttelte den Kopf. »Ich hab Ihnen schon gesagt, mich interessiert so was nicht.«

»Trotzdem ist es Ihr Baby, Sie haben es in die Welt gesetzt – das heißt, vielleicht können Sie uns helfen, ein bisschen tiefer nachzuforschen?«

»Geben Sie mir eine Tastatur und eine anständige Bandbreite.«

»Das geht nur bei uns im Labor zusammen mit einem unserer IT-Spezialisten«, sagte Clarke. »Aber dadurch könnten sie definitiv ein paar Punkte machen.« Sie legte erneut eine Pause ein, um das Gesagte sacken zu lassen. »Dann waren Sie also länger nicht bei Campbell zu Hause?«

»Seit Monaten nicht mehr.«

»Haben Sie was dagegen, wenn wir Ihre Fingerabdrücke und eine Speichelprobe nehmen? Um Sie zu eliminieren.«

»Bewahren Sie so was auf?«

»Nicht auf Dauer.«

»Wird es aus dem System gelöscht?«

»Wir sind nicht Big Brother, Tommy – zumindest noch nicht.«

»Ich habe Zak gefragt, warum er sich überhaupt mit Menschen aus Fleisch und Blut herumschlagen will, wo's doch Avatare gibt, die sind billig, sehen fast aus wie echt und sagen bestimmt nicht Nein.«

»Haben Zaks Models denn Nein gesagt oder sich unwillig gezeigt?«

»Woher soll ich das wissen?«

»Vielleicht hat Ihr Cousin ja mal was erzählt.«

»Hat er nicht.« Tommy knabberte an der Haut neben seinem rechten Daumennagel.

»Hat Marcus mal eine Jasmine erwähnt?«, fragte Clarke.

»Nein.«

»Sie wissen aber, von wem die Rede ist, oder?«

»Klar.«

»Und Marcus hat sie nicht bei Ihnen versteckt?«

»Fragen Sie doch die beiden, die waren ja da.« Er machte eine Handbewegung in Richtung Reeves und Swinton. Die Stille zog sich in die Länge, als den drei Detectives bewusst wurde, dass ihnen die Fragen ausgingen. Clarke zeigte auf Swinton. »Bleiben Sie bei ihm, Pete. Rufen Sie im Labor an und finden Sie heraus, wer sich dort mit ihm an einen Computer setzen kann.«

Swinton nickte, machte sich bereit, die Aufnahme zu beenden, während Clarke und Reeves den Raum verließen und zum MIT gingen.

»Wohnt noch bei Mama«, wiederholte Reeves.

»Toller Hecht.«

»Wenn er's war, schiebt er's bestimmt auf die Videospiele.«

»Glaubst du denn, er war's?«

»Ich hab aufgehört, Vermutungen anzustellen. Viel zu viele Verdächtige; wäre ganz gut, wenn wir das Feld eingrenzen könnten.«

Sie hörten das Stimmengewirr, bevor sie eintraten, das Team hatte sich um Bryan Carmichael geschart, alle guckten aufgeregt. Er winkte Clarke und Reeves zu sich heran. Trisha Singh hatte Neuigkeiten zu verkünden.

»Eine Handvoll Kunden hat sehr viel mehr gezahlt als andere«, sagte sie und klang dabei atemlos. »Wir dachten vielleicht für einen irgendwie privilegierten Zugang – vielleicht sogar physischen Kontakt. Aber die Personen, die wir bislang vernommen haben, haben das ausgeschlossen. Jetzt hat uns einer von ihnen angerufen. Er wusste, wir würden bei ihm auftauchen, also hat er die Initiative ergriffen. Ein pensionierter Geschäftsmann, lebt in Gullane.«

»Spuck's aus, Trisha«, sagte Clarke.

Aber Cammy Colson kam Singh zuvor.

»Sextortion«, sagte er. Das Wort schien ihm so gut zu gefallen, dass er es gleich noch einmal wiederholte. Clarke sah DCI Carmichael an, der es ebenfalls sagte. Sie fragte Singh nach dem Namen des Mannes.

»Alexander Urquhart.«

»Dann sollten wir ihn wohl mal zu einem Gespräch herbitten.«

»Anscheinend kann er das Haus nicht verlassen«, sagte Carmichael. »Ist mehr oder weniger an den Rollstuhl gefesselt.«

»Dann geben Sie mir seine Adresse.«

Carmichael fiel auf, dass Singh sich auf die Zehenspitzen stellte, weil sie auf keinen Fall übersehen werden wollte. Er nickte ihr zu. »Fahrt ihr beide zusammen zu ihm«, sagte er.

Clarke drehte sich zu Reeves um. »Pass auf, dass Tommy Simpson den besten Nerd im ganzen Labor zugeteilt bekommt.«

»Mach ich«, sagte Reeves und dann: »Los, schnappt ihn euch, Mädchen.«

20

Clarke ließ Trisha Singh fahren, lehnte sich an die Kopfstütze und schloss eine Weile lang die Augen. Nahmen die Ermittlungen Fahrt auf, oder zerfaserten sie gerade? Ihr war viel zu schwindlig von allem, um das feststellen zu können.

»Wie hat er geklungen, als du mit ihm geredet hast?«, fragte sie schließlich.

»Gelassen. Überhaupt nicht verlegen oder so. Wohlhabend.« Singh war keine gesprächige Fahrerin, sie konzentrierte sich lieber auf den Verkehr, und jetzt steckten sie mitten in der Rushhour, die in dieser Stadt allerdings niemals zu enden schien. Singhs Wagen hatte kein Blaulicht, sodass sie auch kaum etwas unternehmen konnten – aber Urquhart würde ihnen ja auch nicht weglaufen. Als sie aus der Stadt herausgefahren waren, beschleunigten die Fahrzeuge vor ihnen, die Fahrer hatten es eilig, ins behagliche East Lothian der Mittelschicht zu gelangen. Sie fuhren an Ackerland und Wohnhäusern vorbei, den Firth of Forth ließen sie links liegen. Gullane bestand aus kaum mehr als einer Hauptstraße mit ein paar wenigen Geschäften und Restaurants. Attraktiv wurde es durch seine Golfplätze, unter anderem Muirfield. Singhs Mann war Arzt und hatte viele Runden dort gespielt.

»Lassen die inzwischen denn auch Frauen zu?«, fragte Clarke.

»Ja, aber mein Handicap ist zu schlecht.«

»Das Wort verwendest du gegenüber unserem Rollstuhlfahrer aber lieber nicht.« Singh formte ein erschrockenes O mit den Lippen. »War nur Spaß, Trisha«, sagte Clarke.

»Da hätte ich aber überhaupt nicht dran gedacht.« Singh sah auf ihr Navi auf dem Armaturenbrett. »Wir sind gleich da«, sagte sie.

Urquhart lebte in einem edwardianischen Haus im Baronial-Stil, mit Türmchen und Treppengiebeln. Das Tor öffnete sich und gab den Weg auf eine breite Kiesauffahrt frei. Als sie sich der lackierten Eichentür des Hauses näherten, wurde diese von einer eindrucksvollen Frau in Tweed mit dicken Wollsocken, braunen Halbschuhen und einem silbergrauen Dutt geöffnet.

»Mrs Urquhart?«, riet Clarke.

»*Miss* Urquhart«, korrigierte die Frau. Vom Auftreten her erinnerte sie an eine strenge Lehrerin aus einem anderen Jahrhundert, ihr Gesicht war hager, aber größtenteils faltenfrei, die Augen glichen denen eines Habichts. »Sie sind wohl von der Polizei. Alexander sagt, er erwartet Sie.«

Inzwischen standen sie in dem großen holzvertäfelten Eingangsbereich. Urquharts Schwester schloss die Tür und musterte die Gäste. »Er hat sich relativ bedeckt gehalten hinsichtlich des Anlasses Ihres Besuchs.«

»Möchten Sie raten?«

»Das steht mir nicht zu.«

»Pflegen Sie ihn, Miss Urquhart?«, fragte Singh.

»Seit Julias Tod«, bestätigte sie.

»Dann war Julia seine Frau?«

»Wer sonst?« Sie hielt inne und senkte leicht die Stimme. »Sie wissen, dass er Friedensrichter ist? Friedensrichter *war*, muss ich sagen. Ich denke einfach, das sollte Ihnen bewusst sein.« Keiner der beiden Detectives entgegnete etwas darauf, was

Miss Urquhart offenbar enttäuschend fand. Sie führte sie an eine Tür, klopfte und stieß sie auf. »Deine Gäste, Alexander«, sagte sie und führte sie herein. »Wird Tee gewünscht?« Clarke und Singh versicherten ihr, das sei nicht nötig, woraufhin sie die Tür langsam schloss und selbst draußen blieb.

Alexander Urquhart saß mit seinem Rollstuhl an einem antiken, reich verzierten Schreibtisch, vor einer mit Glastüren geschützten Bücherwand. Dem Aussehen nach war er Mitte siebzig, die grauen Haare bildeten einen Kranz um seinen kahlen Schädel. Er trug eine Halbmondbrille und war gerade dabei, etwas in ein übergroßes Notizbuch einzutragen.

»Das ist kein Geständnis, müssen Sie wissen«, erklärte er ihnen und schlug mit der Hand auf die aufgeschlagene Seite.

»Mr Urquhart, ich bin DC Singh. Wir haben telefoniert.«

»Allerdings, das haben wir.« Urquhart neigte den Kopf leicht zur Begrüßung.

»In welcher Region Indiens sind Sie zu Hause?«

»Blackhall.« Während Urquhart die Stirn in Falten legte, drehte sich Singh zu Clarke um. »Das ist Detective Inspector Clarke.«

»Zwei charmante junge Frauen – welch ein Vergnügen.«

»Aus der New Town«, erklärte Clarke ungefragt. Dann: »Aber ist das wirklich so ein Vergnügen, Sir? Die meisten anderen in Ihrer Situation wären nicht ganz so entspannt.«

»Bin ich entspannt?« Er dachte über die Frage nach. »Wahrscheinlich bin ich das.«

»Weil Sie sich nicht mehr in den Klauen des Mannes befinden, der Sie erpresst hat?«

»Sextortion nennt man das, nicht wahr? Vermutlich dachte er, ich sei einen Versuch wert, als er Nachforschungen im Netz über mich angestellt und herausgefunden hat, dass ich Friedensrichter war – ich nehme an, Morjory hat Ihnen das bereits gesagt?« Er lächelte, eine Antwort war nicht nötig. »Sie denkt, dass Sie dann vielleicht milder mit mir umspringen, egal was ich getan habe.«

»Werden Sie es ihr denn sagen?«

Urquhart streckte die Arme aus. »Was habe ich denn getan?«

»Sie haben minderjährigen Mädchen online dabei zugesehen, wie sie sich nackt ausziehen«, erwiderte Singh.

»Aber ich hatte keine Ahnung, dass sie minderjährig waren, bis dieser Kerl versucht hat, Geld von mir zu erpressen.«

»Erfolgreich versucht«, hielt Clarke für nötig zu ergänzen.

»Ein- oder zweimal, ja. Aber dann dachte ich: Warum zum Teufel soll ich zahlen? Ich habe die Zahlungen eingestellt und ihm gesagt, er soll sich erhängen. Wenn er wolle, könne er mich vor aller Welt bloßstellen, aber ich würde ihm keinen weiteren Sous mehr geben, und wenn er nicht aufhören würde, mich zu belästigen, würde ich selbst zur Polizei gehen.«

»Aber das haben Sie nicht getan, Sir«, sagte Singh in kühlem Tonfall. Urquhart war damit beschäftigt, sich mit seinem Rollstuhl vom Schreibtisch wegzumanövrieren. Er fuhr zu einem Sofa und gab seinen Gästen zu verstehen, dort Platz zu nehmen. Singh und Clarke folgten ihm, blieben aber stehen.

»Hat er sich Ihnen im Verlauf des Ganzen zu erkennen gegeben?«, fragte Clarke.

»Er hat ein Pseudonym benutzt. Tatsächlich sogar mehr als eins – er schien mir jedes Mal von einer anderen E-Mail-Adresse zu schreiben.«

»Wie wurde das Geld überwiesen?«

»Auf ein Cyberwallet. Das musste er mir Schritt für Schritt erklären. Ich verwende sonst immer noch ein Scheckheft, Herrgott.« Urquhart trommelte mit den Fingern auf den Armlehnen seines Rollstuhls. »Ich hatte das Gefühl, dass er wahrscheinlich hier aus der Gegend stammt«, gestand er schließlich. »Vor allem weil auch die Mädchen von hier waren – das hörte man an ihrem Akzent.«

»Das heißt, die Mädchen haben mit Ihnen gesprochen und Sie umgekehrt auch mit Ihnen?«

»Die Unterhaltung, sofern sie überhaupt stattfand, verlief grundsätzlich einseitig. Ich habe eine Botschaft eingetippt, und manchmal haben sie zurückgeschrieben, vielleicht aber auch etwas gesagt.« Er hielt inne und rüttelte an den Metallbügeln des Rollstuhls, die als Armlehnen dienten. »Selbst wenn ich hinter seine Identität gekommen wäre, so ohne Weiteres hätte ich ihn in diesem Ding hier wohl kaum um die Ecke bringen können.«

»Das mag sein, aber mit den Ihnen zur Verfügung stehenden Mitteln hätten Sie auch jemanden dafür bezahlen können.«

Urquhart fixierte Clarke mit einem Blick. »Aber das ist nicht geschehen, Inspector.«

»Ich vermute, Sie sind in Ihrer Zeit als Friedensrichter der einen oder anderen zwielichtigen Gestalt begegnet.«

»Wir haben hinterher keinen Kontakt gehalten.« Das schmale Lächeln war wieder da.

»Kannten Sie einen oder mehrere der anderen Nutzer der Seite auch im wahren Leben?« Er schüttelte den Kopf. »Und Sie haben auch keine Gleichgesinnten eingeladen, sich dem Club anzuschließen?«

»Nein, das habe ich nicht.«

»Gibt es sonst irgendetwas, das Sie uns gerne mitteilen würden, Mr Urquhart?«, fragte Singh.

»Nur dass ich bitter bereue, mich überhaupt auf diese ganze traurige Angelegenheit eingelassen zu haben.«

»Darf ich fragen, wie Sie auf die Seite gestoßen sind? Haben Sie einfach im Netz gesucht, oder wurde sie Ihnen empfohlen?«

»Das Internet ist eine außergewöhnliche Sphäre«, erklärte Urquhart. »Selbst die unschuldigste Seele ist dort nie weiter als wenige Klicks von Dingen entfernt, die sie sich kaum je vorzustellen gewagt hätte und einigem darüber hinaus.«

»Wollen Sie damit sagen, dass dies Ihr erster Ausflug ins Reich des digitalen Missbrauchs war?«

Er zuckte leicht zusammen. »Sie haben natürlich recht. Man kann das durchaus als Missbrauch bezeichnen, jedenfalls im Nachhinein.« Er blickte von einem Detective zur anderen, suchte etwas, das er nicht fand. »Und jetzt?«, fragte er.

»Wir werden eine offizielle Vernehmung veranlassen«, erklärte Clarke. »Wir können sie hier aufzeichnen. Außerdem werden wir Ihre Daten an unsere Kollegen in der Abteilung für Kindesmissbrauch und an die National Crime Agency weiterleiten.«

Urquharts Blick verdüsterte sich. »Selbstverständlich«, murmelte er, das Kinn auf die Brust gepresst.

Clarke ging, ohne weitere Worte zu verlieren, zur Tür. Singh folgte ihr.

»Einen schönen Tag, Officers«, sagte Urquhart automatisch, wahrscheinlich seiner vermeintlich guten Kinderstube geschuldet.

Seine Schwester hörte die Tür und kam aus der Küche, ein Geschirrtuch in den Händen, eine Schürze umgebunden.

»Alles in Ordnung?«, fragte sie.

»Jemand wird kommen und eine Aussage aufnehmen.« Clarke sah sie an. »Ihr Bruder hat eine Vorliebe für Kinderpornografie, Miss Urquhart. Ich hoffe, Sie empfinden das als ebenso verstörend wie wir.«

Die Frau rümpfte die Nase. »Ich finde das nicht im Geringsten verstörend. Alexander hat so viel Gutes bewirkt auf dieser Welt, und niemand ist ohne Fehler – vermutlich nicht einmal Sie.« Sie zog die Tür auf. »Mein Bruder ist kein Krimineller, und es wird Ihnen nicht gelingen, mich vom Gegenteil zu überzeugen. Ich werde seinen Anwalt einschalten, sobald ich mit Ihnen hier fertig bin.«

Clarke und Singh gingen wortlos über den Kies zu Singhs Wagen.

»Was für eine fürchterliche Person«, meinte Singh, als sie den Wagen aufschloss. »Sie hat es die ganze Zeit gewusst, oder?«

»Denke schon.«

»Und es hat sie überhaupt nicht gestört?«

»Sieht so aus.«

»Komische alte Käuze, alle beide. Und das Haus macht mir Gänsehaut.« Sie drehte sich zu Clarke um und ließ dabei den Motor an. »Was jetzt?«

»Lass uns in Port Seton anhalten und Pommes holen«, sagte Clarke entschieden.

»Du bist sowieso die Chefin, Siobhan. Aber das ist eine Strategie, hinter der ich definitiv stehe.«

Jason Mulgrew brachte den Leiter des HMP Edinburgh gerade auf den aktuellen Stand der Dinge, als die Tür aufging und Malcolm Fox eintrat.

»Was dagegen, wenn ich dazustoße?«, fragte Fox. »Howard und ich sind alte Freunde – ich hoffe, ich darf das so sagen, Howard?«

Der Direktor zögerte nur einen kurzen Augenblick, dann nickte er.

»Also, worüber habt ihr geredet?«, fragte Fox Mulgrew, den Blick auf ihn gerichtet.

»Wir wollten gerade erst anfangen«, erwiderte Mulgrew.

Fox nickte: Bislang war sein Ausstieg aus den Ermittlungen also noch nicht Thema gewesen. Er strich sich über die Krawatte und schlug ein Bein über das andere.

»Ich habe Jason gerade gesagt«, fuhr Tennent fort, »dass die Stimmung unter den Gefangenen noch immer recht angespannt ist und davon, dass Darryl Christie sich Everett Harrison vorknöpft, natürlich auch nicht besser wird.«

»Befindet sich Christie noch in Isolationshaft?«, vergewisserte sich Fox.

»Heute soll er wieder zurück nach Trinity Hall. Ich habe ihn mir zusammen mit Harrison herbestellt.«

»Um was genau ging es bei der Auseinandersetzung?«

»So was kann ganz plötzlich aus dem Nichts heraus entstehen, Malcolm.«

»Mag sein, aber in diesem Fall entstand der Konflikt dadurch, dass Harrisons Boss Christie und seine Geschäfte bedroht. Seine Männer werden gezielt überfallen. Ich fürchte, da wirkt die Standpauke, die er bekommen hat, höchstens wie ein Tropfen auf den heißen Stein.«

»Wirklich helfen würde nur ein Durchbruch in dem Fall.« Er richtete den Blick jetzt wieder auf Mulgrew.

»Ich muss leider sagen, dass wir nur begrenzt Fortschritte gemacht haben – zu allem Überfluss wurde auch noch eine meiner Beamtinnen vorübergehend von einem parallel ermittelnden Team abgezogen. Aber wir lassen nichts unversucht, das kann ich Ihnen versichern. Zurzeit denken wir, dass Jackie Simpson trotz der Aussage seines Zellengenossen bereits vor dem Einschluss ermordet wurde.«

»Das heißt, ein anderer Gefangener würde jetzt doch als Täter infrage kommen?« Tennent sah aus und klang wie jemand, der sich an einen Strohhalm klammert.

»Und damit steht Everett Harrison wieder ganz oben auf der Liste«, sagte Fox.

»Nur wenn er wusste, dass er seinen Knastaufenthalt Simpson zu verdanken hatte«, bremste Mulgrew. »Ich glaube kaum, dass er das uns gegenüber zugeben würde, selbst wenn es so wäre.«

»*Uns* gegenüber nicht«, sagte Fox. »Aber es kann doch gut sein, dass er es *jemandem* erzählt hat …« Er wandte sich wieder an den Direktor. »Bei Ihnen sitzt doch auch ein gewisser Bobby Briggs, in einem anderen Trakt. Ich habe gehört, Harrison und er stehen sich recht nahe.«

»Und deshalb wird er uns bestimmt nicht verraten, was Harrison ihm anvertraut hat.«

Fox tat, als würde er kurz nachdenken. »Bekommt Briggs jemals Besuch?«

»Das nehme ich doch an«, sagte Tennent.

»Gibt es eine Liste der Besucher? Ich interessiere mich vor allem für einen – Mickey Mason.«

»Der Name sagt mir was«, erwiderte der Direktor und verengte dabei den Blick. »Kein Wunder, sein Strafregister ist lang.«

Mulgrew sah Fox an. »Was denken Sie, Malcolm?«

»Ich zähle nur eins und eins zusammen, Jason.«

»Angenommen, Harrison hat den Mord verübt, dann musste er das Messer doch irgendwie loswerden.«

Fox zuckte mit den Schultern. »Kann jemand für ihn rausgeschmuggelt haben.« Tennent sah aus, als wollte er widersprechen, aber Fox hob beschwichtigend die Hand. »Muss kein Gefängnismitarbeiter gewesen sein.«

»Aber wie kommen wir an Harrison heran?«, fragte Mulgrew schließlich.

»Ich weiß nicht, ob das überhaupt möglich ist«, gestand Fox. »Wer ihn verpfeift, macht sich automatisch zur Zielscheibe.« Er drehte sich wieder zum Direktor um. »Wie sieht's denn mit Bestechung aus, Howard? Besondere Vergünstigungen im Austausch gegen Informationen?«

»Nach allem, was Sie mir berichtet haben, müsste zu den Vergünstigungen auch ein Rund-um-die-Uhr-Schutz vor Harrison gehören.«

»Sie könnten immer noch seine Verlegung in ein anderes Gefängnis beantragen. Auch das könnte vielleicht helfen, ein paar Zungen zu lösen.«

»Wäre ein Gedanke«, lenkte Tennent ein und verschränkte die Arme.

»Die Auseinandersetzung mit Christie liefert Ihnen den perfekten Vorwand«, ergänzte Mulgrew.

Tennent nickte langsam. »Überlassen Sie das mir«, sagte er.

Ein paar Minuten später beendeten sie die Besprechung. Fox und Mulgrew gingen gemeinsam zum Ausgang, geführt von Tennents Sekretärin.

»Danke, dass du nichts gesagt hast«, sagte Fox leise. »Davon, dass die mich nach Gartcosh zurückgeschickt haben, meine ich.«

»Keine Problem.«

»Muss auch niemand wissen, dass ich hier war.«

»Wusstest du von dem Termin?«

»Reiner Zufall.«

»Eigentlich warst du hier, um dich nach diesem Briggs zu erkundigen?«

»Briggs und Mason, genau.«

»Ohne Zusammenhang zu Jackie Simpsons Dahinscheiden?«

Fox zuckte erneut mit den Schultern. »Ist Christine noch nicht wieder in den Schoß der Familie zurückgekehrt?«

»Steht aber kurz bevor.«

»Gibt's was Neues aus St. Leonard's?«

»Wenn, dann erzählt sie's mir nicht.«

Sie gelangten in den Eingangsbereich, die Sekretärin winkte ihnen nach. Beide holten ihre Handys aus den Schließfächern.

»Gehen wir nachher noch was trinken?«, fragte Fox.

»Warum nicht?«, erwiderte Mulgrew.

Sie gaben sich die Hand darauf.

Als Fox sich seinem Wagen näherte, traf eine Nachricht von Stevie Hodge bei der OCCTU ein.

Jake Morris ist wieder aufgetaucht. Lohnt es sich, mit ihm zu sprechen?

Überlass das mir, Stevie, schrieb Fox zurück.

Sicher?

Todsicher. Bis bald.

»Wer nicht wagt, der nicht gewinnt«, sagte er leise zu sich selbst, als er die Fahrertür aufzog. Jake Morris: Jemand fuchtelt mit einer Pistole vor seiner Nase herum, er taucht ab, aber jetzt ist er wieder am Start. *Lohnt es sich, mit ihm zu sprechen?* Auf jeden Fall – und zwar ohne dass vorher ein Stevie Hodge dazwischenfunkt.

21

Nachdem er vorbildliches Verhalten gelobt hatte, durfte Darryl Christie nach Trinity Hall zurückkehren.

Rebus wusste, dass es ein Fehler war, aber in einem anderen Trakt waren zwei Gefangene mit selbstgeschnitzten Messern aufeinander losgegangen, weshalb Christies Zelle in der Isolationshaft benötigt wurde. Er kam beschwingt in seinen alten Gang spaziert und strahlte Rebus fröhlich an. Einige pfiffen und klatschten, was den finster dreinblickenden Harrison nicht zu begeistern schien, als er aus seiner Zelle trat, um sich das Schauspiel anzusehen.

»Später noch eine Runde Billard, Darryl?«, rief jemand.

»Nur wenn der Stock desinfiziert wurde«, schoss Christie zurück. Sein Blick traf den von Harrison, und er hob eine Hand, formte sie zur Pistole und tat, als würde er zielen und feuern. Harrison hielt noch einen Augenblick länger die Stellung, dann verzog er sich in seine Höhle.

Ungefähr eine halbe Stunde später stand Christie bei Rebus vor der Tür. »Was liest du da?«, fragte er.

»Eine Biografie über John Martyn.«

»Ist das ein Fußballer?«

»Ein Gitarrist.« Rebus legte das Buch beiseite. »War mal ein ziemlich unberechenbarer Typ, hat es sich mit Freunden und Feinden gleichermaßen verscherzt. Keine Ahnung, an wen mich das erinnert …«

»Meinst du, ich könnte mir ein paar Tipps holen?« Christies Miene war jetzt wieder ernster. »Wie geht's dem Handy? Noch ausreichend geladen?«

»Alles gut.«

»Na, das will was heißen …«

»Was denn?«

»Mag sein, dass sich meine Freunde manchmal über mich ärgern, aber wenigstens habe ich welche. Du scheinst dagegen gar niemanden zu haben, der was von dir hören will.«

»Du denkst, du hast die Runde mit Hanlon gewonnen, aber es ist noch ein weiter Weg bis dahin. Wenn du jetzt großspurig und selbstgefällig wirst …«

»Ich bin ständig auf der Hut«, fiel Christie ihm ins Wort. »Das solltest du auch sein. Bist du mal wieder Bobby Briggs begegnet? Wenn Umschluss ist, hält er immer Ausschau nach dir.«

Rebus ignorierte die Bemerkung. »Das nächste Mal wird es keine Luftpistole mehr sein, Darryl. Hanlon wird wissen, dass er schwerere Geschütze auffahren muss, erst recht, wenn du wirklich eine Belohnung auf seinen Kopf ausgesetzt hast.«

»Bist du jetzt meine verfluchte Mutter oder so?« Christie blickte finster, seine gute Laune war verflogen.

»Ich sage nur, Harrison ärgern bringt dir nichts.«

»Da wäre ich mir nicht so sicher. Könnte doch sein, dass ein oder zwei Schutzengel auf mich aufpassen.«

»Du meinst Beamte, die sich von dir schmieren lassen?«

»Außerdem läuft gerade eine Rekrutierungskampagne – draußen wie drinnen. Wenn du nicht so ein Wrack wärst, hätte ich dich vielleicht sogar gefragt.«

»Hui, danke.«

Christie grinste schief. »Ich muss los – die Geschäfte erledigen sich nicht von selbst.«

»Von wem hast du dich vertreten lassen, als du in Iso-Haft warst?«

Rebus' Frage war beantwortet, als Billy Groam jetzt zu Christie trat. Christie legte ihm eine Hand auf die Schulter, dann ging er mit ihm davon.

Rebus wollte sein Buch weiterlesen, aber sein Kopf erlaubte es ihm nicht. Es war entscheidend, so zu tun, als gingen die Überfälle auf das Konto von Shay Hanlon – sowohl um Chris Novak zu schützen, als auch um Christie weiter zu verunsichern. Aber Everett Harrison würde sich keine Provokationen mehr gefallen lassen. Auch er sprach wahrscheinlich längst mit seinen Leuten, stärkte deren Kampfgeist und bereitete sie auf einen möglichen Krieg vor. Einige konnten das Ganze bestimmt unbeteiligt vom Spielfeldrand aus verfolgen, aber Rebus wusste, dass er nicht zu diesen Leuten gehörte.

»Du bist ›Stuck in the Middle‹, John«, murmelte er, »um es mal mit Gerry Rafferty zu sagen …«

Siobhan Clarke telefonierte mit Howdenhall. Eigentlich wollte sie sich erkundigen, wie es mit Tommy Simpson lief, bekam aber mitgeteilt, dass Tommy schon gar nicht mehr dort war.

»Er hat nur einen kurzen Blick auf unsere Ausstattung hier geworfen und sich kaputtgelacht«, erklärte der Techniker.

»Und wo ist er jetzt?«

»Zu Hause. Jeff ist mit ihm gefahren.«

»Jeff ist euer Computermann?«

»Als Simpson erzählt hat, was er an Ausrüstung hat, fingen Jeffs Augen an zu leuchten.«

Clarke stützte einen Ellbogen auf den Schreibtisch und massierte sich die Stirn mit den Fingern. Ihr fiel auf, dass Singh und Swinton ihre Mäntel angezogen hatten, Swinton trug eine Kiste, von der sie wusste, dass sich Aufnahmegeräte darin befanden. Alexander Urquhart sollte erneut Besuch bekommen.

»Haben Sie eine Handynummer von Jeff?« Der Techniker gab sie durch, und Clarke notierte sie auf einem Schreibblock. Sie beendete die Verbindung und rief Jeff an. Als er dranging, hörte sie Explosionen im Hintergrund.

»Ja?«, meldete er sich.

»Jeff, hier ist DI Clarke, ich ermittle im Fall Zak Campbell. Tut mir leid, wenn ich Sie beim Spielen störe …« Sie lauschte, während Jeff, eine Hand über sein Handymikro gelegt, Tommy Simpson anfauchte, er solle die Lautstärke runterdrehen. Dann hielt er sich das Telefon wieder ans Ohr.

»Er zeigt mir nur gerade, was sein System alles draufhat«, improvisierte er.

»Ich nehme an, es gibt bestimmt irgendwo einen Schlafsack, falls Sie Überstunden machen wollen.«

»Verzeihung«, sagte er schließlich kleinlaut.

»Geben Sie mir Tommy bitte mal, ja?«

Jeff erklärte, wer am Telefon war, und gab dieses an Tommy weiter, der sofort erklärte, woran sie gearbeitet hatten.

»Das ist schön«, erwiderte Clarke gedehnt. »Und was haben Sie für mich herausgefunden?«

»Nicht viel, was Sie nicht schon gesehen haben.«

»Wie sieht es aus mit der Identität von Valerio?«

»Wer auch immer das ist, er ist ein Profi. Wäre leichter, mich in das System des MI6 zu hacken. Er versteht jedenfalls deutlich mehr von Security als Zak – der hatte überall Zugangslücken, trotz der ewig langen Vorträge, die ich ihm gehalten habe.«

»Kann dieser Valerio dahintergekommen sein, wer Zak war?«

»Ganz einfach – er hatte Avatare und unendlich viele falsche Namen und E-Mail-Adressen, die sich aber alle auf Zak Campbell zurückverfolgen ließen.«

»Dann war unser anonymer Freund Valerio also wahrscheinlich in der Lage herauszufinden, wer Zak war?«

»Wenn er sich ein paar Stunden vor den Computer geklemmt hat, auf jeden Fall.«

»Sonst noch was, bevor ich euch weiterballern lasse?«

»Ich hab Jeff wirklich nur die Grafik gezeigt. Er zieht schon seine Jacke an, macht sich bereit zu gehen. Ich gebe Sie jetzt wieder an ihn zurück.«

Aber Clarke hatte den Anruf bereits beendet und ging zu Esson an den Schreibtisch. Esson hob einen Zeigefinger, während sie eine Nachricht in ihr Handy fertig tippte. Nachdem sie auf Senden gedrückt hatte, schenkte sie Clarke wieder ihre volle Aufmerksamkeit.

»Ich wollte gerade anbieten, dir einen Becher heißes Wasser zu machen«, sagte Clarke.

»Als ich das letzte Mal nachgesehen habe, gab es keine Becher mehr.«

»Ich schwör's, demnächst schließe ich zwei in meiner Schreibtischschublade ein.«

Essons Handy plingte, und sie sah aufs Display. »Jason Mulgrew schon wieder«, teilte sie Clarke mit.

»Will er wissen, wann du kommst?«

»Er ist schon wieder scharf auf ein Update. Fast könnte man meinen, er würde diesen Fall hier leiten und hätte keinen eigenen.«

»Na ja, unserer bekommt mehr Presse – ein ehemals erfolgreicher Fußballer, Teenager …«

»Da kann ein toter Knastbruder im HMP Edinburgh nicht

mithalten. Andererseits sind wir jetzt, wo Fox raus ist, wirklich ziemlich unterbesetzt. Ich kann mir nicht vorstellen, dass er hier noch irgendwas tut.« Esson lehnte sich zurück. »Meinst du, wir laufen Gefahr, uns zu verzetteln?«

»Wie meinst du das?«

»Mit der Suche nach den Kunden, deren Überprüfung ... Jasmine Andrews ist doch immer noch unsere Hauptverdächtige, oder? Warum sonst ist sie abgehauen?«

»Wir wissen nicht, ob sie abgehauen ist«, präzisierte Clarke.

»Was denn? Sie war im Haus, und der Killer hat sie mitgenommen? In dem Fall finden wir sie erst, wenn wir ihn fassen.«

Esson ging alles noch einmal in Gedanken durch, tippte mit dem Stift an die Schreibtischkante.

»Das nervt ganz schön«, meinte Clarke mit Blick auf den Stift. Esson hielt ihn fest in der Faust.

»Ich war am Anfang noch nicht dabei, als sie vermisst wurde. Habt ihr mit den Eltern und den Schulfreundinnen gesprochen?«

»Und mit ihrem Exfreund, der auf der anderen Seite hinter dem Haus wohnt.«

»Ich kann mir nicht vorstellen, dass wirklich niemand mitbekommen hat, worauf sie sich da eingelassen hat.«

»Jemand hat erwähnt, Jasmine hätte plötzlich Kohle gehabt.« Clarke hielt inne. »War das Carla?«

»Carla?«

»Ihre beste Freundin.« Aber Clarke schüttelte den Kopf. »Nein, ich glaube, das war der Exfreund. Er heißt Craig.«

Essons Stift steckte jetzt in ihrem Mundwinkel, zwischen den Zähnen.

»Was ist mit diesem Craig?«

»Eine einvernehmliche Trennung, ging anscheinend von Jasmine aus.«

»Keine nachträgliche Verbitterung?«

»Ich denke, er ist drüber weg.«

»Er hat sie also nicht irgendwo in einen Schrank gesperrt?«

»Ohne dass seine Eltern was merken?«

»Jasmine hatte plötzlich Geld – inzwischen wissen wir, woher –, aber sie hat es niemandem gesagt, nicht mal ihrer besten Freundin?«

Clarke dachte darüber nach. »Wenn doch, dann hat Carla es uns nicht verraten. Allerdings dachte ich bei dem Gespräch mit ihr auch, dass sie uns etwas vorenthält.«

»Und seit das mit der Website ans Licht gekommen ist, habt ihr mit keinem der beiden noch mal gesprochen?«

»Nein«, gab Clarke zu. »Andererseits hat aber auch niemand außer ihr aus ihrer Schule für Campbell gearbeitet.« Sie begegnete Essons Blick und kniff die Augen leicht zusammen. »Was denkst du?«

Esson sah demonstrativ nach der Zeit auf ihrem Handy. »Ist gleich Schulschluss.«

»Sollten wir nicht besser zu Hause mit den beiden reden?«

»Natürlich. Weil Teenager grundsätzlich offener sprechen, wenn sie wissen, dass ihre Eltern zuhören?«

»Stiftegeklapper und Sarkasmus? Wird immer schlimmer mit dir, Christine.«

Esson grinste verwegen und zog sich ihre Jacke über. Clarke holte ihre Tasche, ihr Handy und schnappte sich die Schlüssel vom Schreibtisch.

»Nie bist du da«, beschwerte sich Cammy Colson, als sie an ihm vorbeiging. Der Rest des Teams enthielt sich eines Kommentars, aber sie warfen ihr Blicke zu – sogar Gillian Reeves.

Clarke wusste, was die Blicke bedeuteten: Wir sitzen hier fest und erledigen die Drecksarbeit. An der Tür drehte sie sich noch einmal um und winkte zum Abschied majestätisch in den Raum. Esson setzte noch eins drauf und verbeugte sich.

22

Rebus stellte gerade Bücher zurück ins Regal, als Megan Keighley plötzlich neben ihm stand und ihn um einen Gefallen bat.

»Ich hoffe, das ist nicht gefühllos«, fing sie an, »aber Jackie Simpson hatte so eine DVD ausgeliehen. Einer von den *Fast & Furious*-Filmen mit Jason Statham war das, und die Warteliste dafür wird immer länger. Mr Statham ist sehr beliebt.«

»Kann nicht behaupten, dass ich schon mal einen Film mit dem gesehen habe.«

»Ich auch nicht, aber anscheinend ist er gut im Geschäft.«

»Soll ich sie holen?«

»Wenn sie noch in seiner Zelle ist.«

Rebus dachte kurz nach. »Kann sein, dass die Spurensicherung sie mitgenommen hat, aber eigentlich gibt es keinen Grund, warum die sie behalten müssten. Ich sehe mal, was ich machen kann.«

»Das ist nett von Ihnen, John. Ich habe Mark Jamieson gefragt, ob er sie hat, aber anscheinend nicht.« Eine neue Gruppe von Gefangenen traf ein, und sie ging, um sich um sie zu kümmern. Valerie Watts war die diensthabende Beamtin. Sie nahm Rebus zur Kenntnis, indem sie ihr Kinn kaum merklich senkte, woraufhin sich Billy Groam aber in Rebus' Blickfeld schob und ihm den Blick zu ihr verstellte.

Er interessierte sich für das Regal neben Rebus.

»Psychologie, Billy?«, fragte Rebus.

»Steht das da?« Groam sah jetzt auf das Schild am Regal. »Ich dachte, du willst mit mir reden.«

»Ich gebe zu, dass ich ganz schön gestaunt habe. Scheinst ja ein tiefes Wasser zu sein.«

»Ich bin hier angekommen, als einer von seinen Jungs gerade entlassen wurde – wahrscheinlich war dadurch eine Stelle zu vergeben.«

»Dann hast du ihn draußen gar nicht gekannt?«

Groam schüttelte den Kopf. »Aber einer aus seiner Crew war Stammgast in einer Kneipe, in der ich gearbeitet habe.« Er legte die Stirn in Falten. »Ich hab ein schlechtes Gewissen. Da war so ein Typ, Jake Morris, der ging da auch immer was trinken. War neu in der Stadt und hat Arbeit gesucht, also hab ich ihm Darryls Mann vorgestellt. Erst mal hat er gut verdient – bis ihm jemand eine Knarre vor die Nase gehalten hat. Jake ist abgehauen.«

»Was hast du für einen Deal mit Darryl?«

»Er sorgt für meine Familie, solange ich hier drin bin.«

»Frau und ein Kind, oder?«

Groam nickte. »Und nur damit das klar ist, ich war dagegen, dass du aus der SRU verlegt wirst. Für mich bedeutest du nur Ärger. Aber Cafferty war Darryl immer ein Dorn im Auge, und das Problem hast du beseitigt. Alle Achtung! Nur schade, dass Darryl hier festsaß, als es passiert ist – dadurch konnte er sich's gar nicht optimal zunutze machen.«

»Alles in allem scheint er sein Unternehmen gut zu führen.«

»Bis Hanlon kam. Die Stadt ist nicht groß genug für beide, John, und Darryls Team draußen fehlen Leute, wo's drauf ankommt. Darryl kann's nicht abwarten, die Bedrohung auszulöschen …« Groam wartete darauf, dass ein Gefangener in der

Nähe weiterging. »Selbst wenn das bedeutet, mit euch zu kooperieren«, endete er schließlich.

»Dann sollte er mit Malcolm Fox sprechen.«

»Darryl ist kein Polizeispitzel.«

»Ihr müsst euch beeilen«, rief Valerie Watts. »Die nächsten sind schon unterwegs.«

»Wir sind doch gerade erst gekommen!«, beschwerte sich jemand.

»Anscheinend stimmt was nicht mit dem Plan.« Eine bessere Entschuldigung würde Watts nicht aussprechen. Megan Keighley registrierte die Ausleihen so schnell sie konnte.

»Ich muss ihr helfen«, sagte Rebus zu Groam.

»Wirst du mit Fox sprechen?«, wollte Groam wissen. »Du hast ein Handy, also keine Ausrede.«

Rebus ging zum Tisch. Er war auf halbem Weg angekommen, als der nächste Schwung Sträflinge eintraf. Ein Mann drängte sich von ganz hinten an ihnen vorbei, er hatte die Augen weit aufgerissen, Speichel klebte in seinen Mundwinkeln, und er bleckte die Zähne: Bobby Briggs. Rebus sah nach links und nach rechts, aber er konnte nirgendwohin. Er öffnete den Mund, aber noch bevor er etwas sagen konnte, stürzte Briggs sich schon auf ihn. Rebus versuchte, sich seinem Griff zu entwinden, aber Briggs war wild entschlossen. Er packte Rebus mit einer seiner riesigen Pranken hinten am Kopf und rammte ihn mit dem Gesicht zuerst ins nächste Bücherregal. Tränen strömten Rebus über die Wangen, und Blut lief aus seiner Nase. Briggs' Hand löste sich vom Kopf, jetzt packte er Rebus an der Kehle und drückte zu, hauchte ihm aus geringster Entfernung seinen Knoblauchatem ans linke Ohr.

»Na, wo ist Everett Harrison, wenn du ihn brauchst, hm?«, zischte er.

Rebus spürte, dass seine Augen aus den Höhlen traten, sein Herz hämmerte in seinen Ohren. Dann traf ihn ein Schlag auf die Nieren. Er verkrallte sich in Briggs' Handgelenk, aber ohne jede Wirkung. Briggs hatte etwas genommen, und es verlieh ihm die seinem Zorn entsprechende Kraft. Rebus hatte plötzlich Flashbacks, erinnerte sich an Prügeleien aus jüngeren Jahren. O Gott, er hatte sich sogar mit Big Ger Cafferty geprügelt, als der noch ein riesiger Schrank von einem Kerl war. Er war immer ein Kämpfer gewesen, aber Kampfvermögen war hier nicht gefragt. Hier ging es um etwas ganz anderes. Stimmen ringsum wurden laut, einige feuerten Briggs an, andere warnten ihn, er solle aufhören. Aber Briggs war für Vernunft nicht zugänglich. Das Einzige, worauf es ihm jetzt in diesem Augenblick ankam, war, Rebus umzubringen. Der Raum begann an den Rändern zu schillern, die Gestalten darin wurden geisterhaft.

Groams Faust traf Briggs seitlich am Schädel. Rebus hörte praktisch seinen Kiefer brechen. Trotzdem brauchte es einen zweiten identischen Schlag, bis Briggs seinen Griff um Rebus' Kehle lockerte und er sich zu seinem neuen Gegenspieler umdrehte.

»Komm schon«, sagte Groam, ging leicht in die Knie und nahm die Kampfhaltung eines Boxers ein. Watts hatte in der Zwischenzeit Alarm ausgelöst, und Verstärkung traf ein.

»Hab gehört, dein Christie ist Schnee von gestern!«, brüllte Briggs Groam an.

»Es reicht!«, bellte Watts. »Es sei denn, ihr habt Lust auf Iso-Haft.«

Briggs starrte sie an und grinste humorfrei. »Die Zellen sind doch jetzt schon überfüllt, hast du das nicht mitbekommen?« Er drehte sich wieder zu Rebus um und ballte die Fäuste, aber

Groam schickte ihn mit einem Kinnhaken zu Boden. Briggs' Knie knickten ein, und er kippte um, Licht aus. Rebus sah hinter vors Gesicht gehaltenen Händen zu, versuchte das Blut aus seiner Nase aufzufangen. Er sah nur verschwommen, erkannte aber einen trainierten Boxer, wenn er einen vor sich hatte, und erinnerte sich, dass er Groam einmal nach einer Session im Fitnessraum in einem schweißnassen T-Shirt und mit triefenden Haaren zur Dusche hatte gehen sehen. Jetzt fiel es ihm wieder ein: Er war Türsteher gewesen, nicht Barmann – noch dazu ein sehr engagierter.

Ein Beamter im weißen Hemd prüfte, ob Briggs noch atmete. Rebus riskierte einen Blick in Megan Keighleys Richtung in der Hoffnung, dass der Vorfall sie nicht völlig traumatisiert hatte, aber sie schien das Ganze eher aufregend zu finden. Ihre Wangen waren leicht gerötet, sie hielt sich mit einer Hand an ihrem Kruzifix fest und schnappte nach Luft. Sie starrte Billy Groam an, als hätte sie ihn nie zuvor wirklich wahrgenommen. Watts war in der Zwischenzeit bei Rebus angekommen und kniff ihm mit Daumen und Zeigefinger in den Nasenrücken. Jemand anders hielt ihr ein paar Papiertaschentücher hin.

»Der blutet wie Sau«, rief jemand, während die beiden Gruppen von Gefangenen getrennt und hinaus in den Gang geführt wurden. Als die Schwester eintraf, kam Briggs wieder zu sich. Watts hatte Groam bereits fortgeschickt, ihm aber geraten, sich auf ein Nachspiel einzustellen. Er hatte sich an Briggs vorbeigeschoben, ohne dass dieser es merkte. Die Schwester fragte Briggs, ob er berauscht sei.

»Von Adrenalin und Dummheit«, raunte Watts Rebus zu.

Rebus sah sie an. »Haben Sie schon mit Chris gesprochen?«

Sie nickte, sagte aber nichts.

»Alles in Ordnung zwischen euch?«

Schulterzucken.

Eine zweite Schwester war jetzt eingetroffen. Sie steuerte auf Rebus zu. »Lassen Sie mal sehen«, sagte sie und nahm ihn am Arm. Sie gingen die kurze Strecke bis zur Schwesternstation in Begleitung eines Gefängniswärters. Rebus wurde in einer der Kabinen auf einen Stuhl gesetzt, während sich die Schwester Handschuhe überzog.

»Meiner Prostata geht's gut«, behauptete er.

»Das möchte ich stark bezweifeln, in Ihrem Alter …« Sie drückte an seiner Nase herum und bat ihn, den Mund weit zu öffnen, damit sie eventuell lockere Zähne identifizieren konnte. »Das wird einen Bluterguss geben«, warnte sie ihn. »Und wahrscheinlich werden Ihre Augen anschwellen.«

»Ich dachte, bei so was ist die beste Medizin ein saftiges Steak.«

»Hier drin eher nicht. Die Nase ist nicht gebrochen, und im Mund ist auch noch alles da.« Sie trat einen Schritt zurück und sah ihn an. »Ganz schön was los heute bei Ihnen – wie lief es denn im Krankenhaus?«

»Gut, alles gut.«

»Komisch, die haben mir erzählt, Sie waren gar nicht da. Unterwegs ging's Ihnen plötzlich besser, und dann wollten Sie niemandes Zeit verschwenden – das war sehr sozial gedacht von Ihnen.«

»Was soll ich sagen?« Rebus zuckte müde mit den Schultern.

»Keine Angst, Ihr Geheimnis ist bei mir sicher.«

»Welches Geheimnis?«

»Beten Sie lieber, dass Chris Novak nichts davon spitzkriegt.«

Endlich begriff Rebus, was sie meinte. »So war das nicht …«, setzte er an, merkte dann aber, dass eine Lüge völlig ausreichen würde, die Wahrheit eher nicht. »Das weiß ich sehr zu schätzen«, sagte er stattdessen.

»Valerie ist ein gutes Mädchen. Manchmal vielleicht ein kleines bisschen zu unbekümmert …«

»Ja, kann sein«, sagte Rebus. Er stand noch ein bisschen wacklig auf, während die Schwester sich die Latexhandschuhe von den Fingern schälte. Dann hielt sie inne.

»Soll ich nicht vielleicht doch noch mal nachsehen?« Sie wackelte mit einem ausgestreckten Finger.

»Das ist ein verlockendes Angebot, aber ich denke, ich schlag's aus.«

»Würden sie Valerie genauso kalt abblitzen lassen?«

Rebus merkte, dass er rot wurde – dunkelrot –, weshalb er schnell die Tür aufzog und sich verdrückte.

23

Sie standen am Schultor und hörten die Glocke, die das Unterrichtsende bekannt gab. Ein paar Eltern warteten in den Autos auf ihre Söhne oder Töchter.

»Ein Volvo und ein Range Rover«, meinte Esson. »Wir könnten Ihnen Strafzettel ausstellen, weil sie im absoluten Halteverbot stehen.«

»Diese Leute zahlen dein Gehalt«, erinnerte Clarke sie.

Die ersten Kinder, die aus dem Gebäude kamen, waren ein Junge und ein Mädchen, jeweils mit einem Geigenkasten und einem Rucksack. Vermutlich Erstklässler, dachte Clarke, dünn und ungelenk und noch viele Jahre vom Erwachsensein entfernt. Als die älteren Schüler auftauchten, wirkten sie oberflächlich selbstsicherer, die Jungs wollten auffallen, versuchten, sich gegenseitig scherzhaft Schläge zu verpassen, jagten sich gegenseitig. Mehrere hatten bereits Handys in der Hand, sahen mit wichtiger Miene nach, ob sie neue Nachrichten hatten. Ein paar Jungs hatten schon zarte Ansätze von Gesichtsbehaarung. Die Mädchen ungefähr in demselben Alter scharten sich zusammen und tratschten, wirkten insgesamt aber erwachsener.

»Kannst du dich noch erinnern, als du so alt warst?«, fragte Esson mit einem Hauch Nostalgie in der Stimme.

»Ich war Streberin«, erwiderte Clarke. »Hatte ein paar Freundinnen, aber wir waren alle ähnlich drauf. Wir haben lieber

Hausaufgaben gemacht, als uns um Jungs zu scheren. Hausaufgaben hatten Vorrang vor *allem.*«

»Meine Schule war eine Partyhochburg. Na ja, das heißt der Park hinter der Schule, da sind wir zum Feiern hin. Es gab sogar ein kleines Waldstück, in das man sich mit einer Flasche oder einem Typen verziehen konnte. Aber man musste aufpassen, dass da kein Spanner rumstand – da trieben sich immer welche herum. Bin froh, dass das alles hinter mir liegt.«

»Die Jugend ist die glücklichste Zeit im Leben, Christine.«

»Ich weiß. Ist ein wahnsinnig deprimierender Gedanke. Wenigstens mussten wir uns nicht mit dem Internet herumschlagen – nicht so wie jetzt, meine ich, bevölkert von Männern wie Zak Campbell.«

Clarke beobachtete das Geschehen durch die Windschutzscheibe. »Da kommt sie«, verkündete sie. Carla ging neben derselben Freundin her, neben der sie auch bei Clarkes erstem Besuch in der Klasse gesessen hatte – hieß sie nicht Stephanie? Und jetzt war auch noch ein Junge bei ihnen – Craig Fielding. »Das ist Jasmines Exfreund«, sagte Clarke zu Esson. »Wohnt im Haus direkt hinter ihrem.«

»Für wen interessiert er sich – für Carla oder ihre Freundin?«

»Die Freundin, würde ich sagen.«

»Die ist nicht so hübsch, aber andererseits ist er auch nicht gerade der heißeste Hecht.«

»Irgendwas hat Jasmine ja anscheinend an ihm gefunden, auch wenn ihr Vater kein großer Fan von ihm war.«

»Väter und Töchter«, meinte Esson nur. »Wollen wir?«

Sie lösten gleichzeitig ihre Sicherheitsgurte, stiegen aus und überquerten die Straße. Craig Fielding sah sie als Erster und raunte den Mädchen etwas zu. Einige Jugendliche fingen an, Polizeisirenen nachzuäffen, neee-nuuu-neee-nuu – offensichtlich waren sie an dem Tag ihres Besuchs in der Klasse gewesen und erkannten Clarke jetzt wieder.

»Sperrt sie ein!«, schrie jemand aus sicherer Entfernung, worauf Gelächter folgte.

»Will jemand Gras?«, rief ein weiterer Scherzkeks.

Clarke baute sich vor Carla auf, die den Blick abwandte. »Du bist Stephanie, hab ich recht?«, fragte sie Carlas Begleitung. Das Mädchen sah Carla ratsuchend an, aber vergeblich.

»Ihr müsst denen gar nichts sagen«, erklärte Craig unerwartet mutig.

»Wenigstens brechen sie nicht gleich in Panik aus, Craig«, schoss Clarke zurück. »Hat er euch schon erzählt, dass er einem Polizeiwagen davonlaufen wollte? So ein dummer kleiner Junge.« Craig machte sofort einen Rückzieher, senkte den Blick und trat von einem Fuß auf den anderen.

»Ja, ich bin Stephanie«, bestätigte Carlas Freundin.

»Schön, dich kennenzulernen. Hättest du was dagegen, wenn wir kurz unter vier Augen mit Carla sprechen? Ich bin sicher, sie wird dir später alles erzählen.«

»Was ist mit mir?«, fragte Craig.

Clarke drehte sich zu ihm um. »Du bist ja immer noch da?« Es gelang ihr, erstaunt zu klingen. Craig verstand den Hinweis und zog ab, andere Jungs warteten auf ihn, wollten wissen, was los war. Er straffte die Schultern und bereitete sich auf seine Rolle vor.

»Ich schreib dir«, sagte Carla zu Stephanie, die nickte und ging, wenn auch zögerlich.

»Komm, wir setzen uns kurz in den Wagen, Carla«, sagte Clarke. Sie flankierten sie und überquerten die Straße. Die Nee-Nuus wurden wieder lauter. Handys wurden gezückt, der Moment für die Nachwelt festgehalten. Clarke zog die hintere

Tür auf und wartete, bis Carla drinnen saß, dann ging sie um den Wagen herum und setzte sich neben sie. Esson verstand den Hinweis und nahm auf dem Fahrersitz Platz, wobei sie ganz genau wusste, dass sie in dieser Situation eigentlich nur als Beifahrerin fungierte.

»Weißt du, was interessant ist, Carla?«, fragte Clarke. Das Mädchen presste die Lippen aufeinander. Sie hielt ihren Rucksack auf dem Schoß, umklammerte den Tragegriff. »Ich finde es jedenfalls interessant«, fuhr Clarke fort, »dass du uns nicht gefragt hast, ob's was Neues gibt oder was wir hier wollen. Eine Freundin würde das machen. Eine Freundin, die nichts weiß.«

»Gibt's denn was Neues?«, platzte Carla heraus.

Clarke lächelte. »Bisschen spät jetzt«, sagte sie.

»Stephanie und Craig haben auch nicht gefragt.«

»Aber jetzt reden wir über dich, Carla. Jasmines beste Freundin und Vertraute, auch wenn sie vielleicht nicht deine beste Freundin war. Wir haben uns gar nicht mehr gesprochen, seit das mit der Website rausgekommen ist. Das muss dich doch überrascht haben – oder?«

»Doch, natürlich.«

»Hat sie nie was davon erzählt, irgendwelche Andeutungen gemacht? Das ist ein verdammt großes Geheimnis, um es ganz allein für sich zu behalten.«

Esson hatte den Wagen angelassen und fuhr an, weil einige von Carlas Schulkameraden immer noch mit ihren Handys filmten. Clarke fiel es jetzt auch auf.

»Fahren wir auf die Polizeiwache?«, fragte Carla.

»Wir fahren nur ein Stück durch die Gegend«, teilte Esson ihr mit. »Wir können dich nach Hause bringen, wenn du möchtest.«

»Lieber nur rumfahren«, sagte Carla.

»Als du erfahren hast, was Jasmine online so treibt«, fuhr Clarke fort, »musst du doch dasselbe gedacht haben wie wir …«

»Was?«

»Dass sie ihn umgebracht hat und deshalb abgehauen ist.«

»Sie ist nicht …« Carla verstummte und biss sich auf die Unterlippe. Clarke beugte sich zu ihr rüber.

»Du weißt, wo sie ist, oder, Carla?«

Das Mädchen schüttelte vehement den Kopf.

»Sie ist die Hauptverdächtige in einem Mordfall, und das bleibt sie so lange, bis wir sie gefunden haben und sie mit uns redet. Wir werden sie finden, niemand kann sich ewig verstecken. Und je schneller wir ihre Seite der Geschichte hören, umso besser.«

»Sie hat nichts gemacht.« Carla sprach die Worte so leise, dass Clarke sie fast nicht verstand.

»Weißt du das sicher? Weil sie's dir gesagt hat? Das heißt, du stehst in Kontakt mit ihr.«

Jetzt, da sie sich einige Ecken von der Schule entfernt hatten, fuhr Esson an den Straßenrand und beobachtete das Geschehen im Rückspiegel.

»Carla«, fuhr Clarke fort und versuchte mit möglichst sanfter Stimme zu sprechen, obwohl sie innerlich unter Strom stand. »Wir können nur sicher sein, dass sie unschuldig ist, wenn sie uns das selbst sagt.«

»Könnte sie's nicht aufschreiben?«

»Nur wenn sie's uns selbst sagt«, wiederholte Clarke. »Sie hat ihre Geldkarte nicht benutzt. Wir wissen, dass sie ein bisschen Bargeld hatte, aber das heißt, dass sie in einen Laden gehen oder einen Lieferanten bezahlen muss. Ihr Foto wird seit Tagen überall gezeigt – wäre sie gesehen worden, hätte sich längst jemand gemeldet. Das heißt für mich, dass sie sich irgendwo versteckt und von einer Freundin, einem Freund oder mehreren geschützt wird.« Sie hielt inne. »Weiß Craig davon?«

Carla schnaubte. »Craig weiß nur, dass er auf Steph steht.«

»Wie findet Jasmine das?«

»Ist ihr egal. Craig und sie waren nie so richtig …« Sie sprach den Satz nicht zu Ende, als sie merkte, dass sie bereits zu viel gesagt hatte. »Ich glaube, ich muss kotzen.«

Esson stieg aus und machte ihr die hintere Tür auf. Auch Clarke stieg aus, sah zu, wie Carla sich vorbeugte, die Hände auf ihre Knie mit den schwarzen Strümpfen stützte, mehrmals tief Luft holte, aber nur einige Male trocken würgte. Wenig später griff sie in den Wagen und zog eine Wasserflasche aus einer Seitentasche ihres Rucksacks, nahm ein paar Schlucke davon.

»Besser?«, fragte Clarke. Das Mädchen nickte, aber auf ihrer Stirn lag ein Schweißfilm.

»Ich könnte ihr sagen, dass sie sich bei Ihnen melden soll«, bot sie an, den Blick auf Clarke gerichtet.

»Das dauert aber alles, und vielleicht sagt sie Nein. Du bist ihre Freundin, Carla, und sie vertraut dir, aber wir müssen uns jetzt auch auf dich verlassen können. Das Versteckspiel muss ein Ende haben. Wir müssen die Geschichte aus ihrem eigenen Mund hören. Danach wird alles für alle leichter. Was meinst du? Ich denke, tief im Innern weißt du, dass es allmählich Zeit wird – und es ist jetzt wirklich allerhöchste Zeit.« Clarke presste ihre Hand sanft auf die Schulter ihres Schulblazers. Carla sah sie unverwandt an.

»Ihr wolltet mich doch nach Hause bringen.«

Clarke nickte. »Und danach fahren wir zu Jasmine, ja?« Carla starrte sie immer noch an. Clarke holte Luft, als ihr die Wahrheit dämmerte. »Sie ist bei dir? Und war die ganze Zeit dort?«

Sie sah das Mädchen langsam nicken. »Wie hast du das vor deinen Eltern verheimlicht, Carla?«

»Werden Sie gleich sehen«, sagte Carla und stieg wieder in den Wagen.

Sie fuhren zu einer Doppelhaushälfte in Mayfield. Als Esson am Straßenrand hielt, starrte Clarke auf einen Wagen, der bereits dort parkte.

»Was soll *das* denn jetzt, verdammt?«, fluchte sie, schob sich vom Rücksitz und gab Esson ein Zeichen, sie möge bei Carla bleiben. Inzwischen war auch Fox aus dem Wagen gestiegen, die behandschuhten Hände vor sich verschränkt wie ein Leichenbestatter.

»Was willst du hier, Malcolm?«

Fox ignorierte sie und sah zu ihrem Wagen. »Ist das Carla? Mit der möchte ich gerne mal sprechen.« Er wollte sich an Clarke vorbeischieben, aber sie presste ihm eine flache Hand fest auf die Brust.

»Ich habe dich gefragt, was zum Teufel du hier willst!«

»Ihr Vater arbeitet für Christie – hab ich dir das nicht gesagt?«

»Du weißt ganz genau, dass du mir das nicht gesagt hast.«

»So ist es aber, er war abgetaucht, und jetzt ist er wieder da. Vielleicht weiß Carla ja, wo ich ihn finde.«

»Das hast du alles gewusst und für dich behalten, so wie du Christine verschwiegen hast, dass du Jackie Simpson gekannt hast? Damit hast du gleich zwei fette rote Linien überschritten, Mister.«

Fox beugte sich zu ihr vor und hob eine Handschuhhand, Daumen und Zeigefinger berührten einander fast. »Ich bin *so* kurz davor, Siobhan. *So* kurz davor.«

»Und was sind wir, Malcolm? Deine Kolleginnen, meine ich – was sind wir in diesem mordsmäßigen Szenario, das du dir da aufgebaut hast?«

Er sah ihr vollkommen emotionslos direkt in die Augen. »Steh mir nicht im Weg, Siobhan.«

»DI Fox«, sagte sie leise, »wenn du nicht sofort zu deinem Fahrzeug gehst und wegfährst, lasse ich dich festnehmen.«

Er schnaubte. »Weswegen?«

»Mir fällt schon was ein – Behinderung der Ermittlungen vielleicht.«

»Das traust du dich nicht.« Aber sein höhnisches Grinsen hielt nicht lange. Ihr Blick ließ keinen Zweifel daran, dass sie selten etwas so ernst gemeint hatte. Um ihrer Drohung Nachdruck zu verleihen, zog sie jetzt ihr Handy aus der Jackentasche.

»Jetzt sofort«, wiederholte sie und hielt es ihm vor die Nase.

Fox trat mit angewidertem Blick den Rückzug an, stieg in seinen Wagen und ließ den Motor an. Als der Wagen davonbrauste, stiegen Esson und Carla aus. Clarke sah Carla an.

»Wie geht's deinem Vater?«, fragte sie.

»Dem geht's gut.«

»War eine Weile weg, oder?«

»Ziemlich lang, aber jetzt ist er wieder da.«

»Nur im Moment nicht zu Hause, stimmt's?«

Carla zuckte mit den Schultern, sodass Clarke Richtung Haus zeigte. Carla ging voran, schloss die Tür auf und rief laut. Keine Antwort. Im Inneren war es aufgeräumt und gemütlich, Möbel von Ikea und ein riesig vergrößertes Foto der Familie an der Wand.

»Das war Dads Idee«, erklärte sie. »Mum und ich finden es furchtbar.« Sie schüttelte ihren Blazer ab und ließ den Rucksack zu Boden fallen. Clarke und Esson folgten ihr durchs Wohnzimmer, am Esstisch vorbei, in die Küche. Sie wirkte fahrig, vielleicht hatte sie es sich anders überlegt.

»Wir sind jetzt hier«, sagte Clarke leise. Esson sah durchs Fenster, ihr Blick fiel auf einen Schuppen hinter der Garage. Nur wenige Sekunden später führte Carla sie wieder zurück in die Diele und stieg die Treppe in den ersten Stock hinauf. Sie blieb auf dem Treppenabsatz stehen und drückte auf etwas, das wie ein Lichtschalter aussah. Ein Teil der Decke öffnete sich mit elektrischem Summen, und eine Leiter senkte sich herab.

»Dad hat den Dachboden leer geräumt, schon vor Jahren, damit ich ihn als Spielzimmer benutzen kann«, erklärte sie. Dann kletterte sie hoch, Clarke und Esson folgten ihr.

Der Dachboden wurde über große Veluxfenster mit Tageslicht versorgt, es gab eine Heizung und einen dicken Teppichboden, außerdem ein Sofa, einen Computertisch, eine Spielekonsole und einen Fernseher. An den Wänden hingen Poster von asiatischen Popstars, genau wie in Jasmines Zimmer. Clarke fiel die Bettdecke auf dem Sofa auf. Ein Papierkorb quoll über vor leeren Fastfoodbehältern, Getränkebechern und Chipstüten. Carla sah sich um und sagte nichts. Sie wandte sich Hilfe suchend an Clarke, die sich laut räusperte.

»Jasmine«, sagte sie, »ich heiße Siobhan. Ich bin von der Polizei, und ich möchte dir helfen, wenn du es mir erlaubst.« Sie warteten, hielten die Luft an, bis sie ein Geräusch hinter dem Sofa hörten. Jasmine Andrews hatte sich dahinter versteckt und richtete sich jetzt zögernd auf.

»Hallo, Jasmine«, sagte Clarke. Das Lächeln, das ihre Worte begleitete, war herzlich und aufrichtig. Jasmine aber sah ihre Freundin an, und als ihr die ersten Tränen über die Wangen liefen, fing auch Carla an zu schluchzen.

24

Der Officer vom Kinderschutz hieß Terence Hayes. Er saß neben Jasmine im Vernehmungsraum, während ihre Eltern draußen warteten. Ihr Wiedersehen war sehr emotional gewesen, wobei Mutter wie auch Vater unterschwellig durchaus wütend schienen. Als Clarke und Esson mit Jasmine eintrafen, war die Stimmung im MIT-Büro beinahe ausgelassen.

»Da liegt noch einiges vor uns«, hatte Clarke Gillian Reeves gewarnt. »Sieh zu, dass das allen klar ist.«

Hayes hatte um ein paar Minuten allein mit Jasmine gebeten. Der DCI hatte den Eltern sein Büro angeboten und ihnen erklärt, es sei »ein bisschen gemütlicher«. Clarke war seinem Blick begegnet und hatte genickt, sie wusste, dass er Helena und James Andrews möglichst außer Schussweite haben wollte.

Als Hayes verkündete, sie seien bereit, waren Esson und Clarke in den Vernehmungsraum gekommen. Nach Ende der Vorbereitungen nahm sich Clarke einen kurzen Augenblick, um ihre Gedanken zu ordnen. Sie hatte ihre Unterlagen nicht mitgebracht. Esson hatte einen kleinen Blankonotizblock vor sich und einen Kugelschreiber in der Hand. Wahrscheinlich gab es nichts, wodurch Jasmine sich wohler hätte fühlen können, aber sie gaben sich die größte Mühe. Sie hatte sich die blonden Haare frisch gewaschen, und ihre Klamotten waren sauber, auch wenn sie sich offenbar unbehaglich darin fühlte. Clarke vermutete, dass es die von Carla waren.

»Das hast du gut gemacht, dich so lange zu verstecken«, begann Clarke. »Kann nicht ganz leicht gewesen sein.«

»Carla hat sich um mich gekümmert.«

»Wie bist du denn aufs Klo gegangen?«

»Hab gewartet, bis ihre Eltern weg waren.«

»Aber warum hast du das gemacht, Jasmine?«

»Mich versteckt, meinen Sie? Oder das andere?«

Clarke schluckte, ihre Kehle war trocken. »Was meinst du mit ›das andere‹?«

»Dass ich mich von Zak hab filmen lassen.«

Sie atmete langsam aus. »Wie hast du ihn kennengelernt?«

»Online. Er fand die TikToks cool, die Carla und ich hochgeladen haben. Wir haben ihm dann auf Snapchat geschrieben.«

»Hast du damals gewusst, wie alt er ist?« Clarke sah Jasmine nicken.

»Als ich das erste Mal bei ihm zu Hause war, hat er mich im Wohnzimmer fotografiert. Mit dem Handy, meine ich. Ein paar Fotos hat er auch von uns beiden gemacht und ein paar nur von mir. Er meinte, ich würde aussehen wie ein Model.« Sie hob ihr Kinn, dann ließ sie den Kopf wieder hängen. »Als ich das zweite Mal hin bin, war er in seinem Studio.«

»Du meinst, in dem anderen Schlafzimmer?«

»Als das Mädchen weg war, hat er mir davon erzählt. Dann hat er mir die Bilder auf seiner Website gezeigt. Gutes Geld, meinte er. Wir haben was getrunken und was geraucht, aber sonst ist nichts passiert. Beim dritten Mal …« Ihre Stimme versagte, und sie griff nach dem Glas vor sich. Nachdem sie ein paar Schlucke Wasser getrunken hatte, sprach sie weiter. »Ich wollte ihn nicht enttäuschen.« Sie wischte sich eine Träne mit einem Ärmel ihres Pullis von der Wange. Hayes hielt ihr ein ungeöffnetes Päckchen Taschentücher entgegen, und sie nahm es. Im Raum blieb es mucksmäuschenstill, bis sie wieder so weit war. »Ich wollte zu ihm … Er wusste, dass ich komme, aber er hat nicht aufgemacht. Ich bin nach hinten, um zu sehen, ob vielleicht irgendwo was offen war, da hab ich ihn durchs Fenster gesehen … er lag in der Küche in einer Blutlache. Ich bin einfach ausgeflippt.«

»Und zu Carla gelaufen?«, fragte Clarke. »Warum nicht nach Hause?«

»Zu meiner Mum? Wohl kaum. Dann hätte ich ihr sagen müssen, was ich bei Zak gemacht habe. Außerdem hatten wir uns gestritten.«

»Ach ja?«

»Wegen ihr und Craig.«

»Craig Fielding?«

»Sie hat's nicht ertragen, dass er auf mich steht. Ständig hat sie ihm aufgelauert, sie wollte, dass er sie beachtet – in ihrem Alter. ›Mrs Robinson‹, so nennt Dad sie – das ist aus so einem alten Film. Ihn macht das auch wahnsinnig. Und Craig ist drauf reingefallen.«

Plötzlich leuchtete es Clarke ein – Craig hatte sie nach Jasmines Mutter gefragt. Sie erinnerte sich, dass er so was gesagt hatte wie *Helena muss doch krank vor Sorge sein.* Das Mitgefühl hatte sie nicht aufhorchen lassen, aber die beiläufige Art, mit der er sie beim Vornamen nannte. Das hätte ihr damals schon auffallen müssen. Und dann, dass Craig nach Jasmines Verschwinden bei ihr zu Hause war … jetzt wusste sie, warum James Andrews auf den Jungen losgegangen war.

»Das mit Zak hätte Mum wahnsinnig gemacht«, fuhr Jasmine fort. »Und wenn nicht sie, dann Dad.« Sie unterbrach sich und sah abwechselnd von Clarke zu Esson. »Zur Polizei konnte ich auch schlecht gehen, oder? Nicht, ohne dass ihr mich fragt, was ich da überhaupt wollte. Außerdem war Zak ja ermordet worden – vielleicht hatte der, der das gemacht hatte, es ja auch auf mich abgesehen. Carla hat mir schließlich gesagt, dass ich blöd bin, aber da hatte ich mir schon mein kleines Nest bei ihr eingerichtet. Da ging's mir ganz gut.« Sie hatte ihr Wasser ausgetrunken und schüttelte den Kopf, als Hayes ihr nachschenken wollte.

»Wer, glaubst du, hat Zak umgebracht, Jasmine?«, fragte Clarke.

»Keine Ahnung.«

»Kanntest du welche von den Leuten, die seine Website benutzt haben?«

»O Gott, nein.«

»Dann sagt dir der Name Valerio nichts? Das war einer von Zaks Kunden.«

»Den Namen kenne ich. Er … er hat mir auch ein paarmal zugesehen.«

»Aber gab es auch persönlichen Kontakt?« Das Mädchen schüttelte den Kopf. »Was kannst du uns über ihn erzählen?«

»Er wollte immer … mehr. Zak saß hinter der Kamera und am Computer. Er hat überwacht, was da passiert ist und was verlangt wurde. Wenn's ihm nicht gefallen hat, hat er den Kopf geschüttelt. Das hab ich gesehen. Valerio war bereit zu zahlen, aber Zak hat Nein gesagt.« Sie hielt inne. »Dieser Valerio – der muss doch auch in dem schwarzen Buch stehen, oder?«

Clarke verengte den Blick. »Was für ein schwarzes Buch?«

»Das hatte Zak immer in der Tasche – manchmal hat er es rausgezogen und hat damit gewedelt und gesagt, ich würde durchdrehen, wenn ich wüsste, wer da alles drinsteht. Er hat mich immer wieder damit genervt, aber ich glaube nicht, dass er's jemals irgendwem gezeigt hat.«

Clarke und Esson wechselten einen Blick: kein Buch, weder ein schwarzes noch sonst eins, war an Zak Campbell selbst noch sonst irgendwo im Haus gefunden worden.

»Aber du bist einigen der anderen Models begegnet, oder?«, fragte Esson Jasmine.

»Zak hat manchmal Partys gefeiert. Ich weiß, ein paar von denen haben sich ein bisschen gegenseitig befummelt, aber das wollte ich nicht, und er hat auch keinen Druck gemacht. Das war's ja, er war überhaupt nicht pushy. Man hatte immer das Gefühl, als dürfte man selbst bestimmen.« Sie hielt inne. »Aber er war trotzdem ein Arsch, oder? Ein absolut komplett beschissener Drecksack.«

»Vielleicht sind auch ein paar andere zu der Erkenntnis gelangt«, meinte Esson.

»Und dann haben sie ihn ermordet? Kann ich mir von keiner vorstellen.«

»Aber du hast dich Carla anvertraut«, sagte Clarke. »Weißt du, wer ihr Vater ist?«

»Er ist fast nie da. Ich weiß, dass er sich mit Carlas Mutter immer anbrüllt, wenn er was getrunken hat – aber das ist ja nichts Neues.« Ihr Blick begegnete dem von Clarke. »Der ist so eine Art Gangster, oder?«

»Meinst du, Carla hat ihm vielleicht von Zak erzählt?«

»Sie hat versprochen, keiner Menschenseele was davon zu verraten.«

»Was ist mit Marcus Simpson? Er hat sich doch mit Zak verkracht, stimmt's?«

Jasmine zuckte mit den Schultern. »Zak hat nie was darüber gesagt. Ich bin Marcus bloß einmal begegnet, glaube ich …« Sie hielt erneut inne. »Meine Mutter und mein Vater sind stinksauer, stimmt's?«

»Ich kann ihnen das alles erklären, wenn du willst.«

Das Mädchen nickte. Esson schien nichts ergänzen zu wollen. Hayes sah von einer zur anderen.

»Sind wir fertig?«, fragte er.

»Vorerst, aber wir brauchen Fingerabdrücke und eine Speichelprobe.«

Panik huschte über Jasmines Gesicht. »Kein Grund zur Sorge«, beruhigte Hayes sie. Jasmine wischte sich im Aufstehen weitere Tränen aus dem Gesicht. Clarke glaubte zu wissen, was das Mädchen vor sich sah und was ihr über viele Monate, wenn nicht sogar Jahre nicht mehr aus dem Kopf gehen würde.

Die Küche.

Und der Tote auf dem Boden.

Dazu Blut, unglaublich viel Blut …

Journalisten hatten sich draußen vor der Wache versammelt, sodass Jasmine und ihre Eltern in einem zivilen Transporter mit Bänken hinten, aber ohne Fenster nach Hause gebracht werden mussten. Esson sah sie vom Fenster aus abfahren und pfiff *Mrs Robinson.*

»Sehr feinsinnig«, sagte Clarke und blickte auf ihr Handy. Sie hatte ein Dutzend verpasste Anrufe und ebenso viele Nachrichten von Laura Smith. Sie ging zu Esson, die gerade dabei war, Reeves und Colson von der Vernehmung zu berichten.

»Wir müssen Carla fragen, ob sie ihrem Vater was erzählt hat«, sagte sie zu der Gruppe.

»Das kann ich machen«, erwiderte Esson.

»Was ist mit diesem schwarzen Buch?«, fragte Reeves. »Wenn der Killer es an sich genommen hat …«

»Damit niemand sonst es in die Finger bekommt«, sagte Clarke nickend. »Das bedeutet außerdem, wer Campbell getötet hat, hat auch die Liste mit denjenigen, die erpresst wurden. Wir müssen prüfen, ob jemand Kontakt zu Leuten wie Urquhart aufgenommen und versucht hat, die Masche noch mal neu aufzuziehen.«

»Du denkst, deshalb wurde es mitgenommen?«

»Wäre ein Szenario.«

»Aber nicht das naheliegendste.«

»Nein«, lenkte Clarke ein, trat einen Schritt beiseite und rief Marcus Simpson an.

»Ich muss Sie etwas fragen«, sagte sie, als er sich meldete.

»Haben Sie Zak jemals mit einem kleinen schwarzen Buch gesehen?«

»Das Buch? So was Ähnliches wie ein Tagebuch, so wie's aussah. Ja, das hatte er immer dabei.«

»Hat er gesagt, was es war?«

»Namen und Telefonnummern, das hat er mir gesagt – wobei ich nie gesehen habe, dass er's mal aufgeschlagen hat. Soweit ich weiß, hätte auch gar nichts drinstehen können.«

»Danke«, sagte Clarke und beendete die Verbindung. Sie sah DCI Carmichael auf sich zukommen.

»Na, das ist doch schon mal ein Happy End«, sagte er.

»Kann sein.« Sie dachte an das, was Jasmine durchgemacht hatte und was sie zu Hause erwartete, und war sich gar nicht so sicher.

»Aber eigentlich bin ich hier, um Sie und Christine aufs Schärfste zu verwarnen.« Er verschränkte die Arme. »Der Staatsanwalt ist alles andere als erfreut darüber, dass Sie ein Schulmädchen einfach so von der Straße aufgesammelt und im Auto verhört haben.«

»Wir haben ihr nur ein paar beiläufige Fragen gestellt – wir hatten gar nicht das Gefühl, dass Formalitäten nötig sind.«

Clarke hatte bereits mit Esson besprochen, was sie sagen wollten, wenn sie gefragt würden. »Kaum war sie entspannt, hat sie sich uns gegenüber geöffnet, da waren gar keine harten Verhörmethoden im Spiel. Tatsächlich bin ich nicht sicher, ob sie in einem Vernehmungsraum, umgeben von Erwachsenen, überhaupt den Mund aufgemacht hätte.« Sie hielt inne. »Außerdem haben wir Jasmine auf die Weise gefunden, sicher und wohlauf.«

»Das lässt sich nicht leugnen.«

»Mag sein, dass der Staatsanwalt nicht erfreut ist, aber wie sieht es mit Ihnen aus, Bryan?«

Carmichael beugte sich zu ihr runter und senkte die Stimme. »Am liebsten würde ich Freudensprünge machen, Siobhan – ich bin wahnsinnig stolz auf euch.«

»Wenn das so ist«, sagte Clarke und sah ihm über die Schulter, »könnten Sie mir einen Gefallen tun.«

»Spucken Sie's aus.«

Sie trat einen Schritt zurück und nickte in Richtung einer Gestalt, die gerade im Eingang aufgetaucht war. »Schicken Sie den Freak da in die Wüste.«

Fox hatte Clarke entdeckt und steuerte auf sie zu. »Ich muss zu Jasmine«, behauptete er. »Eigentlich zu beiden Mädchen.«

Clarke hob eine Hand und zeigte auf ihren Chef. »DCI Carmichael, ich denke, Sie kennen DI Malcolm Fox?«

Fox wandte den Blick gerade lange genug von ihr ab, um Carmichael mit einem knappen Nicken zu begrüßen.

»Die OCCTU hat über viele Monate hinweg gegen Darryl Christie und seine diversen Unternehmungen ermittelt – und hat eine Menge Geld und sehr viele Arbeitsstunden darauf verwendet. Carlas Vater gehört zu Christies Bande und wurde kürzlich erst von unbekannten Personen ins Visier genommen. Wir brauchen Informationen darüber, wer hinter den Überfällen stecken könnte.« Seine Worte waren an Carmichael gerichtet, aber er starrte Clarke immer noch unverwandt an.

»Dann sprechen Sie mit dem Vater«, sagte Carmichael.

Aber Fox schüttelte den Kopf. »Er ist ein Krimineller – er wird uns kaum etwas verraten. Möglicherweise hat er sich in der Sicherheit seines eigenen Heims geöffnet – vielleicht haben die Mädchen etwas gehört. Gespräche der Erwachsenen oder ein Telefonat, vielleicht kamen andere Bandenmitglieder zu Besuch …«

»Wir werden uns der Sache beizeiten annehmen«, erwiderte Carmichael kühl. »Jetzt haben wir erst mal einen Mordfall aufzuklären, und Carla und Jasmine spielen dabei eine entscheidende Rolle. Wenn sich die Wogen ein bisschen geglättet haben …«

Fox sah ihn böse an. »Hören Sie sich doch mal reden, Mensch! Wenn sich die Wogen geglättet haben? Schottland wurde längst überflutet. Ganze Gemeinden drohen zu ertrinken. Ich würde meinen, das hat Vorrang vor der Frage, wer einen zweitklassigen Zuhälter umgelegt hat!«

Carmichael starrte Fox an, das Schweigen zwischen den beiden zog sich in die Länge. »Ihr Chef in Gartcosh ist Phil Pratchett, wenn ich mich nicht irre?«

»Detective Chief Superintendent Pratchett«, korrigierte ihn Fox.

»Phil und ich kennen uns schon sehr lange – ich gehe davon aus, dass Sie sich sein Einverständnis für diesen gewaltsamen Einmarsch hier geholt haben?«

»Von Einmarsch kann gar keine Rede sein.« Fox trat von einem Fuß auf den anderen und senkte den Blick zu Boden.

»Weiß er davon oder nicht?«

»Bei einer Operation wie dieser verschieben sich schnell mal die Parameter.«

»Ich bin nicht sicher, ob sie überhaupt selbst wissen, was sie damit sagen wollen – anscheinend glauben Sie nur, dass es gut klingt.« Allmählich stieg Fox Farbe den Hals hinauf. »Ich denke, das Beste, was sie jetzt tun können, DI Fox, ist zur OCCTU zurückzugehen und uns ungestört unseren Job machen lassen. Überlegen Sie sich einen anderen Umgang mit Christie und seinesgleichen – vielleicht versuchen Sie's mal ohne Ihre Samthandschuhe und begeben sich ernsthaft an die Arbeit.«

Fox hatte seine albernen Autohandschuhe an. Jetzt ließ er die Finger einer Hand darin spielen und sah Clarke an.

»Ich dachte, ich wäre gerade dabei«, sagte er. »Anscheinend bekomme ich aber herzlich wenig Unterstützung von meinen vermeintlichen Kollegen hier in der Stadt.«

»Ich freue mich darauf, Ihre offizielle Beschwerde vorgelegt zu bekommen«, sagte Carmichael. »Lassen Sie sich durch mich nicht davon abhalten, Sie zu schreiben und einzureichen. Bis es so weit ist, spreche ich aber erst mal mit Ihrem Vorgesetzten. Auf Wiedersehen.«

Er machte eine ausladende Handbewegung. Fox wurde allmählich bewusst, dass das ganze Büro zusah. Er schnaubte kurz, drehte sich um und zog ab.

»War das gut so, Siobhan?«, fragte Carmichael, kaum dass er außer Sichtweite war.

»Perfekt, würde ich sagen.«

»Dann können wir uns also wieder unserer Hauptaufgabe widmen und den Fall aufklären?«

»Absolut, Sir«, sagte Clarke. »Mit dem größten Vergnügen.«

Nach dem Einschluss am Abend rief Rebus Christine Esson an. Da seine Augen nach der gewaltsamen Attacke kurz zuvor angeschwollen waren und er nur noch durch schmale Schlitze sehen konnte, war es gar nicht so einfach, die Zahlen zu erkennen. Ihm war leicht schwummrig, und auch sein Puls wollte sich einfach nicht beruhigen. Ohne Billy Groam, seinen edlen Retter im Trainingsanzug, wäre er vermutlich geliefert gewesen. Außerdem war klar, dass sich Bobby Briggs niemals besänftigen lassen würde, und das hieß, Rebus musste noch vorsichtiger sein als sowieso, ständig auf der Hut, bis einer von ihnen beiden die Anstalt verließ.

»Nachrichten sprechen sich schnell herum«, sagte Esson, als sie den Anruf entgegennahm.

»Was für Nachrichten?«

»Jasmine Andrews ist wieder zu Hause bei ihren Eltern.«

»Hab ich noch gar nicht gehört.«

»Warum rufst du dann an?«

»Ich brauche die Nummer von Fox.«

»Die hab ich dir doch gegeben.«

»Ich dachte, ich hätte sie mir gemerkt – dumm gelaufen.«

»Wir haben erfahren, dass Jackie Simpson für Fox gearbeitet hat.«

»Wie?«

»Vor seiner Festnahme war er Fox' Spitzel. Wegen Malcolm Fox ist er überhaupt erst in das Nagelstudio eingebrochen, weil der nämlich einen Vorwand gebraucht hat, um dort herumzuschnüffeln und nach Beweisen zu suchen, die Hanlon belasten.«

»Na, das war dann wohl ein Volltreffer.«

»Aber Fox konnte nicht verhindern, dass Simpson in den Knast wandert.«

»Wo er sich plötzlich in gefährlicher Nähe zu Everett Harrison befand.« Rebus dachte kurz nach. »Da fällt mir ein«, sagte er schließlich, »wenn die im Labor mit der *Fast & Furious*-DVD fertig sind, gibt's eine Chance, sie zurückzubekommen? Ich hab der Bibliothekarin versprochen, danach zu fragen.«

»Ich wüsste nicht, warum nicht. Steht auf der Prioritätenliste aber eher unten.«

»Wieso bist du nicht unterwegs und feierst die Rückkehr der Vermissten?«, fragte er.

»Weil wir erst noch den Mörder von Zak Campbell finden müssen.«

»Und den von Jackie Simpson«, erinnerte Rebus sie.

»Den sowieso.«

»Klingt nicht, als wärt ihr damit inzwischen weitergekommen.«

»Irgendwie haben wir die Sache an die Wand gefahren«, gestand sie. »Hoffentlich hat unser Mann vor Ort mehr Glück.«

»Euer Mann vor Ort ist auch gegen eine Wand gefahren, Christine.« Er befingerte seine schmerzende Nase. »Das heißt, das vermisste Mädchen hat den Pornografen nicht umgebracht?«

»Wir denken nicht.«

»Das engt den Kreis der Verdächtigen ein.«

»Ein kleiner Fortschritt, John«, sagte Esson, wiederholte Fox' Nummer und beendete das Gespräch mit Rebus.

Mit Fox' Nummer begegnete er demselben Problem wie zuvor, er konnte die Zahlen und Tasten kaum erkennen. Außerdem war das Handy nur noch zu fünfzehn Prozent geladen.

»Was willst du?«, blaffte Fox, als er sich meldete.

»Ich rufe an im Auftrag des Jackie Simpson Memorial Fund. Ich dachte, Sie möchten vielleicht eine größere Summe spenden.«

»Du bist ein Blödmann, John.«

»Und du klingst, als würdest du am Schreibtisch sitzen. Musst wohl zu so später Stunde noch das Leben einiger anderer wie Jackie ruinieren?«

»Ich hab für Jackie getan, was ich konnte.«

»Ach ja, wirklich? Ich hätte sonst eher vermutet, dass du dich diebisch gefreut hast, als er im selben Trakt wie Darryl Christie und Everett Harrison gelandet ist. Wie hat er denn seine Berichte an dich übermittelt?«

»In den kleinen Kabinen, die es dort für Videoanrufe gibt.«

Rebus merkte, dass Fox nur deshalb so auskunftsfreudig war, weil er sein Verfahren für genial und daher berichtenswert hielt.

»Und weiß jemand von den Mitarbeitern hier, was da lief?«

»Die dachten, ich bin Jackies Anwalt. Der Direktor war natürlich im Bilde, aber sonst niemand. Du hast recht – ich bin noch am Arbeiten und entschlossener denn je, Gerechtigkeit für Jackie zu erwirken.«

»Vielleicht hab ich ja Neuigkeiten für dich. Darryl Christie ist zwar nicht unbedingt bereit, in die Fußstapfen des Verblichenen zu treten, aber er sagt, er würde mit dir kooperieren, wenn du dafür Hanlon das Handwerk legst.«

»Ich bin nicht davon überzeugt, dass Hanlon überhaupt etwas damit zu tun hatte, John – jedenfalls nicht direkt.«

»Ach?« Rebus dachte fieberhaft darüber nach, wie Fox auf Chris Novak gekommen sein konnte.

»Ich neige immer mehr zu der Ansicht, dass es Mickey Mason war. Er wurde vor ein paar Wochen aus Barlinnie entlassen – vom Timing her passt das perfekt.«

»Und Mason drängt auf den Markt nach Edinburgh?« Rebus hoffte, dass man ihm die Erleichterung nicht anhörte.

»Zusammen mit Hanlon. Denk mal nach: Hanlon braucht

jemanden vor Ort. Mason ist befreundet mit Bobby Briggs. Briggs tauscht sich regelmäßig mit Harrison aus – so kommunizieren die beiden Bosse miteinander. Mason hat in Glasgow mehr Ketamin verbreitet als der Verband der Veterinäre – und Edinburgh wird gerade davon überschwemmt.«

»Du sagst es, Malcolm«, sagte Rebus und versuchte möglichst beeindruckt zu klingen. Er wollte gerade noch laut darüber spekulieren, warum Mason wohl mit Motorradfahrern mit Liverpooler Akzent zusammenarbeiten sollte, aber er wollte Fox auf keinen Fall von seiner falschen Fährte abbringen. »Das heißt, du lässt Mason observieren?«

»Noch nicht. Ich muss erst noch meinen Chef überzeugen.«

»Wenn's einer kann, dann du.«

»Das heißt aber, dass ich deinen Kumpel Darryl eigentlich gar nicht brauche.«

»Anscheinend hat er keine Ahnung, dass Mason in die Sache verwickelt ist.«

»So soll es auch bleiben – ich würde Mason gerne drankriegen, bevor Christie Dummheiten macht.«

»Ich verrate ihm kein Sterbenswörtchen.« Rebus tastete forschend mit dem Finger über eines seiner geschwollenen Augenlider.

»Aber ich weiß es zu schätzen, dass du mich angerufen hast.«

»Dann lass ich dich mal weiterschuften, Malcolm.«

»Eine Sache noch, John.«

»Ja?«

»Ich hab gesagt, ich hab ein Auge auf Mason geworfen, aber ich schließe vorerst nichts aus. Wenn es nicht Mason war, dann war's Hanlon, und wenn der es nicht war …«

»Dann wer?« Rebus spürte, wie sich etwas in seiner Brust zusammenzog.

»Überleg mal, wie viele Feinde sich Christie gemacht hat. Vielleicht dachte ja jemand, es sei an der Zeit, ein bisschen Selbstjustiz zu üben.«

»Ich weiß nicht, ob ich dir folgen kann«, sagte Rebus, der ihm nur allzu gut folgen konnte.

»Ein einsamer Wolf mit einer Menge Wut im Bauch.«

»Eher unwahrscheinlich, würde ich meinen.«

»Natürlich würde er Hilfe brauchen – um Christies Männer aufzuspüren. Aber wenn er den richtigen Leuten ein paar Scheine in die Hand drückt …«

»Ich weiß nicht, Malcolm, so wie sich Everett Harrison benimmt …«

»Wie benimmt er sich denn?«

»Als wüsste er genau, was da los ist.«

Stille in der Leitung. »Du verschweigst mir irgendwas, John – was ist es?«

»Ich sage dir alles, was ich weiß.«

»Wieso eigentlich? Du konntest mich doch noch nie leiden.«

»Ich denke, du läufst Gefahr, auf eine falsche Fährte zu geraten.«

»Oder vielleicht auf eine richtige, hm? Macht dir das Sorge?«

Rebus versuchte immer noch krampfhaft, sich einen überzeugenden Spruch einfallen zu lassen, als er merkte, dass Fox einfach aufgelegt hatte. Er fluchte leise und stieg vom Klo. Howard Tennent, der Direktor, hatte also gewusst, dass Jackie Simpson Fox mit Informationen versorgt hat.

Rebus legte sich aufs Bett, verschränkte die Hände hinter dem Kopf und spekulierte ein oder zwei Minuten weiter. Fox schloss auch einen Einzeltäter nicht aus – wenn er den Gedanken zu Ende dachte, würde Chris Novak in Darryl Christies Visier geraten. Weiter hinten im Gang sang jemand hinter der

Zellentür. Es klang wie *Hurt*. Rebus wusste, dass Johnny Cash den Song nicht geschrieben hatte, trotzdem gefiel ihm seine Version am besten. Stumm sprach er die Worte mit, bis der Sänger flehentlich und wütend zugleich verstummte.

Von Folsom Prison über San Quentin bis Saughton.

Was für eine Reise.

»Sitzt du am Steuer?«, fragte Fox Jason Mulgrew, als dieser seinen Anruf entgegennahm.

»Ich hab Christine einen Gin Tonic versprochen. Alles in Ordnung bei dir, Malcolm?«

»Ich vermute, es gibt nichts Neues aus dem Gefängnis?«

»Dreimal darfst du raten.« Fox hörte Mulgrew schwer seufzen.

»Darf ich dir ein Geheimnis verraten?«, fragte er.

»Natürlich.«

»Ich war heute bei Carla zu Hause – der Freundin von Jasmine, zusammen mit einem Kollegen von der OCCTU. Wir wollten mit Carlas Vater sprechen. Er arbeitet für Christie, vor einer Weile hat ihm jemand eine Pistole vor die Nase gehalten, und er ist abgetaucht. Aber die Sache ist die: Während Carlas Mutter eiskalt über den Aufenthaltsort des Vaters gelogen hat, saß Jasmine schon auf dem Dachboden in ihrem Versteck. Irre, oder?«

»Das konntest du nicht wissen – ich vermute, die Mutter hatte keine Ahnung?«

»Wie soll ich die Frage beantworten, wenn die mich nicht mit Carla sprechen lassen?«

»Hat dich Siobhan Clarke abblitzen lassen?«

»Sie hat die Drecksarbeit auf ihren Chef abgewälzt.«

»Was denkst du?«

»Vielleicht haben Carlas Eltern im Gespräch untereinander etwas durchblicken lassen, und wer im Haus war, hat das unter Umständen mitgehört. Vielleicht etwas über Christie, den Mann mit der Pistole, Harrison oder Hanlon …«

»Oder sogar Simpsons Mörder, falls es einen Zusammenhang zu Christie gibt.«

»Siehst du, das denke ich nämlich, Jason. Wenn jemand aus dem Team, das mit den Ermittlungen im Fall Simpson beschäftigt ist, den Antrag stellen würde, mit einem der Mädchen zu sprechen …«

»Du meinst, ich hätte bessere Chancen als du?«

»Schlechter können sie kaum sein. Vielleicht schlägst du's mal deiner DCI vor und fragst sie, was sie davon hält.«

»Du lässt nie locker, Malcolm, das muss ich dir lassen. Soll ich Christine schöne Grüße von dir bestellen?«

»Könnte besser sein, meinen Namen lieber gar nicht zu erwähnen.«

»Verstehe.«

»Und Jason? Kein Alkohol, wenn du anschließend Auto fährst. Du willst doch nicht beim Promilletest durchfallen …«

Christine Esson hatte bereits einen Gin Tonic vor sich, als Mulgrew die Kneipe betrat. Tatsächlich war es schon ihr zweiter, aber das wusste er ja nicht. Auf einem Bierdeckel daneben wartete ein noch relativ frisch gezapftes Bier auf ihn.

»Ich dachte, wir wären uns einig, dass die Runde heute auf mich geht«, sagte er und ließ sich neben ihr nieder.

»Kannst ja die zweite Runde übernehmen.« Sie lehnte sich zurück und atmete hörbar aus.

»Du hattest einen ziemlich guten Tag heute«, sagte er und hob sein Glas, um anzustoßen.

»Nur weil Carla es nicht mehr ausgehalten hat und unbedingt jemandem die Wahrheit sagen musste.«

»Unglaublich, dass sie's geschafft hat, Jasmine so lange zu verstecken.«

»Hat auch geholfen, dass ihr Vater nicht da war.«

»Der arbeitet für Darryl Christie, richtig?«

Esson nickte und hob ihr Glas.

»Siehst du, das ist sehr interessant vom Fall Jackie Simpson aus betrachtet.«

Esson starrte ihn an. »Bist du sicher, dass du nicht Darryl Christie meinst? Bist du im Auftrag von Fox hier, Jason?«

»Simpson ist *unser* Fall, Christine – anscheinend hast du das vergessen.«

Sie beschloss, ihm das Argument zuzugestehen. Er hob nun auch sein Glas und trank einen Schluck. Bestimmt würde er es nicht austrinken. Sicherheit hatte Vorrang. Hauptsache ein klarer Kopf – wieder witterte sie Fox.

»Dann ist Jasmine also wieder bei ihren Eltern«, meinte er, »aber nichts deutet darauf hin, dass sie die Mörderin ist?«

»Campbell hatten einen Kunden namens Valerio. Wäre ganz gut, wenn wir den ermitteln könnten.«

»Wie lateinisch *Valeriana,* Baldrian? Oder wie Valerie Watts?«

»Oder hundert andere Varianten. Zak Campbells Erpressungsmasche könnte nach hinten losgegangen sein. Es gab anscheinend ein Buch, eine Art Tagebuch mit Namen und Kontaktdaten, aber das ist spurlos verschwunden.« Esson hielt inne. »Das heißt, eigentlich wissen wir gar nicht genau, was da drinsteht, wenn überhaupt was drinsteht.« Sie sackte ein kleines bisschen in sich zusammen, kompensierte ihre Mutlosigkeit mit einem weiteren Schluck Gin.

»Aber du willst unbedingt bis zum bitteren Ende die Ermittlungen unterstützen, oder?«, fragte er ruhig.

»Wenn Mae McGovern mich lässt.«

»Das bezweifle ich. Du hast keine Ahnung, unter welchem Druck sie steht.«

»So wie alle Polizisten in dieser Stadt.«

Mulgrew sah sie an. »Du musst auch mal ins Bett, Christine.«

»Es gibt Frauen, die das als plumpe Anmache verstehen würden.« Sie sah, wie sich sein Gesichtsausdruck veränderte. »Keine Angst – ich weiß, dass Zara Shah eher dein Typ ist.« Er schien gerade protestieren zu wollen, als Esson abwehrend eine Hand hob. »Du hast recht«, sagte sie. »Als ich gekommen bin, hatte ich eigentlich vor, drei oder vier zu trinken, aber ich glaube, ich hab genug. Ich wollte mich eigentlich entschuldigen, aber du scheinst auch nicht unbedingt in Stimmung zu sein, oder?«

Beide betrachteten das Bier, das er kaum angerührt hatte.

»Ein anderes Mal, DS Esson?«, fragte er.

»Ein anderes Mal, DI Mulgrew«, erwiderte sie.

Siebter Tag

25

Nach dem Frühstück besuchte Rebus Everett Harrison in seiner Zelle.

»Was zum Teufel willst du denn hier, Rocky?«, knurrte Harrison.

»Nur ein bisschen Klarheit. Hast du gewusst, wer Jackie Simpson war? Warum er hier war, meine ich?«

»Wegen Einbruch, wie immer.«

»War aber dein Nagelstudio, in das er eingebrochen ist, das mit den Drogen im Hinterzimmer.«

»Du verarschst mich jetzt.«

Rebus schüttelte den Kopf. »Hast du das nicht gewusst?«

»Nein.«

»Und wenn du's gewusst hättest?«

»Hätte ich ihm den Hals umgedreht.«

»Eben.«

»Hab ich aber nicht.« Harrison kratzte sich am Kinn. »War das ein Zufall, oder wie?«

»Das war kein Zufall. Die Polizei wusste, dass dein Chef Ware dorthin gebracht hatte, und man wollte den Laden filzen.«

»Simpson hat für euch gearbeitet? Willst du mir das sagen? Die können mir den Mord an ihm nicht anhängen – geh und sag denen das.«

»Wenn du's nicht warst und Novak auch nicht …«

»Wer sagt, dass Novak es nicht war?«

»Ich.«

»Bist du da sicher?«

Rebus nickte. »Eins noch«, sagte er. »Weiß dein Chef eigentlich, dass Darryl einen Killer auf ihn angesetzt hat? Geld spielt keine Rolle …«

»Na klar«, sagte Harrison abfällig. »Meinst du, Christies Einflussbereich erstreckt sich weiter als eine halbe Meile über den Stadtring hinaus? Von einmal bis um die halbe Welt ganz zu schweigen …«

»Und Hanlon interessiert sich nicht für Edinburgh, trotz der Drogen, denen du deinen Aufenthalt hier zu verdanken hast?«

»*Eben wegen* der Drogen, denen ich meinen Aufenthalt hier zu verdanken habe«, korrigierte ihn Harrison. »Shay will Städte mit Märkten, die groß genug sind, sodass es sich trotz der einen oder anderen Panne lohnt – Edinburgh ist den ganzen Aufwand nicht wert.«

»Kann aber trotzdem nicht schaden, wenn Christie denkt, dass er Konkurrenz hat.«

»Ganz offensichtlich hat er ja Konkurrenz – pistolenschwingende Biker beweisen das ja. Wenn du mich fragst, sind das irgendwelche einheimischen Arschgeigen. Andere würden sich gar nicht die Mühe machen, Darryl Christie zu drohen.« Harrison verstummte, als Kyle Jacobs plötzlich im Eingang auftauchte.

»Zieh dir was anderes an, John, du hast Besuch.«

»Ganz schön angesagt, unserer Rocky«, meinte Harrison, als Rebus fortgeführt wurde.

Siobhan Clarke wartete an einem der Tische. An den anderen saßen verschiedene Gefangene und unterhielten sich mit ihren Angehörigen. Ein paar Kinder spielten in der für sie vorgesehenen Ecke. Rebus prüfte das Gesicht jedes einzelnen Insassen. Er kannte keinen von ihnen.

»Was ist da denn passiert?«, fragte Clarke und betrachtete erschrocken sein Gesicht.

»Bin die Treppe runtergefallen. Erinnerst du dich noch an die gute alte Zeit, als sich die Verdächtigen auf dem Weg vom Vernehmungsraum zurück in die Zelle die Stufen runtergestürzt haben?«

»Das war zum Glück vor meiner Zeit.«

»Egal, was führt dich her?«

Sie drehte den Kopf zur Besuchertür. »Ich hatte eigentlich eine Überraschung, aber jetzt …« Sie stand auf und ging zum Ausgang, verschwand durch die Tür nach draußen. Wenige Minuten später kam sie mit Samantha zurück. Die beiden Frauen nahmen ihm gegenüber Platz.

»Was ist hier los?«, fragte er.

»Wir haben Carrie dabei«, erklärte Samantha und betrachtete sein malträtiertes Gesicht. »Aber Siobhan hat recht – in dem Zustand sieht sie dich besser nicht. Was zum Teufel ist da passiert, Dad?«

»Bin in eine Prügelei geraten – aber ihr solltet mal den anderen sehen, ehrlich.«

Rebus guckte so gut er konnte Richtung Tür. »Wo ist sie?«

»Eine Beamtin passt auf sie auf.«

»Vielleicht sollte ich lieber zu ihr gehen.« Clarke zeigte auf die Tür, und Samantha nickte dankbar. Vater und Tochter sahen ihr nach.

»Du siehst umwerfend aus wie immer«, sagte er schließlich. Er sah, dass sie sich Mühe gegeben hatte, obwohl ihr bewusst war, dass ein Gefängnis kein Laufsteg ist. Gedeckte Farben, aber ihre Klamotten sahen neu aus. »Wie geht's Carrie?«

»Sie vermisst dich.«

»Und Brillo?«

»Der genauso, obwohl er deiner Enkeltochter rettungslos verfallen ist.«

»Du weißt, dass ich nicht will, dass sie mich hier sieht. Das bekommt sie nie wieder aus dem Kopf.«

»Du bist aber ihr Opa. Und das hier ändert nichts daran.« Sie reichte ihm ein zusammengefaltetes Blatt Papier. Carrie hatte Brillo und sich selbst gemalt.

»Sie hat Talent«, sagte Rebus.

»Das hat sie wirklich. Sie geht auch total gerne ins Museum.«

Er nickte in Richtung der Tür, durch die Clarke gerade verschwunden war. »War das ihre Idee oder deine?«

»Wir waren uns einig.« Samantha griff über den Tisch und drückte seine Hand. »Sie will dich wirklich sehen, und nichts von all dem hier würde sie aus der Fassung bringen.« Sie machte eine ausladende Handbewegung durch den Raum. »Vielleicht wenn dein Gesicht wieder in Ordnung ist, hm?«

»Mal sehen«, lenkte Rebus ein.

»Willst du was trinken oder so?« Sie nickte zu der Reihe von Getränkeautomaten. »Vielleicht ein leckeres Mineralwasser mit Kohlensäure?«

Er schüttelte den Kopf. »Nein danke.«

»Gibt's was Neues von den Anwälten?«

Wieder Kopfschütteln. »Die Schweine weichen mir aus. Tu mir einen Gefallen und lenk mich davon ab – erzähl mir von dir und Carrie …«

Während sie sprach, hatte Rebus das Gefühl, eine Riesenlast fiele von ihm ab. Aber als nur noch ungefähr fünf Minuten Besuchszeit blieben, kam Clarke zurück und fragte, ob sie kurz mit »dem alten Mann« reden dürfe. Nach einer letzten Umarmung und einem Küsschen ging Samantha zur Tür. Clarke setzte sich und sah ihn an.

»Ich hab's verbockt, John, tut mir leid. Aber ich habe es in bester Absicht getan.«

»Was hast du Carrie gesagt?«

»Dass du dich nicht ganz auf dem Damm fühlst, es dir aber ganz bald besser geht, und dann darf sie dich besuchen. Okay?«

»Ja, vielleicht.«

»Außerdem – das hab ich ganz vergessen zu sagen – Christine hat gesagt, ich soll dir ausrichten, im Labor sind sie mit der DVD-Hülle fertig, und sie ist schon auf dem Rückweg hierher.«

»Wieso mit der Hülle? Ist gar keine DVD drin?«

»Ist anscheinend nur eine leere Hülle.«

»Dann hat jemand den Film mit Jason Statham geklaut?«

»Der ist halt sehr beliebt.«

»Das höre ich immer wieder.« Er sah sie direkt an. »Das war gute Arbeit, dass ihr Jasmine gefunden habt.«

»Ich bin nicht sicher, ob es uns auf der Suche nach Zaks Mörder weiterbringt. Wir haben Schwierigkeiten bei der Identifizierung eines Decknamens – Valerio.«

»Wie in dem Song?«

Sie buchstabierte ihm den Namen.

Rebus nickte. »*The Great Valerio* – ich glaube, es geht um einen Drahtseilartisten. Ein Song von Richard und Linda Thompson ist das. Willst du sagen, du kennst das Album *Bright Lights* nicht?«

»Ein Friseursalon und eine Frittenbude heißen auch so – aber bei beiden sind wir nicht weitergekommen.«

»Ich kann ihn dir vorsingen, wenn du magst.«

»Schade, dass die Besuchszeit schon zu Ende ist«, sagte sie grinsend.

Als sie beide standen, umarmte er sie kurz. Sie beugte sich ein Stück zurück, um ihm ins Gesicht zu sehen.

»Nicht sauer?«, fragte sie.

»Ich bin immer sauer, Siobhan – das hält mich auf Trab.«

»Aber du bist zu alt, um dich zu prügeln, John.«

»War eher ein Überraschungsangriff. Das nächste Mal bin ich besser vorbereitet.«

»Die Schaufel scheint immer wichtiger zu werden.«

»Kann ich die Bestellung noch ändern und einen Vorschlaghammer ordern?«

»Den schmuggle ich unter meinem Mantel rein.«

»Warum nicht?«

»Abgemacht.« Sie umarmte ihn erneut, dann ging sie.

Auf dem Weg zurück in den Trakt schien Jacobs plaudern zu wollen, aber Rebus schwieg, bis die Botschaft angekommen war. Als er wieder in seiner Zelle war, beschloss er, das Risiko einzugehen und tagsüber zu telefonieren, wobei er hoffte, dass der Akku noch genug hergeben würde. Es war eine Nummer, die er auswendig kannte, aber die Sekretärin erklärte ihm, sein Anwalt sei nicht zu sprechen und ob er es später noch einmal versuchen könne.

»Darf ich ihm etwas ausrichten?«, fragte sie.

»Unbedingt«, erwiderte Rebus. »Ich möchte so schnell wie möglich hier raus, am besten schneller. Und wenn Ihr Chef, dieser faule Sack, endlich mal ein bisschen Dampf machen könnte, wäre ich ihm sehr verbunden. Immerhin dachte ich, dafür würde ich ihn bezahlen.« Er hielt inne. »Soll ich irgendwas davon noch mal für Sie wiederholen, oder haben Sie alles?«

»Ich denke, ich hab's im Wesentlichen notiert.«

»Dachte ich mir.«

Er beendete das Gespräch. Der Akkustand war jetzt noch weiter gesunken. Er wollte verdammt sein, wenn er Christie bitten müsste, es noch mal aufzuladen. Dafür würde er einen Preis zahlen müssen, und dieser Preis wäre, egal wie hoch, viel zu hoch.

Clarke saß an ihrem Schreibtisch und hatte den Songtext auf dem Computerbildschirm vor sich aufgerufen, als ihr Handy brummte: Jason Mulgrew.

»Was kann ich für dich tun, Jason?«, fragte sie und zwickte sich in die Nasenwurzel.

»Ich dachte, ich melde mich mal, Siobhan. Christine wird demnächst ja wieder zur Basis beordert, aber ich hoffe, dass du uns weiterhin auf dem Laufenden hältst.«

»Obwohl es gar keinen Zusammenhang zwischen meinem Fall und eurem gibt?«

»Ich denke, wir können uns darauf verständigen, dass es *gewisse* Überschneidungen gibt.«

»Ich kann's im Hinterkopf behalten. Ach, wie geht's Fox eigentlich? Ich nehme an, er hält von Gartcosh aus Kontakt?«

»Er ist Profi, Siobhan. Mir ist bewusst, dass Christine und du das anders seht, aber wir verfolgen alle dasselbe Ziel.«

»Lass dich warnen, Jason. Malcolm Fox ist nur so lange dein Verbündeter, so lange du etwas hast, das er braucht. Er hat euch wichtige Informationen vorenthalten, weil er nicht teilen will. Alles, was er tut, tut er für sich und für sich allein. Meiner Meinung nach ist so was das Gegenteil von professionell.«

»Aber du bist nicht unbedingt objektiv, oder?«

»Weil ich nicht die Rolle als von ihm geförderter Schützling übernehmen wollte? Hältst du mich wirklich für so kleingeistig?«

»Das habe ich nicht gesagt.«

»Hör zu, ich habe gesagt, was ich zu sagen habe. Du bist erwachsen, und wenn du mit ihm tanzen willst, dann tu dir keinen Zwang an. Aber er wird die Schritte vorgeben. Ihr tanzt zu seiner Musik, und er entscheidet, wann Schluss ist.«

»Ich bin kein toller Tänzer.« Mulgrew hielt inne. »Sagst du uns also Bescheid, wenn ihr Fortschritte macht? Wenn schon nicht meinetwegen, dann Christine zuliebe?«

»Auf Wiederhören, Jason«, sagte Clarke. Nachdem sie die Verbindung beendet hatte, lud sie den Song auf ihr Handy und suchte ihre Ohrstöpsel in einer Schreibtischschublade. Dann drückte sie auf Play und lauschte.

Als Esson hinter Clarke herankam, sah sie, dass sie Ohrhörer trug und auf eine Art Gedicht auf ihrem Bildschirm starrte. Als sie merkte, dass sie nicht allein war, zog Clarke die Ohrhörer heraus.

»Das ist ein Song von Richard und Linda Thompson«, fing sie an zu erklären. »Valerio ist ein Drahtseiltänzer in einem Zirkus.« Sie bot Esson den freien Ohrhörer an und ließ den Song erneut laufen, zu zweit lasen sie den Text mit.

»Mr Thompson«, sagte Clarke, »war in einer Band namens Fairport Convention. Er spielt immer noch, Linda auch. Als Paar haben sie sich schon vor einiger Zeit getrennt.«

»Ich bin sicher, Jason hat mal davon gesprochen. Er steht auf diesen ganz Folk-Kram. Ich hab ihm mal gesagt, Rebus und er sind eigentlich wie füreinander gemacht.«

»John hat mich auf den Song gebracht.« Esson las immer noch den Text. »Er ist also mit einem Netz gesichert, aber eigentlich braucht er das nicht, weil er so gut ist, und unten verrenken sich alle ehrfürchtig die Köpfe nach ihm. Bringt uns das irgendwie weiter?«

»Ich weiß nicht. Jason hat übrigens gerade angerufen – ich hätte ihn mal nach dem Song fragen sollen.«

»Was wollte er?«

»Dass wir ihn auf dem Laufenden halten, wenn du wieder am Gayfield Square bist.«

»Du lieber Himmel, er gibt nie auf.«

»Ist er zufällig auch noch so was wie ein Computercrack?«

Esson dachte kurz nach. »Das ist er tatsächlich.«

Clarke sah sie an. »War nur ein Witz.«

»Natürlich.« Wenig später stand Esson auf und ging zu ihrem Schreibtisch wie über ein Drahtseil. Dort saß sie eine Weile und schien die Geräuschkulisse um sich herum gar nicht wahrzunehmen. Sie dachte an den wehmütigen Song und die Musik, die Mulgrew ständig im Auto hörte ... wie er an ihrem Schreibtisch um sie herumgegriffen und ihren Computer mit nur wenigen Tastenkombinationen wieder flott gemacht hatte. Dasselbe hatte er auch mal bei Zara Shah getan, er hatte sie mit seinem IT-Jargon schwer beeindruckt.

Valerio: Der Tänzer auf dem Drahtseil ...

Und wie er sich am Tatort verhalten hatte, er hatte vor dem Betreten von Campbells Küche vergessen, seine Kapuze hochzuziehen, hatte riskiert, den Tatort zu kontaminieren. Jason, der sonst so genau, vorsichtig und immer vorbereitet war, der immer alles richtig machte – nur das eine Mal nicht, Haj Atwal hatte ihn wegen seines Fehlers zurechtgewiesen.

Valerio: *High up above the crowd...*

Sie erinnerte sich, wie genervt er war, als er nicht dem Mordfall Campbell zugeteilt worden war, wie er ihr ständig in den Ohren gelegen hatte, weil er Updates und Neuigkeiten von ihr wollte.

Und als sie den Namen Valerio ihm gegenüber erwähnte, war

ihm nichts dazu eingefallen. Dabei hätte er den Namen eigentlich kennen müssen, so wie John Rebus ihn auch kannte …

Nein, nein. Auf keinen Fall. Sie schüttelte den Kopf, wie um ihn von Unsinn zu befreien.

Sie versuchte, eine Weile zu arbeiten, konnte sich aber einfach nicht konzentrieren. Also schaltete sie in einen anderen Gang und rief Filmmaterial aus Überwachungskameras auf, überprüfte die Hauptstrecken in Zak Campbells Wohnviertel. Jemand aus dem Team hatte das Material bereits vollständig gesichtet und eine Liste mit Fahrzeugmarken und Kennzeichen, soweit lesbar, erstellt und angehängt.

Sie brauchte nur ungefähr zehn Minuten, bis sie Jasons silberfarbenen Audi am Abend des Mordes, ungefähr eine halbe Meile von Campbells Haus entfernt, fand. Sie tippte mit ihrem Stift an die Schreibtischkante, hörte aber auf, als sie die bösen Blicke ihrer Kollegen sah. Sie hatte den Text zu *The Great Valerio* aufgerufen, um ihn noch einmal zu lesen. Dann googelte sie die Musiker. Wikipedia führte sie zur Musikszene der sechziger und siebziger Jahre, zu Künstlern, die Mulgrew hin und wieder erwähnt hatte und deren Songs er im Büro oder im Wagen hörte. Als ihr Handy klingelte, tauchte Jasons Name auf dem Display auf. Fast wäre sie nicht drangegangen, gab sich dann aber doch einen Ruck.

Du bist albern, sagte sie sich. *Du arbeitest zu viel, siehst Sachen, die es gar nicht gibt …*

»Hey, Jason«, sagte sie und merkte sofort, wie aufgesetzt sie klang – viel zu fröhlich und unbeschwert.

»Na, hast du Gute-Laune-Pillen geschluckt, Christine?«, erkundigte er sich.

»Ich dachte, ich versuch's mal mit positiver Herangehensweise. Bist du am Gayfield Square?«

»Gerade im Gefängnis eingetroffen«, informierte er sie. »Zara ist bei mir.«

»Führt ihr weitere Vernehmungen?«

»Wir müssen es weiter versuchen.«

»Und wen nehmt ihr euch heute vor?«

»Everett Harrison.«

»Mich wundert nur, dass Fox Zara noch nicht entführt und ihre Stelle eingenommen hat.«

»Das ist hart.«

»Aber fair. Wirst du schon noch merken. Rechnest du damit, dass Harrison den Mund aufmacht?«

»Eigentlich nicht«, gestand er. »Ich rufe an, weil ich dir leider sagen muss, dass die Chefin dich hier sofort wiedersehen will. Denen weiter oben ist inzwischen aufgefallen, wie schlecht wir personell aufgestellt sind, und davon sind die alles andere als angetan.« Sie wartete darauf, dass er sagte, er habe gerade eben mit Siobhan telefoniert, aber das tat er nicht. »War ja nur eine Frage der Zeit«, sagte er stattdessen.

»Stimmt«, pflichtete sie ihm bei.

»Kann ich Mac also sagen, dass du deine Sachen packst?«

»Definitiv. Danke, Jason.«

»Bis bald, Christine.«

Esson starrte ihr Handy an. Ein Blick von Pete Swinton machte ihr bewusst, dass sie erneut mit dem Stift klapperte. Sie lächelte entschuldigend und erhob sich vom Stuhl, schlüpfte in ihre Jacke. Jason war im Gefängnis und würde noch eine ganze Weile dort bleiben. Als sie zur Tür ging, fragte Clarke, wohin sie wollte.

»Muss nur was überprüfen«, sagte Esson. »Dauert nicht lange.«

Bis zum Gayfield Square war es nur eine kurze Autofahrt, auch wenn die zahlreichen Baustellen in der Stadt die Sache nicht einfacher machten. Esson stellte ihren Wagen auf dem Parkplatz ab, ging ins Gebäude und steuerte auf die CID-Büros zu.

Ausnahmsweise war Paul Allbright da. Jack Tilley schien seine jüngste Corona-Erkrankung überstanden zu haben.

»Hallo, seltener Besuch«, sagte Tilley zur Begrüßung.

»Könnte ich umgekehrt auch sagen.«

»Danke für die Karte mit den Genesungswünschen.«

»Du meinst die, die ich nicht geschickt habe?«

»Ich bin sicher, du hast dran gedacht.«

Sie drehte sich zu Allbright um. »Alles okay mit den Zähnen, Paul?«

»Alles gut! Mein Zahnarzt meint, die Zähne sind super, nur das Zahnfleisch muss raus.«

»Der Witz ist noch älter als du.«

»Jason ist im Gefängnis und vernimmt noch mal ein paar Leute«, erklärte Tilley. »Zara hat er mitgenommen – meinst du, da läuft was zwischen den beiden?«

»DI Mulgrew trau ich alles zu.«

Die beiden starrten sie an. »Alles klar, Christine?«, fragte Allbright.

»Alles klar. Aber Liebe am Arbeitsplatz geht selten gut aus, oder?« Sie setzte sich an ihren Schreibtisch, streifte ihre Jacke ab und stellte die Tasche auf den Boden neben sich. Wenig später tat sie, als würde sie etwas suchen.

Da sie es offensichtlich nicht fand, ging sie zu Mulgrews Schreibtisch und suchte dort weiter. Die Schubladen waren unverschlossen und unaufgeräumt, enthielten aber nichts von Interesse. Tilley fragte sie, wonach sie suchte.

»Nichts Wichtiges«, erwiderte sie, sah aber noch einmal nach, kehrte dann an ihren eigenen Platz zurück, setzte sich, stützte den Kopf auf die Hände, starrte alles und nichts an.

»Ich hab Ibuprofen«, bot Allbright an. Esson schüttelte langsam den Kopf.

»Gibt's was Neues, das ich wissen sollte?«, erkundigte sie sich schließlich möglichst interessiert.

»Wir klammern uns an Strohhalme«, erklärte Allbright. »Wir sprechen mit Leuten, mit denen wir bereits gesprochen haben. Sehen alle Laborberichte noch einmal durch, die Ergebnisse der Autopsie, die Aufnahmen aus den Überwachungskameras. Solange niemand den Mund aufmacht, kommen wir nicht weiter.«

»Was war da mit der DVD?«, fragte Tilley.

»Die Bibliothekarin wollte sie zurück«, erwiderte Esson.

»Weil im Gefängnis niemals was verschwindet, oder wie?«

»Nichts, nur hin und wieder ein Film mit Jason Statham«, erwiderte Esson müde lächelnd. Sie blieb lange genug, um was Heißes mit den Kollegen zu trinken. Tilley wollte mehr über den Fall Campbell und Jasmine Andrews' plötzliches Wiederauftauchen erfahren.

»Dann gibt es also eigentlich keinen Zusammenhang zu Marcus Simpson?«, fragte Mae McGovern, als sie den Raum mit verschränkten Armen betrat. Esson schüttelte den Kopf. »Ist aber schön, dich wiederzuhaben, Christine.«

»Ich muss noch mal zurück und meinen Schreibtisch in St. Leonard's räumen«, entgegnete Esson.

»Das wird ja wohl nicht länger als fünf Minuten dauern.«

»Je schneller das erledigt ist, desto besser kann ich meine Energien neu ausrichten.«

»Ein bisschen frische Energie würde allerdings einen Riesenunterschied machen.« McGoverns Blick ruhte auf Allbright und

Tilley, die scheinbar interessiert auf ihre Computerbildschirme starrten. Sie seufzte theatralisch und sah auf ihre Armbanduhr. »Na dann los, Christine. Ich rechne mit deiner Rückkehr in weniger als einer Stunde – und zwar dieses Mal endgültig.«

»Verstanden«, sagte Esson und schnappte sich ihre Sachen.

Sie war gerade wieder an ihrem Wagen angekommen, als jemand hupte. Einen Moment später stieg Siobhan Clarke aus und kam über den Parkplatz auf sie zu.

»Woher wusstest du, dass ich hier bin?«, fragte Esson.

»Weil wir Schwestern von verschiedenen Müttern sind. Außerdem hab ich dich beobachtet, als du los bist, dein Gehirn hat gerattert. Also erzähl, was los ist.«

Sie gingen zu Clarkes Wagen. Sie hatte zwei Flaschen Wasser vorne, von denen sie Esson eine reichte, die andere schraubte sie auf. Esson ließ sich Zeit mit ihrer Antwort. Sie wollte nicht verrückt klingen.

Die musikalischen Vorlieben.

Die IT-Kenntnisse.

Wie er dafür gesorgt hatte, dass es eine Erklärung dafür gab, dass sich seine DNA am Tatort fand.

Die Aufnahmen der Überwachungskamera.

Wie verärgert er war, als er dem Fall nicht zugeteilt wurde – er hätte die Ermittlungen problemlos auf Abwege führen können.

»Und zu all dem kommt noch«, schloss sie, »so ein komisches Gefühl, dass einfach alles zusammenpasst.« Sie nahm einen Schluck Wasser und schraubte den Deckel wieder drauf.

»Okay«, sagte Clarke in die Stille hinein, sprach das Wort gedehnt aus.

»Aber du kannst nicht … ich meine, das ist eine Wahnsinnsanschuldigung.«

»Kurz bevor ich hergefahren bin, hat er mich angerufen«, berichtete Esson weiter. »Und er hat nicht erwähnt, dass er eine halbe Stunde vorher mit dir telefoniert hat. Er verschweigt uns Sachen, Siobhan – und er schweigt über sich selbst, nimmt sich sehr zurück. Kein Wunder, dass Fox so verschossen in ihn war.«

»Und das hat damit nichts zu tun?«

»Womit?«

»Dass Fox dir deinen Partner wegnimmt und ihm lauter Flausen in den Kopf setzt?«

»Absolut nicht.«

Clarke betrachtete sie, dann richtete sie den Blick zu den Fenstern des MIT-Büros. »Du hast nach Beweisen gegen ihn gesucht.« Das war eine Feststellung, keine Frage.

»Jason ist gerade in Saughton beschäftigt, also hab ich die Gelegenheit genutzt.«

»Aber nichts gefunden? Weiß er von dem Tagebuch?«

»Kann sein, dass ich es gestern Abend erwähnt habe«, gestand Esson.

»Gestern Abend?«

»Er wollte was mit mir trinken gehen.«

Clarke starrte immer noch zu den Fenstern hoch. »Also, wenn er Valerio ist, wird er es vernichtet haben – sag mir, wie wir ihm sonst eine Verbindung zu dem Fall nachweisen können?«

Esson konnte nur mit den Schultern zucken. »Was ist mit Marcus' Cousin? Keine Fortschritte bei der Identifizierung von Valerio?«

»Er scheint besser darin zu sein, Sicherheitsschranken einzubauen, als sie zu knacken.«

Sie blieben schweigend sitzen, konzentrierten sich auf ihre Wasserflaschen und dachten nach, welche Möglichkeiten sie hatten. »Bauchgefühl allein reicht heutzutage nicht mehr«, sagte Clarke schließlich. »Früher hätten wir ihm irgendein Vergehen untergeschoben und ihn verurteilen lassen.«

Esson rang sich ein Lächeln ab. »Meineid für einen guten Zweck, oder wie? John Rebus hätte so was gemacht.« Sie drehte sich zu Clarke um. »Vielleicht können wir ja eine alte CID-Tradition wiederaufleben lassen?«

Clarke wollte gerade antworten, als ein silberfarbener Audi auf den Parkplatz einbog und sich in die letzte freie Lücke schob. Zara Shah saß auf dem Beifahrersitz, sah sehr zufrieden aus, als hätte sie etwas Besonderes errungen – wahrscheinlich Jason Mulgrew.

Esson war aus Clarkes Wagen gestiegen, Clarke selbst folgte ihr nur mit wenigen Schritten Abstand. Als Shah aus dem Audi stieg, sah sie Esson und grinste breit.

»Hey, du«, sagte sie. »Willkommen zu Hause.« Sie wollte die Beifahrertür schließen, aber Esson hinderte sie daran.

»Würdest du kurz warten, Zara? Ich muss mit Jason sprechen.«

Shah guckte fragend, nickte aber, Esson stieg ein und zog die Tür zu. Clarke hatte sich neben Shah gestellt, beide Frauen waren vom Fahrersitz aus zu sehen. Mulgrew war bereits halb aus der Tür, schob sich aber wieder zurück und schloss sie.

»Was ist das denn für ein Begrüßungskomitee, Christine?«, fragte er. »Harrison hat uns übrigens auch nicht bei der Aufklärung des Falls weitergeholfen.« Als er der schweigenden Esson in die Augen sah, fiel seine Gelassenheit von ihm ab.

»Sag, dass du nicht Valerio bist«, verlangte sie ruhig, aber bestimmt.

»Was?«

»Als ich den Namen dir gegenüber erwähnt habe, bist du ausgewichen, obwohl das ein Song auf einer deiner Lieblingsplatten ist – wieso ist dir das nicht eingefallen?«

»Valerio?«

»Richard und Linda Thompson. Siehst du dich so, Jason – als Drahtseiltänzer hoch über allen anderen? Hab ich dir gerade dein Sicherheitsnetz weggezogen?«

Er lachte laut bellend, aber seine Miene hatte sich verdüstert, während er noch überlegte, für welche Maske er sich entscheiden wollte. Shah war an das Beifahrerfenster herangetreten und fragte, was los sei. Als Mulgrew dadurch abgelenkt war, öffnete Esson das Handschuhfach. Es war leer. Mulgrews linke Hand lag auf der Armlehne auf der Mittelkonsole. Sie wollte sie aufklappen, aber er presste dagegen, weshalb sie sich herunterbeugte und ihm ihre Zähne in die Hand schlug.

»Scheiße!«, brüllte er und riss die Hand weg. Sie klappte die Konsole auf und schnappte sich das kleine schwarze Buch darin. Mit seiner verletzten Hand packte er Esson am Handgelenk und drückte fest zu.

»Gib das her, du Schlampe!«, zischte er. Esson stieß die Tür weit genug auf, um das Buch aus dem Wagen zu werfen. Mulgrew fuhr mit der Hand an ihre Kehle, ließ aber wieder davon ab, als er sah, dass Clarke das Tagebuch aufhob und aufschlug. Er löste den Griff jetzt vollständig, ließ den Motor an und wollte mit Esson an Bord davonrasen.

»Ich oder das Buch, Jason«, sagte sie schwer atmend. »Beides kannst du nicht haben.« Er überlegte es sich anders und machte den Motor wieder aus. Aber als er aus dem Wagen sprang und auf Clarke und Shah zulief, war Esson bereits zu ihren Kolleginnen gerannt. Mulgrew blieb vor den drei Frauen stehen und streckte die Hand aus. Dann sah er über Essons Schulter hinweg Mae McGovern aus dem Gebäude eilen, die anscheinend wusste, dass etwas vor sich ging, nur nicht, was. Im Stockwerk darüber pressten Allbright und Tilley die Nasen an die Fensterscheiben.

»Jetzt hast du dein Publikum, Valerio«, sagte Esson. Mulgrew sah aus, als würde er gleich explodieren. Mit Blicken suchte er das Buch, aber es war scheinbar verschwunden, Clarke hatte es sich unter den Pulli geschoben.

»Jason?«, fragte Mae McGovern. Aber er ignorierte sie, stieß lautes Wehklagen über die Welt allgemein aus, lief zurück zu seinem Wagen, sprang hinein, knallte die Tür zu und fuhr mit aufheulendem Motor und quietschenden Reifen vom Platz.

»Wir müssen eine Fahndung über Funk rausgeben«, sagte Esson zu ihrer Chefin, wobei sie das Zittern in ihrer Stimme nur mit Mühe unterdrücken konnte. »Alle Wagen sollen nach einem silberfarbenen Audi Ausschau halten. Der Mann am Steuer steht unter dringendem Tatverdacht, Zak Campbell ermordet zu haben. Er ist unbewaffnet, aber möglicherweise gefährlich.« Sie sah McGoverns fassungslose Miene. »Vertrauen Sie mir, Ma'am«, sagte sie, was McGovern sofort tat, als sie Essons Tonfall hörte und Siobhan Clarkes Miene sah.

Zara Shah starrte mit offenem Mund zur Parkplatzausfahrt. Esson drückte ihre Schulter – *so was geht nie gut aus* – und ging den anderen voraus ins Gebäude, um DCI McGovern über das Geschehen aufzuklären. Clarke telefonierte in der Zwischenzeit mit ihrem eigenen Vorgesetzten, aber es gelang ihr, ganz kurz Blickkontakt mit Esson aufzunehmen und ihr langsam zuzunicken: Gut gemacht.

Verdammt gut …

26

Rebus staunte, als er Megan Keighley im Eingang zu seiner Zelle sah. Er hatte ein paar Insassen anzüglich pfeifen hören, aber gedacht, die Pfiffe würden dem Fernseher oder einer neuen Wärterin gelten. Jacobs, die die Bibliothekarin zu Rebus' Zelle begleitet hatte, sah die pfeifenden Gaffer böse an. Die Gefangenen jedoch paradierten bereits unbeirrt an Rebus' Tür vorbei und musterten Keighley von hinten.

»Megan«, sagte Rebus und erhob sich von seinem Bett. Sie ließ einen Blick durchs Innere der Zelle schweifen.

»Schön aufgeräumt«, sagte sie.

»Die Spartaner hatten schon ein paar gute Ideen«, erwiderte er. Sie belohnte ihn mit einem Lächeln.

»Nach gestern wollte ich mal sehen, wie's Ihnen geht.«

»Ich hab's überlebt«, erwiderte er.

»Sieht gemein aus.« Sie musterte sein Gesicht.

»Hab schon Schlimmeres erlebt.« Er hielt inne. »Übrigens, es gibt schlechte Nachrichten wegen dem Film – im Polizeilabor haben sie nur die Hülle.«

»Ach?« Sie blickte über ihre eigene Schulter zur Zelle von Jackie Simpson. Sie war inzwischen neu gestrichen und wieder geöffnet worden. Rebus hatte man erklärt, dass zwei Polizisten dort gewesen seien, als er im Besuchsraum war. Sie hatten die Weiterverwendung abgesegnet. »Kann es sein, dass sie noch im Gerät steckt?«, fragte sie.

»Eigentlich haben wir keine DVD-Player.« Rebus zeigte auf seinen eigenen, an der Wand befestigten Fernseher. »Hinten gibt's einen Schlitz für DVDs. Bei der SOCO sind sie eigentlich nicht so schlampig.«

»Bei der SOCO?«

»Bei der Spurensicherung«, erklärte Rebus. Sie nickte zum Zeichen, dass sie verstand, während unablässig Gefangene hinter ihr vorbeischlenderten. Jacobs hatte es aufgeben, sie zu ermahnen.

»Kann sich sehen lassen«, rief einer von ihnen, kaum dass er sicher am Eingang vorbei war. »Ich würde jedenfalls nicht nein sagen …«

»Sie sind natürlich vom Bibliotheksdienst entschuldigt«, sagte Keighley zu Rebus. »Wenn Sie noch nicht wieder fit sind, meine ich.«

»Mir geht's gut, Megan. Allerdings werden Sie den, der mich angegriffen hat, so schnell nicht wiedersehen.«

»Gut so.« Ihr fiel das Foto auf seinem Bett auf, das er in der Hand gehalten hatte, als sie eingetroffen war. »Ihre Familie?«

»Meine Tochter und meine Enkeltochter.«

Sie legte den Kopf zur Seite. »Sehen beide sehr gut aus. Haben Sie denn Ihre Leidenschaft fürs Lesen an die beiden weitervererbt?«

»Das weiß ich gar nicht so genau, aber meine Enkeltochter entwickelt sich zur Künstlerin.« Er entfaltete Carries Zeichnung.

»Beeindruckend. Werden Sie das an die Wand hängen?«

»Und damit das vorherrschende ästhetische Konzept durchbrechen?« Er sah sich demonstrativ in der kahlen Zelle um.

»Sie lassen nicht gerne viel von sich erkennen, John, hab ich recht?«

Seine Antwort war ein Schulterzucken.

»Wie lange wird es dauern, bis die Schwellung zurückgeht?«

»Finden Sie nicht, dass ich mich als Jabba the Hutt sehen lassen kann?«

»Ich hätte Sie nicht für einen Star-Wars-Fan gehalten.«

»Ich hab die DVD in der Bibliothek gesehen.«

Sie lächelte, überlegte es sich dann aber anders. »Der Mann hätte Sie umgebracht, oder?«

»Wahrscheinlich schon.«

»Wenn Billy Groam nicht dazwischengegangen wäre.« Sie fuhr mit dem Finger ihr Kruzifix rauf und runter. »Er sitzt in der Nachbarzelle, stimmt's? Billy, meine ich?«

»Soweit ich weiß, ist er im Moment im Sportraum.«

Sie guckte leicht enttäuscht. »Na ja, wir sehen uns dann bald wieder in der Bibliothek.«

»Hat mich gefreut, dass Sie mal vorbeigeschaut haben, Megan.«

Jacobs führte sie fort, eine Reihe von Gefangenen schlich ihnen im Gänsemarsch hinterher. Rebus legte sich wieder hin. Er wollte Carries Zeichnung nicht offen zeigen. Er würde sie versteckt aufbewahren so wie die Fotos. Er drehte sich zur Tür um. Jetzt, wo das Spektakel vorbei war, sank auch wieder die Geräuschkulisse. Zwei jüngere Gefangene kamen in Unterwäsche vorbei, ihre Flipflops klatschten unterwegs zum Duschraum über den Boden. Rebus dachte an das Handy im Abfluss dort. Verstecke: In Gefängnissen wimmelte es nur so davon. Von Verstecken und Geheimnissen. Er erinnerte sich an die Ankunft von Haj Atwals Team von der Spurensicherung. Sie hatten viele Tatorte und Schauplätze von Verbrechen gesehen, aber keinen so einschüchternden, eigenartigen oder irritierenden wie ein Gefängnis. In den verschlossenen Zellen ringsum wurde laut geschrien. Türen und Tore mussten auf dem Weg von der Anmeldung ins Innere des Gefängnisses geöffnet und wieder verschlossen werden. Ausweise wurden überprüft und Personen gescannt. Überall Uniformen und eine schleichende Klaustrophobie. Die Umgebung hier war voller Geräusche und Anblicke einer geheimen Welt, in die Atwals Mitarbeiter ganz entschieden nicht gehörten.

Kein Wunder, dass einer oder zwei von ihnen entnervt geguckt hatten, sie waren mit den Gedanken nicht vollkommen bei der Sache gewesen. Wollten einfach so schnell wie möglich wieder raus.

Bei der SOCO sind sie eigentlich nicht so schlampig …

Aber was, wenn doch …

Was, wenn sie es dieses Mal doch waren?

Wieder stand eine Person draußen vor seiner Zelle: Sein Nachbar Billy Groam war vom Sport zurück, Schweiß glänzte auf seiner Haut.

»Ich glaube, deine Bibliothekarin hat sich ein bisschen in mich verguckt«, sagte er. »Die hatte ganz schön Farbe im Gesicht, als sie gerade an mir vorbei ist. Meinst du, ich hab eine Chance bei ihr?«

»Vorher baumelst du am Galgen.«

»Hier wird niemand mehr gehängt, John.«

»Herrscht jetzt Frieden zwischen deinem Chef und Harrison?«

»So weit würde ich nicht gehen.«

»Wurde aber lange keiner mehr von Darryls Leuten draußen überfallen, oder?«

Graham schüttelte den Kopf. »Und Jake Morris ist wieder in der Stadt. Ob er die Schmach, dass er abgehauen ist, jemals wieder loswird, ist allerdings eine andere Frage.« Er hielt inne. »Weißt du, dass seine Tochter mit dem Mädchen befreundet ist, das vermisst wurde? Anscheinend hat sie sich ohne Jakes Wissen in seinem Haus versteckt.«

»Klingt aber nicht, als wäre er unbedingt der Hellste und Beste.«

»Jake ist in Ordnung. Weiß nur nicht, ob er das Zeug für so ein Leben hat.«

»Das Leben, zu dem du ihn geführt hast«, erinnerte ihn Rebus.

Groams Miene verhärtete. »Wir sehen uns in der Bibliothek, John. Ich glaube, ich werde da jetzt Stammkunde. Aber verlass dich nicht drauf, dass ich da bin, wenn dieser Wahnsinnige das nächste Mal kommt.«

Als Groam weg war, wartete Rebus noch zwei Minuten, dann erhob er sich von seinem Bett und verließ seine Zelle. Im Gang sprach ihn Valerie Watts an.

»Wo wollen Sie denn hin, John?«, fragte sie.

»In der Bibliothek wird eine DVD vermisst. Der Letzte, der sie hatte, war Jackie Simpson. Hab mich gefragt, ob sie noch da drin ist.«

»Die Zelle wurde total ausgeräumt.«

»Ich meine im Fernseher«, erklärte er. »Im DVD-Schlitz hinten.« Watts dachte einen Augenblick nach, dann nickte sie.

»Lassen Sie uns nachsehen.«

Sie begleitete ihn in die Zelle, wo sie einen Augenblick stehenblieben, frische Farbe rochen und auf die Stelle starrten, an der Jackie Simpson seine letzte Nacht auf Erden verbracht hatte. Dann ging Rebus zum Fernseher, schaltete ihn ein und drückte auf Auswurf. Ein kurzes Surren ertönte, aber weiter passierte nichts.

»Ist leer«, sagte Watts.

Rebus spähte so gut es ging hinein. »Nein, da ist was drin«, sagte er. »Sieht aber aus wie …« Er versuchte, durch verquollene Augen genauer zu sehen.

»Wie sieht es aus, John?«, fragte sie, als er sich wieder aufrichtete.

»Sieht aus, als würde jemand aus dem Team von Haj Atwal einen Einlauf bekommen«, erwiderte Rebus schließlich. Er fixierte sie mit einem Blick. »Wir müssen wieder raus. Und Sie müssen beim MIT anrufen.«

Sie runzelte die Stirn und schob sich an ihm vorbei, starrte selbst in den Schlitz.

Ohne zu warten, hatte Rebus sich wieder auf den Weg zurück in seine Zelle gemacht. Er zog seinen Stuhl hervor und setzte sich, die Ellbogen auf dem Tisch. Ungefähr fünf Minuten lang rührte er sich nicht. Als er in den Gang hinaustrat, sah er, dass Simpsons Zelle wieder abgeschlossen wurde und Watts in einiger Entfernung dazu stand, ein Walkie-Talkie dicht vor dem Mund, sodass sie leise sprechen konnte.

Er setzte sich an einen Tisch, sah einer Partie Billard zu, dann noch einer. Die Spieler freuten sich, dass sie ihre Stöcke wiederhatten. Watts war Profi, sie ließ sich in ihrem Verhalten nichts anmerken. Keiner der anderen Gefangenen hatte mitbekommen, dass die Tür wieder verschlossen war oder dass Watts mit dem Direktor gesprochen hatte. Jemand wollte Rebus einen Billardstock geben, aber er schüttelte den Kopf. Der Wizard saß zwei Meter entfernt, betrachtete ihn wie mit neuen Augen. Ein weiterer Gefangener, eindeutig high, marschierte auf und ab, zählte beim Gehen. Rebus schloss sich ihm an, hielt ein paar Schritte Abstand. An einem bestimmten Punkt blieb er wie angewurzelt stehen, der andere Gefangene musste schließlich an ihm vorbeimanövrieren. Er fuhr sich mit der Hand übers Kinn.

»Ja!«, sagte er zu sich selbst, dann setzte er sich erneut in Bewegung, dieses Mal in Richtung der Zelle des Wizard.

Mark Jamieson saß am Schreibtisch und legte mit einem abgegriffenen Kartensatz Patiencen.

»Es gibt keinen Karo-König und keine Karo-Königin«, sagte er zu Rebus. »Wurden wahrscheinlich zu Joints verbaut.«

»Kann ich dir was zeigen, Mark?«

Jamieson blickte von seinen Karten auf. »Was?«

Rebus gab dem jungen Mann ein Zeichen, ihm nach draußen zu folgen. »Ich erinnere mich an ein Zitat«, setzte er an, »ich glaube, es stammt aus einer Sherlock-Holmes-Geschichte. Wusstest du, dass Conan Doyle hier in Edinburgh geboren wurde? Er ist dann aber sobald er konnte weg von hier.«

»Worauf willst du hinaus?«

»Bei dem Zitat geht's irgendwie darum, dass man das Wahrscheinliche und das Unwahrscheinliche ausschließen muss. Danach hat man die Lösung, auch wenn sie einem unmöglich vorkommt.«

»Hast du was genommen, John?«, erkundigte sich Jamieson. Aber Rebus schüttelte den Kopf und nickte in Richtung von Jackie Simpsons Zelle, die im Beisein des Direktors von zwei Detectives, die Rebus nicht kannte, wieder aufgeschlossen wurde. Er sah Jamieson an, der gerade darauf antworten wollte, als eine Hand schwer auf Rebus' Schulter landete. Darryl Christie stand hinter ihnen.

»Ich muss mit dir reden, John«, sagte er mit Stahl in der scheinbar ruhigen Stimme.

»Was ist los, Darryl?«, stammelte Jamieson, dem das Blut aus dem Gesicht wich.

»Du hältst die Klappe, Mark, das ist los. Ich hab den besten Strafverteidiger des Landes in meinem Kurzwahlverzeichnis. Es wird alles gut, und für deine Mutter ist gesorgt – vergiss das nicht.« Christie schob Rebus fort.

»Was ist mit seiner Mutter?«, fragte Rebus.

»MS – sie braucht jede Menge Hilfe, und so was ist nicht billig.«

»Ist das der Deal? Wahrscheinlich war's nicht schwer, ihn zu überreden, zumal du ja auch den Hahn kontrollierst, aus dem seine diversen Drogen fließen. Ein Leben lang high und zwar umsonst, war's so?« Rebus hielt inne. Sie hatten die Wand erreicht, die den Zellengang vom Freizeitbereich trennte. »Aber warum Simpson?«

Christie sah sich nach möglichen Mithörern um. »Kommst du nicht allein drauf?«

»Weil Novak wahrscheinlich verdächtigt wird und du es ja eigentlich auf ihn abgesehen hattest. Das heißt, genau genommen hattest du gar kein Problem mit Jackie.«

»Kollateralschaden nennt man so was.« Christie starrte Rebus mit funkelnden Augen an. Da war wieder dieser Wahnsinn, der immer knapp unter der Oberfläche schlummerte, genauso wie damals, als er einen Menschen erschoss, genauso wie damals, als er seine Waffe fast auf Rebus gerichtet hätte. »Novak ist eine Nervensäge«, fuhr er fort. »Hab mich gefreut, ihn schwitzen zu sehen.«

Rebus widerstand der Versuchung zu sagen, dass Novak eine noch viel größere Nervensäge war, als Christie ahnte. »Wieso hast du Samms nicht damit beauftragt?«

Christie verzog das Gesicht. »Samms ist nicht mein Mann. So was brauche ich heutzutage nicht mehr. Eine Drohne kann Lieferungen zu genau dem Fenster transportieren, an das man sie lenkt. Aber Novak will nach oben ausgerichtete Kameras an den Außenmauern installieren, um den Himmel zu überwachen anstatt den Boden.« Er schüttelte den Kopf. »Das wäre sehr schlecht fürs Geschäft.«

»Aber Billy Groam hat angeblich nicht gehört, dass die Zellentür abgeschlossen wurde. Diente das auch nur der Irreführung?«

Christie zwinkerte langsam.

Rebus drehte sich zur Mordzelle um. »Es kommt sowieso raus, Darryl.«

»Nicht wenn Mark tut, was er gesagt bekommt. Bisher wissen die nur, *wie.*«

»Die werden eins und eins zusammenzählen, ob er redet oder nicht. Du hast einem Mann das Leben genommen – das darf nicht ungestraft bleiben.«

»Hör dich mal reden! Sieh dir an, wo du bist! Wie wollen die mich eigentlich bestrafen?« Christie lachte laut los, sein Gelächter kam so plötzlich und war so laut, dass der Direktor aus Simpsons Zelle eilte. Christie hob entschuldigend die Hand.

»Du weißt, dass ich's denen sagen werde«, erklärte Rebus.

»Mach das ruhig. Ich kann dir gerne helfen, aufs Dach zu steigen – dann kannst du's von da oben laut hinausbrüllen, wirst schon sehen, was du davon hast. Willkommen in der Realität – und du musstest dir nicht mal eine Pille aussuchen.« Er hielt inne und beugte sich ein Stück vor. »Weißt du noch, als du hier angekommen bist. Ich hab dir gesagt, dass ich dir alles besorgen kann. Ich hatte so gehofft, dass du Ja sagst. Weißt du, warum? *Kontrolle.* Die Vorstellung, ich könnte dich kontrollieren, war einfach zu verlockend. Allein das hat mir die Zeit hier drin enorm versüßt.«

»Tut mir leid, falls ich dich enttäuscht habe.«

»Du enttäuschst mich selten, John.« Christie starrte zu Jackie Simpsons Zelle. »Auch wenn du manchmal durchaus voller Überraschungen steckst.« Er hielt inne. »Die zum Teil sehr unangenehm sind und weitreichende Folgen haben.«

»Wie meinst du das?«

Aber Christie hatte sich bereits umgedreht und war weggegangen, hatte einen ihm angebotenen Billardstock entgegengenommen und sich am Tisch in Stellung gebracht.

Fox war zu Hause in Oxgangs, hatte gerade zu Abend gegessen und die Füße aufs Sofa gelegt, als er einen Anruf aus London bekam. Er hatte ihn gleichermaßen erwartet und gefürchtet. Er wappnete sich und nahm ihn entgegen.

»Der SO15 kennt keinen Feierabend«, sagte er.

»Alles in allem«, begann Thomas Glaze gedehnt, »sieht es wohl nach einem Streit unter Zellengenossen aus. Sie haben uns wegen nichts und wieder nichts alarmiert, Malcolm. Ich denke, ich kann sagen, wir sind ein bisschen enttäuscht von unseren Kollegen nördlich der Grenze.«

»Tja, mir sind die Hände gebunden, Tommy.«

»Ich weiß nicht, ob mir Ihr Ton gefällt, Malcolm.«

»Ich habe mir den Arsch für euch aufgerissen. Ich habe Kollegen im Unklaren gelassen und ihnen Lügen aufgetischt, nur um unsere Operation nicht zu gefährden. Ein Mann ist ins Gefängnis gewandert, und jetzt ist er tot, verdammt noch mal.«

»Ein guter Detective ist einer, der Ergebnisse vorlegt – vergebliche Liebesmüh ist häufig nur deshalb vergeblich, weil ihr von Anfang an eine Fehleinschätzung zugrunde lag.«

»Sie haben gut reden, Sie sitzen in Ihrem behaglichen Londoner Büro, während andere in der Schusslinie stehen. Jetzt ist es meine Aufgabe, die Scherben aufzulesen und die Gemüter hier oben zu beruhigen.«

»Ich denke, in Gartcosh kann es durchaus auch recht behaglich sein, DI Fox. Sie bleiben lieber an Ihrem Schreibtisch sitzen – anscheinend sind Sie für *echte* Polizeiarbeit nicht geschaffen.«

»Hören Sie mal, Sie …«

Aber Glaze hatte das Telefonat bereits beendet.

Fox stampfte in die Küche, ging wütend auf und ab, weil er vergessen hatte, was er eigentlich dort wollte. Er befüllte den Wasserkocher und wartete, seine Wut wollte nicht abklingen. Dann merkte er, dass er den Wasserkocher gar nicht eingeschaltet hatte, schnappte sich stattdessen eine Dose Appletiser aus dem Kühlschrank und öffnete sie.

»Diese verdammten Scheißpisser«, schimpfte er vor sich hin, als er ins Wohnzimmer zurückkehrte, wo sein liegengebliebenes Handy erneut klingelte. Dieses Mal war es nicht Glaze, sondern Fox' Vorgesetzter.

Auch dieser Anruf kam nicht vollkommen unerwartet, wobei Fox aber gehofft hatte, das Gespräch erst am nächsten Morgen führen zu müssen.

»Guten Abend, Sir«, sagte er und blieb auf der äußersten Sofakante sitzen.

»Jason Mulgrew?«, legte Pratchett ohne Vorrede los. »Der Beamte, den Sie, Malcolm, für eine Beförderung in die Abteilung für Inneres und Organisiertes Verbrechen vorgeschlagen haben?«

»Ich denke, das war für uns alle ein Schock, Sir.«

Pratchett ignorierte die Bemerkung. »Sie haben mich jetzt zweimal enttäuscht, das sind zweimal mehr, als mir lieb ist. Und dabei hatten einige von uns gedacht, *Sie* könnten selbst bereit sein, aufzusteigen …«

Fox schloss die Augen. »Gehe ich recht in der Annahme, dass sich die Ansicht geändert hat?«

»Insofern, als Sie's vergessen können? Durchaus.«

»Und die Observierung von Mickey Mason, die ich vorgeschlagen habe?«

»Auf Grundlage Ihres sagenumwobenen unfehlbaren Instinkts? Nicht der Funke einer Chance. Sie haben jetzt zwei Eigentore zu verbuchen. Vielleicht ist kein drittes nötig, um Sie dorthin zu schicken, wo der Pfeffer wächst.«

Fox gestattete sich ein grimmiges Grinsen. Wo hatte er das schon mal gehört? Antwort: Siobhan Clarke. Erstes Eigentor: dass er ihr seine Verbindung zu Jackie Simpson verschwiegen hatte. Zweites Eigentor: dass er sein Interesse an Carlas Vater unterschlagen und nicht erwähnt hatte, für wen Jake Morris arbeitete.

»Vielleicht können wir das Gespräch morgen Vormittag fortsetzen, Sir, sonst sage ich noch etwas, das mir hinterher leidtut.«

Eine Weile herrschte Stille in der Leitung.

»Wenn Sie etwas zu sagen haben, dann sagen Sie's jetzt«, erwiderte Pratchett schließlich. Fox starrte den schwarzen Fernsehbildschirm vor sich an, erkannte darin sein Spiegelbild. »Ich glaube, ich habe genug – genug von diesem undankbaren Job und den ständigen Budgetkürzungen, genug von selbstgefälligen Führungskräften, die nicht einmal in der Lage wären, ihren eigenen Arsch zu finden, selbst wenn sie ihn mit beiden Händen suchen würden. Und ich habe genug, von Wichsern wie unter anderem auch Ihnen, Sie überflüssiger Blödmann.« Er hielt inne. »Bei allem Respekt, Sir.«

Dieses Mal herrschte etwas länger Stille in der Leitung. So lange, dass Fox sich vergewisserte, ob die Verbindung noch stand.

»In Gartcosh wird niemand Ihrer Kündigung im Wege stehen, DI Fox, das kann ich Ihnen versprechen.« Ein leichtes, aber deutliches Beben war in Pratchetts Stimme getreten. *Anscheinend bin ich jetzt doch endlich zu ihm durchgedrungen*, dachte Fox. »Viele werden froh sein, Sie endlich von hinten zu sehen«, fuhr Pratchett fort, »Sie und Ihre falschen Instinkte und absurden Intrigen. Ich muss sagen, ich zähle mich selbst dazu. Auf Wiedersehen, Malcolm – und viel Glück.«

Fox schaltete sein Handy aus und schleuderte es quer durch den Raum.

»Na dann, Gute Nacht«, sagte er leise und schenkte seinem Spiegelbild ein klägliches Lächeln.

Als er am Abend im Bett lag und an die Decke starrte, ging Rebus noch einmal durch, was er wusste. Mark Jamieson war im Beisein seines Anwalts und unter Eid befragt worden. Die Vernehmung hatte im Büro des Direktors stattgefunden, danach war der junge Mann in die SRU gebracht worden. Rebus hatte versucht, Esson anzurufen, um ihr zu sagen, dass Jamieson in eine Zelle am Gayfield Square oder nach St. Leonard's – *oder sonst wohin* – verlegt werden musste, aber sein Anruf war direkt an eine Mailbox weitergeleitet worden. Er hatte darum gebeten, mit dem Direktor zu sprechen, bekam aber erklärt, dass Tennent in Terminen unterging. Jamieson würde in seiner Zelle bibbern, mehr wegen des Schocks als vor Kälte. Hatte er etwas am Körper hereingeschmuggelt? Höchstwahrscheinlich. Das würde dem Schmerz die Schärfe nehmen, aber nur zu einem bestimmten Grad und für kurze Dauer.

Eine DVD, in der Mitte durchgebrochen, sodass eine gezackte scharfe Kante entstand. Jackie Simpson hatte geschlafen, er war wehr- und ahnungslos gewesen. Mark musste sich nackt ausgezogen haben, sodass kein Blut an seine Kleidung gelangte, während er die Tat beging. Danach hatte er sich gewaschen und abgetrocknet. Vermutlich war an dem Handtuch Blut, aber er hatte gesagt bekommen, was er zu tun hatte – es dem Toten in den Mund stopfen, damit es eine plausible Erklärung dafür gab. Auch die DVD sollte er abspülen, sie dann wieder zurück in den DVD-Schlitz am Fernseher schieben. Danach musste er sich nur wieder anziehen, in sein Bett steigen und sich eine höhere Dosis Drogen einpfeifen als sonst – was er dankbar tat. Schließlich schlug er ein paarmal mit dem Kopf gegen die Wand – durch die Drogen war der Schmerz gedämpft, aber die Verletzung notwendig – direkt danach dämmerte er weg. Die Geschichte, dass ihm jemand was ins Essen gemischt hatte, war nur eine weitere falsche Fährte. Alle Spuren mussten von der Zelle und dem Zellengenossen ablenken. Und auf die Wärter verweisen, besonders Chris Novak.

Mark selbst aber sollte natürlich wenig davon haben, nicht einmal seine kranke Mutter. Das Ganze diente nur den Begierden von Darryl Christie, der unantastbar blieb, selbst wenn Jamieson den Mund aufmachen und alles ausplaudern würde.

Aber so weit würde man es nicht kommen lassen. Rebus wusste das, er hatte so ein Gefühl in seinem rumorenden Bauch.

Beim Frühstück am nächsten Morgen erfuhr er es. Mark Jamieson war in der Nacht an einer Überdosis gestorben. Billy Groam lehnte sich zu Rebus hinunter, der vor seinem vollen, unberührten Frühstückstablett am Tisch saß.

»Eigentlich hätte er schon beim ersten Mal nicht überleben sollen«, flüsterte er. »Aber der Junge war zäher, als er aussah.«

Rebus sprang auf, starrte Darryl Christie an, der zwei Tische weiter saß, einen Löffel auf halbem Weg zum Mund führte und Rebus beobachtete.

»Du kommst nicht mal auf zwei Meter an ihn ran, John«, warnte ihn Groam. »Setz dich wieder und benimm dich.«

Rebus wusste, dass er recht hatte. Er setzte sich und nahm seinen Löffel fest in die Hand.

Nachspiel

Jason Mulgrews Anwälte waren zuversichtlich, dass der Fall nicht einmal vor Gericht kommen würde. Ihnen lagen Aussagen der DCs Allbright und Tilley vor, die gesehen hatten, dass DS Christine Esson den Schreibtisch ihres Kollegen ohne Genehmigung durchsucht hatte. Dasselbe galt für seinen Wagen. Es gelang zwar nachzuweisen, dass er Dateien von seinem Handy und seinem Computer gelöscht hatte, aber bisher war es dem MIT nicht gelungen, ein Bankkonto zu finden, auf dem Zahlungen an Zak Campbell verbucht waren. Bei jeder Vernehmung sagte Mulgrew dasselbe: »Kein Kommentar.« Seine Anwälte räumten ein, dass zwar Haare von ihm in Campbells Küche gefunden wurden, was ihr Klient aber plausibel mit einer Nachlässigkeit seinerseits erklären konnte … er habe vergessen, die Kapuze überzuziehen, und sich am Kopf gekratzt.

Am Ende einer dieser Vernehmungen, nachdem die Geräte ausgeschaltet waren und Mulgrew aufgestanden war, um in Begleitung seines Anwalts hinauszugehen, hatte Siobhan Clarke Mulgrew eine Hand auf den Arm gelegt.

»Wieso hast du das Buch behalten, Jason? Verrat mir nur das.«

Er beugte sich so dicht an sie heran, dass seine Lippen beinahe ihr Ohr berührten. »Da stehen die ganzen Namen drin, Siobhan. Ich bin einfach gierig geworden …« Sein Anwalt räusperte sich ermahnend, und Clarke löste ihren Griff.

Andernorts galt es aufzuräumen. Jasmines Eltern hatten die Scheidung eingeleitet, und Jasmine wusste noch nicht, ob sie bei ihrer Mutter bleiben oder mit ihrem Vater in den Süden ziehen wollte. Der Presserummel hatte sich gelegt und würde nur dann wieder aufleben, falls es zum Prozess im Mordfall Zak Campbell kam. In diesem Fall würden die Namen in Campbells kleinem schwarzen Buch öffentlich bekannt. Tatsächlich wurde geprüft, ob es möglich war, gegen drei seiner Kunden, die ihn gedrängt hatten, immer jüngere Models zu finden, erfolgreich vorzugehen. Siobhan Clarke fragte sich, ob Peter »Pedro« Cowan der Einzige bleiben würde, der sich das Leben nahm.

Sie besuchte Rebus, auch weil sie wusste, dass Samantha selbst Anträge gestellt hatte, ihn mit Carrie zu sehen. Die Blutergüsse in seinem Gesicht waren noch immer blass sichtbar, aber seine Augen waren abgeschwollen, jedenfalls mehr oder weniger.

»Gute Arbeit«, sagte sie, nachdem sie kalte Getränke und Schokolade aus dem Automaten geholt hatte.

»Nur dass ihr alle den Fall als abgeschlossen betrachten werdet, jetzt wo Mark Jamieson tot ist.«

»›Ihr alle‹?«

»Hätte ich früher wahrscheinlich auch. Das Rätsel ist gelöst, fertig. Aber Darryl Christie hatte das alles geplant und angestoßen.«

»Dafür fehlen handfeste Beweise.«

»*Ich* bin der Beweis, Siobhan.«

»Weshalb du erst recht friedlich bleiben solltest, John – du hast gesehen, was passiert, wenn Christie sich in die Ecke gedrängt fühlt. Die in Gartcosh finden, das solltest du ihnen überlassen.«

Rebus schnaubte. »Ich würde Fox nicht mal zutrauen, einen Duschvorhang zu Fall zu bringen, geschweige denn das organisierte Verbrechen.«

»Hast du's noch nicht gehört?«

Rebus biss in einen Schokoriegel. »Was?«

»Fox hat seine Kündigung eingereicht. Er wollte Jason Mulgrew zu wahrer Größe verhelfen, und das kam rückblickend dann gar nicht mehr gut an. Zu allem Überfluss sieht es so aus, als wäre er sowieso ein paar Dienstränge runtergestuft worden.«

»Sieht ihm ähnlich, den Weg des geringsten Widerstands zu gehen.«

Clarke schenkte ihm einen Blick. »Ich weiß nicht, ob das jetzt fair ist.«

»Ist noch Zeit, ihn anzurufen und mit Häme zu überschütten?«

»Hör auf.« Sie nahm einen Schluck aus ihrer Dose und unterdrückte ein Rülpsen. »Ist gut, dass du Carrie erlaubst, dich zu besuchen.« Rebus zuckte nur mit den Schultern. »Beruhigt es sich denn allmählich? Hier drin, meine ich?«

»Harrison wird nach Perth verlegt. Darryl Christie scheint noch ein paar Zentimeter gewachsen zu sein. Alle wissen, was Mark Jamieson gemacht hat. Das werde ich ihm niemals verzeihen.«

»Weißt du noch, was ich gesagt habe, von wegen friedlich bleiben?«

»Ich weiß aber nicht, ob ich das kann.« Er wickelte den Rest der Schokolade ein, wollte sie einstecken, um sie später zu essen oder einzutauschen. »Jeden Tag, den ich hier drin bin, wird das Gefühl in mir stärker – jemand muss etwas unternehmen und das Dreckschwein absägen.«

»Aber nicht unbedingt ein pensionierter Polizist von fast siebzig Jahren, oder?«

»Traust du's mir nicht zu?« Rebus plusterte sich demonstrativ auf. Clarke lachte leise und schüttelte den Kopf.

Sie plauderten noch bis die Besuchszeit um war. Chris Novak stand bereit, um Rebus nach Trinity Hall zu bringen.

»Alles in Ordnung bei Ihnen?«, fragte Rebus ihn.

»Anscheinend ist Ihr kleiner Besuch bei mir niemandem aufgefallen«, wisperte Novak leise.

»Was ist mit Valerie?«

»Wir haben Schluss gemacht.«

»Sie hat das Richtige getan, das wissen Sie – dass sie den Ermittlern von Ihrem Verhältnis erzählt und mich zu Ihnen gebracht hat …«

»Das weiß ich, John. Ich kann nicht zwei Leben gleichzeitig leben.«

»Eigentlich sogar drei, wenn man Ihre Ausflüge als Racheengel dazuzählt.«

»Damit ist jetzt auch Schluss.«

»Dabei muss Christie dringender denn je von seinem Sockel geholt werden.«

Novak nickte ernst. »Wissen Sie, dass ich eine Nachricht von DI Fox bekommen habe?«

»Ach was?«

»Er hat gesagt, er weiß jetzt, wer unter dem Helm gesteckt hat. Er hat sich angesehen, welche Wärter Familienangehörige oder Freunde beim CID hatten. Außerdem hat er gesagt, *Sie* hätten sich die größte Mühe gegeben, ihn von der Spur abzulenken. Aber er hatte gehört, dass ein anderer Gangster aus Glasgow mitbekommen hatte, wie anfällig Christies Regime in Edinburgh war …«

»Mickey Mason«, sagte Rebus und sah Novak an. »Und Sie denken, die Stadt wäre bei einem aus Glasgow in besseren Händen als bei Darryl Christie?«

»Für die bedrohten Gefängniswärter wär's vielleicht wirklich besser.«

»Apropos Drohungen, der Direktor schuldet mir einen Gefallen.«

»Ich weiß, Sie wollen Bobby Briggs verlegen lassen. Der Direktor tut sein Möglichstes …«

Rebus war stehengeblieben und hielt einen Finger hoch, legte den Kopf in den Nacken und richtete den Blick zur Decke. »Hören Sie das, Chris?«

»Was?«

»Ich dachte, jetzt hätte ich die Glocken gehört.«

»Hier gibt's doch gar keine Kirche in der Nähe, John.« Novak lauschte und schüttelte den Kopf.

Rebus machte sich bereit, weiter Richtung Trinity Hall zu gehen, aber Novak tippte ihm auf den Arm.

»Wir machen einen Umweg«, sagte er und führte ihn zu einer Reihe von Kabinen, die privaten Besuchern vorbehalten waren. »Jemand wartet auf Sie.« Er zeigte auf die Kabine ganz hinten. Dann streckte er Rebus eine Hand hin, und Rebus schlug ein. »Ich bin noch hier, wenn Sie fertig sind, John, ich drücke Ihnen die Daumen …«

Rebus ging zu der Kabine und sah seinen Anwalt dort sitzen, der verschiedene Unterlagen auf dem Tisch vor sich durchging. Nach kurzem Zögern öffnete Rebus die Tür und trat ein.

»John.« Der Anwalt griff über den Tisch und nahm seine Hand.

»Setzen Sie sich bitte.«

Rebus nahm Platz, seine Finger suchten Halt an der Tischkante. Der Anwalt las einige Sekunden weiter, dann blickte er zu ihm auf. Und grinste breit.

»Es gibt endlich Neuigkeiten, John«, setzte er an. »Und zwar sehr gute …«

Danksagung

Das HMP Edinburgh gibt es wirklich, es steht an derselben Stelle wie das Gefängnis in diesem Roman, aber natürlich handelt es sich hierbei um Fiktion, und die beiden dürfen nicht verwechselt werden. Ich bin den Mitarbeitern und Insassen (früheren und aktuellen), die mit mir gesprochen haben und mich durch die Einrichtung geführt haben, zu Dank verpflichtet. Ich habe mir einige notwendige Freiheiten erlaubt, hoffe aber, es ist mir gelungen, Gefängnisse als Orte zu zeigen, an denen sich auf allen Seiten Mitgefühl und Hoffnung offenbart – mit oder ohne Kirchengeläut.

Die Familie kommt immer an erster Stelle. Sogar vor der Wahrheit...